징기츠칸

이노우에 야스시 지음 | 윤갑종 옮김

도서출판 선영사

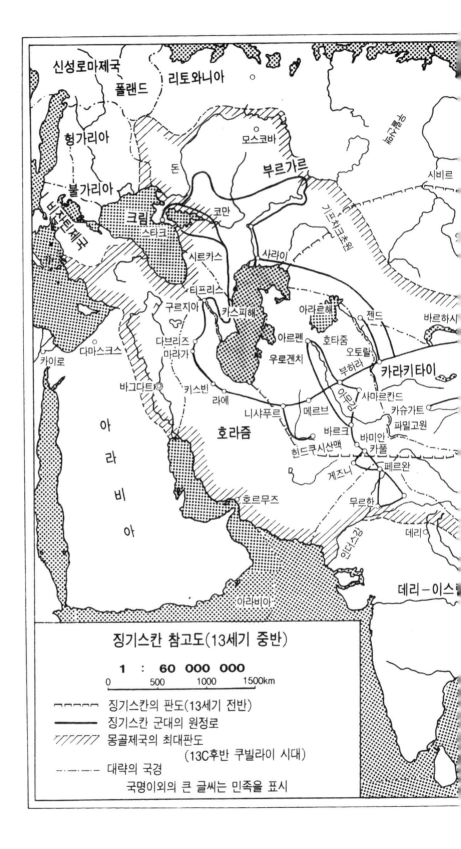

징기스칸 참고도(13세기 중반)

1 : 60 000 000

0 500 1000 1500km

┌┐┌┐┌ 징기스칸의 판도(13세기 전반)

───── 징기스칸 군대의 원정로

//////// 몽골제국의 최대판도
        (13C후반 쿠빌라이 시대)

─·─·─·─ 대략의 국경
        국명이외의 큰 글씨는 민족을 표시

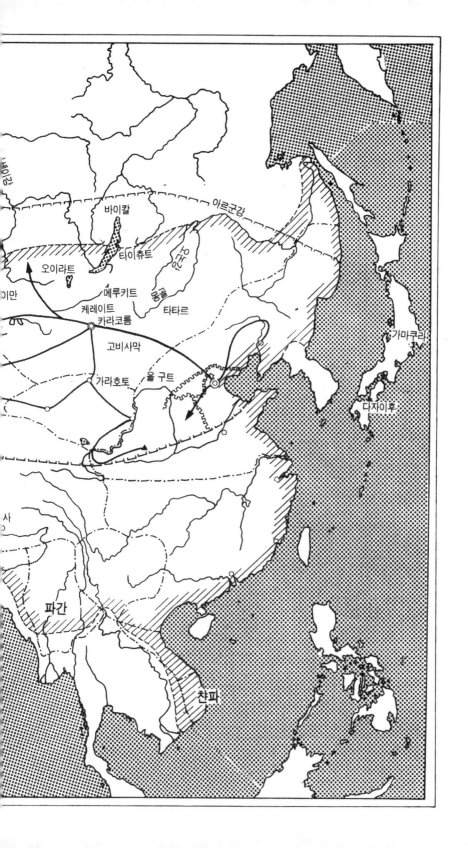

역자의 말

오래 전, 일본 잡지《문예춘추》에 이 작품이 연재되고 있을 때 애독자였던 나는 다음 호가 나오는 한동안을 기다리지 못해서 안달했었다. 그만큼 재미있고 신명나게 해 주던 소설이었다. 그때 몇 번이나 되풀이해 읽으며, 이 소설이야말로 진정한 역사 소설의 본보기라 감탄하면서 연재가 끝나면 곧바로 번역하여 많은 사람들에게 소개하리라 마음먹었다.

그러나 다른 일에 쫓겨 마음 밖으로 밀려난 후 오랫동안 잊고 지냈었지만, 얼마 전 우연히 번역 일을 다시 하게 됨에 따라 제일 먼저 떠오른 작품이 바로 이 소설이었다. 그래서 정신 없이 펜을 잡아 일찍이 역자가 가졌던 소망을 늦게나마 성취할 수 있게 되었으니 무척 기쁘다.

이 작품의 저자 이노우에 야스지는 일본 순수 문학의 원로 작가이다.《빙벽》《내일 오는 사람》등 현대 문학에서도 명성을 떨쳤지만, 그의 본령은 역사물이며, 작품의 대부분은 동양사를 그 바탕에 깔고 있는데, 그의 해박한 동양사와 고고학의 지식은 그 분야에 종사하는 사람들조차도 경탄할 만큼 높은 경지에 이른 고급 지성인이며, 역사 문학의 대가이다. 《돈황》《풍도》《수란》《천평의 맹》 등 다수의 작품이 있으며, 군더더기가 없고 추호의 감상도 용납하지 않는 예리한 문체, 그리고 한결같이 문학성은 지켜나가면서 박진감 넘치게 묘사한 이 작품이야말로 그의 대표작이라 할 만하다. 아무튼 우리의 상상을 뛰어넘는 광대한 지역, 잔인한 대자연, 진기한 풍습 등이 강렬한 색채감으로 독자에게 다가온다.

징기스칸은 알다시피 몽고의 영웅이며, 아시아의 영웅이다. 그는 1162년 아버지 예수게이와 어머니 허얼룬 사이에서 태어나 1227년 65세로 일생을 마감한다. 유목민인 몽골의 한 부족 우두머리가 되어 다른 민족과의 치열한 싸움을 되풀이하며 전 몽골을 통일하고 만리장성을 넘어 금나라를 정복한 뒤, 유럽까지 대원정을 꾀한다. 이 소설은 징기스칸이 태어나서 죽을 때까지의 모든 과정을 자세하게 묘사하고 있는 파란만장한 일대기이다. 독자의 기대를 충분히 만족시키리라 믿으며 정독을 바라고 싶다.

이 작품이 양서 출판의 명문인 선영사에서 출판되는 것을 매우 기쁘게 생각하며, 선영사 김영길 사장을 비롯하여 수고하신 편집원들에게 감사 드린다.

역자 윤갑종

차례

징기츠칸 활약 당시의
유라시아 지도 ·· 2
징기츠칸 주제의 영화 중
세계 정벌의 한 장면 화보 ······················· 4
역자의 말 ··· 6

1. 푸른 이리의 울음소리 ······················· 11

2. 고난의 유년시절 ···························· 63

3. 고원 정복의 야망 ························· 119

4. 고원의 정복자 ···························· 193

5. 위대한 지배자 ···························· 233

6. 대 중국 정벌 ····························· 265

7. 세계 정복에로의 길 ···················· 297

8. 위대한 생의 마감 ······················ 347

집안이 나쁘다고
탓하지 마라.

나는 아홉 살 때
아버지를 잃고
마을에서 쫓겨났다.

하지만
나는 칸이 되었다.

成吉思汗

푸른 이리의 울음소리

때는 바야흐로 서기 1162년. 흑룡강은 상류에서 오논과 케룰렌의 두 지류로 갈라지는데, 그 유역의 초원이나 삼림지대[1]에 살고 있는 유목민 몽골인 부락의 우두머리 파오(막사)에서 한 사내아이가 태어났다. 산모는 갓 스무 살이 넘은 허얼룬이라는 미모의 여성이었다. 때마침 이 부락의 남자들은 오랫동안 대치해 왔던 타타르 족[2]과의 싸움 때문에 모두 싸움터에 나가고, 수백 채나 되는 막사에는 노인과 여자들밖에 없었다.

허얼룬은 부락에서 백 리쯤 떨어진, 싸움터에 있는 남편 예수게이 바가투르에게 아들의 출생을 알리기 위하여 늙은 종을 싸움터로 보

---

1) 초원지대와 삼림지대 : 몽골 민족은 초원지대에서 생활하는 '초원의 방목자'와 삼림지대를 중심으로 '수렵하는 자'의 둘로 크게 나뉘어져서, 제각기 생활 양식과 문화 수준 등을 달리하고 있다.
2) 타타르 족 : 수당시대(隋唐時代), 현재의 치치하르를 중심으로 활약했던 실위족(室韋族)의 후대로, 이른바 '삼십성(三十姓) 타타르'의 하나일 것이라고 말해지고 있음. 당시는 흥안령 기슭에서부터 금나라의 국경에까지 퍼져, 6개의 부족으로 나뉘어 있었던 강력한 부족 이었다.

냈다. 늙은 종이 출발한 뒤, 허얼룬은 다시 한 번 자신이 낳은 갓난
아이의 얼굴에 눈을 가져갔다. 갓난아이는 초라한 포대기 속에 있었
다. 갓난아이를 받아낸 여자들도 펼 수 없었던 출산 때의 그 왼손은
여전히 굳게 주먹이 쥐어진 채로 있었다. 어머니가 자신이 낳은 아
이의 몸이 완전한가 어떤가를 확인하려는 본능적인 집요함으로, 허
얼룬은 갓난아기의 꼭 쥐어진 왼손을 어떻게든 펴보려고 했다. 그것
은 아주 작은 거침도 허용되지 않는, 매우 섬세한 주의를 요하는 일
이었다.

허얼룬은 이따금 갓난아이 손바닥에서 손을 떼고는 막사 위로 세
차게 지나가는 바람 소리에 귀를 기울였다. 바람이 큰 물줄기의 흐
름처럼 어떤 볼륨을 가진 물체인 양, 동쪽에서 서쪽으로 지축을 뒤흔
들며 이동하는 것이 느껴졌다. 허얼룬은 바람이 멈출 때마다 자신의
몸을 누이고 있는 막사와 마주하고 있는 칠흑 같은 밤하늘의 높이를
생각하고, 거기에 아로새겨진 무수한 별들 하나하나가 차가운 빛으
로 반짝이고 있는 모양을 떠올렸다.

그러나 마침내 바람이 다시 거칠게 불어오면 별을 수놓은 까만 옷
감이 되말리면서 별은 산산이 흩어지고, 천지를 가득 메우는 바람 소
리뿐. 바람이 휘몰아치건, 별이 막사를 뒤덮건 간에 허얼룬은 지금
자신이 몹시도 작고 초라하다는 생각을 떨쳐 버릴 수가 없었다.

자신이 대자연 속의 한낱 작고 무력한 존재에 지나지 않는다는 생
각은 초원을 찾아서 떠돌며 안주할 집도, 정착할 땅도 갖지 못한 유
목민들 마음속 깊은 곳에 도사리고 있었다. 따라서 그것은 어떠한

행동, 어떠한 생각도 결국은 지배당하고야 마는 민족의 주문(呪文) 과도 같은 것이었다.

이 날 밤 허얼룬에게는 막사를 통해 비치는 밤하늘이 한층 높아 보였고, 막사를 뒤흔드는 바람은 한층 거칠게 느껴졌다. 허얼룬이 어디에도 기댈 곳이 없다는 고독감을 한층 강하게 느끼는 데에는 다른 이유가 있었다.

이제 한 아이의 엄마가 된 허얼룬은 두 가지 일로 고민하고 있었다. 하나는 자기가 낳은 아이가 남편 예수게이를 충분히 만족시킬 만큼 완전한 몸을 가지고 있는가이고, 또 하나는 아이가 남편을 닮았는지 하는 것이었다.

그러나 이 두 가지 고민 중의 하나는 이내 허얼룬의 마음 속에서 밀려났다. 아기는 어머니의 손바닥 안에서, 그 때까지 꽉 쥐고 있던 조그만 손가락을 마치 그것이 자신의 의지인 양 스스로 편 것이다. 갓난아이는 비석(髀石)[3] 모양의 핏덩어리를 훈장이라도 되듯 꽉 쥐고 있었다.

또 하나의 고민거리는 갓 태어난 아기의 생김새에 대해서 허얼룬은 그 아이가 남편 예수게이의 아들이라는 어떤 증거도 확신도 얻어 낼 수가 없었다. 갓난아기는 예수게이를 닮은 것 같기도 하고, 닮지 않은 것 같기도 했다. 왜냐 하면 허얼룬의 이 같은 고민의 근원이 되는, 또 다른 한 남자의 얼굴을 닮은 것 같기도 했기 때문이다. 분명히 말한다면, 갓난아기는 누구도 닮지 않았다. 그러나 오직 한 사람, 갓

---

3) 비석(髀石). 사슴의 복사뼈(距骨)를 갈아서 만든 아이들의 노리개.

난아기를 낳은 자신만을 닮았다.

허얼룬은 예수게이가 아기의 출생을 전해 듣고 어떠한 느낌을 가질지 전혀 상상할 수가 없었다. 아내의 임신에 대하여 예수게이는 부락의 용사라면 누구나 예외 없이 지니고 있는 과묵함과 무표정으로 대해 왔었다. 아내의 임신을 기뻐하고 있는지, 화내고 있는지, 예수게이 자신 이외의 어떤 사람도 알 길이 없었다. 어쨌든 갓난아기의 출생 소식을 듣고 그가 처음으로 어떤 말을 할지 허얼룬은 이제 알 수 있을 것 같았다. 이를테면 죽여 버리라는 말이 그의 입에서 나온다고 하더라도 그건 이상한 일이 아니었다.

예수게이에게 심부름을 보냈던 늙은 종은 다음날 저녁이 되어서야 막사로 되돌아왔다. 그리고 그는 허얼룬에게 예수게이가 갓난아이를 위하여 지은 테무친이라는 이름을 전했다. 허얼룬은 예수게이가 아이의 이름을 지어줬다는 얘기를 전해 듣고 비로소 안도의 숨을 내쉬었다. 적어도 남편 예수게이가 자신이 낳은 아들에 대하여 그 존재를 저주할 만큼의 증오심을 가지고 있지 않다는 것만은 분명해졌기 때문이다. 그러나 그것만으로는 아직도 불안감을 떨쳐 버릴 수가 없었다. 왜냐 하면 늙은 종의 말에 의하면 테무친이라는 이름이 어떻게든 해석될 수 있었기 때문이다.

"제가 예수게이님의 진지에 도착했을 때는, 마침 타타르 부족을 쳐부수고서 승리를 자축하는 연회를 벌이고 있었습니다. 화톳불 옆에는 적의 우두머리가 두 명이나 포로가 되어 묶여 있었습니다. 연회가 한창 무르익을 무렵, 포로 중 한 사람을 끌어내어 목을 베었는데,

예수게이님은 이번 승리를 기념하는 의미로, 그 우두머리의 이름인 테무친을 태어난 아이에게 붙여라[4]고 말씀하셨습니다"
라고 전했다.

 승리를 기념한다고 하는 의미를 그대로 순수하게 받아들인다면 달리 문제삼을 건 없지만, 그 이름이 목이 잘린 적의 우두머리 이름이고 보면 허얼룬은 거기에 뭔가 석연치 않은 점이 있음을 느끼지 않을 수가 없었다. 예수게이가 갓난아기의 출생을 기뻐하는지 증오하는지, 여전히 허얼룬에게는 수수께끼였다.

 어쨌든 어머니조차도 그의 아버지의 본심을 분명하게 알지 못했으나 갓난아기는 이렇게 해서 테무친이라 이름 지어져, 몽골 부족의 한 우두머리의 큰아들로서 장막 속에서 자라게 되었다.

 허얼룬은 그 후 며칠 동안을 산후의 병 때문에 고열에 시달리며 생사를 헤매었다. 그리고 열이 내려 겨우 목숨을 건졌다고 생각되었을 때, 그녀의 나약한 눈에 처음 띈 것은 남편 예수게이가 테무친을 안고 서 있는 모습이었다.

 허얼룬이 예수게이의 아내가 된 것은 10개월 전쯤의 일이었다. 허얼룬은 오루쿠누토 부족[5] 출신이었는데, 메르키트 부족[6]의 젊은이에게 납치되어 메르키트 부락으로 가는 도중, 오논 강변에서 예수게이

---

4) 그 우두머리의……붙여라 : 당시의 몽골에서는 아기의 탄생 때, 생긴 사건 등에 관련하여 이름이 붙여지는 오랜 습관이 있었다.
5) 오루쿠누토 부족 : 몽골에서는 혈연을 달리하는 다른 씨족의 여자와 결혼하게 되어 있었으며, 몽골 부족과 결혼할 수 있는 격식을 가진 부족 중의 하나였다.
6) 메르키트 부족 : 바이칼 호의 남쪽 낮은 땅에 사는, 사냥과 방목을 하는 부족으로, 당시 몽골과 케레이트를 멸망시켰던 적이 있을 만큼 강력한 북방의 부족이었다.

에게 또다시 납치당해 결국 예수게이의 아내가 되었다. 허얼룬은 메르키트 부족의 젊은이에게 수십 차례에 걸쳐 능욕당한 후였으므로 비록 예수게이의 아내가 된 뒤의 출산이었지만, 태어난 아이의 아버지가 누구인지 자신조차도 확신할 수 없었다.

허얼룬은 테무친을 안고 있는 남편의 옆얼굴을 뚫어지게 바라보았다. 예수게이는 보통 예수게이 바가투르[7] (용사 예수게이)이라 불리었는데, 타고난 대담함과 용맹성으로 타부족에게는 두려움의 대상이 되는 인물이었다. 허얼룬은 그런 예수게이의 옆얼굴에서 여전히 어떠한 애정도 찾아낼 수 없었지만, 남편이 커다란 팔로 테무친을 안고 있는 사실 하나만으로도 일말의 안도감을 느꼈다. 그리고 그 일말의 안도감은 차츰 스스로도 설명할 수 없는 강한 감동으로 변하여 자신의 뺨을 눈물로 적셨다.

당시 몽골 부족이 살고 있던 중국의 만리장성 이북의 땅, 소위 요새 밖에는 몇몇 종족의 유목민이 각지에 모여 살고 있었다. 이 땅의 동쪽은 홍안령(興安嶺)에 의해, 서쪽은 사얀·탄울·알타이·텬산(天山)의 여러 산맥에 의해 막혀 있고, 남쪽으로는 만리장성을 사이에 두고 중국에 맞닿아 있으며, 고비사막에 의해 서역에 인접하고 있었다.

또 북쪽은 바이칼 호수 부근을 경계로 해서 시베리아의 끝으로는 무인지대로 연결되어 있었고, 대산맥과 사막, 인적 없는 황무지에 둘

---

7) 예수게이 바가투르 : 전공을 세운 기사에게는 바가투르라는 영예로운 칭호가 주어졌다. 후에는 '무인'의 칭호로서, 중앙아시아에서 이란·인도·이집트·러시아에 이르기까지 즐겨 사용되어 유행하기에 이르렀다.

러싸인 이 광대한 고원에는 여섯 개의 강이 흐르고 있었다. 오논·
인고타·케룰렌의 세 강은 합쳐져서 흑룡강이 되어 오오츠크 바다
로 흘러 들어가고, 토우라·오르혼·셀렝가 강의 세 흐름은 바이칼
호수로 흘러 들어갔다.

이들 두 물줄기는 모두 중부의 고원지대에서 시작되는데, 그 유역
은 초원이나 삼림지대를 형성하고 있어서 예로부터 수많은 유목 민
족들이 여기에서 흥망을 거듭해 왔다. 흉노(匈奴)[8]·유연(柔然)[9]·돌
궐(突厥)[10]·위구르[11] 등 수많은 부족들이 이 땅을 근거지로 유일한
출구인 남쪽으로 세력을 확장하려 했기 때문에, 중국의 역대 정치가
들은 만리장성을 쌓아 북쪽 유목민의 침략에 대비하지 않으면 안 되
었다.

---

8) 흉노(兇奴) : 기원전 4세기 말 이후, 5백 년간 몽고 지방에 번영했던 유목 기마 민족으로서
자주 중국을 위협했고, 때로는 중국 수도까지 침입했던 일이 있었다. 만리장성은 주로 이를
막기 위해 축조된 것이며, 기원 48년 후한에 의해 중국이 통일된 해, 내부에 의해 흉노는 남
북으로 분열했다. 이때 사방의 강적에게 공격받아 2세기 중엽 북흉노는 서쪽으로 옮겨가서,
중국사에서 자취를 감추었다. 저자의 단편《환관중행설(宦官中行說)》은 이 흉노의 괴롭힘을
당했던 중국의 모습을 생생하게 묘사하고 있다.

9) 유연(柔然) : 흉노에 이어 4세기 중엽부터 6세기 중엽까지 몽고를 지배했던 유목 민족으로
552년 북위(北魏)의 통치 아래에 있던 돌궐(突厥)이 알타이 산록에서 독립했지만 북위의 공
격을 받고 후퇴했다. 후에 북제(北齊)에 반항했지만, 토벌되어 554년에 완전히 멸망했다. 주
식은 낙타고기·곡식이었음이 추정되고, 종교는 샤머니즘을 중심으로 불교도 퍼져 있었다.
중국과의 교섭이 진행됨에 따라서 관제(官制)도 채용되고 있었다.

10) 돌궐(突厥) : 유연(柔然)에 이어 6세기 중엽부터 약 2세기 동안 몽고고원·알타이 지방
을 중심으로 카스피 해·티베트·북극해에까지 퍼졌던 유목 민족이다. 처음 유연에 복종했지
만, 독립하여 강대해졌으며, 토리키스탄까지 지배하게 되었다. 8세기 중엽에 내분이 일어나서
744년 위구르에 의해 멸망되었다.

11) 위구르 : 터키계의 민족으로 수대(隋代)부터 그 움직임이 두드러져서, 돌궐에 대항하여
후에 당(唐)에 귀순했다. 당과의 교역, 동서 통상에 의해 막대한 이익을 거두었으며, 종교는
마니교가 주종이고, 불교·경교(景敎)도 믿고 있었다. 후에 카라 키타이에 항복했지만, 13세
기에 몽골이 일어나자 자진해서 귀속, 반독립적인 위치를 유지하였고, 위구르 인은 등용되고
있었다. 차가타이 칸국의 성립에 의해 정권은 멸망했다.

몽골이 어느 시기부터 이 땅에 살게 되었는지는 분명하지 않지만, 8세기 전후에는 다른 여러 부락과 함께 돌궐의 세력 아래에 있었으며, 8세기 중엽은 신한 위구르에 예속되었고, 9세기 이후에는 위구르를 대신한 달단(韃靼)[12]의 지배하에 있었다. 그러나 달단이 쇠퇴한 이후에는 머리·피부색과 다소의 풍습을 달리한 몇몇의 다른 민족들이 제각기 부락을 이루고 광대한 고원의 초원지대에 흩어져 살면서, 일 년 내내 가축과 부녀자와 초원을 상대로 쟁탈전을 벌이게 되었다.

테무친이 태어난 12세기 중엽에는 몽골 부족 이외에 키르기스·오이라트·메르키트·타타르·케레이트·나이만·온구트라 등 여러 부족들이 이 고원지대에 흩어져 있었다. 그 중에서 몽골과 타타르 두 부족은 이 고원지대에서 주도권을 잡기 위해 끊임없이 싸움을 되풀이하고 있었다. 테무친이 태어난 것은 이 두 부족이 한창 싸울 때였다.

이러한 다른 부족 간의 싸움 이외에, 같은 부족 내에 있어서도 제각기 동아리의 이익을 위해 골육상쟁의 싸움을 되풀이하고 있었다. 몽골 부족 역시 몇몇 씨족으로 분리되어 저마다 따로 부락을 형성하고 서로 다투기 일쑤였다.

예수게이가 속한 보루지긴 씨족은 예부터 몽골의 본가 혈통에 해당되는 가통이어서, 전 몽골 부족의 지배자로 불리는 칸(주권자)을 몇 사람 배출하고 있었다. 제1대 칸은 테무친의 증조부에 해당하는 카불인데, 카불은 그때까지 통일되지 못하고 각지에 흩어져 있던 몽

---

12) 달단(韃靼) : 8세기에서 13세기 초까지 몽고에 있던 몽골계의 한 부족이다. 위구르 인을 함락하고 있었던 키르키스 족을 달단이 압박하여 비로소 몽고인에 의한 몽고의 지배를 달성할 수가 있었다. 징기츠칸이 지배할 무렵 달단은 여러 부족을 통치하고 있어 몽고고원의 통일에 성공하고 있었다.

골의 여러 부락을 간신히 하나로 통합한 뒤, 부락 전체의 이익을 꾀하기 위해 타부족과 견줄 만한 체제를 갖추었다. 2대째 칸에는 타이추토 씨족의 아무바카이가 그 자리에 올랐지만, 3대째는 다시 보루지긴 씨족으로 옮아와서 예수게이의 숙부 쿠토라가 칸이 되었다. 현재 예수게이는 4대째 칸인 셈이다.

테무친은 이러한 상황에 놓여 있는 몽고고원에서 몽골 부족의 우두머리 막사에서 자라나게 되었다. 허얼룬은 테무친을 낳은 2년 뒤에 카살을, 다시 2년 뒤 카치군을 낳았다. 둘 다 남자아이였다. 테무친은 다섯 살에 두 아우를 갖게 되었으며, 그 외에 아버지 예수게이가 다른 여자에게서 낳아 온 한 살 차이의 베쿠텔, 두 살 차이의 베르구타이라는 두 아우와도 같이 자라게 되었다. 테무친은 막사 안에서 친동생을 비롯해 이복동생들과 함께 살았다.

예수게이는 아이들에게 매우 공평했다. 다섯 명의 아이들을 언제나 평등하게 취급하여, 누구 하나 특별히 귀여워하는 일 따위는 없었다. 이것은 또한 허얼룬도 마찬가지였다. 그녀는 자신이 낳은 세 명의 아이와 다른 여자가 낳은 두 아이, 이 다섯 명의 아이를 조금도 차별하지 않았다. 허얼룬은 남편이 테무친에 대해 특별한 취급을 하지 않았던 것처럼, 그녀 또한 남편이 다른 여자에게서 낳은 아이들을 달리 대하지 않았다. 이러한 면에서 허얼룬은 총명한 여자라 할 수 있었다.

테무친의 나이 여섯 살 때 허얼룬은 또 테무게를 낳았다. 여섯 살이 된 테무친은 같은 또래의 아이들보다 몸집이 훨씬 크고 힘도 셌지만, 말이 없는 과묵한 아이였다. 가끔씩 있는 일이긴 하지만 일단 싸움을 하면 테무친의 행동은 매서웠다. 두 눈은 이글거리며 상대의 욕설을 가만히 듣고 있다가, 상대가 더 말할 것이 없음을 알면 한 마디도 하지 않고 갑자기 덤벼들어 상대를 넘어뜨리고 올라타서 돌로 때린다거나, 모래 속으로 머리를 처박은 다음 발로 짓밟기도 했다.

이와 같은 공격법에는 잔인한 데가 있어서 싸움을 말리러 온 어른들의 눈에는 테무친이 속을 알 수 없는 귀엽지 않은 아이로 생각되었다. 그럴 때 어른들은 테무친을 자기들과 동등한 연령의 인간인 양 착각하여, 어른에게 탓하듯이 언제나 테무친만을 나무랐다.

그러나 그런 때를 제외하면, 테무친은 말없고 눈에 띄지 않는 아이에 불과했다. 테무친은 자기가 큰아들인만큼 어머니를 어린 동생들에게 양보해야 된다고 생각했기 때문에 어머니의 무릎이나 팔에 달라붙는 일은 하지 않았지만, 조금이라도 어머니와 가까운 곳에 있고 싶은 마음은 여느 아이들과 다름이 없었다.

테무친이 처음으로 자기 부족의 조상에 관한 이야기나 그 전설에 귀를 기울이게 된 것은 일곱 살 무렵이었다. 테무친의 먼 친척 중에 부루테추 바가투르라는 노인이 있었다. 바가투르의 호칭을 가지고 있을 정도니까 젊었을 때 힘센 용사였음에 틀림없지만, 그 무렵의 부루테추는 뺨과 턱이 온통 하얀 수염으로 뒤덮인, 아이를 좋아하는 유순한 노인이었다. 이 노인은 뛰어난 기억력을 갖고 있어서, 이따금 친족이나 인척들이 예수게이의 막사에 모일 때면 몇 대나 거슬러올라가 조상의 일을 모두에게 들려주었다. 그는 마치 자신이 그 인물을 실제로 보기라도 한 듯이 용모에서부터 성격까지 자세히 이야기하여 듣는 사람들을 지루하게 하지 않았다.

부루테추 바가투르는 사람들이 모이기만 하면 자신의 머릿속에 차곡차곡 넣어 둔 실이라도 잡아당겨 내듯이 이야기를 열심히 했다. 그래서 그의 이야기 중 일부분은 많은 사람들도 기억하고 있었으나, 누구도 부루테추와 같이 재미있게 이야기할 수는 없었다. 또한 그와 같이 끝없이 긴 이야기를 머릿속에 넣고 있다는 것은 다른 사람에게는 어림도 없는 일이었다.

부루테추가 이야기를 시작하려 하면 사람들은 저마다 자기가 기억하고 있는 것을 앞다투어 말하곤 했다.

"바타치칸, 바타치칸의 아들 타마차, 타마차의 아들 고리찰 메루겐, 고리찰 메루겐의 아들이 아우잔 보로굴, 아우잔 보로굴의 아들이 사리 가차우, 사리 가차우의 아들이 에게 니돈, 에게 니돈의 아들이 세무 소치……."

이런 식으로 한 사람이 조상의 이름을 대다가 막히면 다른 누군가가 그 뒤를 이었다.

"세무 소치의 아들 카루추, 카루추의 아들이 보루지기다이 메루겐, 보루지기다이 메루겐은 몽골진 고아라는 아름다운 아내를 가졌으며, 그 두 사람 사이에서 생긴 아들이 토로고루친 바얀, 토로고루친 바얀은 보로쿠친 고아라는 아름다운 아내와 젊은 용사 보굴루다이 수얄비, 두 마리의 준마인 다일과 보로를 가졌도다."

아무리 기억력이 뛰어난 자라 해도 대개 이 대목에서 막혔다. 이 이후부터는, 즉 아내 이외에 두 마리의 말과 젊은 무사를 가진 10대째의 토로고루친 바얀 이후는 갑자기 아이들이 많아져서, 이젠 부루테추의 비범한 기억력에 기대는 수밖에 별 도리가 없게 된다. 사람들이 막히면 그때서야 부루테추는 주름 많은 얼굴에 만족스러운 웃음을 띠며, 거기서부터 천천히 이야기를 시작했다. 물론 부루테추는 몽골가의 역대 칸의 이름을 단순히 나열하지는 않았다.

"토로고루친 바얀과 보로쿠친 고아는 매우 금실이 좋은 부부였다. 너무나 사이가 좋았던 탓인지 외눈박이 아이가 생겨나 도와 소홀(장님 도와)이라 이름 붙여졌다. 하나의 눈은 이마의 한복판에 모로 박혀 있었지만, 썩 잘 보이는 눈이어서 거짓말 같게도 아주 멀리[13]까지도 훤히 내다볼 수가 있었다. 도와 소홀의 뒤로는 도분 메루겐이 태어났다.

어느 날, 늠름한 젊은이로 자란 두 형제는 사냥을 나갔다. 도와 소홀이 평원을 둘러보고 있는데, 저 멀리에서 한 여자와 일행이 지나가는 것이 보였다. 시집을 가는 모양인데, 내일쯤 여기를 지날 것이니 이 곳에 왔을 때 훔쳐서 도분 메루겐의 신부로 삼는 것이 좋을 것이라고 도와 소홀이 말했다. 도분 메루겐은 곧이듣지는 않았지만, 다음날 그 장소에 가서 기다리고 있으니, 정말로 시집가는 색시를 한가운데에 둔 일행이 지나갔다. 그는 곧 활을 쏘고 칼을 휘둘러 그들을 습격했다.

아란 고아(미녀 아란)는 이 일로 도분 메루겐의 아내가 되었는데,

---

13) 여기서 멀리는 3일이 걸리는 거리를 가르키는데, 9일이 걸리는 거리가 약 3천 리로 돼 있으며, 3일이 걸리는 거리는 약 천 리(400킬로미터) 정도라 한다.

곧 두 아이가 태어났다. 형이 베루그네테이, 동생이 부구테이로 각각 베루그네토 씨족, 부구네토 씨족의 조상이 되었다. 그런데 아란 고아를 손에 넣은 도분 메루겐은 아깝게도 젊은 아내와 두 아이를 남겨두고 일찍 죽었다. 그러나 아란 고아는 두 아이를 기르면서 잇달아 세 명의 아이를 더 낳았다. 남편은 없어도 얼마든지 아이는 낳을 수 있었다. 아란 고아는 정숙한 여자로 결코 다른 남자를 가까이 하지는 않았다. 그렇다면 어떻게 해서 아이가 생기느냐? 언제나 임신하기 전에는 하늘의 한 모서리에서 빛이 쏟아져 내리는데, 그 빛이 천창(天窓)으로 들어와 아란 고아의 하얀 살갗에 닿으면 임신이 되는 것이다. 이렇게 해서 태어난 분이 부크 카타기·부카토 사루지·보돈찰 몬몬카크로, 각각 카타긴 씨족과 사루지카트 씨족·보루지긴 씨족의 조상이다. 그러므로 보돈찰 몬카크의 흐름을 이어받은 우리들 보루지긴 씨족 사람들의 몸에는 미녀 아란의 피와 하늘의 빛이 섞여 있도다."

부루테추의 이야기는 이런 식이었다. 그리고 부루테추는 보돈찰 이후의 역대 용사들의 무용담을 보다 자세하고 생생하게 이야기하였다. 보돈찰 이후, 현재의 칸 예수게이까지는 10대가 더 있고, 이야기해야 할 것도 매우 많았으므로 도저히 하룻밤 안으로는 끝낼 수가 없었다.

일곱 살의 테무친에게는 외눈박이 도와 소홀의 이야기만이 인상적이었지, 그 밖의 내용은 별반 흥미도 없었고, 잘 이해되지도 않았다.

그것보다도 부족 전체의 큰 집회 때, 부루테추가 몇 사람의 늙은이들과 막사 앞 광장에서 몽골의 원류에 관한 전설을 기도 같은 형태로 읊조리는 일이 있었는데, 그때 들었던 기도 문구의 내용이 테무친에게는 훨씬 흥미로웠다.

"하늘의 명(命)이 있어 태어난 푸른 이리가 있었도다. 그의 아내인 뽀얀 빛의 암사슴이 있었도다. 크나큰 호수를 건너서 왔도다. 오논 강의 원천인 부루칸 산에 살았도다. 거기서 태어난 바타치칸이 있었도다[14]."

그와 같은 읊조림으로 시작되는 짧은 문구도 이내 번잡한 의식 속으로 흡수돼 버렸지만, 이리와 암사슴 사이에서 최초의 조상 바타치칸이 태어났다고 하는 이야기는 보루지긴 씨족이나 타이추토 씨족을 불문하고 전 몽골인의 가슴에 언제나 야릇한 감정을 불러일으켰다. 사람들은 모두 그 이야기를 믿고 있었다. 즉, 크나큰 호수는 멀리 서쪽에 있는 것으로, 늠름한 이리는 신의 명령에 의해 그 호수를 건너와서, 갸륵하고 아름다운 암사슴을 아내로 삼았다고 하는 것이다. 부루칸 산은 부족민이라면 모르는 사람이 없는 산이었다. 몽골 부족의 사람들은 어디에다 막사를 정하건, 출생 이래 매일같이 이 부루칸 산을 우러르며 자라왔다.

---

14) "하늘의 명이 있어 …… 바타치칸이 있었도다." : 이 몽골족의 선조전승(先祖傳承) 및 발상 전설은 '원조비사(元朝秘史)'의 모두를 장식한 문장이며, 저자는 이하 이 책의 인용문은 모두 나카 미치요(那河通世)역의 《징기츠칸 실록》을 기본으로 하고 있다. 그리고 이 글의 부분에 있는 부루칸 산은 정확한 지점은 알 수 없지만 몽골족에 있어서는 민족 발상의 성지이다. '부루칸'이란 '불타'를 몽골어화한 것으로 '불(佛)'이나 '신'의 뜻이며, 이 산의 원어인 카루돈은 일반적으로 따로 떨어져 있는 산봉우리라는 뜻.

테무친도 이 푸른 이리의 이야기에 큰 감동을 받았다. 테무친은 자기가 이리와 암사슴의 자손이라는 것에 만족했고, 그렇지 않은 타부족의 사람들이 한편으로는 불쌍하게, 다른 한편으로는 하찮게 생각되었다. 요컨대 테무친은 자기의 몸 속에 이리와 암사슴의 피가 흐르고 있다는 것에 큰 자부심을 느꼈다.

테무친이 부루테추를 포함한 몇몇 늙은이들의 이상야릇한 읊조림을 들었던 것은 그의 어린 시절에 있어서 가장 큰 사건이라 할 수 있다. 물론 늙은이들이 읊조리는 말의 의미를 이제 일곱 살인 테무친으로서는 이해하기 어려워 어머니 허얼룬의 설명이 필요하긴 했지만, 테무친은 늙은이들이 읊조리고 있는 동안, 그 낮고 엄숙한 노랫소리 속에서 크고 늠름한 이리와 갸륵하고 아름다운 암사슴의 환영을 보고 있었다.

이리는 날카로운 눈을 가지고 있었다. 그 눈은 아주 먼 곳을 바라볼 수 있는 도와 소홀의 그것보다 훨씬 먼 곳까지 바라볼 수 있는 눈이었으며, 그 시야에 나타나는 어떠한 것도 놓치지 않는 눈이며, 두려움을 전혀 모르는 눈이었다. 어떤 것에도 대항하는 정신과 갖고 싶은 것이라면 어떠한 것도 자기의 것으로 만들고야 마는 강한 의지를 그 차가운 눈빛은 가지고 있다.

그 몸집은 아예 공격을 하기 위해 만들어진 것이었다. 쫑긋 선 두 귀는 천 리 밖의 소리도 놓치지 않으며, 그의 몸을 구성하고 있는 한 조각의 뼈도, 한 점의 근육도, 적을 없애기 위한 목적에서만이 존재했다. 가늘고 강인한 다리는 드넓은 초원을 달렸고, 강풍 속을 가로

지르며 바위를 오르고, 공중을 날았다.

그 이리 바로 곁에는 화사한 체구의 암사슴이 그림자처럼 따라붙고 있었다. 사슴은 밤색 고운 털로 뒤덮여 있었는데, 몸 전체에 하얀 반점이 흩뿌려져 있었고, 입언저리도 하얀 털로 가려져 있었다. 또한 이리와는 달리 부드러운 눈을 가지고 있었다. 그러나 그녀는 그 눈을 끊임없이 굴리며 모든 신경을 모아 자기의 사랑하는 남편을 적으로부터 지키고 있었다.

사슴은 자신의 아름다움으로 이리에게 봉사함과 동시에, 한 순간도 경계를 풀지 않음으로써 또한 남편에게 봉사하고 있었다. 바람에 의한 나뭇잎의 흔들림 하나에도 소홀하지 않고 그 쪽으로 긴 얼굴을 돌렸다. 공격심이라는 것은 전혀 생각조차 가지고 있지 않았지만 방어 태세는 완벽했다.

전혀 다른 두 동물은 어느 것이나 테무친의 마음을 사로잡기에 충분했다. 그리하여 그 두 아름다운 동물에서부터 최초의 조상 바타치 칸이 태어났으며, 푸른 이리와 암사슴의 피는 오랜 세월 동안 많은 선조들의 몸 속으로 흘러내려 와서 지금 자신의 몸에도 흐르고 있는 것이다.

그러한 이야기를 듣고 난 이후부터 테무친은 부루테추가 말하는 어떤 이야기도 차츰 이해할 수 있게 되었지만, 여전히 흥미를 느끼지는 못했다. 테무친은 보루지긴 씨족의 몸 속에 미녀 아란의 피와 하늘에서 쏟아져 내린 빛이 합쳐져 있다는 이야기를 몇 차례나 들었지만, 부루테추가 자랑스럽게 이야기하는 이리와 암사슴의 이야기에 비하면 아주 하찮은 것으로 느껴졌다. 자기들 보루지긴 씨족의 사람들이 하늘의 빛 때문에 다른 몽골인보다 우수하다고 하는 것은 물론 테무친에게도 자랑스러운 일이긴 했으나, 모든 몽골인의 핏속에 동등하게 그 피가 흐르고 있다는 사실은 테무친에게 있어 훨씬 멋진 것으로 느껴졌다. 그것은 모든 몽골인이라고 하는 커다란 유대 의식을 떠받쳐주는 태(胎)였다.

테무친이 여덟 살 되던 해 봄, 허얼룬은 또 아이를 낳았다. 이번에는 여자아이로, 테무룬이라는 이름이 붙여졌다. 테무친은 이때 처음으로 테무룬의 몸 안에도 이리와 암사슴의 피가 흐르고 있을까 하는 의문에 사로잡혔다. 이리와 암사슴의 피는 카살·카치군·테무게 세 동생들의 몸에도, 또 베쿠텔·베르구타이의 이복동생들의 몸에도 흐르고 있다는 것에는 전혀 이상한 느낌을 갖지 않았던 테무친이지만, 누이동생 테무룬의 경우만은 왠지 납득하기 힘들었다.

테무룬의 출생으로 테무친이 부딪친 뜻밖의 당혹감은 그 이후 여덟 살의 테무친에게 어른 아이 할것없이 여자를 모두 그때까지와는 다른 눈으로 보게 되었다. 여자에게 암사슴의 피가 흐르고 있을지 몰라도 이리의 피가 흐르고 있으리라고는 도무지 생각할 수가 없었다. 하루는 테무친이 허얼룬에게 그것을 따져 묻자,

"남자와 여자가 뭐가 다르냐. 몽골의 사람들은 여자도 남자도 모두 선조의 피를 이어받고 있단다."

허얼룬은 이렇게 대답했다. 그러나 테무친에게 어머니의 그와 같은 대답은 매우 불만족스러웠다. 밀면 금방 비틀거리고, 때리면 곧

장 쓰러져서 울음을 터뜨리는 여자들이 자기들 남자와 똑같다는 것이 좀처럼 납득이 가지 않았다. 그렇게 약한 여자와 똑같이 취급받는 것이 싫었다. 전투에도 못 나가는 약자가 어떻게 하늘의 명에 의해서 서쪽의 호수를 건너온 이리의 피를 이어받고 있다고 말할 수 있겠는가.

테무친은 여자아이들과는 결코 놀지 않았다. 놀지 않았을 뿐 아니라 중요한 일이 아니면 한 마디도 하지 않았다. 약자에 대한 경멸이라기보다는 약자이면서도 같은 몽골인의 피를 갖고 있다고 주장하는 데에 대한 반발과 분통이 여덟 살 소년의 마음에 뿌리내리고 있었다.

이때부터 테무친은 갑자기 주위의 사물을 자세히 살피게 되었다. 신체의 성장도 다른 소년들에 비해 빨랐지만, 과묵하고 거친 소년 테무친은 정신적으로도 뒤지지 않을 만큼 조숙했다.

테무친은 많은 것을 알려고 했고, 실제로 또 많은 것을 알았다. 아버지 예수게이와 어머니 허얼룬의 대화에도 귀를 기울였다. 부모의 대화는 여전히 무미건조했지만, 그런 대화도 이젠 전혀 다른 의미로 들렸다. 두 사람의 대화를 통해 테무친은 보루지긴 씨족이 어떠한 혈통과 역사를 가지고 있으며, 또 몽골 부족 중에서 어떠한 위치에 있는지, 나아가서 몽골 부족이 몽고고원의 주민들 속에서 어떠한 입장에 있는지를 알 수가 있었다.

그리고 또 부락의 남녀 간 대화로부터 부락의 소집회나 부족의 대집회에서 듣는 부락민들의 말에서 실로 많은 것을, 마치 해면(海綿)

이 물을 받아들이듯이 테무친은 받아들였다. 그는 소년에서 어른으로 마음도 몸도 커가고 있었다.

테무친은 처음으로 자기가 속하는 보루지긴 씨족이 아버지 예수게이의 대에서부터, 같은 몽골 부족인 타이추토 씨족과 사이가 좋지 않아 매사에 반목하고 있다는 사실을 알았다. 원래 타이추토 씨족은 보루지긴 씨족에 속해 있었으나, 아무바카이가 2대째의 칸이 됐을 때부터 독립해서 따로 부락을 형성하여 타이추토 씨족이라 일컫게 된 것이다. 즉, 두 씨족은 이른바 본가와 분가의 관계에 있었으나, 예수게이가 칸이 될 무렵부터 아무바카이의 아이들은 타이추토 씨족으로서 점차 세력을 뻗쳐 다른 많은 씨족을 통합하게 되었으며, 현재는 예수게이의 명령에 복종하지 않는 일이 많아, 몽골 부족 내의 다툼은 모두가 여기에 뿌리를 두고 있었다.

몽골 부족에는 타이추토 씨족 이외에도 몇몇 씨족이 있었지만, 지금은 보루지긴 씨족이나 타이추토 씨족 중 어느 쪽엔가 속해 있었다. 전 몽골 부족은 표면적으로는 예수게이를 칸으로 받들어서 하나로 통일되어 있었지만, 실제로는 두 세력으로 갈라져 있다고 해도 무방했다.

몽골 부족 내의 이러한 갈등에다 설상가상으로 다른 부족과의 싸움도 끊이지 않아, 예수게이는 매일매일을 전투로 분주하게 보내고 있었다. 다른 부족 가운데 가장 큰 세력을 가지고 있는 것은 타타르 족이었다. 몽골과 타타르는 예부터 원수인데 그것도 보통 원수 사이가 아니었다.

몽골 고원에서 예부터 가장 먼저 해결해야 할 문제는 각 부족을 한

덩어리로 묶어 부족연합체를 결성하는 일이었다. 같은 몽고고원에 생활하는 유목민족으로서 연합체의 결성은 서로가 평화롭게 생활하기 위해서도, 나아가서 인접 국가인 금(金)[15]이나 서하(西夏)[16], 위구르에 대한 위상 정립에 있어서도 절대로 필요한 것이었다.

몽고고원의 민족연합체를 제일 바라지 않는 것은 만리장성을 경계로 해서 고원에 인접하고 있는 금나라였다. 고원에 흩어져 있는 소수세력들이 통합되어 하나의 큰 세력을 이루는 것은 결코 반가운 일이 아니었기 때문에, 금나라는 연합체의 결성 기운이 보이기만 하면 어떠한 방법을 써서라도 이간질하여 고원의 여러 부족들이 항상 대립 상태에 놓이도록 온 힘을 쏟아왔다.

몽골 부족의 최초의 칸 카불, 2대의 아무바카이, 3대의 쿠토라, 그리고 현재의 예수게이도 늘 연합체를 결성하려고 하였으나, 그것은

---

15) 금(金) : 가혹한 요(遼)의 압박을 물리치고 북만주의 하르빈 동남에 여진족을 중심으로 1115년에 건국된 것이 금나라이다. 이후, 남으로 세력을 뻗쳐 징기츠칸이 태어났을 무렵에는 중국을 남북으로 양분하여, 남송(南宋)과 대립할 만큼 세력이 커졌다. 여진인은 몽골인에 대해서 3년에 한 번씩 인구 수를 조사할 뿐 아니라, 이들을 발견 즉시 '몽골인 사냥'이라 부르는 학살을 자행하고 있었다.

16) 서하(西夏) : 1000년경 하서지방(河西地方)은 토번 족(吐蕃族)이 지배하는 양주(涼州), 위구르 족이 사는 감주(甘州), 한족에 속하는 사주(沙州)로 나뉘어져 있었지만, 1028년 이원호(李元昊)는 감주·양주를 함락한 뒤 1038년 황제라 칭하고 국호를 대하(大夏)로 정했다. 송의 서북에 위치했으므로 송에서는 서하라 불렀다. 이들은 오랫동안 싸움을 하고 있었기 때문에 송은 북쪽 변경에 대치하는 대군의 막대한 경비로 골몰하고 있었다. 요와 금과의 싸움에 서하는 요를 돕고 있었지만, 후에는 금과 함께 송을 공격하여 판도를 확대했다. 1225년, 금과 공동으로 몽골에 대항하려는 것을 안 징기츠칸은 서하를 공격하여 그 수도를 함락, 서하왕을 죽이고 1227년 서하를 멸망시켰다. 지리적으로는 동서 교역의 요충지에 있었던 서하는 서방과 송·요·금과의 중간에 있어서 이득을 취하고 있었다. 불교 문화를 기조로 한 독자적인 문화가 발달하여 서하 문자의 제정, 이를 사용한 불전(佛典)의 번역, 불교 문화의 진흥 등 현저한 것이 있었다.

언제나 금나라의 책략에 따르는 타타르 족 때문에 방해받아 왔다. 카불은 금나라의 사자에 의해 하마터면 독살될 뻔했고, 아무바카이는 타타르의 손에 의해 금나라로 끌려가 거기서 처형되었고, 쿠토라와 그의 여섯 형제들도 타타르 족과의 싸움에서 목숨을 잃었다. 즉, 테무친의 증조부도, 조부의 형제들 대부분도 타타르와의 싸움에서 목숨을 잃었던 것이다.

테무친이 태어났을 때 벌어진 전투에서 예수게이는 처음으로 타타르 족에게 커다란 타격을 안겨 줄 수가 있었으며, 그 이후 두 부족 간에는 비교적 평온한 상태가 유지되고 있었다. 그러나 배후에 금나라가 있는 한 두 부족 간의 외면적 평온은 언젠가는 다시 폭발하여야만 할 분쟁, 바로 그것이었다.

소년 테무친은 몽골 부족의 적으로 타타르 족과 금나라가 있다는 것을 알았다. 테무친은 타타르라는 이름과 함께 만리장성 저편에 있는 금이라는 대국도 똑같이 섬뜩한 악마의 이름으로 가슴 깊이 새겨 두었다.

어느 날 예수게이는 막사 안에서 술을 마시면서,

"타이추토를 쳐부수고 타타르를 굴복시키기 전에는 결코 죽을 수 없다"라고 말하였다. 그때 그 말을 듣고 있던 테무친은 왜 아버지가 타이추토와 타타르 다음에 금을 말하지 않는지 의아스러웠다. 그래서 그 의문에 대해 말하자,

"금을 치는 것은 어려운 일이다. 현재 몽고고원에 사는 모든 부족을 전부 모은다 해도 병력은 20만 명도 안 될 것이다. 금은 거기에

비해 수십 배나 되는 강한 군대와 너로서는 상상도 할 수 없는 뛰어난 무기를 가지고 있단다."

라고 예수게이는 말하고 나서 큰 소리로 웃었다.

그리고 싸움에 대해서는 말을 끊고, 만리장성 너머에 있는 금나라와 다시 그 너머의 송(宋)나라에 대해 이야기를 해 주었다. 거대한 성곽으로 둘러싸인 지역에 사람들이 도시를 형성하여 살고 있으며, 흙이나 나무로 만든 움직일 수 없는 집을 만들어 저마다 전문적인 일을 가지고 있는데, 상인은 상점에서 물건들을 팔고, 농부는 땅을 일구어 농사를 짓고, 관리는 관청에 다니면서 모든 일을 맡으며, 군사들은 무기를 가지고 매일 전투 훈련으로 나날을 보내고 있으며, 그 성 안에는 커다란 절이나 관청이 돌로 만들어져서 공중에 우뚝 솟아 있다는 것이 아닌가!

테무친은 그런 꿈과 같은 나라가 참으로 있을까 하고 생각했다. 그러한 나라에 대해 좀더 많이, 좀더 자세히 알고 싶었다.

테무친은 아버지에게 여러 가지 일을 꼬치꼬치 캐물었으나 예수게이 자신도 직접 본 것이 아니었으므로 그 이상 자세히 이야기해 줄 수가 없었다.

그후 어느 날, 테무친은 송과 금이라는 나라에 대해 부루테추에게 물었다. 뭐든 알고 있는 부루테추라면 여러 가지 자세히 이야기해 줄지도 모른다고 생각했던 것이다. 기억력이 놀라운 그 노인은,

"싫은 나라지만……."

하고 입을 뗀 다음, 테무친이 알고 싶어하는 것은 뒤로 하고 자기

가 얼마나 싫어하는지 증명이라도 하려는 듯이 금나라에서 처형된 아무바카이 칸에 대한 이야기를 시작했다.

"아무바카이 칸은 타타르 족의 손에 붙잡혀서 금나라의 왕에게로 보내졌는데, 거기서 비참하게도 당나귀 모양의 나무에 산 채로 못 박혀 가죽이 벗겨지고 몸은 난도질당해 갈기갈기 찢겨서 죽었다. 아무바카이 칸은 같이 잡혀갔던 부하 부루카치에게 살아서 돌아간다면 이 모든 사실을 전하라면서 다음과 같은 말을 남겼다. '그대들, 열 개 손가락의 손톱이 닳아서 끊어지고, 다시 열 개의 손가락 전부를 잃을지라도 반드시 나를 위해 원수를 갚아라.' 간신히 도망쳐 나온 부루카치는 그 일을 우리 모두에게 전했다. 우리는 울었다. 너의 아버지도 울었고 나도 울었다."

부루카치는 이미 죽었지만, 테무친은 그 초라한 노인을 몇 년 전에 본 일이 있었다. 이야기 속에 등장하는 사람이 테무친도 본 기억이 있는만큼 아무바카이 칸의 비극은 한층 더 진실감을 더해 테무친의 마음을 주체할 수 없는 어둠으로 채웠다.

금나라가 아버지 예수게이조차도 보복을 체념할 만큼 거대한 나라라는 것이 테무친에게는 분하고도 원통한 일이었다. 테무친에게 있어 금나라는 꼭 한번 보고 싶은 꿈을 지닌 미지의 대국임과 동시에, 자기의 2대 조상인 칸을 학살한 씻을 수 없는 원수의 나라이기도 했다. 열 개의 손가락, 열 개의 손톱이 없어진다 해도 복수를 위해 계속 싸우지 않으면 안 되는 나라였다.

테무친이 아홉 살 되던 해의 여름, 예수게이는 아내 허얼룬의 희망에 따라 장래 테무친의 아내가 될 처녀를 구하기 위하여 테무친과 함께 허얼룬의 고향인 오루쿠누토 부족의 부락으로 향했다.

테무친에게 있어서는 최초의 여행이었다. 9년 동안 보아 왔던 환경과는 사뭇 다른 환경 속으로 들어갔다. 물론 몽골 부족은 계절에 따라 막사를 각지로 이동하고는 있었지만, 항상 부루칸 산의 산록과 오논과 케룰렌 강의 강변이었다. 즉, 이동 범위는 자연 조건에 의해서 결정된 일정한 지역이어서 테무친은 같은 종류의 수목으로 우거진 밀림과 같은 색채를 지닌 초원밖에 몰랐다. 그런데 이번 여행은 테무친의 눈앞에 전혀 다른 지형과 풍경이 전개되었다.

테무친을 포함한 열네댓 사람들은 말을 타고 식량을 실은 열 마리 남짓의 낙타를 끌고 있었다. 일행은 수목이 울창한 계곡을 지나 케룰렌 강을 따라서 내려갔다. 도중에 강을 벗어나서 초원을 가로지르기도 하고, 바위가 많은 언덕을 오르거나 자갈밭과 사막을 지나기도 했다. 호수는 사방에 있었다. 테무친에게는 매일의 여행길이 그렇게 즐거울 수가 없었다. 시간을 다투는 급한 여행이 아니었으므로 일행은 도중에서 고기를 낚거나 새나 토끼를 잡기도 했다.

그런데 허얼룬의 고향 부락에 닿기 전에 일행은 하나의 예기치 않은 사건으로 여정을 변경하게 되었다. 일행이 치쿠루그와 추크첼 두 산 사이를 지나갈 때, 온기라트 부족의 우두머리인 데이 세첸의 무리와 만난 일이 그것이었다. 두 부족의 우두머리는 초면이었으나, 곧 스스럼없는 사이가 되었다. 데이 세첸은 일행의 여행 목적이 무엇인지를 알자, 예수게이에게 오루쿠누토 부락까지 갈 것 없이 온기라트 부족의 부락으로 오도록 권유했다.

"나는 당신의 아들 테무친이 마음에 들었소. 다행히 나에게는 보루테라고 하는 딸이 있는데, 장래 잘 어울리는 부부가 될 것이오."

데이 세첸은 풍채 좋은 몸을 약간 뒤로 젖히며 부드럽게 말했다. 예수게이는 스스럼없이 말하는 온기라트 부족 우두머리의 인품에 호감을 가진 데다가 더욱이 온기라트 부족이 부유하다는 것을 벌써부터 알고 있던 터라 즉시 그 제의를 받아들였다. 몽골 부족으로서도 온기라트 부족과 혼인을 맺는 것은 결코 손해 보는 거래가 아니었다.

이야기가 성사되자, 두 집단은 일행이 되어 흥안령 북쪽 산자락의 초원지대로 향했다. 온기라트 부족은 몽고고원의 여러 부족 중에서 만리장성에 가장 가까운 지역에 살고 있었다. 때문에 금나라의 문화도 들어오기 쉬워 고원의 주민 중에서는 가장 높은 문화 생활을 하고 있었다.

온기라트의 목지(牧地)는 몽골 부족에 비하면 훨씬 훌륭했다. 완만한 경사인 초원은 끝없이 넓고 푸르렀으며, 방목하고 있는 양이나 말의 수도 훨씬 많았다. 데이 세첸의 막사도 역시 예수게이의 막사와는 비교가 되지 않을 만큼 크고 호화로웠다. 가구도 모두 세련되어 훌륭했고, 창고 속에 쌓여 있는 수피와 모피의 종류도 다양했다. 또, 그것과 교환해서 얻었으리라 짐작되는 물건을 보고는 테무친 부자의 눈은 휘둥그렇게 변했다. 옻칠한 집기류, 정교한 무기, 아름다운 장식품과 함께 상아와 옥도 있었다. 테무친은 이에 비해 자기들 몽골 부족의 막사가 얼마나 가난하고 초라한가를 뼈저리게 깨닫지 않을 수가 없었다.

보루테는 테무친보다 한 살 더 많은 10살이었다. 예수게이는 그녀를 보자마자 한눈에 들었다. 테무친 역시 크고 풍만한 그 소녀가 아름답게 보였다. 피부는 하얗고, 약간 밤색을 띤 머리카락에는 광택이 흘렀다. 테무친은 어릴 때부터 '검은 달단(韃靼)'에 대해 '흰 달단[17]'이라 불리는 민족이 있다는 것을 들어왔지만, 온기라트에 와서 비로소 그 이야기가 거짓이 아니라는 것을 알았다.

데이 세첸은 사흘 동안 일행을 융숭히 대접한 뒤, 예수게이에게 테무친을 얼마 동안 여기서 머무르게 하여, 이 부족민과 친숙해질 수 있도록 해달라고 부탁했다. 예수게이는 두말없이 데이 세첸의 청을 승낙했다. 테무친은 다른 부족 속에서 생활하는 것이 썩 내키지 않았으나 그 생활에서 얻는 것도 많으리라 생각하고 순순히 아버지의 뜻에 따라 데이 세첸의 막사에 머무르기로 했다.

예수게이 일행은 부루칸 산을 향해 돌아갔지만, 테무친은 그날부터 전혀 새로운 말과 풍습 속에서 새로운 생활을 시작하게 되었다.

테무친은 9세의 가을부터 13세의 봄까지 데이 세첸의 막사에서 보냈다. 장래 자기의 아내가 될 보루테에게 특별한 관심을 갖지는 않았지만, 이곳 생활에 대해서 소년으로는 생각할 수 없을 만큼의 큰 관심을 나타냈다. 이 부족은 다른 부족의 약탈에 대비해서, 비록 수

---

17) '검은 달단'……'흰 달단' : 몽골 제국에는 그 이전의 몽고고원을 지배하고 있었던 타타르인이 꽤 섞여 있었기 때문에 송대의 중국 역사가는 외몽고의 몽골 부족을 '검은 달단', 내몽고의 온구트 부족(터키계)을 '흰 달단'이라 했다. 몽골에 사신으로 갔던 남송의 사절에게 《흑달비록(黑韃備錄)》《흑달사략(黑韃事略)》의 저서가 있으며, 후자는 징기츠칸의 희곡을 썼던 로한(幸田露伴)이 그 중요성에 주목하여 간행했던 일이 있다.

는 적으나 특별히 잘 훈련된 젊은이들로 구성된 집단이 있었다. 젊은이들은 말을 잘 타고, 활쏘기에도 능했다. 그리고 가축을 습격자로부터 보호하기 위해 매일같이 초원에서 진영을 짜는 훈련과 말을 타고 반궁(半弓 : 짧은 활)을 쏘는 연습을 하고 있었다. 테무친은 데이 세첸에게 부탁하여 자기도 그 집단의 일원으로 들어갔다.

그러나 테무친이 이 체류 기간 중 얻은 가장 큰 수확은 금나라에 대한 재인식이었다. 이따금 만리장성을 넘어서 금나라의 상인들이 낙타를 몰고 이 부락으로 찾아왔다. 테무친은 그 상인들의 입을 통해 오논 강의 상류에서만 지냈다면 결코 알 수 없었을, 금나라에 관한 여러 가지의 지식을 얻을 수가 있었다. 그 가운데서 테무친을 가장 놀라게 한 것은 금나라도, 그 너머의 송나라도, 한 사람의 권력자에 의해 통일되고, 그 권력자의 명령에 수족처럼 움직이는 군대를 갖고 있다는 사실이었다.

고향 보루지긴의 부락에서 문리크라는 30세 가량의 사내가 테무친을 데리러 온기라트 부락으로 온 것은 테무친이 13세가 되던 해의 봄이었다. 문리크의 말은 분명하진 않았지만, 아버지 예수게이가 오랫동안 아들을 못 봤으니 만나고 싶다는 것이었다. 데이 세첸은 이 갑작스런 요청에 뭔가 석연치 않은 느낌을 받았지만, 곧 다시 돌아온다는 약속을 받고 테무친의 귀향을 허락했다.

문리크로부터 아버지 예수게이의 죽음을 듣게 된 테무친은 밤낮없이 고원으로 말을 달렸다. 예수게이는 여행지에서 여행자의 예의로 타타르 족의 한 씨족이 베푼 연회에 참석[18]했는데, 그만 음모에 걸려 독주를 마시고 사흘 동안 괴로워하면서 간신히 자신의 막사에 도착했으나 결국 세상을 떠났다는 것이었다. 예수게이는 일생을 원수인 타타르 족과의 싸움에 걸고, 가까스로 타타르 족에게 커다란 타격을 입혀 근래 12, 13년 동안 평온한 생활을 얻어냈지만, 결국은 그들의 보복으로 최후를 마쳤다.

테무친이 이와 같은 사실을 문리크로부터 들었을 때, 그는 아버지 예수게이의 죽음을 슬퍼하기보다는 타타르에 대한 분노로 몸을 떨었다. 예수게이가 13년 전에 타타르 족과 싸워서 크게 승리했을 때, 상대를 그대로 방치하지 말고, 이번과 같은 사건이 일어날 근원을 철저하게 뿌리 뽑았어야만 했던 것이다. 사내라는 사내는 한 사람도 남김없이 죽여 버리고, 여자들은 모두 다 노비로 삼아서 부락에 흡수했어야만 했었다.

그런데 뒤처리를 소홀히 했던 것에 대한 당연한 대가를 아버지 예수게이는 받은 것이라고 테무친은 생각했다.

13세의 테무친은 그렇지 않아도 초라한 부락이 예수게이의 죽음으로 인해 한층 더 어둡고 비참하게 변해 있는 보루지긴 부락으로 돌아왔다.

테무친은 문리크와 같이 수백 채의 막사(파오)가 즐비한 사이로 천천히 말을 몰았다. 그러나 어느 막사에도 인기척은 없고 적막했다.

---

18) 연회에 참석 : 몽골에서는 '식사를 하고 있는 사람의 옆으로 말을 타고 지나가는 사람은 말에서 내려서 통행하며, 식사를 하는 사람의 허가 없이는 통행할 수 없다. 식사를 하고 있는 사람도 이를 지켜야 하는' 풍습이 있으며, '법령'으로도 돼 있다.

이윽고 테무친은 자기의 막사 앞에서 말을 내려 안으로 들어갔다. 막사 안에는 몰라볼 만큼 성장한 이복동생 베르구타이와 베쿠텔이 서 있는 것을 간신히 알아볼 수 있었지만, 어떻게 된 일인지 천장으로부터 빛이 들어오지 않아 내부는 어둡고 음울한 공기가 감돌고 있었다.

테무친은 내부의 어둠에 눈이 익숙해질 때까지 잠시 입구에 서 있었다. 이윽고 정면 깊숙한 곳에 앉아 있는 어머니 허얼룬과 그 주위에 있는 네 명의 친동생들이 차츰 뚜렷하게 눈에 들어오자, 테무친은 그 쪽으로 다가갔다.

"너의 아버지 예수게이는 죽었다. 이제부터는 우리 가족의 기둥으로서 네가 여기에 있어 주지 않으면 안 되겠다."

테무친은 3년 반만에 만난 허얼룬의 입에서 나온 최초의 말을 잠자코 듣고 있었다. 그때 허얼룬은 무엇인가를 눈치 챘듯이,

"문리크를 불러들여라."

하고 말했다. 허얼룬은 문리크에게 먼길의 노고를 위로할 요량인 듯했으나, 입구에 서 있던 베르구타이의 말로는 '그는 이미 말을 타고 돌아갔다'는 것이었다. 그 말에 허얼룬은 일순 놀란 듯했지만 곧 베르구타이의 말이 진실인지 아닌지를 확인하기 위하여 자리를 박차고 밖으로 나갔다.

한참 만에 되돌아온 허얼룬은 일곱 명의 아이들을 자신의 주위에 불러놓고,

"오늘부터는 지금 여기에 있는 사람만이 우리 편이다. 서로 힘을

합쳐서 살아가지 않으면 안 될 것이다."

라고 말했다. 예수게이의 장례가 끝난 지 이미 수일이 지나 있었으므로 허얼룬은 이젠 한 방울의 눈물도 흘리지 않았다. 어머니의 눈물샘은 이미 메말라 버린 것이다.

테무친은 어머니와 동생들로부터 잠깐 동안에 놀랄 만한 많은 이야기들을 들었다. 예수게이의 죽음과 함께 앞으로의 실권이 타이추토 씨족으로 옮겨가리라는 예상에 동요된 보루지긴 씨족의 모든 사람들이 타이추토 씨족으로 돌아서는 낌새라는 것, 따라서 예수게이 뒤를 이을 새로운 칸도 타이추토 씨족 중에서 선출될 것이 틀림없다는 것, 그리고 예수게이의 몇몇 첩들이 여태까지 쌓였던 질투의 원한을 품고 본처 허얼룬을 무시한 채 자기들 멋대로 예수게이의 혼백을 모실 의식[19]을 올렸다는 것, 보루지긴의 친지들까지 날이 갈수록 멀어져서 2, 3일 전부터는 완전히 자취를 감춰 버렸다는 것, 또 부락의 사람들은 매일같이 집회를 열었지만 이제 무력해진 허얼룬 일가에게는 그 얘기 한 번 전하지 않는다는 것 등 그 많은 이야기를 테무친은 잠자코 듣고 있었다.

테무친은 조금 전 자기가 부락에 들어왔을 때, 왜 그토록 막사가 조용했던가를 깨달았다. 그들은 집회를 열고, 어떤 문제를 의논하고 있었던 것이다. 테무친은 자기들 일가가 하루 아침에 부족 사람들에게 무시된 데에는 반드시 그만한 원인이 있으리라 생각했다.

예수게이의 사후, 보루지긴 씨족에는 예수게이를 대신하여 일족

---

19) 제를 지내는 의식 : 몽골인의 풍습에서는 씨족의 제사에 참가시키지 않는 것은 그 사회에서 쫓겨나는 것을 의미했다.

을 지휘할 실력자가 한 사람도 없었다. 그러한 인물이 없다는 것은 곧 예수게이가 그와 같은 인물을 사전에 만들어 두지 않았다는 것이 된다. 이는 단순히 보루지긴 씨족에게만 그런 것이 아니라 타이추토 씨족에서도, 또 다른 씨족에 있어서도 마찬가지였다. 부락민은 한 사람의 권력자 밑으로 모이고 거기서 통일되지만, 그 권력자가 죽으면 자신들의 이익을 위해 또 다른 권력자를 찾아나서지 않으면 안 되었다. 그와 같은 일이 전 몽골 부족 사이에서는 오랜 옛날부터 행해져 왔던 관습이었다. 즉, 조직이라는 것을 갖고 있지 않은 집단의 모습이었다.

권력자의 사후 그 유족이 비참한 처지로 몰락하는 것은 당연한 일이었다. 권력자에게서 받은 압박의 울분을 그 유족을 향해 터뜨리는 것이었다. ─ 그렇게 언제까지나 달콤한 꿀물을 마시도록 놓아둘 수는 없다. ─ 이 이야기는 몽골 부족민 사이에서는 빈번히 사용되는 말로 매우 자연스럽게 받아들여지고 있었다. 그들의 사고방식에 의하면, 그 말은 모든 인간들을 공평하게 다독거려 주는 하늘의 뜻이기도 했다.

테무친은 자기가 3년 반 동안 지냈던 온기라트 족의 데이 세첸의 경우를 생각해 보았다. 온기라트의 경우도 조직이 없는 것은 마찬가지였지만, 우두머리의 위치에 앉을 수 있는 자격은 데이 세첸의 집안에 한정되어 있었다. 데이 세첸 집안은 재보라고 하는 재산의 힘을 가진 실력자 집안이었다. 데이 세첸은 어떤 종족보다도 부유했다. 그러던 데이 세첸이 사위인 테무친을 놓치기 싫어한 것은 후계자가 될 남자가 없었기 때문이었다.

테무친은 한참 동안 아버지가 부루지긴 씨족의 칸으로서 거처했던 막사 안을 둘러보았다. 부락민의 막사와 다른 점이라면 막사가 다소 넓고 크다는 사실뿐이었다. 그 속에 있는 것은 다른 막사와 다를 바가 없었다. 특별히 고가의 물건이 있는 것도, 물건이 풍부하게 있는 것도 아니었다. 다른 부족으로부터 약탈한 물건은 곧바로 평등하게 나누어지고, 우두머리로서의 특별한 몫은 없었다. 요컨대 여기에는 계급이 없었고, 따라서 특별한 부자도 가난한 자도 없으며, 오직 모두가 평등하게 가난했다.

테무친은 허얼룬을 향해 다소의 분노가 담긴 차가운 말투로,

"모두가 당연히 일어나야 할 일일 뿐입니다."

라고 말했다. 그러고는 계속해서 말을 이었다.

"타이추토의 무리는 아마도 우리들을 이대로 놓아두지 않을 겁니다. 우리 일가의 비참한 운명은 물이 높은 데서 낮은 데로 흐르듯이 좀더 비참해진 뒤에야 비로소 안정될 거예요."

테무친의 담담한 말에 메말라 버린 것 같던 어머니 허얼룬의 눈물 샘에서는 다시 새로운 눈물이 솟아올랐다. 그리고 이번에는 그 원천이 완전히 말라 버릴 때까지 계속 목메어 울었다. 어머니가 너무도 오랫동안 울었으므로 베쿠텔과 베르구타이는 활을 들고 사냥 나가고, 카치군과 테무게는 놀러 나갔으며, 다섯 살의 테무룬은 어느새 잠들어 버렸다.

테무친은 카살만이 자기의 옆에서 어머니의 모습을 지켜보며 묵묵

히 서 있는 것을 보고,

"너는 오늘부터 나의 충실한 부하가 돼라. 나의 모든 명령을 거역해서는 안 된다. 그 대신 나는 너를 이 집에서 내 다음의 권력을 가지도록 인정한다. 베쿠텔과 베르구타이와 싸울 때는 둘이 협력해서 대항한다. 내가 만약 쓰러지는 일이 있다면 나를 대신해서 네가 이 집의 지휘봉을 휘둘러야 한다."

라고 선언하듯이 카살에게 말했다. 테무친의 말에 깜짝 놀란 허얼룬은 울음을 그치고 얼굴을 들어 올렸으나, 이내 본래의 자세로 돌아가 흐느꼈다. 테무친은 카살에게 확답을 요구했다. 그러자 카살은 남자로서는 너무나도 온순해 보이는, 테무친보다 잘생긴 얼굴이 홍분으로 상기되어,

"좋아, 그 결정에 동의할게."

라고 말했다. 테무친도 역시 홍분하고 있었다. 그에게 있어서 이 약속은 자못 엄숙한 것이었다. 지금까지 살아오는 동안 이만큼 엄숙한 순간을 가졌던 적은 없었다.

테무친은 어머니를 도와서 일가를 짊어지고 앞장서 나가기 위하여 홀로 동떨어진 집에 하나의 질서를 만들고, 체제를 선포하고 계급을 만들었다. 테무친이 이러한 결심을 하게 된 것은, 물론 일가를 이끌어가지 않으면 안 되는 책임감 때문이었지만, 또 하나는 3년 반 사이에 자기를 능가할 만큼 크고 늠름하게 자란 배다른 두 동생, 베쿠텔과 베르구타이에 대한 경계심이었다.

테무친이 오랜만에 막사에 들어설 때 먼저 거기에 서 있던 두 동생

들과 얼굴을 마주했지만, 그때 그들로부터 받았던 시선은 결코 혈육으로서의 애정이라 볼 수 없었다. 동생이라기보다는 왠지 두 사람의 적을 발견한 기분이었다.

그로부터 얼마 뒤, 테무친이 예상했던 것보다 한층 악화된 상황이 벌어졌다.

두 달쯤 지난 어느 날 아침, 문 밖의 소란한 소리에 잠에서 깨어난 테무친은 막사 밖으로 나가 보았다. 새벽녘의 어스름 속에서 부락의 남녀들이 저마다 막사를 접고, 가재 도구를 말이나 낙타에 실어 나르느라 정신이 없었다. 부락 전체의 이동이 행해지고 있는 것이었다. 테무친은 어느 틈엔가 허얼룬이 자기의 곁에 서 있는 것을 알았다. 허얼룬은 말없이 그들을 바라보고 있었다.

테무친은 어머니를 그곳에 세워 둔 채 가까운 사람의 막사로 가서 어디로 가려는지를 물었다. 그러자 그 사내가,

"타이추토의 명령으로 새로운 땅으로 이동한다."

라고 대답했다. 여름을 앞두고 부락이 이동하는 것은 조금도 이상한 일이 아니었지만, 그것이 타이추토 씨족의 명령에 의해 행해지고 있다는 것과 그러한 일을 테무친의 막사에는 알리지 않은 데에 문제가 있었다. 테무친은 그 순간 자기들이 부락민들로부터 소외되고 있다는 것을 깨달았다. 비록 예수게이는 죽었지만 새로운 칸이 아직 선출되지 않은 한 부락의 움직임 일체를 예수게이의 큰아들인 테무친에게 상의해야 마땅했다. 그럼에도 불구하고 한 마디의 인사도 없었을 뿐 아니라 자기 가족들만 여기에 내버려두고 떠나려는 것이었다.

테무친은 그 행동을 격렬하게 비난했지만 누구도 그를 상대하지 않았다. 분노로 몸을 떨면서 테무친이 자기의 막사로 발걸음을 돌리려 했을 때, 테무친의 눈에 백마의 꼬리를 친친 감은 둑(纛)[20]을 들고 말에 오른 어머니 허얼룬의 모습이 들어왔다. 허얼룬은 칸의 권력 상징의 깃발인 둑을 높이 치켜들고 제멋대로 초원으로 이동하려고 하는 부락민의 행동을 저지하였다. 그러나 테무친은 어머니의 행동이 그들에게 결국은 아무런 의미도 주지 못함을 알고 있었다. 그는 어머니를 응원하지도, 저지하려고도 하지 않았다.

테무친은 막사로 돌아가서 그 앞에 선 채로 오랫동안 부락민의 바쁜 움직임을 바라보고 있었다. 어머니는 광장의 서남쪽 모퉁이에 말을 세워 놓고 있었다. 이따금 어머니가 들고 있는 둑의 털은 높이 솟구쳐 바람에 펄럭거렸지만 멀리 조그맣게 보였다.

이윽고 광장의 여기저기에 놓여 있던 낙타와 말의 조그만 집단은 통제 없이 하나씩 움직이기 시작했다. 막사가 하나뿐인 몇 명의 사람들도 있었고, 두 개나 세 개의 막사가 모인 소집단도 있었다. 그것들은 반년 동안 살아서 길들여졌던 땅을 버리고, 허얼룬이 깃대를 올리고 있는 주변에서부터 갑자기 기울어져 있는 경사지의 저편으로 모습을 감추어 갔다. 따라서 허얼룬이 치켜든 깃발은 마치 집단이 광장으로부터 나가는 출구를 표시라도 하는 듯이 보였다. 광장을 메우고 있던 막사들은 차츰 그 수가 줄어 이윽고 허얼룬 가족의 막사

---

20) 둑(纛) : 독흑(禿黑) 또는 독(纛)으로 표현되며, 군의 총지휘자가 갖는 깃발이다. 소나 말 꼬리의 털로 깃대의 끝을 장식했는데, 둑의 수는 왕자의 권력 상징이며, 절대 권력을 갖는 자는 아홉 개의 둑을 갖는 칸으로 불린다. 군의 수호신 수루데의 영이 여기에 깃들어 있다고 믿고 있었다.

만이 을씨년스럽게 남았다.

테무친은 최후의 집단이 비탈의 저편으로 모습을 감추어 버리자, 갑자기 텅 빈 광장의 저편에서 이쪽으로 다가오고 있는 허얼룬의 모습을 보았다. 여전히 깃대를 똑바로 세운 채 말 위에 앉아 있는 허얼룬은 극도로 긴장하여 격렬한 표정을 짓고 있었지만, 테무친은 평소의 어머니보다도 그런 어머니의 모습이 용감하고 아름답게 보였다.

"문리크 · 아무르데 · 솔캄 · 시라도 가버렸다."

허얼룬은 말에서 내리자, 남편 예수게이가 살아 있을 때 친하게 지냈던 사람들의 이름을 하나씩 꼽으며 말했다. 이런 사람들의 이름 중에는 기억력이 좋은 노인 부루테추 바가투르도 끼여 있었다.

그날 저녁, 보루지긴 씨족 중의 최연장자이며 문리크의 부친인 차라카가 상처 입은 채로 말을 타고 찾아왔다. 그는 말에서 내리자마자 그 자리에 쓰러졌다. 등이 창에 찔려 있었는데 꽤 심한 상처였다. 상처가 난 이유는 알 수 없었지만, 허얼룬 모자는 차라카를 막사 안으로 옮기고 간호했다.

차라카는 2, 3일이 지나 겨우 말할 수 있게 되었다. 그의 말에 의하면, 그만이 최후까지 허얼룬 모자를 버리고 가는 것을 반대했으며, 부락민이 이동을 시작한 뒤에도 타이추토 씨족의 사람들을 일일이 찾아다니며 설득했다는 것이다. 그때 타이추토 씨족의 우두머리로 알려진 한 사람 토도엔 기루테는,

"깊은 물은 말랐으며, 빛나는 돌은 깨졌다. 예수게이는 이미 죽었는데 너는 무슨 잠꼬대 같은 소리를 하는 거야."

하고는 갑자기 들고 있던 창으로 차라카의 등을 찔렀다는 것이었다.

차라카 노인은 그후 3일 동안 살아 있었으나 물만 마시다 결국 죽었다. 테무친은 아버지의 죽음 앞에서도 보이지 않았던 눈물을 그때 처음으로 보루지긴 씨족이 낳은 오직 한 사람의 용사인 차라카를 위해 흘렸다. 허얼룬이 걱정할 만큼 테무친은 크게 울었다. 테무친은 몰락한 한 가족을 위하여 보여주었던 차라카의 충성에 보답할 어떤 방법도 없음을 생각하자, 그것이 더욱 분하고 안타까웠다.

이후, 허얼룬 모자의 생활은 더욱 비참하였다. 어머니와 테무친을 중심으로 한 일곱 형제는 한 개의 막사와 약간의 양과 말을 가지고 있을 뿐이었다. 더욱이 막사가 고립되었기 때문에 식량도 의복도 교환해서 얻을 상대가 없었다.

허얼룬 모자를 버린 보루지긴 씨족은 타이추토 씨족과 함께 며칠이나 걸리는 오논 강 하류의 초원지대에 가서 새로운 부락을 만들었고, 타이추토 씨족의 실권자 타르쿠타이가 몽골 칸의 지위에 올랐지만, 그러한 일은 일체 허얼룬 모자의 귀에는 들어오지 않았다.

테무친은 굶지 않기 위해서 가족의 어느 누구도 놀도록 내버려두지 않았다. 허얼룬은 어린 테무룬을 데리고 매일같이 풀을 베러 오논 강 상류로 거슬러올라가거나, 돌배나무의 열매를 주우러 산 속으로 깊이 들어가곤 했다. 막사 앞의 밭에는 부추와 염교(잎은 비늘줄기에서 나고 가을에 잎사귀에서 꽃줄기가 나와 꽃이 됨)를 심었다. 여섯 명의 남자 아이들은 매일 일을 분담해서, 양을 몰기 위해 목장에 나가고, 조금이라도 틈이 생기면 물고기를 낚으러 가거나 사냥하러 나갔다.

이 시기에 테무친이 가장 골머리를 앓은 것은, 배다른 동생인 베쿠텔과 베르구타이가 언제나 단짝이 되어서 같이 행동하며, 좀처럼 테무친의 명령에 따르지 않았던 일이었다. 둘 다 똑같은 얼굴을 가졌으며, 체구도 크고, 힘도 세고, 성품은 거칠었다.

예수게이가 죽고 일 년이 지난 봄, 테무친은 사사건건 이 두 동생과 충돌했다. 테무친의 친동생인 카살은 테무친과의 약속을 지켜 순종했지만, 힘도 약하고 언행이 유순했으므로 실제로 이복동생들과 대항할 때는 별로 믿음직한 부하가 되지 못했다. 나머지 두 동생 카치군과 테무게는 아직 어려 있으나마나였다. 테무친은 종종 자신이 사냥한 것을 베쿠텔과 베르구타이에게 빼앗겼다. 그들이 정면으로 당당히 요구해 오면, 억지인 줄 알면서도 그들의 요구를 들어주지 않으면 안 되었다.

어느 날, 테무친은 카살과 함께 낚시하러 갔는데, 그때 카살이 몸에 야릇한 광채를 띤 소고순이라는 고기를 낚아 올렸다. 이것을 본 베쿠텔과 베르구타이는 즉시 그것을 카살로부터 빼앗으려고 했고, 그것을 주지 않으려고 하는 카살과 카살을 응원하는 테무친과의 사이에 심한 싸움이 벌어졌다. 그러나 결국 몸이 빛나는 고기는 베쿠텔과 베르구타이의 손에 넘어갔다.

이 사건을 테무친은 허얼룬에게 호소했다. 그러자 허얼룬은 슬픈 듯이 얼굴을 일그러뜨리며,

"너희들은 왜 이렇게 되어 가느냐. 형제들이 서로 싸워서야 어떻게 타이추토에 보복할 수 있겠느냐. 지금의 우리들에게는 그림자 이외에는 벗이 없고, 말꼬리 이외에는 채찍조차 없는데도……."

어머니의 이 말은 테무친의 마음 깊이 스며들었다. 어머니의 말은 타이추토 씨족에 대한 원한을 새삼 되새겨 줌과 동시에, 베쿠텔과 베르구타이 둘을 결코 방치해 두어서는 안 된다는 생각을 굳히게 해 주었다.

그 다음날 아침, 테무친은 베쿠텔을 막사 밖으로 불러내어 평소의 행동을 꾸짖고, 그러한 행동들을 고치도록 타일렀다. 그러나 금방 두 사람 사이에는 또다시 언쟁이 붙었다.

"너는 어머니 허얼룬의 아들이 아니다. 맘씨 고운 어머니를 더 이상 슬프게 할 권리가 어디에 있느냐."

라고 테무친이 말하자 베쿠텔은,

"너야말로 아버지 예수게이의 아들이 아니다. 나도, 베르구타이도, 카살도, 카치군도, 테무게도, 테무룬도 아버지의 자식이지만, 너만은 다르다. 나와 부락의 모든 사람이 알고 있다. 모르는 것은 너뿐이며, 네 몸에는 메르키트의 피가 흐르고 있다. 너는 다만 어머니 허얼룬의 몸을 빌려서 이 집에 태어난 것뿐이다."

"무슨 소리를 하느냐?"

"거짓말이라고 생각한다면 어머니에게 물어봐라. 너를 낳아 준 어머니가 그것을 가장 잘 알고 있을 것이다. 만약 네가 묻기 싫다면, 그것을 자기 자신의 가슴에다 물어 봐라. 아버지 예수게이는 너를 조금도 사랑하지 않았을 테니 곰곰이 생각해 보면 아마 납득이 갈 것이다."

테무친은 베쿠텔의 말을 듣는 순간 그것을 이해하기에는 너무도 많은 것들로 머릿속이 꽉 차 있었다. 그것은 귓전을 격하게 스쳐가는 폭풍우와 같은 것이었다.

"무슨 엉터리 같은 소리를 하느냐."

테무친은 상대의 말을 전혀 받아들이지 않으며 말했다. 그러나 그 목소리에는 이미 상대를 위압할 울림은 없었다. 상대의 말을 믿지는 않았지만, 그것에 의해 충격을 받은 것만은 사실이었다. 베쿠텔은 테무친에게 최후의 급소를 찌르듯이 말했다.

"나는 오늘부터 일체 너의 명령에 따르지 않는다. 형으로 인정하고 싶지 않다. 예수게이의 피를 가진 내가 이 막사의 명령자다."

베쿠텔은 그렇게 내팽개치듯 말하고 테무친의 곁을 떠나서 어디론가 가 버렸다. 테무친은 반항을 당당히 선언하고 사라져 간 베쿠텔의 뒷모습을 잠시 지켜보고 있었지만, 이때 테무친의 마음속에서 갑자기 베쿠텔을 살려두어서는 안 된다는 감정이 치솟아올랐다. 이 막사의 평화를 어지럽히고 자기에게 반항하는 자는 어떤 사람이라도 없애버리지 않으면 안 된다고 생각하였다.

테무친은 카살을 불러 베쿠텔이 어디로 갔는지를 보고 오도록 명령했다. 잠시 후, 카살은 돌아와서 베쿠텔이 멀지 않는 산 위에서 얼룩말을 지키고 있다고 보고했다.

테무친은 스스로 활을 들고 카살에게도 활을 들 것을 명령했다. 그리고 둘은 같이 막사를 나왔다. 테무친은 산기슭에 이르자 카살에게 베쿠텔을 죽일 뜻을 밝혔다. 예상했던 대로 카살은 일순간 안색을 바꾸고 경악의 눈으로 바라보았지만, 이윽고 그것이 테무친의 명령임을 알자 협력하기로 맹세했다.

두 사람은 베쿠텔을 협공하듯이 각각 산의 비탈진 반대쪽으로 올라가서 화살을 시위에 먹인 뒤 산마루에 서 있는 베쿠텔을 겨누었다.

베쿠텔은 그들을 발견하고는 자신에게 무엇을 하려 하는지 알아차리자 돌연 땅바닥에 주저앉아서 자포자기한 태도로,

"너희들은 나를 죽일 작정이구나. 그렇다면 하는 수 없다. 자, 쏴라."

라고 소리친 다음,

"카살, 먼저 활을 쏴라. 그 화살에 죽겠다. 나는 결코 메르키트 족속의 화살에 죽고 싶지 않다."

베쿠텔의 말이 채 끝나기도 전에 테무친의 손에서도 카살의 손에서도 화살이 날았다. 두 개의 화살은 동시에 베쿠텔의 가슴을 꿰뚫었고, 베쿠텔의 사지는 약간 떨면서 멈추었다. 잇달아 몇 개의 화살이 베쿠텔을 향해 날았다. 카살의 활은 모두가 베쿠텔의 가슴에 맞았고, 테무친의 화살은 모두가 등에 꽂혔다. 고슴도치처럼 된 베쿠텔은 숨이 끊어졌다.

둘이 막사에 돌아오자 허얼룬은 대뜸,

"너희들 방금 어디서 무엇을 하고 왔길래 안색이 그 모양이냐?"

라고, 평소와는 전혀 다른 격렬한 어투로 물었다. 테무친은 베쿠텔

이 다시는 돌아오지 않을 것이라고 말했다. 그러자 허얼룬의 표정은 금세 변하고 한 마디 낮은 신음 소리를 내고는 테무친을 무섭게 노려보며,

"너는 얼마 되지 않는 우리 편의 한 사람을 죽였다. 포의(胞衣 : 태아를 싸고 있는 막과 태반)를 물어뜯는 개처럼, 벼랑을 찌르는 카프란[21]처럼, 노여움을 억제하지 못하는 사람처럼, 산짐승을 통째로 삼키는 큰 뱀처럼, 자신의 그림자를 찌르는 매[22]처럼, 소리 없이 삼키는 추라카[23]처럼, 새끼 낙타를 뒷다리부터 물어뜯는 낙타처럼……."

여기서 허얼룬은 말을 끊었다. 흥분으로 더 이상 말을 잇지 못했던 것이다. 이윽고 또 허얼룬은 전보다 훨씬 격렬한 어투로 말을 계속했다.

"너희들은 죽였다. 둘도 없이 소중한 우리 편의 한 사람을 죽여 버렸다. 머리와 입을 물어뜯는 승냥이처럼, 제 새끼를 내쫓지 못해 먹어 버리는 원앙새처럼, 잠자리를 건드리면 달려드는 시랑(豺狼 : 승냥이와 늑대)처럼, 잡을까 말까 망설이는 호랑이처럼, 대중 없이 무는 파루수[24]처럼……."

거기까지 말해 놓고 허얼룬은 그 자리에 쓰러졌다. 테무친은 인간이 이같이 격하게 분노할 수 있는 존재인 것을 알지 못했었다. 허얼

---

21) 카프란 : 츌크 어로 '커다란 표범'을 가리킨다고 함. 이에 대해 붙잡지 못하는 파루스(虎)는 '자그만 체구의 표범'일 것이라 함.

22) 해청(海靑) : 매의 일종.

23) 추라카 : 맹어(猛魚)의 일종이라 함.

24) 파루스 : 맹수의 이름. 전설상의 긴 털이 난 개의 이름인 바루크 개라고 하는데, 상대를 가리지 않고 달려들어 물어뜯는다고 함.

룬은 분노를 이기지 못하고 기절했던 것이다.

테무친은 어머니가 분노하기 이전까지는 베쿠텔의 반쪽인 베르구타이를 살려 둘 마음이 전혀 없었지만, 어머니의 분노로 그 뜻을 번복했다. 테무친은 카살에게,

"베르구타이를 살려 두자."

라고 속삭였다. 이제 동업자를 잃은 베르구타이는 어머니가 말한 소중한 우리 편이 안 되는 것도 아니었다. 카살은 어머니의 노여움에 어리둥절해 있었으나 이윽고 테무친의 말에 정신을 차리고는,

"베르구타이는 좋은 데가 있어. 약속하면 결코 어기지 않는……."

미래의 충실한 가신(家臣)은 자신의 의견을 말했다. 베쿠텔의 시체는 어머니의 명으로 테무친과 카살이 산기슭에 묻었다. 허얼룬은 석 달 동안 매일같이 그 장소로 나갔다. 그러나 테무친은 자기의 행동을 후회하지 않았다. 베쿠텔이 없어지고 난 뒤부터 막사의 생활은 눈에 띄게 화목해졌다. 형제들 사이에는 입씨름 한 번 하는 일이 없었다. 베르구타이는 협조자가 없어지자 얌전해졌으며, 카살이 말했던 것처럼 한번 약속한 것은 어떠한 일이 있어도 반드시 실행했다.

베쿠텔이 죽고 시간이 흐름에 따라, 테무친은 베쿠텔이 마지막에 자신에게 퍼부었던 말을 자꾸만 떠올리게 되었다. 그것은 마치 베쿠텔의 끈질긴 원한의 집념이기라도 하듯이 테무친의 귓전에서 떠나지 않았다. "카살이여, 먼저 활을 쏴라. 나는 메르키트 족속의 화살에 죽기 싫다"고 한 베쿠텔의 말을 테무친은 몇 번이고 떠올렸다. 베쿠텔이 피할 수 없다고 판단했던 최후의 순간, 발악처럼 아무렇게나

내뱉었던 것이라 여겼었지만, 그 말에는 그냥 지나칠 수 없는 깊은 속뜻이 담겨 있는 듯 느껴졌다.

테무친은 또한 언젠가 바쿠텔이 자신에게 했던 말을 잊을 수가 없었다. 자신을 예수게이의 자식이 아니고, 메르키트의 자식이라고 하는 것은 무슨 소리일까? 어머니는 허얼룬이지만 아버지는 예수게이가 아니라는 것은 무슨 의미일까? 그리고 또 예수게이가 자신을 사랑하지 않았다는 말은 무슨 말일까?

베쿠텔이 퍼부었던 많은 말 중에서 테무친의 마음에 가장 깊은 상처를 남긴 것이 있다면 그것은 베쿠텔이 최후에 말했던 아버지 예수게이가 자신을 사랑하지 않았다고 하는 말이었다.

테무친은 이따금 자신도 모르는 사이에 돌아가신 아버지 예수게이가 자신에게 했던 행동의 하나하나를 곰곰이 되새기고 있는 스스로를 발견했다. 그리고 예수게이가 자신에게 해 보였던 짧은 말에도, 사소한 동작에도, 이를테면 눈의 움직임 하나에도 거기서 어떤 의미를 찾아내려고 했다. 그것은 정신적으로는 고독을, 육체적으로는 강한 피로를 요구하는 일이었다.

그리고 그러한 일에 지쳐 버린 테무친은 예수게이가 자신에게 했던 행동에는 어쩌면 다른 동생들에게 했던 것과는 다른 무엇이 있었던 것처럼 생각됐다. 그렇게 생각하기 시작하자, 아버지 예수게이는 테무친이 알고 있던 생전의 예수게이와는 전혀 다른 모습으로 테무친의 앞에 커다랗게 섬뜩한 모습으로 다가왔다.

그처럼 생각이 꼬리에 꼬리를 물고 깊어지자, 자신이 아홉 살 때부터 온기라트 족에게 맡겨졌던 사실도 전혀 다른 의미로 생각되었다. 어쩌면 처음부터 아버지는 자신을 다른 종족의 부락에 내버릴 작정이었던 것은 아니었을까? 아버지가 죽었기에 자신은 다시 돌아오게 되었지만, 만약 아버지가 죽지 않고 살아 있었다면 자신은 영원히 그 흥안령에 있는 부락에 버려지지 않았을까?

15세 무렵부터 테무친은 그렇지 않아도 무뚝뚝한데 한층 더 무뚝뚝해져서 더욱 말이 없는 소년으로 되어 갔다. 테무친도, 다른 동생들도, 허얼룬이 기르는 부추와 염교로 피로를 모르는 억센 체구를 만들어 나갔지만, 젊은 우두머리는 막사 안의 한쪽 구석에 혼자 있는 일이 많았다.

테무친은 자기의 근심을 풀어 줄 인물이 가까이에 없다는 것이 안타까웠다. 어머니 허얼룬에게 물으면 어쩌면 당장에 분명해질지 모르나, 테무친으로서는 자신의 출생의 비밀을 어머니에게 따져 물어볼 마음은 전혀 없었다. 베쿠텔을 죽였을 때, 허얼룬이 자기들에게 보였던 그 살기어린 분노에 다시금 부딪칠 것 같은 느낌이 들었다.

자신이 어머니에게 하는 말 중에는 필시 허얼룬의 마음을 자극하여 다시금 그 광란 상태로 빠뜨리게 할 것이라고 생각되었다.

테무친으로서는 자신의 몸 안에 흐르고 있는 피가 몽골의 피가 아니고 메르키트의 피라고 하는 가정만큼 잔혹한 것은 없었다. 테무친은 무슨 일이 있어도 예수게이의 아들이 아니어서는 안 되었다. 예수게이의 아들이 아니라는 것은 조부 바루탄 바이톨과도, 중조부 카불, 그 앞의 토무비나이 세첸(총명자 세첸), 또 그 앞의 베신구르 토구신, 다시 더 앞의 용사 하비치, 미녀 아란과 하늘의 빛의 아들인 보돈찰 몬카쿠, 다시 거슬러올라가 외눈박이의 도와 소홀, 부자 토로고 루친, 다시 또 몇 대 전의 에케 니돈, 사리 카차우, 그리고 몽골의 최초의 사람인 태조 바타치칸, 나아가서는 그의 아버지인 서쪽의 큰 호수를 건너서 왔던 푸른 이리와도, 뽀얀 빛깔의 암사슴과도 자신은 아무런 관계가 없는 자가 돼 버리는 것이다. 결코 그런 일이 있어서는 안 되는 것이었다.

테무친은 자신이 부족의 원류인 이리와도 암사슴과도 관계가 없어진다는 것을 생각하자 눈앞이 캄캄해지는 것 같은 절망감으로 뒤덮였다. 테무친은 어릴 적부터 몽골의 원류인 전설 속에서 살아왔고, 그것은 테무친의 과거를 만들어 왔음과 동시에, 또 앞으로의 긴 미래까지도 만들어 가는 것이기도 했다.

지금 자신의 몸에서 몽골의 피를 빼 버린다는 것은 과거의 일체를 부정하는 일임과 동시에 미래의 어떤 일에도 부정되는 것이었다. 테무친은 자신이 지금 무엇 때문에 살아왔는지 모르게 됨과 동시에, 앞으로 무엇을 위해 살아갈 것인지도 알 수 없게 될 것이기 때문이다.

자신의 몸 속에 흐르는 피 속에는 한 방울의 이리의 피도, 암사슴의 피도 흐르고 있지 않는 것일까. 많은 용사나 명사수나 총명자를 낳았던 두 아름다운 핏줄과 자신은 아무런 관계도 없었다는 것일까? 카살도, 카치군도, 테무게도, 그리고 연약한 여동생 테무룬도, 그리고 또 이복동생 베르구타이까지도 몽골의 피를 가지고 있는데, 자신만은 그 몫이 주어지지 않았다는 것일까.

테무친은 며칠이고 고민한 끝에 그 의혹을 부정하며 생각의 저편으로 억지로 밀어붙였다. 그것은 무슨 일이 있어도 자신은 몽골의 일원이 되어 있지 않으면 안 되었기 때문이다.

그 해의 여름, 테무친에게 하나의 조그만 사건이 일어났다. 그 무렵에는 오논 강 중류의 우측 강변의 초원에 막사를 치고 있었는데, 어느 날 목장에서 집으로 돌아가려던 테무친은 고원의 저쪽 끝에서 초라해 보이는 한 사내가 걸어가는 것을 보았다. 자신의 부족과 헤어진 후 일 년에 두세 차례 정도밖에는 인간의 모습을 본 적이 없었으므로 테무친은 사람에 대한 그리움의 마음에서 조심스럽게 그 사내 쪽으로 말을 몰았다. 사내는 뜻밖에도 테무친이 얼굴을 아는 보루지긴 씨족의 사람이었다. 테무친은 어린 시절 그의 아이들과 자신의 막사 안에서 놀았던 기억이 있었다.

그 사내는 눈 한 번 깜박이지 않고 천천히 테무친을 머리끝에서부터 발끝까지 훑어보고 나서,

"역시 너는 예수게이의 아들, 테무친이 틀림없구나."

하고 확신하듯이 말했다. 15세의 테무친은 짧은 기간에 늠름한 젊은이로 성장하였다. 테무친에게 그 상대는 자기들 모자를 버리고 간 원한 맺힌 일족의 한 사람이었지만, 지금 자신을 올려다보고 있는 초라한 모습의 작은 사내에게 테무친은 옛 종족을 만난 그리움이 뭉클하여 그다지 원망스러운 마음이 생기지 않았다.

"어떻게 먹고 지내느냐?"

사내는 무뚝뚝하게 물었다. 부락과 떨어져 완전히 고립된 막사에

서 살아남은 것만도 기적 같은 일인데, 이같이 건강한 사실이 그 사내로서는 이해하기 어려운 모양이었다. 테무친은 이때 사내의 말을 듣고 타이추토 씨족인 타르쿠타이칸의 밑에서 보루지긴 씨족 사람들이 결코 행복하지 못하다는 사실을 알았다.

사내가 이야기를 끝마치고 그대로 떠나려할 때, 테무친은 복받쳐 오르는 감정을 누르지 못해,

"잠깐, 기다리시오."

하고 소리쳤다. 테무친은 오랫동안 고민해 왔던 자신에 대한 출생의 비밀[25]을 어쩌면 이 사나이가 해결해 줄지 모른다는 기대감이 있었다.

"내가 예수게이의 아들인지 아닌지 아시면 말씀해 주시오."

테무친은 뒤돌아본 사내에게 물었다. 사내는 테무친의 뜻밖의 질문에 순간 당황해하는 모습이었으나 잠시 후,

"글쎄."

하고 애매한 대답을 했다. 그러나 테무친의 위압적인 표정을 보고는 정색을 하며 말했다.

"그건 아무도 몰라, 너의 어머니 허얼룬만 아는 일이야. 그러나 그런 건 아무려면 어떠냐. 내 어머니는 타타르 놈들에게 두 번이나 끌려갔었다. 동생은 아버지의 자식이지만, 나는 누구의 자식인지도 모른다. 보루지긴에도, 타이추토에도, 모두 여자를 한두 번 뺏기도 하고 빼앗기기도 하니까 말이야."

---

25) 출생의 비밀 : 몽골에서는 혈연 관계의 순결을 유지하는 노력이 대단해서 의심받은 자는 자신이 속해 있는 씨족으로부터 제거되어 별도의 씨족을 만들지 않으면 안 되었다.

"보루지긴 사람들은 내 아버지를 누구라 하던가요?"

테무친은 진지했다.

"글쎄…… 아마, 너의 어머니는 예수게이가 메르키트의 놈으로부터 빼앗아 왔으니까, 너의 아버지는 예수게이가 아니면 메르키트겠지. 그런 문제는 자기가 좋아하는 쪽으로 생각하면 되는 거야. 꼭 알고 싶으면 오십 세가 될 때까지 기다려야 해. 오십 세가 되면 모두 자기의 부모가 자연스레 분명해진다. 메르키트는 일찍 늙어서 손버릇이 나빠지고, 케레이트 놈은 머리가 벗겨져서 인색해지니까."

"몽골은?"

테무친은 끝까지 알아내고야 말겠다는 듯 끈질기게 말했다.

"몽골은 이리가 된다."

사내는 말했다. 이리가 된다는 것은 구체적으로 어떤 것인지 알 수 없었지만 테무친은 이미 그것을 따져 물으려 하지 않았다. 이리가 된다는 것은 일찍 늙어서 손버릇이 나빠진다든가, 머리가 벗겨져서 인색해진다는 것과는 의미가 전혀 다른 것 같았다. 이리가 된다고 하는 말 속에는 어릴 때부터 테무친이 알고 있는, 물론 그것은 분명한 것은 아니었지만, 어쨌든 몽골의 피의 비밀에 대한 것이 있었다. 그런 의미에서는 보루지긴 씨족의 한 초라한 사나이의 대답은 옳은 말이라 생각되었다. 그 이외의 어떠한 말도 몽골의 피를 확실하게 설명할 수 없음이 틀림없었다.

테무친은 꼭 알고 싶었던 자신의 출생에 대해서는 아무것도 알아낼 수 없었지만, 추궁할 것을 체념하고 사내를 놓아주었다. 테무친은 오로지 오십 세가 되어 이리가 되었으면 좋겠다고 생각했다.

테무친에게 있어 보루지긴 씨족의 사내를 만난 것은 만나지 않았던 것보다 다행한 일이었다. 테무친은 그 사내와 헤어져서 막사로 돌아오는 도중, 앞으로 자신은 어머니 허얼룬에게 자신의 아버지가 누구인가를 결코 묻지 않으리라 다짐했다. 그런 질문의 화살을 허얼룬에게 쏘는 것은, 단지 어머니를 곤혹스럽게 만들고 슬프게 할 뿐, 어떤 도움도 되지 않을 것이라 생각되었다. 만약 어머니가 자신의 아버지를 메르키트 사람이라고 말한다면 자신은 대체 어떻게 되는 것일까. 지금의 자신을 떠받치고 있는 모든 것은 허물어져 사라지게 된다. 반대로, 자신의 피가 몽골의 그것이라 한들 그것은 단지 일시적인 안심에 지나지 않을 것이다. 허얼룬은 말해서 좋은 것과 나쁜 것을 알고 있을 터였다. 가장 중요한 것은 그 초라한 사내가 말했던 것처럼 자신이 예수게이의 자식이며, 따라서 몽골의 피를 이어받고 있다는 것을 스스로 확신하는 일이었다.

테무친은 그날 밤 집으로 돌아오자, 낮에 동족의 한 사람과 만났음을 알리고, 보루지긴 씨족 사람들이 결코 행복하지 못하다는 것을 어머니와 동생들에게 이야기했다.

"조금만 더 고생하면 된다. 너희들이 훌륭한 어른이 되면, 보루지긴의 사람들은 다시 앞다투어 우리들 쪽으로 옮겨 올 것이다."
라고 허얼룬은 말했다.

그 순간 테무친은 차마 입으로 말하지 않았지만, 원수 타이추토를 쳐서 보루지긴의 부락을 되찾고, 옛날처럼 그것을 산하에 수용하기 위하여 자신이 성년이 될 때까지 가만히 기다리고 있을 마음은 없었다. 그런 태평스런 마음이 아니었다. 테무친은 하루라도 빨리 이리가 되지 않으면 안 되었다. 그것은 보루지긴 씨족을 위해서도, 허얼룬이나 동생들을 위해서도, 동시에 자기 자신을 위해서도 그래야만했다.

손버릇 나쁜 도둑이나 인색한 인간이 되어서는 결코 안 될 일이었다. 머리카락이 밤빛깔이 되거나 벗겨져도 안 되는 것이고, 다른 종족의 어떠한 것도 닮아서는 안 되었다. 테무친은 그 밖의 어떤 것, 즉 이리가 되어야만 하는 것이었다. 이리가 됨으로써 테무친 자신은 예수게이의 아들이며, 몽골의 피의 계승자임을 자기 스스로 입증하지 않으면 안 되었다.

배울 게 없다고,
힘이 없다고,
탓하지 말라.

나는 내 이름도 쓸 줄 몰랐으나,
남의 말에 귀기울이면서
현명해지는 법을 배웠다.

고난의 유년시절

　허얼룬 모자는 모든 부족들로부터 버림받아야 했던 슬픈 운명을 안은 채 부루칸 산의 북쪽 산자락에 자리한 조그만 막사에서 어느덧 2년의 세월을 보냈다. 테무친은 16세가 되어 체구는 죽은 아버지 예수게이의 장년기 때보다 약간 더 크고, 골격 또한 훨씬 튼튼했다.

　중요한 일이 아닌 한 별로 말수가 없을 만큼 무뚝뚝했으나, 가족들은 테무친을 중심으로 잘 단합되어, 조그만 잡음도 생기지 않는 그런 날들을 보냈다. 막사 바깥일에 대한 것은 물론 집안일에도 테무친은 절대 권력을 가지고 있었고, 모든 일에 대한 명령자인 셈이었다. 자기 혼자 결정하지 못하는 일이 있으면 비록 14세의 어린 동생이지만 카살과 상의했다. 카살은 테무친이 결정한 일에 적극적으로 협력했을 뿐만 아니라, 테무친에 버금가는 이 집안의 실력자였다.

　카살은 어릴 때부터 지녔던 온건한 성격을 그대로 지니고 있어서 모든 일에 매우 신중하였기에 형 테무친을 돕는 보좌역을 하고 있었다. 카살은 테무친으로부터 어떤 일에 대해 의견을 물을 때 대개의 경우 그 자리에서 대답하지 않고, 자기와 나이가 같은 이복동생 베르구타이와 상의하여 정리된 의견을 형에게 가져갔다.

베르구타이는 테무친을 능가할 만큼의 훌륭한 체격을 지니고 있었다. 성품은 다소 거칠었지만 대범한 편이어서 사소한 일에 구애됨이 없고, 한편으로는 어딘지 모르게 유순한 데가 있었다.

12세의 카치군, 10세의 테무게, 가장 나이 어린 8세의 누이동생 테무룬도 테무친을 진짜 우두머리같이 따랐다. 요컨대 허얼룬 모자는 가난하고 외로웠지만, 모든 가족이 테무친을 중심으로 뭉쳐서 평화롭게 생계를 꾸려가고 있었다.

집안에서의 어머니 허얼룬의 위치는 특수했다. 테무친은 어머니의 말을 잘 듣는 편이었지만, 허얼룬의 뜻에 따라 자신의 생각을 바꾸는 일은 결코 없었다. 그렇다고 어머니를 업신여기는 것은 아니었다. 어머니를 가장 많이 생각하고, 짐승의 고기라도 가장 좋은 부분을 어머니에게 주었으며, 또 침구든 의복이든 진기한 것이 들어오면 맨 먼저 어머니에게 바쳤다.

다만 집안의 운영에 관한 문제만은 어머니의 의견을 인정하지 않았다. 따라서 허얼룬은 테무친에 대한 충고자나 비판자에 지나지 않았다. 허얼룬은 어떤 일을 자기 마음대로 하고 싶다고 해도 테무친의 동의를 얻지 못하면, 설사 침대 하나라도 움직일 수가 없었다.

그러나 테무친이 취한 태도는 역시 현명했다. 어머니 허얼룬이 만약 모든 일에 참견해서 아주 작은 것이라도 그녀의 뜻대로 변경시키는 일이 있었다면 결코 지금처럼 집안이 평온하지는 못했을 것이다.

베르구타이는 배다른 자식이었으므로 허얼룬이 베르구타이에 대해 겉으로는 다른 아이들과 똑같은 애정을 가지고 있다고 하더라도, 두 사람의 특수한 관계는 소멸될 리가 없다. 허얼룬에게 베르구타이는 엄연히 의붓아들이며, 허얼룬은 베르구타이에게는 엄연한 계모였다. 허얼룬이 베르구타이에게 어떤 상황이 벌어졌을 때 불공평한 애정을 나타내 보일지는 허얼룬 자신도 그 누구도 알 수 없는 일이었고, 또 그런 일이 없을 경우에도 베르구타이가 제멋대로 허얼룬에 대해 의심을 품지 않는다는 보장도 없었다.

형제 관계의 복잡성은 이보다 한 단계 더 테무친 자신이 꼭 베르구타이와 같은 입장에 있었다. 테무친의 마음속에는 자기가 예수게이의 아들인지 아닌지 하는 의심도 결코 사라진 것은 아니었으므로, 자기 손으로 죽였던 동생 베쿠텔이 죽기 전에 내던졌던 의문은 평생 무덤까지 짊어지고 가지 않으면 안 되는 것이다.

카살·카치군·테무게·테무룬의 네 동생들과 마찬가지로, 허얼룬이 자신을 낳은 것은 틀림이 없지만, 결코 아버지가 같다고는 말할 수 없는 일이었다. 어머니로서는 똑같이 자기가 낳은 아들이지만, 거기에도 어떤 애정의 차이가 있을 수 있는 일이었다. 그것은 테무친의 상상을 뛰어넘는 복잡하고 미묘한 문제였지만, 테무친은 그런 일로 자신의 마음을 괴롭히기는 싫었다. 어머니 허얼룬으로부터 모든 일에 대한 권리[1]를 빼앗아 버림으로써 모든 것이 순조롭게 되어 갈 터였다.

---

1) 모든 일에 대한 권리 : 과부는 자식이 성장해서 결혼할 때까지는 가족의 재산, 남편의 토지, 남편이 이끌었던 군대를 관리했다.

허얼룬은 테무친의 그와 같은 태도에 조그마한 불만도 느끼지 않았다. 자기는 충분히 아이들로부터 존경받고 있으며, 서로 애정을 유지하고, 모든 것이 테무친의 지휘하에 움직이고 있는 것에 대해 오히려 어머니로서 믿음직한 마음마저 느끼고 있었다. 허얼룬의 눈에는 테무친을 제외한 여섯 명의 아이들도 충분히 믿을 수 있는 인간으로 생각했다.

허얼룬은 테무친이 종종 막사의 구석에 혼자 앉아 깊은 생각에 잠기듯이, 그녀 또한 때로는 결코 누구에게도 드러내지 않은 채 마음을 닫아 놓고 혼자만의 시간을 갖는 일이 있었다. 긴 시간은 아니었지만 마음속 깊이 그 어떤 비밀로 빠져드는 일이 종종 있었다. 도대체 테무친은 누구를 닮은 것일까? 예수게이일까? 메르키트 부족의 치레도일까?

허얼룬 자신도 테무친이 두 남자 중 누구의 아들인지 알 수 없었다. 성인이 되면 어느 쪽이건 닮게 되므로 결국은 밝혀질 터이지만, 테무친은 어릴 때도 그랬던 것처럼 현재에도 두 남자 중 어느 쪽도 뚜렷이 닮지 않았다. 굳이 찾는다면 큰 몸집으로 약간 등을 구부리고 막사 입구에 들어서던 테무친의 모습에서 예수게이와 많이 닮았다고 느꼈던 적이 있었다.

또 단 한 차례 느꼈던 일이지만, 심한 폭풍우가 휩쓸던 밤, 테무친이 동생들과 함께 비를 흠뻑 맞으며 막사가 바람에 날아가지 않도록 보강 작업을 하면서 동생들에게 작업을 지시하던 고함 소리가 바로 예수게이의 그것이었다. 그때 허얼룬은 그곳에 예수게이가 있는 것은 아닐까 하고 착각했을 만큼 테무친의 고함 소리는 예수게이와 닮아 있었다.

그러나 테무친의 성격은 전혀 예수게이와 닮지 않았다. 예수게이는 용사로서 죽음까지도 두려워하지 않는 용감하고도 억센 성격을 가졌지만, 한편으로는 어딘지 모를 부드러움, 아니 사람이 좋다고나 할까, 갑자기 자기의 주장을 거두고 상대의 의견에 따르는 관대함이 있었다. 그러한 관대함으로 해서 예수게이는 많은 부족의 사람들로부터 존경받고, 그들을 별 무리 없이 이끌어나갈 수 있었다.

테무친에게서는 예수게이의 그런 면을 찾아볼 수가 없었다. 반면에, 예수게이가 갖고 있지 않았던 냉혹함과 차가움이 있었다. 때문에 테무친은 일단 자신의 의견을 주장하기 시작하면 어떤 경우에도 결코 상대에게 양보하지 않는 강인함을 가졌다.

그러나 테무친은 메르키트의 남자는 더욱 닮지 않았다. 메르키트의 남자는 몸집이 작았고, 용모나 몸가짐에 있어서도 사납고 민첩했지만, 소인배 같았다. 테무친은 그에 비해 모든 면에서 보다 대범했다. 메르키트 족의 얼굴도 닮지 않았을 뿐 아니라, 몸가짐과 성격도 닮지 않았다.

다만, 테무친이 배다른 동생 베쿠텔을 죽였을 때, 허얼룬에게 심한 꾸중을 받으면서도 테무친은 한 마디의 변명도 하지 않았는데, 그때 허얼룬은 무의식 중에 자기의 앞에 메르키트의 젊은이 치레도를 세워 놓고 있었던 것처럼 느껴졌다. 한밤의 돌개바람처럼 나타나, 오루쿠누토 부락에서 자기를 납치하여 한 마디 말도 하지 않은 채 반항하는 자신을 계속 때리며 범했던 메르키트의 젊은이가 거기에 있었다. 그는 욕망으로 똘똘 뭉쳐진 잔인한 야수와 같은 사내였다. 자신의 욕망을 위해서는 어떠한 수단도 가리지 않았다.

허얼룬은 테무친이 베쿠텔을 죽인 일로 화를 냈지만, 기절할 때까지 입 밖에 냈던 격렬한 비난의 말은 자신의 앞에 잔인한 메르키트의 젊은이가 서 있었기 때문이었다. 그녀의 앞에 마주 서 있었던 것은 테무친이 아니라 치레도로 착각했기 때문이다.

흥분에서 깨어나 정신을 차렸을 때, 허얼룬은 자신을 휩쓸었던 생각에 두려웠다. 도대체 테무친의 몸속에 메르키트의 피가 흐르고 있다고 생각해도 되는 것일까? 몸서리쳐지는 일이었다. 허얼룬은 곧 그 생각을 지워 버렸다. 그러나 이때의 일이 허얼룬의 가슴에 꽤 뚜렷한 상처를 남긴 것만은 사실이었다.

테무친이 16세가 되던 해의 여름, 그들의 생활을 뿌리째 흔들었던 하나의 사건이 발생했다. 타이추토 씨족의 지휘자 타르쿠타이가 부하 3백 명을 이끌고 느닷없이 테무친의 막사를 습격했던 것이다.

테무친은 언젠가는 이런 일이 일어날 것이라고 예상하고 있었다. 사건이 일어나기 한 달 전쯤 타이추토 씨족의 밑에서 비참한 생활을 하고 있는 보루지긴 씨족의 한 사람이 테무친의 막사에 갑자기 나타났다. 부근까지 사냥하러 왔다가 허얼룬 모자가 어떤 생활을 하고 있는지 옛 생활에 대한 그리운 마음도 있고 해서 일부러 찾아왔던 모양이었다.

따지고 보면 자기들을 버리고 갔던 괘씸한 적의 하나였지만, 허얼룬 일가가 걱정되어 일부러 찾아왔다고 했으므로 그 남자에 대한 원한의 마음을 풀었다. 그는 사냥해서 잡은 짐승의 삼분의 일을 내놓고 곧 돌아가면서 타이추토의 실력자 타르쿠타이가 테무친을 해칠 계획을 세우고 있다는 것을 알려줬던 것이다.

그 해 정월 부족의 집회가 있었을 때, 타르쿠타이는 부족과 함께 술을 마시면서,

"병아리들의 날개는 자랐을 것이고, 어린 양들도 모두 성장했을 것이다. 예수게이 새끼들의 숨통을 끊으려면 지금 끊어야 한다. 하늘을 날 만큼 날개가 커지고 사막을 달릴 만큼 다리가 튼튼해지면 일은 귀찮아진다."

라고 말했다고 한다.

남자가 돌아간 후 테무친은 만약의 사태에 대비해서 가까운 숲 속에 나뭇가지를 짜 맞추어서 요새를 만들어 놓고, 밤에는 막사의 주위에 양이나 말들을 풀어놓아 적의 습격을 금방 알 수 있도록 대비해 두었다.

어느 초여름 달이 밝은 날이었다. 막사 주위에 있는 양과 말들의 요란한 울음소리를 듣고 허얼룬 모자는 일제히 잠자리에서 일어났다. 막사를 나오자, 화살이 광장의 가축 무리 속으로 떨어지는 것이 보였다. 테무친은 가족들을 데리고 광장을 가로질러 요새가 있는 숲으로 달렸다. 타이추토의 무리들이 저마다 말 위에서 활을 쏘면서 넓은 비탈의 아래쪽에서 달려오는 것이 보였다.

테무친은 이 같은 대부대의 습격을 예상하지 못했었다. 자기들은

불과 몇 명밖에 안 되니, 타르쿠타이군은 많아야 5,60명 정도라 예상하고 있었다. 그러나 예상과는 상황이 달라지자 당황하기 시작했다. 테무친은 어머니 허얼룬과 전투 능력이 없는 카치군·테무게·테무룬을 숲 속에 있는 벼랑의 틈바구니에 숨기고, 카살·베르쿠타이와 셋이서 요새에 의지하여 습격자들과 활로 맞섰다.

그러나 승패는 처음부터 결정되어 있었다. 화살이 얼마 남지 않게 되자, 테무친은 두 동생에게 어머니와 어린 동생들을 데리고 숲 속으로 피하여 생명을 보존하도록 명령했다.

"저들이 수백 명이나 이끌고 쳐들어온 것은 이 초원을 다시 차지하고 싶기 때문이다. 생명을 보존하여 부루칸 산의 북쪽으로 가거라. 여기에는 다시 오지 말라."

테무친은 어머니와 동생들을 도피시키기 위해 혼자서 요새에 의지하여 활을 쏘고, 최후의 화살마저 쏘고는 자신도 말에 올라서 테루구테 산기슭을 메우고 있는 숲 속으로 달아났다.

테무친은 숲 속에서 며칠을 보냈다. 타이추토의 무리가 테무친 일가를 찾고 있는지 숨어 있는 동안 몇 차례나 말의 울음소리를 들었다. 얼마 후 테무친은 말을 끌고 숲을 나오려 했지만, 웬일인지 말안장이 홀랑 벗겨져서 땅에 떨어졌다. 불길한 예감이 들어 테무친은 다시 사흘을 산 속에서 보냈다.

그런 다음 다시 숲을 나오려 했지만, 이때는 막사만한 거대한 흰 돌덩이가 앞을 가로막고 있었으므로 포기하고 다시 산 속에 숨어 지냈다. 그러나 먹을 것이 없어 굶주림에 허덕이던 테무친은 이제 어쩔 수 없이 숲에서 나가리라 결심했다. 거대한 흰 돌덩이는 여전히 길을 막고 있었으므로 그 주위를 돌아가려 했으나, 돌덩이 때문에 땅이 움푹 패어 있었다.

테무친은 이번에도 불길한 조짐이라 생각했지만, 이대로 숨어 있어도 굶어 죽을 뿐이라는 생각이 들자 벼랑을 따라서 숲을 나왔다. 그러나 숲을 벗어나자마자 테무친은 그 곳에서 감시하고 있던 타이추토의 무리에게 붙잡히고 말았다.

테무친은 포박되어 타이추토의 새로운 이주지인 오논 강으로 끌려갔다.

테무친은 한아름 정도 되는 커다란 통나무를 어깨에 메고 그 통나무에 두 손이 묶인 채로 수백 채의 막사가 흩어져 있는 부락으로 걸어갔다. 부락에는 테무친이 아는 얼굴이 많이 있었다. 그들은 보루지긴 씨족의 사람들이었다. 복잡한 표정으로 일찍이 그들의 칸이었던 예수게이의 아들이 늠름하게 성장하여 바위같이 근육이 불거진 건강한 반나체의 모습으로 지나가는 것을 가만히 지켜보고 있었다. 말을 건네는 사람은 없었다.

테무친은 지난번 찾아왔던 사내로부터 이미 듣고 있었지만, 자기의 동족들이 결코 행복하지 않다는 것을 알 수 있었다. 막사는 허름하고 그 앞에 서 있는 사람들의 표정은 모두 어두웠다.

테무친은 타이추토의 우두머리가 자기를 죽이지는 않을 거라고 생각하였다. 만약 죽일 작정이라면 동족 앞으로 끌고 돌아다니지는 않을 것이라 생각했다. 자기를 죽인다는 것은 그에게 불리할 뿐 유리한 것은 하나도 없는 어리석은 짓이기 때문이다. 테무친은 자기가 며칠 이렇게 고통을 당하다가, 결국은 포박이 풀리어 타르쿠타이의 앞에 끌려가서 충성을 서약토록 강요당할 것이라고 생각했다.

테무친은 그날 밤 부락 끝의 광장에 세워졌다. 감시하는 자는 한 사람뿐이었다. 사람들은 모두가 막사 앞 광장에 모여서 주연을 벌이고 있었다. 테무친은 자신이 짊어지고 있는 통나무의 한 끝으로 감시자의 머리를 쳐서 쓰러뜨린 후 재빨리 도망쳤다. 밝은 달밤이어서 테무친은 통나무를 짊어진 자신의 그림자가 땅에 드리워지는 것을 보며 정신없이 오논 강을 따라 달렸다. 한참을 달리다 지친 나머지, 자신을 묶고 있는 통나무 짐을 진 채 강가의 숲 속으로 몸을 숨겼다.

이윽고 테무친이 도망친 사실을 알아챈 타이추토의 무리들은 저마다 소리를 지르며 그를 찾았다. 소리는 강가와 넓은 초원의 곳곳에서 들려왔다. 고함도, 발자국 소리도, 테무친이 숨어 있는 부근을 몇 번이나 지나갔다. 테무친은 발각될 것이 두려워 물가의 덤불 속으로 몸을 질질 끌어 숨겼다.

그러나 갑자기 머리 위에서 말소리가 들렸다.

"그 눈에 불이 있고, 얼굴에 빛이 있기 때문에 타이추토의 우두머리가 두려워하며 질투를 하고 있는 것이다. 가만히 있거라, 아무에게도 알리지 않겠다."

테무친은 그 쉰 듯한 목소리를 들은 기억이 났다. 테무친은 몸의 반을 물 속에 넣은 채 숨을 죽이며, 목소리의 주인이 소루칸 시라가 틀림없을 거라 생각했다. 예수게이가 살아 있을 때 자주 집으로 찾아왔던 사람이었다. 그는 결코 웃는 일이 없었던 무뚝뚝한 사내이기 때문에 아이들로부터는 전혀 호감을 받지 못했던 인물이었다.

테무친은 오랜 시간 거기에 숨어 있었다. 그리하여 자기를 찾고 있는 기미가 완전히 사라진 뒤, 귀찮은 짐을 짊어진 채 물가에서 기어 나왔다. 오래도록 십자로 묶여져 있는 두 팔은 완전히 감각을 잃고 마비되어 있었다. 테무친은 이런 모양으로는 아무 데도 도망칠 수 없다는 것을 깨달았다. 오논 강을 헤엄칠 수도 없고, 밤을 새워 걸어간들 얼마 못 가서 날이 밝을 것이다.

테무친은 자기를 발견하고도 보고하지 않은 소루칸 시라의 막사로 찾아가는 것이 자기가 할 수 있는 최선의 길이라고 생각했다. 물론 위험하지만 그렇게 하기로 결심하자, 테무친은 다시 사람 눈에 띄지 않도록 조심하면서 타이추토 부락을 향해 나아갔다.

소루칸 시라의 집은 일찍이 예수게이의 통치 아래에 있을 때부터 마유주(馬乳酒)를 만드는 일을 생업으로 하고 있었는데, 말의 생젖을 큰 항아리에 옮기고는 밤새도록 그것을 휘젓고 있었는데, 기억났다.

테무친은 소루칸 시라가 지금도 그 생업에 종사하고 있으리라 생각하고, 마유주를 휘젓는 소리를 찾아 심야의 부락을 걸어다녔다. 그리하여 그는 드디어 소루칸 시라의 막사를 찾아낼 수가 있었다.

소루칸 시라는 반나체로 두 아들, 즉 테무친과 동갑인 친베와 두 살 아래의 치라운과 함께 큰 항아리 안의 생젖을 널빤지로 휘젓고 있었다.

테무친이 막사 안으로 들어가자 소루칸 시라는 몹시 놀라며,

"왜 또 이 곳에 되돌아왔나? 어서 어머니와 동생들한테 가라고 말했는데……."

그는 매우 곤혹스런 표정이었다. 그러자 키는 작지만 머리가 유난히 큰 친베가 아버지를 설득하며 말했다.

"이미 여기에 들어왔으니 이제 어쩔 수 없어요. 살려줄 수 있는 방법을 찾는 도리밖에 없어요."

그러자 사팔뜨기의 동생인 치라운은 초점이 불분명한 눈을 한껏 치켜뜨고, 옛날에 사슴의 새끼발톱을 테무친한테 얻은 일이 있다고 중얼거리며 그의 곁으로 다가왔다. 테무친보다 두 살 아래이기는 하지만 테무친의 어깨 정도밖에 안 되는 작은 키였다. 두 형제는 모두 키가 작았다. 테무친은 치라운이 무엇 때문에 다가왔는지 처음에는 알지 못했지만, 곧 묶여졌던 팔 하나가 자유로워진 것을 알았다. 치라운이 테무친의 몸을 완전히 자유롭게 할 때까지 소루칸 시라는 난처한 표정으로 큰 항아리 곁에 뻣뻣하게 서 있었다.

테무친의 몸에서 벗겨진 수갑은 친베의 손에서 불 속으로 들어갔다. 그때 카다안이라고 하는 열 살 가량의 여자아이가 갑자기 모습을 드러냈다. 이 누이동생도 오빠들과 닮아서 키가 매우 작았다.

"카다안, 넌 영리하지? 이 일을 다른 사람에게 말해서는 안 된다. 자, 이 예수게이 칸의 아들을 돌봐줘라."

소루칸 시라는 일이 이렇게 된 바에야 어쩔 수 없다는 표정으로 어린 딸에게 말했다. 카다안은 곧 먹을 것을 가져와서 테무친에게 주고 말 한 마디 하지 않은 채 테무친에게 밖으로 나갈 것을 재촉했다.

카다안은 그를 인도하여 막사 뒤꼍으로 돌아가서 양털이 산더미처럼 실려 있는 수레로 다가가 그것을 손으로 가리켰다. 과연 부친이 영리한 딸이라 말할 만큼 영리한 아이였다.

테무친은 재빨리 양털더미 속으로 숨었다. 얼굴과 손만을 내놓고 먹을 것을 먹고 나서 다시 양털 속으로 몸을 묻어, 외부에서 보이지 않도록 했다. 양털이 온몸을 뒤덮자 그 온기로 몸이 나른해졌고, 극심한 피로가 그를 깊은 잠으로 몰아넣었다.

다음날, 종일토록 테무친은 그 곳에 숨어 있었다. 그리고 밤이 되자 처음으로 친베의 신호를 받고 거기서 기어나왔다. 갈기가 검고 살갗이 황색인 말이 준비되어 있었다. 안장은 붙어 있지 않았지만, 양고기를 가득 채운 커다란 가죽통이 말의 옆에 실려 있었다.

"이 말은 새끼를 낳지 못하니까 돌려주지 않아도 좋아."

친베는 이렇게 말하고, 활과 두 개의 화살을 테무친에게 건네주었다. 테무친이 떠나려 할 때 소루칸 시라가 나와서,

"우리 부자까지 위험하게 만든 불사신의 소년아, 무슨 일이 있어도 우리를 배반하지 말아라, 어서 가거라."

하고 말했다.

테무친은 그 부락을 벗어날 때까지 조심스럽게 천천히 말을 몰았고, 취락을 벗어나자 질풍같이 말을 달렸다.

생각해 보면 구사일생으로 죽음에서 벗어난 것이지만, 테무친은 목숨을 건진 안도감보다는 보루지긴 씨족 사람들을 아버지의 시대처럼 자기의 휘하에 모이게 하는 일이 그렇게 어려운 일만은 아니라

고 생각하면서 말을 몰았다.

테무친은 며칠 동안 부루칸 산 북쪽 기슭 일대를 어머니와 동생들을 찾아서 헤맸다. 타이추토 부락에는 어머니와 동생들이 잡혀 있지 않았으므로 부루칸 산 북쪽의 어딘가에 틀림없이 숨어 있을 것이라 생각했다.

어느 날 테무친은 오논 강을 거슬러올라가 키무루카 강의 합류점을 지나서, 베델 산에 잇닿은 골추크이 언덕으로 올라갔다. 그 언덕의 남쪽에 하나의 작은 막사가 있음을 발견하고는 재빨리 달려가서 막사 문을 열고 들어갔다. 안에는 허얼룬과 테무게, 그리고 테무룬이 앉아 있었다. 카살과 베르구타이와 카치군은 먹을 음식을 구하기 위해 아침부터 산에 들어갔다고 했다. 여덟 마리의 말만이 이 집의 전 재산으로 막사 부근에 매어 있었다.

다음날, 테무친은 막사를 접고 사흘을 걸어 카라지루겐이라고 부르는 언덕 아래의 푸른 호숫가로 거처를 옮겼다. 그 곳은 고원지대의 한 모퉁이로 부근에 산굴 강이 흐르고 있었다. 허얼룬 모자와 같은 가난한 사람이 생활해 가는 데는 알맞은 장소였다. 토끼와 들쥐가 많고, 호수와 강에는 많은 물고기가 있었다.

새 거주지에서 테무친은 새로운 생활을 해 나가지 않으면 안 되었다. 테무친은 카살·베르구타이와 함께 매일같이 들쥐를 잡아 그 고기를 먹고, 가죽은 모피로 만들었다. 자신들의 의복뿐만 아니라, 이것을 모아서 양식과 교환하지 않으면 안 되었다.

이러한 생활이 시작된 지 3개월 정도 지난 어느 날, 테무친 형제는 여느 때처럼 들쥐를 잡으러 나갔다가 해질녘쯤에 꼬리 빠진 밤빛깔의 말에 짐을 싣고 막사로 돌아와 보니 여덟 마리의 말이 몽땅 누군가에게 도둑맞아 버렸다. 허얼룬도, 나이 어린 동생들도 먹이를 찾으러 산에 들어가 있었으므로 말을 도둑맞은 사실을 전혀 알지 못했다고 했다.

"내가 찾아오겠다."

베르구타이가 말했다. 밤빛깔의 말 한 마리밖에 남아 있지 않았으므로 한 사람만이 추적할 수밖에 없었다.

"너로서는 무리다. 내가 가겠다."

카살이 말했다. 카살은 베르구타이보다 힘이 약했지만, 말을 다루는 솜씨는 베르구타이보다 한수 위였다.

"너로는 무리다. 내가 간다."

이번에는 테무친이 말하고는 말에 식량을 싣고, 활과 살을 가지고 곧장 막사를 떠났다.

테무친은 밤에도 쉬지 않고 말을 몰았다. 다음날은 부락을 찾아서 고원을 살폈다. 무슨 일이 있어도 여덟 마리의 말을 기필코 되찾아 오지 않으면 안 되었다. 테무친 일가에게는 소중한 전재산이었다. 테무친은 사흘 동안 고원을 방황하다가 나흘째의 아침, 어떤 목장에서 말 젖을 짜고 있는 한 소년을 만났다. 테무친이 얼룩말 여덟 마리를 보지 못했느냐고 묻자 그 소년은,

"오늘 새벽에 여덟 마리의 말이 이 길을 달리는 것을 보았어. 도둑 맞았다면 같이 가서 찾아주겠다."

소년은 말을 마치고 검은 말을 끌어와서 테무친에게 바꿔 타도록 권하고, 자기 자신은 날쌔게 보이는 담황색 말에 올랐다. 그 소년은 모든 것이 어른같이 자신 있는 태도였다. 소년은 집에다 아무 말도 하지 않은 채 테무친과 같이 행동하였다.

테무친은 여태까지 이렇게 민첩한 소년을 본 일이 없었다. 순식간에 준비를 갖추었음에도 불구하고 그는 활과 화살을 가졌고, 부시와 부싯돌도 가졌으며, 식량을 넣은 가죽부대도 두 개나 말에 실어 놓고 있었다. 가죽부대에는 마개가 없었는데, 그는 도중에서 들풀을 훑어서 그것으로 솜씨 있게 마개 대용품을 만들었다. 그와 같은 행동은 보고만 있어도 가슴이 시원했다.

소년은 조그만 부락의 우두머리인 나쿠 바얀(장자 나쿠)이라는 사람의 아들로서 이름은 볼추라고 했다.

테무친은 볼추와 사흘 동안 말을 달려 나흘째의 저녁 무렵 타이추토 씨족의 한 부락으로 들어갔다. 둘은 그 곳에서 찾고 있던 여덟 마리의 말이 목장에 매어 있는 것을 발견하고, 밤이 되자 그 말을 몰아내어 목장 밖으로 끌고 나갔다.

새벽녘, 둘은 수십 명의 사내들이 말을 타고 자기들을 뒤쫓아 오는 것을 보았다. 볼추는 그것을 보자,

"친구여, 말을 몰고 빨리 도망치게. 내가 여기서 그들과 싸울 테니."

테무친은 볼추의 말을 듣고 그의 용기에 감탄하며,

"나 때문에 너를 죽음으로 몰아넣을 수는 없다. 내가 싸운다."

라고 말하고는 뒤돌아본 채 활을 쏘았다. 화살은 백마를 타고 선두에 서서 올가미를 막 던지려 하던 사내의 가슴에 꽂혔다. 다른 추적자들이 땅에 떨어진 그 사내에게로 달려가는 것을 보고 둘은 재빨리 말을 달렸다. 사내들은 더 이상 뒤쫓아 오려 하지 않았다.

테무친은 나쿠 바얀의 막사에 도착하자, 거기서 하룻밤을 묵고, 볼추의 노고에 감사한 뒤 집으로 돌아왔다. 테무친은 여덟 마리의 말을 되찾게 된 것도 기뻤지만, 그보다도 더 기뻤던 것은 자기에게 별로 이득도 없는 일에 몸을 던져 행동하는 인간도 있다는 것을 발견한 사실이었다. 더욱이 그 사람이 자기와 동갑인 것에 더욱 기뻤다. 테무친으로서는 이 세상에 볼추 같은 사람이 존재하리라고는 꿈에도 생각해 보지 않았다.

테무친은 자기의 막사로 돌아와서도 몇 번이나 그 소년의 이름을 불러보았다.

"볼추!"

볼추는 물론 보루지긴 씨족의 사람도, 타이추토 씨족의 사람도 아니었지만, 몽골의 한 씨족의 사람이었다. 테무친은 볼추야말로 서방에서 온 푸른 이리의 피를 몸 속에 넘칠 만큼 지니고 있는 소년이라고 생각했다.

볼추는 실제로 이리와 닮은 인상을 어딘지 모르게 풍겼고, 몸이 예리하고 날렵했다. 체격은 튼튼하지도 우람하지도 않은, 오히려 마른 편이었으며, 근육은 알맞게 탄탄해 보였다. 그것은 언제나 필요한 순간을 위해 대기하고 있는 듯이 보였다.

그 해, 뜻밖에도 볼추의 아버지 나쿠 바얀이 열 마리의 양을 선물로 보내왔다. 나쿠 바얀은 외동아들인 볼추에게 테무친이라는 친구가 생긴 것을 마음속으로 기뻐하고 있는 모양이었다.

테무친은 동생들과 함께 새로운 막사 곁에 목장을 만드는 일로 그해 가을을 보냈다.

이듬해, 테무친은 17세가 되었다. 어머니 허얼룬은 테무친에게 몇해 전에 혼약해 둔 온기라트 부족 우두머리의 딸 보루테를 데리러갈 것을 권했다. 허얼룬은 몇 차례 이 이야기를 한 적이 있었지만, 그때마다 테무친은 어머니의 권유를 물리쳤다. 여전히 가난에서 벗어나지 못하고 자신들만이 부락에서 동떨어져 생활하는 막사에 그녀를 맞이한다는 것은 몇 사람의 부양자만 늘리는 일일 뿐이라 생각되었기 때문이었다.

그러나 테무친의 생각은 조금씩 달라졌다. 오히려 한 사람이라도 인원을 늘리는 것이 필요하지 않을까 하는 생각을 하기 시작했다. 자신의 막사가 조금이라도 인원이 늘어서 강력해진다면 현재 타이추토 씨족에게로 옮겨 어렵게 살고 있는 보루지긴 씨족 사람들의 마음도 언젠가는 자신에게로 기울어질 것이 틀림없을 것이라 생각되었다.

그들은 예수게이칸 밑에 모여 살던 때를 되돌아보며, 그런 시대가 다시 오기를 모두 바라고 있음이 틀림없었다. 모두가 틀림없이 그럴 것이라 확신하는 데에는 물론 테무친이 타이추토의 습격을 받고 붙잡혀서 그들 부락으로 끌려갔을 때 보았던 일이지만, 그때 소루칸 시라와 그의 작은 세 아이들이 베풀어 주던 호의가 그것을 증명하고 있었다. 소루칸 시라 가족의 마음은 곧 보루지긴 씨족 모든 사람의 마음과 다를 바 없었다.

테무친은 어머니의 말에 따라 보루테를 데려오려고 마음먹었다. 그리고 보루테와 더불어 그녀의 막사에 딸려 올 몇 사람의 온기라트의 남녀도, 그들이 설사 힘없는 노인이나 아이들일지라도 기꺼이 맞아들이려고 생각했다.

테무친은 마음을 정하자 아우 베르구타이와 함께 온기라트 부락으로 떠났다. 둘은 케룰렌 강을 따라 며칠이나 내려갔다. 테무친에게는 낯설지 않은 풍경이었지만, 베르구타이에게는 눈앞에 전개되는 풍경은 전혀 새로운 고원이고 삼림이며, 낯선 계곡이고 초원이었다. 베르구타이는 며칠이 지난 어느 날 밤, 평소의 무뚝뚝함과는 달리 흥분되어 넓은 고원에 대한 끝없는 경탄과 이 넓은 천지에 사람을 찾아볼 수 없는 아쉬움, 그리고 왜 많은 유목민들이 이 넓은 대지에 부락을 만들지 않았는지에 대한 의문으로 마구 떠들어댔다.

테무친은 이복동생의 뜻밖의 수다에 잠자코 기분 좋은 음악이라도 듣듯이 귀를 기울이고 있었다. 모든 것은 베르구타이가 말하는 그대로였다. 테무친은 며칠이나 말을 달려 온 몽고고원의 드넓음을 생각했다. 말이나 막사를 꾸려나가기 좋은, 양을 살찌우는 목초지대는 너무나 많았다. 생활하기 적당한 호수나 강변도 얼마든지 있었다. 사람들은 왜 거기에 장막을 치지 않는 것일까. 테무친은 그 이유로, 각 부족이 서로 다투고 있어서 자기의 부락과 다른 부족 부락과의 사이에 며칠이나 가야 닿을 수 있는 거리를 확보하지 않으면 안 되기 때문이라고밖에 생각할 수 없었다. 하나의 부족이 유목하는 범위는 예부터 신이 정해 주기나 한 듯이 숙명처럼 받아들였다. 그 부족은 정해진 범위에서 나오려고 하지 않았으며, 만약 그 지역에서 벗어나 완충지대를 범하면, 곧 그것에 위협을 느끼는 다른 부족의 습격 대상이었다.

만약 몽고고원에 흩어져 있는 몇 백의 부족이나 씨족이 서로가 적의를 버리고 자유롭게 새로운 유목지를 개척한다면 현재의 유목 생활은 전혀 달랐으리라. 넓은 몽고고원의 어떤 곳을 여행해도 여행자는 언제든지 볼 수 있을 것이며, 양이나 말의 무리를 볼 수 있는 것이다. 장막은 전 몽고고원의 곳곳에 흩어져 있고, 양이나 말의 무리는 하늘을 흘러가는 구름처럼 고원의 모든 언덕이나 계곡을 유유히 움직이고 있는 것이다. 그것은 문득, "아아……" 하고 소리 지르고 싶은 멋진 공상이었다. 언젠가는 그렇게 될 것이고, 그것은 불가능한 일만은 아닐 것이다. 타이추토의 우두머리를 죽이고 그들을 거두어들이면, 그것은 결코 불가능한 일은 아니다.

테무친이 온기라트 부락으로 들어가자 데이 세첸은 반갑게 맞아들였다. 데이 세첸은 테무친이 타이추토에게 습격받은 것을 풍문으로 듣고 있었으므로 이미 이 세상 사람이 아닐 거라 생각했었는지, 돌연 4년 전과는 달리 늠름하게 성장한 모습으로 나타나자, 처음엔 모든 것이 믿어지지 않은 듯 얼떨떨한 표정이었다.

그날 밤, 데이 세첸의 막사 안에서는 성대한 연회가 베풀어졌다.

"몽골의 칸의 아들은 갖은 역경을 극복하고 늠름한 사나이가 되어서 옛 약속대로 나의 딸을 맞으러 왔다. 나는 약속을 저버릴 수 없다. 딸 보루테를 이 불사신의 젊은이에게 줄 것이다. 그리고 딸과 함께 몇 사람을 보루지긴의 막사로 같이 가도록 하겠다. 그럴려면 그곳에서 몇 개의 막사를 만들어야 한다. 하나의 막사만으로는 딸 보루테가 불편해 할 것이다."

데이 세첸은 기묘하게 들리는 일종의 독특한 억양으로 자기 부락 사람들에게 연설을 했다. 연회는 밤늦게까지 이어졌다. 테무친은 아직 보루테를 보지 못하고 있었다. 연회에도 보루테는 나타나지 않았다.

연회가 끝나고 나서, 테무친은 불빛 속에서 화사한 의상을 두른 보루테가 금나라 것인 듯한 의자에 단정하게 앉아 있는 것을 보았다. 4년의 세월이 테무친을 변하게 한 것처럼 성장기의 소녀 또한 완전히 변화시키고 있었다.

보루테는 보루지긴 부족의 여자들에게서는 좀처럼 보기 드물게 큰 몸집을 가지고 있었다. 가슴도 허리도 풍만하게 살이 쪄 있어서 테무친에게는 보루테의 몸 전체가 빛을 발하고 있는 듯 보였다. 실제로 보루테의 갈색 빛깔이 어려 있는 머리카락에는 윤기가 있었으며, 얼굴이나 목덜미의 하얀 피부에도 윤기가 흘렀다. 그것은 양기름을 태우고 있는 등불의 불빛 때문만은 아니었다.

테무친은 여태까지 여자를, 연약하고 모든 점에서 남자보다 능력이 뒤떨어지기 때문에, 남자와 동등하게 보는 일은 없었다. 그러나 지금 보루테를 눈앞에 두고, 그는 이제까지 가지고 있었던 생각을 바꾸지 않으면 안 될 것 같은 이상한 감정에 사로잡혔다. 테무친은 여성의 참모습을 거기서 처음으로 발견한 듯한 느낌이었다. 테무친은 막사 입구에 서서 찬찬히 보루테를 응시했다. 테무친의 마음은 지금까지 경험해 본 일이 없는 기묘한 당혹감으로 흥분되었다. 눈앞에 있는 여성의 아름다운 용모와 늘씬한 육체는 결코 남자에 뒤지지 않는 어떤 힘이 있어 보였다.

이윽고 보루테는 의자에서 일어났다. 목에서부터 가슴으로 늘어뜨린 파란 목걸이가 움직임에 따라서 희미하게 소리를 냈다. 보루테는 자신의 모습을 남편이 될 사내의 앞에 드러낸 채 조용히 서 있었다. 풍만한 가슴을 앞으로 내민 그녀의 모습은 위엄이 있었으며, 자부심마저 느끼는 듯 보였다.

테무친은 보루테에게 다가가려고 했으나 뜻대로 발이 떨어지지 않았다. 자신이 다가가려고 마음먹어도 여전히 그 자리에 주춤거리게 만든 일은 일찍이 없었던 난생 처음의 경험이었다. 어떤 것에도 두려워해 본 일이 없었고, 어떤 것에 다가간다는 것을 주저했던 일이 없었던 테무친을 이처럼 멈추게 하는 것은 대체 무엇일까? 지금 자신의 앞에서 이처럼 아름답게 빛나고 있는 것은 무엇일까?

그때 보루테는 약간 몸을 움직여서, 겨우 한두 발짝 테무친 쪽으로 다가왔고, 그와 동시에 입에서 뭔가 짧은 말이 나왔다. 그러나 테무친은 그것을 받아들일 여유가 없었다. 테무친은 상대가 다가온 그만큼 뒤로 물러섰다. 둘의 간격은 테무친이 이 막사에 들어왔을 때와 달라지지 않았다. 테무친은 보루테의 입이 또 움직이는 것을 보았다. 이번에는 자기의 이름을 부르는 것을 분명히 들었다.

"테무친. 아버지는 당신을 용맹한 이리와 같은 젊은이라고 말했어요. 이리와 같은 젊은이라고……."

테무친은 여전히 입을 다물고 있었다. 적당히 할 말이 떠오르지 않았다. 이윽고 테무친은 벅찬 적을 맞아서 싸울 때의 결의처럼 큰 소리로 말했다.

"나는 몽골이다. 너의 아버지가 말했듯이 나의 몸에는 이리의 피가 흐르고 있다. 몽골 사람은 어느 누구도 빠짐없이 이리의 피를 가지고 있다."

그러자 보루테는 말했다.

"나는 온기라트의 딸입니다. 내 몸 속에 이리의 피는 없지만 이리의 후예들을 얼마든지 낳을 수 있을 것입니다. 아버지는 나에게 말했지요. 이리의 아이들을 계속 낳으라. 타이추토와 타타르, 그리고 또 이 온기라트 사람들을 모두 물어 죽이기 위해."

테무친은 보루테가 하는 말을 마치 신의 계시인 양 전율하면서 듣고 있었다. 그것은 도저히 한 인간의 입으로부터, 더욱이 새파란 젊은 처녀의 입으로부터 나온 말이라고는 생각할 수 없었다.

테무친은 몸 안의 뜨거운 피가 용솟음치고 용기가 불쑥 솟구쳤다. 그는 온기라트의 우두머리 데이 세첸이 부녀의 정을 끊고 자신에게 보내 준 아름다운 여자 쪽으로 한 발짝 내디뎠다.

"보루테!"

테무친은 가슴의 밑바닥에서부터 치밀어오르는 애정을 느끼며 상대의 이름을 불렀다.

"테무친!"

테무친의 부름에 답하듯 보루테도 그의 이름을 불렀다. 그녀의 목소리는 한없이 부드러웠다. 테무친은 보루테에게로 가까이 다가가려 다시 발을 내디뎠지만, 이번에는 보루테가 뒤로 물러났다. 테무친은 더 이상 망설이지 않았고, 보루테를 두 팔로 껴안기 위해 뒷걸음치는 보루테에게 곧장 다가갔다.

테무친은 온기라트 부락에서 사흘을 묵었다. 그 동안 낮이나 밤에도 연회는 계속 베풀어졌다. 베르구타이는 생활이 갑자기 바뀌자 조개가 입을 다물 듯 여간한 일이 아니고서는 일체 말을 하지 않았다. 연회의 호화스러움은 물론 부락민의 복장에서부터 막사 안의 가구에 이르기까지, 이 모두가 베르구타이를 놀라게 하기에 충분했다.

온기라트 부락에 온 지 나흘 뒤 테무친과 베르구타이는 보루테와 그녀의 종 30명을 데리고 온기라트 부락을 떠났다. 보루테의 아버지 데이 세첸과 어머니 슈탄이 배웅하기 위하여 일행에 가담했다. 테무친이 보루테를 데리러 올 때와는 달리 돌아가는 길은 화려한 행렬이었다.

몽고고원에 흩어져 있는 모든 부족 중에서 온기라트가 지리적으로 금나라와 가장 가까워선지 그 문화의 혜택을 많이 받고 있었으므로 행렬은 화려했다. 다른 부족의 부락 근처를 지나갈 때면 여지없이 많은 구경꾼들이 몰려나왔다.

데이 세첸은 약간 길을 돌아가더라도 될 수 있으면 많은 부족의 부락 근처를 통과할 것을 테무친에게 권했다. 테무친의 존재를 조금이라도 다른 부족 사람들에게 알리는 편이 좋다고 생각한 데이 세첸의 충고였다. 테무친은 데이 세첸의 말에 따랐다.

데이 세첸은 케룰렌 강 부근까지 오자, 거기서 일행과 작별하고 자기 부락으로 돌아갔다. 보루테의 어머니 슈탄도 남편과 같이 돌아갈 작정이었으나, 그녀는 외동딸과 차마 헤어지지 못해 결국 카라지루겐 언덕의 푸른 호숫가에 있는 테무친의 막사까지 동행하게 되었다. 슈탄은 테무친의 막사에 도착해 열흘 정도 지낸 뒤, 온기라트 부락으로 돌아갔다.

그때까지 오직 하나뿐이었던 테무친의 막사는 이제 턱없이 부족하게 되었다. 테무친은 어머니와 동생들과 분가하여 보루테와 살 새로운 막사를 세우고, 다시 그 주위에 보루테를 따라온 온기라트 사람들의 막사를 다섯 채나 더 세웠다. 부락이라고 하기에는 아직 사람의 수가 적은 모임에 지나지 않았지만, 그래도 밤이 되면 그들의 막사에서 불빛이 새어 나와 주위의 어둠을 어느 정도 밝혀 주었다. 날이 새면 모두 일어나 일하기 위해 광장으로 모습을 드러냈다.

테무친은 새로운 생활이 안정되자, 자기들을 위해 여덟 마리의 얼룩말을 되찾아 주었던 볼추를 자기들과 함께 살 것을 카살과 베르구타이에게 의논했다. 테무친은 볼추라면 틀림없이 자기의 초청에 응해 줄 것이라 생각했다. 카살도 베르구타이도 물론 이의가 있을 리 없었다. 테무친은 베르구타이를 볼추에게 보냈다.

베르구타이가 볼추에게로 떠난 지 닷새째 되는 날 아침, 테무친은 어슴푸레한 담황색의 말을 타고 푸른 모피를 두른 젊은이가 베르구타이와 말을 나란히 하여 초원의 저편에서 다가오는 것을 보았다. 테무친은 예를 갖추어 자기와 동갑인 민첩한 청년을 부락으로 맞아들였다.

볼추는 그의 아버지 나쿠 바얀과 의논 없이 테무친의 막사로 왔으므로 곧 그를 뒤쫓아 오듯 나쿠 바얀으로부터 사자가 도착했다.

"젊은이들에게는 젊은이들의 갈 길이 있을 것이다. 오래오래 서로 도와가며 살겠다면 볼추는 자신이 하고 싶은 대로 함이 좋을 것이다."

사자는 나쿠 바얀의 말을 전했다. 그리고 다시 그것을 뒤쫓듯 수십 마리의 양을 보내왔다.

테무친은 카살·베르구타이·볼추와 의논해서 거처를 부루칸 산 중턱의 넓은 언덕으로 옮겼다. 거주지는 넓은 초원을 끼고 있어 목장을 꾸려 나가기가 보다 수월하고, 해마다 휩쓰는 바람이나 비의 피해도 줄일 수 있을 것 같았다.

테무친은 볼추와 허얼룬의 막사를 부락의 중심부에 나란히 설치하고, 그 주위에 그것을 둘러싸듯이 다른 사람의 막사를 배치했다.

테무친은 타이추토의 부락에 있는 소루칸 시라의 두 아들, 친베와 치라운도 데려올 생각을 했다. 자신의 몸을 결박했던 줄을 풀어 주고 숨겨 주었던 은인들을 데려와 부하로 삼고 싶었기 때문이다. 이 교섭은 상대가 타이추토 부락에 살고 있었기 때문에 위험할 뿐 아니라 까다롭기도 한 일이었다. 그 일은 카살이 맡았다. 카살은 테무친의 믿음대로 훌륭하게 해냈다. 그는 키가 작고 머리가 큰 소년과 똑같이 키가 작고 사팔뜨기의 소년을 각각 두 마리의 씩씩한 말에 태워서 데려왔다.

테무친은 말에서 내려선 두 청년을 반갑게 맞이하며,

"잘 결심했구나, 아버지 소루칸 시라가 무척 반대했을 터인데."

하고 말하자 친베는,

"아버지는 큰 항아리의 마유주를 휘저으면서 몇 번이나 고개를 갸웃거렸지만 나는 말했다. 테무친이 보낸 사람이 우리를 데리러 왔으니 가지 않을 수 없다고 말한 다음 카살과 같이 집을 나왔다."

친베는 자신의 행동에 어떤 이유도 의미도 달지 않았다. 무슨 일이건 자신을 남자로 믿고 의지해 오면 생명까지도 아끼지 않고 도와줄 청년 같았다. 때문에 일찍이 테무친은 이 청년에 의해 생명을 건졌고, 때문에 지금 그는 자기의 부락으로 청년을 맞아들일 수가 있게 된 것이었다.

"치라운!"

테무친이 동생 쪽으로 시선을 돌리며 그를 부르자, 치라운은 초점 없는 눈을 테무친에게 보내며,

"나는 전에 너한테서 사슴의 새끼발톱을 얻은 일이 있지."

치라운은 그것만 말했다. 사슴의 새끼발톱을 얻었던 일 때문에 치라운은 테무친의 결박을 풀어 주었고, 지금 또 테무친을 위하여 자신의 집을 버리고 온 것이었다. 앞으로 테무친이 어떤 말을 하더라도 치라운은 기꺼이 응해 줄 것이라 생각되었다. 이 두 청년에 대해서

테무친은 결코 말하지 않았지만, 무슨 일이 있어도 꼭 보답하리라 마음속으로 굳게 다짐했다.

테무친의 장막에도 차츰 다른 지방으로부터 상인들이 모여들기 시작했다. 그 수는 적었지만, 그것에 의해 차츰차츰 테무친의 생활에도 여유가 생겨났으며, 더불어서 몽고고원의 여러 부족의 움직임도 귀에 들어오게 되었다. 그래서 테무친은 현재 몽고고원에서 케레이트 부족의 우두머리 토오릴 칸이 가장 강력한 사람이라는 것을 알게 되었다. 그리고 케레이트 부족민은 토오릴 칸의 지휘하에 항상 전투 훈련을 받고 있다는 것도 알았다.

테무친은 일찍이 아내 보루테의 고국인 온기라트에서 특별히 훈련받고 있던 소수의 젊은 병사를 본 일이 있었지만, 케레이트 부족에는 3만 명의 남자가 모두 병사로서 훈련받고 있으며, 평상시는 양이나 말을 몰고 있지만 일단 전투가 벌어지면 즉각 전투복으로 갈아입고, 무기를 들고 이미 배속되어 있는 부대에 귀대한다는 것이었다. 테무친은 온기라트에서 그들이 목장과 부락을 지키는 조직을 갖고 있는 것을 보고 감탄했었지만, 케레이트 부족의 이야기를 듣고 보니 온기라트와는 비교가 안 되는 것이었다. 테무친의 귀에 케레이트의 장수 토오릴 칸의 명성이 여러 곳에서부터 들려왔다. 그리고 그가 몽고고원의 모든 부족을 연합하여 그 실력자가 되려는 야심을 품고 있다는 것도 알았다.

테무친은 토오릴 칸을 만나야겠다는 생각을 했다. 그를 알아두는 것은 앞날에 유리할 것이 분명했기 때문이었다.

지금의 테무친이 아무리 작다고 하지만 한 부락의 우두머리였다. 예를 갖추어 그에게 도움을 청한다면 토오릴 칸도 냉담한 태도를 취하지 않을 거라 생각하였다. 더욱이 아버지 예수게이는 한때 토오릴 칸과 가까이 지냈던 일이 있었다. 예수게이는 만년, 자기 부족이 안고 있는 문제의 해결에 분주하여 토오릴 칸과 자주 왕래할 수는 없었지만, 젊은 시절의 약속은 변함없이 오늘날까지 이어지고 있으리라 생각했다.

테무친은 케레이트 부족장에게 옛정을 확인하기 위해 찾아보기로 하고, 주위 사람에게 의논했다. 카살과 베르구타이는 물론, 볼추·친베·치라운과도 의논했다. 그리고 또 어머니 허얼룬과 처 보루테에게도 의논했다. 단 한 사람의 반대도 없었다.

그때 허얼룬은, 토오릴 칸에게 줄 선물은 그들이 가지고 있는 물건 중에서 최상의 것으로 가져가야 할 것이라고 말했다. 양과 말을 제외한다면 테무친의 장막 안에는 진귀한 물건은 없었다. 테무친이 고민을 하자 그때까지 잠자코 있던 보루테가,

"제가 시집 올 때 어머니가 주신 물건 중에 검은 초서(貂鼠 ; 담비)의 모피가 있습니다."

하고 말했다. 테무친은 토오릴 칸에게 줄 선물로 그것을 정했다. 그것은 현재 테무친이 소유하고 있는 전재산에 상당하는 물건이었다.

테무친은 카살과 베르구타이 두 동생들을 데리고 검은 담비의 모피[2]를 들고, 토우라 강변의 숲 속에 있는 케레이트 부족의 토오릴 칸

---

2) 담비의 모피(貂鼠의 裘) : '숲의 사람(森林의 民)'이 만드는 귀중한 모피로, '모피는 한 사람분의 의복으로서 매우 고가였으며, 타타르 인을 모피의 왕자'라 불렀다 함.

을 찾아갔다. 케레이트의 부락은 온기라트의 부락에 비하면 훨씬 검소했으며, 전체적으로 어두운 느낌이었다. 그것은 단적으로 케레이트의 재정이 풍족하지 않다는 것을 보여주는 것이었다. 양이나 말은 넓은 초원을 뒤덮을 만큼 많이 있었는데, 그것에 의지해서 생활하고 있는 부족민의 막사 또한 매우 많았다. 많은 인구와 뛰어난 전투력을 갖고 있으면서도 토오릴 칸이 다른 부족과 잘 싸우지 않는 이유를 테무친은 알 것 같았다.

테무친 형제는 커다란 막사 안에서 몸이 깡마르고 이마와 눈빛이 차가운 50대로 보이는 토오릴 칸을 만났다.

"나의 아버지 예수게이는 당신을 안달(安達)[3]이라 불렀습니다. 때문에, 당신은 우리들에게 아버지나 마찬가지입니다. 나의 아내가 시집 올 때 아버지께 드릴 예물로 담비의 모피를 가져왔습니다. 아버지는 이미 세상을 떠나셨으므로 그것을 아버지와 다름없는 당신에게 드려야 한다고 생각했습니다."

그렇게 말하고, 선물을 토오릴 칸의 앞에 내놓았다. 토오릴 칸은 몹시 기뻐했다. 그는 이만큼 값진 선물을 여태까지 받아본 적이 없었던 모양이었다. 그러나 그 기쁨과는 달리 그의 말은 냉엄했다.

"대단히 용감한 애송이들이군!"

토오릴 칸의 눈에 테무친은 아직 의젓한 한 사내로 보이지 않는 모양이었다.

"검은 담비라……. 모피의 답례로 언젠가 때가 온다면 너희들에게

---

3) 안달(安達) : 부계 혈연을 달리한 씨족의 우두머리들 사이에서, 의형제의 약속을 해서 정치적 동맹을 맺는 것을 말하며, 서로의 귀중품을 교환했다.

서 떠난 부족의 사람들을 다시 너희들에게 모아주겠다. 나는 한번 말한 것은 결코 어기지 않는다. 하지만 그전에 좀더 고생해라. 병아리들아, 좀더 크거라, 약한 자들아."

테무친 형제는 결국 남자로서 온전하게 대우받지 못하고 토오릴 칸의 장막을 떠나지 않으면 안 되었다. 그러나 테무친은 토오릴 칸이라는 인물을 결코 불쾌하게 생각하지 않았다. 즉석에서 3만 명의 군사를 동원할 수 있는 토오릴 칸의 입장에서 보면, 18세의 테무친을 우두머리로 한 세 형제는 꼬마이며 병아리이고, 약자들임에 틀림없었다.

세 사람은 검은 숲이라 불리는 케레이트 부락의 삼림지대를 말을 타고 돌아다녔다. 그 곳에는 일종의 싸늘하고도 엄숙한 느낌을 주는 안개가 자욱하게 끼여 있었으며, 웃을 줄 모르는 케레이트의 젊은이들이 묵묵히 숲을 일구고 있었다. 그 젊은이들의 얼굴은 모두가 토오릴 칸처럼 차가운 이마와 눈을 가지고 있었다. 이 부족 사람들은 선천적으로 냉정한 모양이라고 테무친은 생각했다.

테무친은 자기의 부락으로 돌아오자, 케레이트의 젊은이들이 가지고 있던 표정을 자기 부락 사람들에게도 갖게끔 해야 되겠다고 생각했다. 테무친은 이른 아침부터 저녁까지 목장에 나가서 일하고, 밤이 되면 말을 타고 활쏘기와 칼과 창을 휘두르는 연습을 했다. 카살도 베르구타이도, 이제 의젓한 젊은이로 자라나고 있는 카치군과 테무게도 따랐다. 볼추도 친베도 치라운도, 그리고 열댓 명의 온기라트 사내들도 모두 테무친을 본받았다.

말타기로는 카살보다 나은 자가 없었고, 말을 타고 활쏘기에는 볼추를 당할 자가 없었다. 큰 칼을 휘두르는 데는 베르구타이가 제일이었으며, 활쏘기는 사팔뜨기의 치라운이 으뜸이었다. 친베는 무술에 대해서는 별반 내세울 만한 것은 없었지만, 사람을 추적한다든지, 다른 부족을 염탐한다든지 하는 정보에서는 비상한 재능을 가지고 있었다.

허얼룬은 이런 젊은이들을 볼 때마다 마음 든든했지만, 한편으로는 조그만 일에까지 신경을 써 하인들을 잘 통솔할 수 있는 재능을 가진 젊은이가 없음을 걱정하고 있었다. 허얼룬의 불만이라고 하면, 그런 젊은이가 없다는 것과, 또 하나는 보루테가 아이를 낳지 않는다는 것이었다. 허얼룬은 아이를 낳지 못하는 여자는 여자가 아니라고 생각했다.

이 점에 있어서 보루테는 허얼룬과 테무친에게 면목이 없었다. 그녀는 아버지 데이 세첸이 말했던 것처럼 타이추토를 하나도 남김없이 물어 죽이고, 타타르를 한 사람도 남김없이 물어 죽이며, 그리고 온기라트까지 하나도 남김없이 물어 죽일 이리의 피를 가진 아이들을 많이 낳지 않으면 안 되었으며, 또 낳고 싶었다.

허얼룬의 두 가지 근심 중의 하나인, 어떤 일에도 머리가 잘 돌아가고 하인들을 통솔할 능력을 가진 젊은이를 찾는 문제는 드디어 해결되었다. 어느 날, 찰추다이라는 노인이 대장장이의 풀무를 어깨에 메고, 한 젊은이를 데리고 장막에 찾아왔다. 허얼룬은 예전부터 이 노인을 알고 있었고, 테무친도 어슴푸레 이 노인이 기억났다. 그는 테무친이 대여섯 살 때 무슨 이유인지는 모르나 마을을 떠났으며, 그후 오늘까지 부루칸 산에 깊숙이 들어가서 집을 짓고 고독한 생활을 하고 있었다.

노인은 테무친에게,

"나는 네가 태어났을 때, 축하하는 의미에서 모피 포대기를 선물했다. 그리고 이 제루메도 선물했었다. 그때부터 너와 제루메는 주인과 하인의 관계가 되었다. 다만 제루메는 당시 세 살이라 어렸으므로 내가 맡아서 오늘까지 키워왔다. 그러나 제루메도 이젠 제 몫을 할 사람이 되었다. 제루메에게 무엇이든 시켜라. 말안장을 채우게 하든지, 막사의 문을 열게 하든지……." [4]

하며 젊은이를 테무친에게 넘겼다.

젊은이는 그날부터 마을의 일원이 되었다. 테무친보다 세 살 더 많은 이 젊은이는 피부도 검고 초라했지만, 소박하고 충실해서 어떤 일에건 부지런했다. 더구나 고운 심성을 가지고 있어서 하인들의 뒷바라지도 잘 했으므로 곧 장막에서 없어서는 안 될 인물이 되었다. 제루메는 허얼룬이 구하고 있었던 안성맞춤의 젊은이였던 것이다.

테무친의 부락은 날로 풍족해졌다. 그는 아내의 부족인 온기라트와 차가운 인상의 지도자가 이끌고 있는 케레이트의 군사력을 장래 자기 것으로 하기 위하여 노력하지 않으면 안 된다고 생각했다.

테무친은 24세 때까지 자기 부락의 장막 수를 해마다 조금씩 늘려나가는 데 주력했다. 보루테가 아이를 낳지 않아 걱정스러웠지만,

---

4) 말안장을 채우게 하든지 막사의 문을 열게 하든지 : 속해 있는 부족장이 그의 영주인 부족장에게 자신의 자제를 바칠 때 맹세하는 말.

그 일만 제외하면 장막 생활에 큰 불만은 없었다. 타이추토와 타타르를 반드시 쓸어 버려야만 되는 허얼룬 모자의 큰 과제는 여전히 남아 있었지만, 테무친은 그것이 하루아침에, 더구나 스무 살을 겨우 넘긴 자신으로서는 쉽게 이룩하기 어렵다는 것을 잘 알았다. 아직 테무친은 젊었고, 그의 부하들도 모두 젊었다.

지금의 테무친은 보루테와 결혼할 당시와는 달리 적이 언제 어디서 습격해 올지도 모르는 불안에 떨지 않았다. 타이추토의 무리들도 이제는 이미 제각기 성인이 된 예수게이의 자식들을 모조리 죽여 버릴 수 있다는 그런 생각을 갖고 있지 않았으며, 혹시 갖고 있었더라도 그것은 무모한 일이라는 것을 잘 알았다.

그러나 재난은 전혀 생각지도 않은 곳에서 테무친을 덮쳐왔다. 바야흐로 고원에 엄동설한이 닥쳐올 무렵의 어느 날 아침, 그 소란은 허얼룬의 막사에서 일어났다.

"모두 빨리 일어나라. 멀리서 말발굽 소리와 고함 소리가 들려온다. 타이추토 놈들이 쳐들어오는가 보다!"
라고 소리를 지른 것은 허얼룬의 충실한 노비 고아쿠친이었다. 그 소리에 허얼룬이 먼저 벌떡 일어났다.

소란은 이내 전파되어 다른 막사에서도 일어났다. 테무친이 광장에 나갔을 때는 이미 막사 안에는 한 사람도 남김없이 모두 다 뛰어나와 있었다. 밤은 아직 완전히 물러가지 않고 새벽 어스름이 주위를 가득 메웠을 때 차가운 공기를 진동시키는 말발굽의 울림과 함성은 시간의 흐름에 따라 점점 크게 들려왔다.

테무친은 모두에게 한 사람도 남김없이 말을 타고 부루칸 산으로 달아나도록 명령했다. 적의 수도 정확히 알기 어려웠고, 어쨌든 이 장막에서 적을 맞아 싸운다는 것은 매우 불리하다는 것이 확실했기 때문이었다. 테무친은 자기의 말을 끌어내면서 모두가 말을 타는 모습을 지켜보았다. 어머니 허얼룬도 말에 탔다. 카살 · 테무게 · 베르구타이 · 볼추 · 제루메도 말안장에 올랐다. 테무룬은 허얼룬의 말에 함께 탔다. 보루테가 탄 말의 고삐를 고아쿠친이 잡았다. 그 밖의 모든 사람들도 말에 올랐다. 말이 없는 자는 말고삐에 매달렸다.

제루메가 동아리의 선두에 서고 테무친이 양의 무리라도 몰 듯이 맨 뒤쪽에 섰다. 볼추 · 카살 · 베르구타이 셋은 동아리로부터 떨어져서 습격자가 누구이며 어느 정도의 공격력을 가지고 있는가를 확인하기 위하여 반대 방향으로 말을 몰고 갔다.

혼란은 그들이 부락을 둘러싸고 있는 울타리의 출입구를 미처 빠져나가기 전에 일어났다. 기마병의 시커먼 그림자가 몇 개의 막사 우측 언덕바지에 모습을 나타냈기 때문이었다. 테무친은 피난시킬 일행을 제루메에게 맡기고, 자신은 곧바로 볼추 · 카살과 베르구타이가 달려갔던 방향으로 말머리를 돌렸다. 그들은 부락을 둘러싼 나무 울타리를 넘어서 적이 있는 방향으로 달려가고 있었다. 테무친은 장애물을 뛰어넘어 곧장 그들의 뒤를 쫓았다.

테무친은 볼추와 동생들과 한덩어리가 되어 언덕바지의 한 귀퉁이에 심어져 있는 몇 그루의 나무를 방패삼아 적과 싸웠다. 적은 예상보다 많지 않았지만, 그래도 3,40명은 될 것 같았다. 그들은 언덕바지 쪽을 마치 미친 사람들처럼 달리며, 동서로 마구 달릴 뿐 정면에서 달려오지는 않았다. 이따금씩 생각난 듯이 화살이 날아오기는 했지만 뚜렷하게 모습이 보이지 않았으므로, 그것은 마치 움직이는 그림자라도 보고 있는 듯한 기묘한 섬뜩함이 있었다.

그러는 동안에 적이 쏘아대는 화살이 점점 많아졌다 싶더니 돌연 함성은 전혀 다른 방향에서 일어났다. 여자들이 달아났던 북쪽에서 일어난 것이다. 테무친과 카살·베르구타이·볼추 넷은 급히 부락으로 되돌아갔다. 나무 울타리를 넘어서 부락의 마당으로 들어가자, 마침 울타리 밖으로 나갔던 여자들의 한 무리가 서로 뒤엉킨 채로 다시 울타리 안으로 쏟아져 들어왔다. 뭔가 소리 지르고 있는 제루메의 쉰 목소리가 말발굽 소리와 함성 속에 엉키어 들려왔다.

테무친은 되돌아온 여자들을 뒷문으로 탈출하도록 제루메에게 명령해 놓고, 자신은 아까 여자들을 탈출시키려 했던 북쪽의 울타리로 향했다. 화살이 비 오듯 쏟아지고 있었다. 테무친과 베르구타이·카살·볼추는 제각기 막사를 방패삼아 화살이 날아오는 방향을 향해 활을 쏘았다. 이쪽은 밖이 가파른 비탈이므로 그 쪽에서 진격해 오는 적의 모습은 보이지 않았다.

그러나 이윽고 울타리 너머로 적의 모습이 하나 둘 나타났다 사라졌다 하기 시작했다. 그러나 울타리를 넘어서 쳐들어 올 낌새는 보이지 않았다. 테무친 일행은 그 곳에서 대항함으로써 꽤 긴 시간을 벌었다. 테무친은 제루메가 데리고 간 여자들이 꽤 멀리까지 달아날 때까지 그 자리를 떠나지 않고, 부락에 다가오면서도 돌격하지 않는 적들과 맞서 싸웠다.

볼추가 말을 몰고 다가와서 소리쳤다.

"메르키트다."

그때 비로소 테무친은 상대가 타이추토가 아닌 메리키트 부족이라는 것을 알았다.

테무친은 이윽고 화살이 동북쪽에서만이 아니고 여기저기서 날아오는 것을 보자, 세 사람에게 부락을 버리고 산으로 도망칠 것을 명령했다. 이제 더 이상 버티는 것은 무리일 뿐 아니라 위험하기도 했다. 볼추가 앞서서 뒤쪽 나무문으로 달려갔다. 테무친·카살·베르구타이의 순으로 이어졌다. 울타리를 나오자 어디에도 여자들의 그림자는 보이지 않았다. 제루메가 데리고 갔으므로 실수 없이 피신한 것이라 생각되었다.

울타리를 벗어난 곳에서 카살이,

"흩어져!"

하고 소리쳤다. 일동은 거기서 제각기 다른 방향으로 말머리를 돌려서 흩어졌다. 테무친은 초원지대를 향해 서쪽으로 곧장 달려가다가, 도중에서 방향을 바꾸어 부루칸 산기슭의 완만하고 드넓은 언덕바지로 올라갔다. 화살은 이제 전혀 날아오지 않았다. 카살과 베르구타이의 모습이 마치 콩알처럼 보이며, 각각 부루칸 산의 언덕으로 말을 달려 위로 올라오는 것이 보였다. 그러나 볼추의 모습만이 보이지 않아서 테무친은 걱정했지만, 이윽고 전혀 뜻하지 않은 방향에서 그의 민첩한 모습이 드러나자 안심했다.

테무친은 이 날 오후, 제루메가 이끈 여자들과 만나게 되었다.

제루메는 테무친을 보자 대뜸,

"보루테를 만나지 않았습니까?"

하고 물었다. 제루메의 말로는, 보루테는 뒷문을 나왔지만 곧 말을 버리고 건초더미 옆에 있던 검은 가마가 딸린 수레에 올랐고, 고아쿠친 노파가 등에 꽃무늬가 박힌 소에 수레를 메어다는 동안에 뒤처져서, 습격자들의 눈을 속이기 위해 경지(耕地) 쪽으로 도주했다는 것이었다. 타고 있던 말이 부상당했기 때문에 보루테는 그렇게 하지 않을 수 없었다는 것이었다.

테무친은 야영 장소를 정하자, 그날 밤부터 다음날에 걸쳐서 부루칸 산의 숲이나 초지, 바위가 있는 언덕배기를 보루테를 찾아서 헤매었다. 그러나 어디에서도 보루테의 모습을 발견할 수는 없었다.

보루테를 찾아 헤맨 지 나흘째 되는 날, 테무친은 산기슭에 정찰로 볼추·베르구타이·제루메 셋을 보냈다. 그리하여 메르키트의 무리들이 완전히 기슭 일대의 초원에서 사라진 것을 알고, 자기 부족을 데리고 부루칸 산을 내려왔다. 뒤에 안 일이지만 습격자들은 각기 다른 성씨의 세 사람에게 통솔된 메르키트 부족이었다.

그때까지도 보루테와 고아쿠친 노파의 소식은 여전히 알 수가 없었다. 그리고 한 달쯤 지나서야 테무친은 보루테와 고아쿠친 노파가 메르키트에게 납치되어 그들의 부락으로 끌려갔다는 정보를 입수하였다.

테무친은 보루테를 생각하자 미칠 것 같았지만, 그러나 이외에는 한 사람의 희생자도 내지 않고 모두 무사히 부락으로 되돌아올 수 있었음을 불행 중 다행이라 생각했다. 테무친은 이 요행을 자기들이 도망쳐 숨은 부루칸 산의 가호라고 생각하고, 부루칸 산에 감사하는 제례를 올리도록 했다.

테무친은 보루테가 잡혀갔기 때문에 불 꺼진 듯 암울해진 막사의 앞뜰에 부락 사람들을 모아 제단을 만들게 했다. 테무친은 일동을 향해 이렇게 말했다.

"우리들은 신산 부루칸의 은혜로 메르키트의 습격에서 무사히 벗어났다. 우리들은 신산 부루칸 때문에 개미같이, 벼룩같이 작은 생명을 건졌다. 아침마다 부루칸에게 인사를 올려라. 그리고 날마다 부루칸을 향해 기도하라. 우리 보루지긴의 자자손손에 이르도록 이를 전하여라."

테무친은 부루칸을 향해 띠를 목에 걸고, 모자를 손에 들고[5], 한 손을 가슴에 얹고, 무릎을 꿇어 마유주를 땅에 부었다. 그것을 아홉 번 되풀이하면서 기도를 올렸다.

테무친에게 괴로운 나날이 찾아왔다. 보루테를 메르키트에게 빼앗긴 뒤로 테무친은 자기를 둘러싼 자연이 모두 퇴색해져서 삭막하게만 느껴졌다. 지금 자기에게 가장 시급한 일은 보루테를 되찾아오는 일이었다. 테무친은 자신의 명령이라면 생명을 내놓아도 후회하지 않을 부하를 가지고 있었지만, 그 인원수는 열 명도 채 되지 않았으니, 그들만으로 메르키트의 대부락을 습격한다는 것은 무모한 일이

---

5) 띠를 목에 걸고, 모자를 손에 쥐고 : 몽골 인은 모자나 띠에는 개인의 자유의사가 깃들어 있다고 생각하며, 띠를 풀고 모자를 벗는다는 것은 상대에게 복종하는 것을 의미함.

었다.

　머리가 큰 친베는 메르키트 부락을 정찰하는 역할을 자원하여 몇 차례 다녀왔었지만, 그의 보고는 언제나 마찬가지였다.

　"메르키트는 50명의 병력을 부락 주위에 배치해 놓고 있습니다. 놈들에게 들키지 않고 부락 안으로 들어간다는 것은 들쥐라도 어려운 일입니다."

　친베의 보고에 의하면, 메르키트는 테무친의 복수를 예상하여 엄중히 경계하고 있다는 것이었다.

　친베는 그 일이 자신에게 맡겨진 중요한 일인 듯 메르키트를 정찰하고 돌아와서 2,3일만 지나면 또 그 부락을 향해 떠났다. 친베는 돌아올 때마다 메르키트 부락에서 염탐해 온 여러 가지 일들을 보고했다. 테무친은 그 보고에 의해 메르키트 부락의 말의 수가 불어나고 줄어드는 것까지도 알 수가 있었다.

　친베의 보고 중에서 얻은 가장 큰 수확은 메르키트 무리의 갑작스런 습격은 무작정 자행했던 것이 아니라는 사실이었다. 일찍이 예수게이가 허얼룬을 메르키트 젊은이의 손에서 강탈했던 일이 그들은 이십 년이 지난 오늘날까지 결코 잊지 않고 있었다는 것이었다. 그들은 그 일에 대한 보복을 위해 테무친으로부터 그의 젊은 아내를 약탈했던 것이었다. 그리고 그 계획은 테무친이 보루테를 자기의 막사로 데리고 온 사실을 알았을 때부터 이미 세워졌고, 그 동안 습격할 기회만 끊임없이 노리고 있었다는 것이었다.

　보루테가 막사에서 모습을 감춘 지 수개월이 지났다. 어느덧 해는 바뀌어 테무친은 25세의 봄을 맞았다. 메르키트 무리가 했던 것처럼 테무친도 그들에 대한 복수의 기회를 노리며 나날을 보내고 있었다. 그러나 메르키트의 무리처럼 20여 년의 세월을 기다린다는 것은 불가능한 일이었다. 기회가 닿으면 그것은 당장에라도 실행하지 않으면 안 되는 일이었다.

테무친은 친베가 정찰 임무를 마치고 돌아오면 언제나 그가 하는 말만을 들었다. 테무친은 결코 자신이 먼저 질문하지 않았다. 본래가 무뚝뚝한 사내였지만, 이제 더욱 무뚝뚝해져서 그 표정은 마음속의 어떤 움직임도 남이 결코 엿볼 수 없을 정도로 무표정하게 굳어 있었다.

그러나 이런 테무친에게도 한 번만은 예외가 있었다. 한번은 정찰을 다녀온 친베의 보고를 다 듣고 났을 때, 입을 살짝 움찔거렸다. 친베는 테무친이 무슨 소리를 했는지 알아듣지 못했으므로 다시 한 번 말해 줄 것을 원했다.

테무친은 나직하게 중얼거리듯이 말했다.

"보루테는 어찌되어 있더냐?"

친베는 간신히 그 말을 들을 수가 있었으나 그 물음에 대답하지 않았다. 그러자,

"보루테는 어찌되어 있더냐?"

테무친은 전보다 뚜렷하지만 여전히 낮은 목소리로 말했다. 눈은 날카롭게 친베를 주시하고 있었다. 친베는 하는 수 없이,

"치루겔이라는 젊은이의 아내가 되어 있었습니다."

라고 짤막하게 대답했다. 테무친은 친베의 대답을 듣는 순간 안색이 바뀌더니 이내 등을 돌리고 친베의 곁을 떠났다.

보루테의 이름이 테무친의 입에서도, 친베의 입에서도 나온 것은 이때가 처음이었다. 이 같은 일이 있은 뒤 테무친은 전보다 한층 더 말이 없어졌으며, 늘 엄격한 얼굴을 하였다. 결코 웃는 일이 없었다.

보루테의 이름을 거론하는 일은 메르키트의 습격이 있었던 이래로 이 부족에서는 일체 금기가 되었다. 허얼룬뿐만 아니라 카살, 막내 누이인 테무룬의 입에서도, 그리고 또 하인들의 입에서도 결코 나오지 않았다.

친베가 보루테의 이야기를 입 밖에 내고부터 한 달쯤 지났을 때였다. 테무친은 그 동안 끊임없이 생각했던 것을 카살과 베르구타이·볼추 세 사람에게 상의했다. 그것은 메르키트 부락을 습격하여 보루테를 되찾아오자는 것이었다. 그리고 이 습격 작전에는 부락의 남자는 모두 참가시키고, 부락을 지키는 일은 여자들에게 맡긴다는 것이었다. 이제까지 고원의 어떤 부족도 부락에 여자들만을 남겨 두는 일은 결코 없었다.

그러나 테무친은 이때 남자들이 싸움터에 나간 뒤 여자들을 무장시켜서 마을을 지키게 하려고 생각했던 것이다. 모든 남자를 공격대에 가담시키기 위한 비상 수단이었다. 카살도, 베르구타이도, 볼추도 찬성했다. 테무친이 그들에게 말을 꺼낸 것은 이미 결정했다는 것과 다름없었다. 젊은 부하들은 그것을 잘 알고 있었다. 그것이 무모하건 어떻건, 이젠 실행에 옮기지 않으면 안 되었다. 부락의 남자는 노인까지 모두 포함해서 30명 미만이었다.

테무친은 습격을 20일쯤 뒤인 그믐날 밤으로 결정했다. 메르키트 부락은 바이칼 호수의 남쪽, 오르혼과 셀렝가 두 강의 합류 지점 부근에 있었다. 그 곳까지는 서서히 말로 달리면 며칠이 걸리는 꽤 먼 길이었지만, 그 곳으로 몇 번씩이나 왕래했던 친베가 잘 알고 있었다.

그후 매일같이 허얼룬을 비롯해서 17세의 테무룬은 물론이거니와, 열네댓 되는 여자들은 모두 무기를 들고 부락을 지키는 훈련을 받았다. 테무친은 여자들의 집단 훈련을 볼추에게 맡겨 놓고, 자신은 카살과 베르구타이, 그리고 몇 마리의 말을 끌고 케레이트 부락으로 토오릴 칸을 찾아가기로 했다.

테무친은 토오릴 칸으로부터 그들이 가지고 있는 우수한 무기를 빌리려고 생각했다. 자신의 부대가 30명도 채 되지 않는 소수 집단이기 때문에 최소한 무기만이라도 우수한 것을 갖고 싶었다. 말은 어떤 전투에도 견뎌낼 수 있는 우수한 것을 갖고 있었지만, 무기는 이렇다 할 만한 것이 없었다. 더욱이 여자들을 위해서도 부락에 무기를 남겨 둘 필요가 있으므로 수량도 부족했다. 테무친은 자기를 위하여 생명을 아끼지 않을 젊은이들에게 맘껏 싸울 수 있도록 우수한 무기나 기구로 무장시켜 주고 싶었다.

테무친 일행은 며칠을 오르혼 강을 거슬러올라서, 토우라 강변의 검은 숲 속에 있는 케레이트 부락에 도착했다.

테무친은 토오릴 칸을 만나자 사건을 자세히 얘기했다. 토오릴 칸은 지난번과 마찬가지로 차가운 이마와 눈으로 세 사람을 바라보다

가 갑자기 표정을 바꾸며,

"예수게이의 아들이여, 너희들은 내가 일찍이 약속했던 말을 기억하고 있느냐? 나는 그때 검은 담비의 보답으로 흩어져 버린 너희들 부족민들을 모아 주겠다고 말했었다. 바야흐로 그 시기가 지금 온 모양이다. 너희들 예수게이의 아들들을 위하여 나의 군사를 동원시키겠다. 군을 동원시켜서 바이칼 호수의 남쪽에 모여 있는 메르키트 놈들을 한 놈도 남기지 않고 모두 죽여서 너의 아내 보루테를 되찾아 주겠다."

여기서 토오릴 칸은 잠깐 말을 끊었다. 그리고 차가운 눈을 빛내며 천천히 다음 말을 이었다.

"겨우 자라나기 시작한 병아리들이여, 나는 이제야말로 검은 담비의 보답을 하겠노라. 나는 먼저 2만 명을 이끌고 우군(右軍)으로 출동하겠다. 너희들은 고루고나쿠 강변⁶⁾에 있는 자다란 족의 우두머리 자무카를 찾아가서 나의 말을 이렇게 전하라. 예수게이의 아들을 위하여 토오릴 칸은 2만 명을 출동시켜서 메르키트 놈들을 모조리 죽일 결심을 했다. 자무카, 당신은 좌군(左軍)이 되어 출동해 달라. 모일 장소와 시간은 자무카 그대가 정하라."

테무친은 토오릴 칸의 얼굴을 조용히 바라보고 있었다. 테무친은 이같이 큰 일을 순식간에 결정하는 사람을 여태까지 본 적이 없었다. 그러나 그의 차가운 모습은 그 일을 결정하는 데 썩 어울렸다.

테무친은 토오릴 칸의 막사를 나오자, 자신이 여기에 온 목적이었

---

6) 고루고나쿠 강변 : 정확한 위치는 알 수 없으나, 오논 강의 중류쯤이라 추정되고, 몽골족 성지의 하나로서 많은 요정이 깃들어 있는 곳이라 함.

던 무기를 빌리는 일을 처리하고 곧장 말에 올라 거의 휴식 없이 자신의 부락을 향해서 달렸다.

세 형제가 자신들의 부락에 도착하자, 테무친만 남고 카살과 베르구타이는 다시 식량이 든 가죽부대를 말에 싣고 곧장 자다란 족의 자무카에게 달려갔다. 자무카는 몽골 부족 최초의 칸이었던 카불 형제의 후예로서, 그런 의미에서는 보루지긴 족에 속하는 셈인데, 테무친보다 다섯 살 정도 위였다. 테무친은 자무카를 잘 알고 있었다. 테무친이 예닐곱 살 때, 단 한 차례였지만 아버지 예수게이의 막사로 부친과 함께 찾아와서 만났었다. 통통하게 살이 찌고 낯가림을 하지 않는 애교 있는 소년의 얼굴은 지금도 지워지지 않고 있었다. 테무친보다 다섯 살 위라고는 하나 당시 놀라우리만치 조숙해서, 그의 입에서 나오는 말은 주위의 어른들마저도 놀라게 했던 기억이 났다.

그 무렵부터 자무카의 집은 같은 혈족에 해당하는 타이추토와도 테무친의 보루지긴과도 떨어져서 독립된 막사를 가지고서 자다란 족이라 자칭하고 있었다. 자무카는 자신의 대(代)에 와서 두드러지게 부락을 확대하여, 현재 몽골 부족 중에서는 타이추토를 훨씬 앞서는 제일의 세력으로 커가고 있었다. 그 소식은 테무친도 이미 들어 알고 있었다. 자무카는 케레이트의 토오릴 칸과 맹우(盟友)의 서약을 맺어 토오릴 칸의 아우뻘이 되어 있었다.

그 자무카에게 사자로 간 카살과 베르구타이는 떠난 지 닷새째 아침, 그야말로 더 이상 몸을 가눌 수 없을 만큼 지친 몸으로 돌아와서 테무친의 막사 앞에 말을 세웠다. 둘은 자무카와 만났던 상황을 테무친에게 그대로 전했다.

"자무카는 테무친이 타이추토에게 박해받고 있다는 말을 듣고 애태우고 있었습니다. 그리고 이제 토오릴 칸의 요청으로 군을 동원하여 테무친을 위해 돕게 된 것은 자신의 소망을 이루는 것이라 기쁘다고 했습니다. 그리고 또 이제야말로 키루고 강 상류로 넘어가 푸른 풀로 뗏목을 엮어, 메르키트가 모여 있는 평원의 천창으로 들어가, 그들의 막사 기둥을 무너뜨리자고 말했습니다. 그리하여 그들의 가족을 포로로 하고, 모든 메르키트 족을 씨가 없어질 때까지 죽이자고 말했습니다."

카살은 거친 숨을 몰아쉬며 자무카와 만났던 상황을 보고했다. 그러자 베르구타이가 곧 말을 이었다.

"자무카가 말하기를, 자, 싸움터에 나가기 전 마유주를 땅에 붓자. 검은 황소의 가죽으로 힘껏 조인 북을 치자, 튼튼한 옷을 입고 검은 말에 올라타자. 철창(鐵槍)을 쥐고, 도피(逃避)의 화살[7]을 시위에 먹이자. 보토칸 볼지의 땅에서 열흘 후의 밤, 토오릴 칸의 군사들을 기다리겠다. 우리의 군사 2만, 눈보라 세차다 해도 약속한 장소에 늦지 말라. 대지가 흔들린다 해도 모임에 늦지 말라, 나의 안달(安達) 토오릴 칸이여."

카살과 베르구타이에 의해서 전해졌던 자무카의 말은 곧 볼추에게로 전해졌다. 볼추는 그것을 검은 숲의 토오릴 칸에게 보고하였다.

모든 일이 테무친에게는 예상했던 것보다 훨씬 순조롭게 진행되어

---

7) 도피(桃皮)의 화살 : 야생 복숭아나무의 화살.

갔다. 테무친을 위해 4만 명의 군사가 동원된다는 것은 꿈과 같은 일이었다. 고원의 한 모퉁이에 있는 두 개의 세력은 테무친의 양팔이 되어 오르혼과 셀렝가 양 강의 합류점에 가까운 메르키트 부락을 향해서 언제라도 즉시 쳐들어갈 준비가 되었다.

테무친은 약속의 날에, 토오릴 칸과 자무카의 군대에 비하면 너무나 초라하게 보이는 30명의 사내들을 데리고 지정된 장소로 나갔다. 자무카의 군사 2만은 이미 그 곳에 도착해 있었으나, 토오릴 칸의 군사 2만은 굳은 약속에도 불구하고 3일이나 늦게 도착했다.

테무친은 이때 자무카와 실로 십수 년 만에 재회한 셈이었지만, 자무카는 소년 시절의 모습을 그대로 간직하고 있었다. 토오릴 칸과는 달리 그 얼굴엔 부드러운 웃음을 띠고 있었고, 장년기에 들어선 그의 뚱뚱한 몸은 정력이 넘쳐흐르는 듯 느껴졌다. 그야말로 카살과 베르구타이로부터 들었던 그 호방한 출진의 선언이 어떻게 이 유순해 보이는 인물의 입에서 나왔을까 하고 테무친은 고개를 갸우뚱거렸다. 메르키트 부락의 습격은 다음날 새벽녘부터 개시되었다. 4만 명의 군사는 푸른 풀로 엮은 떼(筏)를 타고 오르혼 강을 건너, 대열을 만들어서 메르키트 부족의 세력 범위에 있는 초원을 홍수처럼 밀고 가서, 흩어져 있는 조그만 부락을 차례차례로 함락시켜 나갔다.

메르키트는 1만 명의 병력을 동원하여 그들의 막사 주위에 진을 치고 있었다. 그러나 싸움은 불과 하루 만에 끝났다. 테무친은 토오릴 칸으로부터 지휘를 넘겨받은 수백 명의 군사를 이끌고, 패하여 자기네 부락으로 도주한 메르키트 인을 추격했다. 이미 대항할 것을 체념한 메르키트 무리는 부락의 여기저기서 조용히 몸을 웅크리고 있었다. 테무친은 그들의 막사를 하나하나 살펴보았다.

보루테와 고아쿠친 노파를 찾아내는 데는 오랜 시간이 걸리지 않았다. 그녀들은 습격이 자신들을 데려가기 위한 작전인 줄도 모른 채 장막 안 깊숙한 곳에 숨어 있었다. 때문에 테무친의 모습을 보았을 때 보루테는 나직하게 외마디 소리를 질렀다.

테무친은 보루테에게 한 마디도 건네지 않은 채 그녀를 동생 카살의 손에 맡기고 자신은 곧 토오릴 칸과 자무카가 있는 초원의 막사로 되돌아갔다. 테무친은 두 사람의 은인에게 자신을 도와준 것에 대해 마음속으로 깊은 감사를 드렸다.

토오릴 칸과 자무카는 그후 십 리 정도 떨어진 두 지점에 각자의 부대를 주둔시켰다. 두 사람은 좀처럼 그후에도 그 곳을 떠나려 하지 않았다. 테무친의 눈에는 그 두 사람의 행동이 이번 작전에서 그들이 취했던 태도와는 전혀 다른 모습으로 비쳤다. 둘은 서로 상대를 견제하고 있음이 분명했다.

그러는 동안에 메르키트 부족의 대학살이 행해졌다. 노인이건 어린이건 모두 죽임을 당할 운명이 되었다. 매일같이 강변의 형장으로 끌려가는 메르키트 사내들의 행렬이 초원을 지나갔다. 그리고 여자들은 모두 토오릴 칸과 자무카의 주둔지의 중간이라 생각되는 평지에 모이게 되었으며, 가재 도구 또한 하나도 남김없이 같은 지역에 산더미처럼 쌓였다. 가축도 한곳에 모아졌다.

테무친과 그의 부하들은 텅 빈 메르키트 부락 부근에 세 개의 막사를 치고 거기서 머무르고 있었다. 송장 썩는 냄새가 어디에서나 진동하고 있어 아침부터 밤까지 테무친의 막사에도 냄새가 진동했다.

어느 날, 테무친은 토오릴 칸으로부터 여자들과 노획품을 나누어 줄 것이니 받으러 오라는 연락을 받았다. 그는 그것을 받을 권리가 없다고 생각했으며, 또한 갖고 싶지도 않았다. 테무친은 토오릴 칸을 찾아가서 자기의 뜻을 전했지만, 늙은 케레이트의 우두머리는 좀처럼 테무친의 뜻을 승낙하지 않았다. 자무카도 역시 같은 의견이었다. 군을 동원한 것은 자기들이지만, 테무친도 실제로 전투에 참가했으므로 당연히 받을 권리가 있다고 말했다. 그러나 테무친은 끝내 이 두 사람의 의견을 받아들이지 않고, 노획품을 받지 않겠다고 고집부렸다.

수천 명의 여자와 산더미 같은 노획품은 많은 군사들이 보는 앞에서 둘로 나누어져, 한쪽은 토오릴 칸 주둔지로, 또 한쪽은 자무카의 주둔지로 운반되었다. 초원을 메우고 있는 양이나 말의 무리도 같은 방식으로 분배되었다. 그러나 나눌 수 없는 것이 있었다. 그것은 초원과 산과 계곡이었다. 이것들은 케레이트 족의 막사에서도, 또 자무카의 막사에서도 멀리 떨어져 있었다. 그것은 테무친의 조그만 부락이 가장 가까운 곳에 위치한 고원이었다.

테무친은 토오릴 칸과 자무카가 철수하면 이 광대한 땅을 자기 것으로 하고 싶었다. 물론 지금 그것을 자기가 소유한다고 하더라도 현재로는 감당하기 어렵겠지만, 그러나 앞으로 부락민이 불어난다면 이 대고원에 그들을 배치할 수 있으리라 생각했다.

테무친은 이미 30명의 부하 중 반을 볼추에게 보내 여자들만이 지키고 있는 자신의 부락으로 돌려보내고 있었으므로 한동안 이 메르키트의 텅 빈 부락 부근에 있어도 괜찮을 것 같았다. 카살이나 베르구타이도 슬슬 부락으로 돌아가고 싶어했지만, 테무친은 더 버텼다. 왜냐 하면 토오릴 칸과 자무카의 군대가 철수하기 전에 자기 쪽이 먼저 철수하는 것은 예의도 아닐 뿐만 아니라, 더욱이 테무친은 아직 결정되지 않은 일이 하나 남아 있기 때문이었다.

그것은 보루테를 어떻게 할 것인가 하는 문제였다. 테무친은 보루테를 찾아냈을 당시 얼핏 보았을 뿐 아직 한 번도 만나지 않았다. 그러나 테무친은 매일같이 보루테의 모습을 눈에 떠올리고 있었다. 하지만 보루테의 모습은 부루칸 산자락의 막사에서 떠올렸던 모습과는 조금 달랐다. 보루테는 푸른 옷으로 몸을 감싸고 있었다. 갈색 빛깔이 어려 있는 머리칼도 하얀 살결도 이전처럼 빛을 발하고 있었지만, 몸의 한 군데가 조금 달라져 있었다. 옷은 크고 헐렁했다. 메르키트 부락이 함락됐던 대학살의 밤이긴 했지만, 테무친의 눈은 결코 잘못 보지 않았다. 보루테는 임신하고 있음이 분명했다.

테무친은 보루테를 카살에게 맡겼으나, 그후 그녀가 어떻게 지냈는지를 카살에게 한 마디도 묻지 않았다. 카살 또한 형수를 보호하고 있으면서도 그녀에 관한 이야기를 한 마디도 하지 않았다. 그 같은 일은 테무친으로 하여금 자신의 눈이 보루테를 잘못 본 것이 아님을 더욱 확신케 하였다.

테무친은 어느 날, 자기의 막사에 들어온 친베를 불러세웠다. 친베의 얼굴을 본 순간 그의 마음은 결정된 듯했다. 사태가 여기까지 이른 것을 이제 와서 따져본들 소용 없는 일이었다. 보루테가 스스로 여기에 와 있는 것은 아니지 않는가!

"카살에게 말하여 보루테를 데려오라."

테무친은 친베에게 말했다. 친베는 곧 밖으로 나갔고, 카살이 들어왔다. 카살은 표정을 굳히고,

"보루테는 여기서 두 개 건너의 막사에 있습니다."

하고 말했다. 테무친은 카살의 말에 뭔가 이상한 감을 눈치채고, 곧바로 자기 막사를 나와서 보루테가 있는 막사로 갔다. 천창에서 들어오는 광선을 비스듬히 옆으로 받으며 보루테는 침대에 누워 있었다. 테무친은 이내 그 옆에 갓난아이의 모습을 발견했다. 그리고 옆에서 갓난아이를 들여다보고 있는 고아쿠친 노파의 구부린 뒷모습도 발견했다.

테무친이 침대 쪽으로 다가가자 보루테는 가냘픈 얼굴로 테무친을 올려다보았다. 테무친이 잠자코 있자 보루테는 갓난아이를 눈으로 가리키며 희미한 웃음을 띤 채 테무친에게 말했다.

"이름을 지어 주세요."

그 말은 확실히 그렇게 들렸다.

"왜 내가 이름을 지어야 하나?"

보루테는 의외라는 듯이 뚜렷한 어조로 말했다.

"당신의 아이니까요."

"내 아들인지 아닌지 분명치 않아."

라고 테무친이 거절하자,

"당신의 아이가 아니라는 증거가 어디에 있어요?"

필사적인 말투였다. 테무친은 가만히 있을 수가 없어 막사 안을 자신도 모르는 사이에 계속 왔다갔다 했다.

"당신의 아이가 아니라는 증거가 있어요? 나도 모르고 당신도 모르는 일이에요."

보루테의 목소리가 다시 테무친의 귀에 들려왔다. 그러나 테무친은 보루테의 말을 결코 받아들이지 않았다. 그런 마음의 여유는 없었다.

테무친은 혼란스러운 머리를 정리하지 못한 채 말을 멈추었다. 그리고 메마른 목소리로 말했다.

"주치."

"주치?"

보루테는 되물었다. 주치라는 말은 '손님'이라는 뜻이었다. 그것은 테무친의 혼란스럽고 괴로운 마음이 보루테가 낳은 한 갓난아이를 위하여, 정확하게는 자기와 마찬가지로 아비가 누군지 모르는 한 갓난아이를 위해 선택한 이름이었다.

테무친이 보루테의 청을 받아들여서 그녀가 낳은 갓난아이에게 주치라는 이름을 붙여 준 것은 테무친이 보루테의 모든 것을 용서했음을 의미했다. 만약 용서하지 않았다면 그는 자기의 아이인지 다른 종족의 아이인지 분명치 않은 이 갓난아이에게 결코 이름을 붙여 주지 않았을 터였다. 긴 생애, 그는 아내 보루테가 낳은 갓난아이를 자기 집의 손님으로 대우하려고 결심했던 것이었다.

테무친은 보루테의 침대 옆에 누워 있는 갓난아이의 얼굴을 오랫동안 들여다보았다. 자기가 몽골의 피를 가지고 있는지 어떤지에 대한 문제로 괴로워했던 것처럼 장래 이 갓난아이 또한 같은 괴로움을 겪을 운명을 짊어졌다고 생각하자 몹시 괴로웠다. 그리고 자기 자신이 이리가 됨으로써 스스로가 몽골의 피를 증명하지 않으면 안 되는 것처럼, 주치 또한 마찬가지로 이리가 되지 않으면 안 되는 (적어도 그것을 지향하지 않으면 안 되는) 운명을 짊어지고 있는 것이었다.

"나는 이리가 될 것이다. 너도 이리가 되어라."

테무친은 마음속으로 소리쳤다. 이것이 테무친이 자기의 큰아들 주치에게 한 최초의 말이었다. 그리고 그것은 아버지가 자식에게 해준 말로서는 더 이상의 것을 생각할 수 없을 만큼 충분히 애정 깊은 것이었다.

보루테는 잠자코 있었다. 자신이 낳은 갓난아이에게 주치라는 이름이 주어진 데 대하여 보루테는 어떤 의사 표시도 하지 않았다. 만족인지 불복인지 그녀의 마음을 표정으로는 읽을 수가 없었다. 그녀는 이윽고 조용히 테무친 쪽으로 얼굴을 돌렸다. 얼굴은 창백했지만, 산모라고는 생각할 수 없을 만큼 밝은 표정이었다. 그러나 그 밝은 표정 속에 두 눈은 눈물이 고여 볼 위로 선을 그으면서 흐르고 있었다.

테무친은 갓난아이 곁에서 물러서며 오랫동안 자신이 찾고 있었던 아름다운 아내의 얼굴을 내려다보고는,

"온기라트에 사자를 보내자. 아버지 데이 세첸과 어머니 슈탄이 얼마나 기뻐하시겠는가."

하고 처음으로 아내에게 부드러운 말을 건넸다.

그러나 이때 테무친의 마음에는 여자라는 것에 대한 생각이 그의 생애를 통해 변하지 않는 어떤 하나의 고정 관념으로 정착했다. 여자에게는 아름다움도 애정도 정성도 인정할 수 있었지만, 그러나 그것이 변하지 않는 가치로서의 믿음은 가질 수가 없었다. 어떤 가치로운 것도 여자가 갖고 있는 한 언제나 불안정한 것이었다.

아내 보루테도 어머니 허얼룬도 예외가 아니었다. 언제든지 '손님'을 낳을 수 있는 존재였다. 그의 아내도, 그리고 어머니도 몽골의 피를 가진 이리를 낳을 수도 있고, 또 다른 부족 메르키트도 타타르도 케레이트도 낳을 수가 있는 것이었다. 그것은 이상하게도 관대하여 어떤 민족이 되던 받아들여 아이를 낳는 기계였다. 자기를 사랑하고, 자기도 또한 사랑하고 있는 아내가 적의 피를 가진 아이를 낳을 수 있다는 것은 참으로 기막힌 일이었다.

테무친은 자기의 부하를, 그들의 충성이나 용기나 희생을 봄으로써 믿을 수 있었지만, 여자라는 것은 그러한 점에서는 믿을 수가 없었다. 여자는 자기가 소유하고 있는 동안만 그녀의 아름다움도 애정도 정성도 자신의 것이었다. 다른 민족의 사내는 이를 정복하여 복종하게 함으로써 영원히 변함 없는 자기의 부하로 만들 수 있지만, 여자는 오직 침대 위에서만이 정복이 가능할 뿐 영원토록 완전히 자기의 것으로 만들 수 없는 귀찮은 존재였다.

테무친은 보루테를 이젠 영원히 자기 것으로 해 두려고 생각했다. 그러기 위해서는 자기 자신이 그녀를 어느 누구에게도 빼앗기지 않을 만큼의 강자가 되지 않으면 안 된다고 생각했다.

"앞으로 너를 한시도 놓치지 않겠다. 네가 영구히 아름답고 정절을 지킬 수 있도록……."

테무친은 너를 좋아한다거나, 너를 사랑하고 있다는 말은 하지 않았다. 그러한 말은 무력하고 무가치한 것이다. 테무친은 단지 그녀를 소유할 것을 선언했지만, 그것은 보루테에 대한 애정의 고백과 다름없었다.

가난하다고
말하지 말라.

나는 들쥐를 잡아먹으며
연명했다.

목숨을 건 전쟁이
내 직업이고 내 일이었다.

成吉思汗

고원 정복의 야망

토오릴 칸과 자무카는 한 달 가까이 주둔지에 병력을 그대로 둔 채 좀처럼 철수하려 하지 않았다. 여자도 노획품도 모두 평등하게 나눈 지금, 할 일은 아무것도 없었지만 왠지 먼저 철수하지 않으려고 서로 눈치만 살피는 기미가 보였다. 테무친은 그 같은 양 군의 태도를 의아하게 생각했으나, 곰곰이 생각해 보니 이는 전투에 참가하는 병사로서는 당연한 것이었다. 만약 먼저 철수할 경우 뒤에 남았던 쪽에서 습격할 위험이 있었기 때문에 그 같은 위험에 서는 것을 서로 피하고 있음이 틀림없었다.

테무친은 이러한 두 사람의 태도에서 많은 것을 배웠다. 토오릴 칸과 자무카는 생사를 함께 할 것을 약속한 친구였지만, 두 사람의 태도는 서로가 서로를 조금도 믿지 않는 듯 보였다.

그리고 또 한 가지 테무친이 깨달은 것은, 토오릴 칸이 싸움에 나선 것은 결코 예수게이의 아들을 구하여 깃발 하나 들어 주려는 어버이 마음에서 나온 것이 아니라는 것이었다. 테무친이 메르키트를 습격할 무기를 빌려달라고 부탁했을 때, 기다렸다는 듯 군사를 내준 것은 병력을 움직이게 할 적당한 구실을 거기서 찾았음이 분명했다. 아마도 토오릴 칸은 메르키트를 쳐부술 기회를 전부터 노리고 있었으나 적당한 이유를 찾지 못하고 있었던 것이 분명했다.

메르키트의 무리가 갑자기 테무친의 막사를 습격하여 보루테를 약탈한 행위는 충분히 벌해야만 할 것이며, 예수게이의 자식을 위해 보루테를 되찾게 해 주는 일 또한 비난받을 성질의 것이 아니었다.

토오릴 칸이 군사를 출정시킬 때, 자무카에게 도움을 요청한 것은 병력의 증강이라는 의미도 있었겠지만, 그것보다는 테무친과 같은 보루지긴 씨족에 속하는 자무카를 가담시킴으로써 자기의 행동을 보다 강하게 정당화시킬 수 있다고 생각했음이 틀림없었다. 자무카는 자무카대로 토오릴 칸으로부터 부탁받은 것이 결코 손해 보는 일이 아니었으며, 수락할 만큼의 매력이 있었다. 테무친은 아내를 되찾았을 뿐이었지만, 토오릴 칸과 자무카는 한 부족에 속해 있던 방대한 재산을 둘로 나누어서 각각 소유할 수 있었다.

테무친은 이즈음, 토오릴 칸과 자무카 중 어느 편에 접근하는 것이 좋을까를 생각하고 있었다. 현재의 조그만 부락을 급속하게 발전시키기 위해서는 그 방법에 의지할 수밖에 없었다.

테무친은 오랜 생각 끝에 자무카를 선택했다. 같은 보루지긴 씨족에 속해 있는 동족이라는 점에서 타이추토의 습격을 피하기 위해서는 자무카에 의지함이 더 좋겠다고 생각했기 때문이었다. 또 아버지 예수게이 시대의 부락민들이 한때 타이추토에 속해 있었지만, 그후 자무카의 부락에 넘어가는 사람도 적지 않아, 그들과 마음이 통하지 않을까 생각되었다.

테무친은 토오릴 칸과 자무카 사이에서 각자 같은 날에 철수하되 서로 반대 방향으로 이동할 것을 제안했다.

테무친은 자무카와 일행이 되어 오논 강의 고루고나쿠 강변의 초원을 향해 물러갔고, 토오릴 칸은 부루칸 산의 뒤쪽으로부터 토우라 강변의 검은 숲 속 자기 막사로 향했다. 토오릴 칸은 사냥을 하면서 천천히 군사를 이동시켰다.

테무친은 보루테를 데리고 오논과 케룰렌 양 강의 근원인 부루칸 산 중턱에 있는 자기 부락으로 돌아왔다. 싸움에 참가할 때와는 달리 두 사람이나 불어난 채였다. 한 사람은 주치이고, 또 한 사람은 메르키트 부락에서 주운 담비의 모자를 쓰고 암사슴의 발굽가죽 구두를 신은 귀여운 다섯 살의 어린아이 쿠추였다. 테무친은 이 어린이를 어머니 허얼룬에게 바칠 선물로 그녀의 막사로 데리고 갔다.

허얼룬은 다섯 명의 자식이 모두 성장했고, 막내딸인 테무룬도 벌써 17세가 되었으므로 이 어린이의 선물을 매우 기뻐했다. 이제 메르키트 부족의 사내라는 사내는 모조리 죽임을 당했으므로 그 부족의 순수한 피는 쿠추 외에 하나도 없었다. 그런 의미에서 보면 쿠추는 조그만 보물이었다.

테무친은 얼마 후 자기의 막사를 부루칸 산 중턱에서 자무카의 막사에 가까운 고루고나쿠 강변의 한 지점으로 옮겼다. 그리고 막사를 이동한 다음날, 테무친은 자무카와 친구로서의 약속을 교환했다.

이 의식은 나무가 무성한 고루고나쿠 벼랑 위의 광장에서 행해졌다. 테무친은 메르키트와의 싸움에서 적장에게 빼앗은 황금 띠를 자무카의 몸에 걸어 주고, 역시 적에게 빼앗은 갈기가 검은 말에 자무카를 태웠다. 자무카는 자무카대로 메르키트 장수에게 빼앗은 황금 띠를 테무친에게 걸어 주고, 뿔난 양처럼 작은 백마에 그를 태웠다. 둘은 서로에게 '친구!' 하고 크게 외쳤다. 두 부락민을 모은 연회는 두 사람이 외치는 소리를 신호로 성대히 열렸다. 연회는 밤까지 계속되었는데, 음악이 울려 퍼지고, 사람들은 노래 부르며, 남편과 아버지·형제를 모두 살해당한 메르키트의 여자들은 정복자들 앞에서 춤을 추었다.

이 연회에서 테무친은 자무카와 나란히 앉아 있었지만, 지금 자기와 자무카 사이에 이루어진 약속이 그다지 가치 있는 것이라고는 생각지 않았다. 자무카는 사람을 이용할 만큼 이용하고, 형편이 좋지 않을 때는 헌신짝처럼 버릴 수 있는 사람이라 판단되었다. 언제나 얼굴에서 웃음이 사라지지 않는 자무카의 온화한 표정은, 낮에는 몰랐지만 달빛에 비친 옆얼굴은 전혀 딴 얼굴같이 보였다. 자무카의 표정에는 테무친조차도 섬뜩해질 만큼 냉혹한 그늘이 드리워져 있었다.

그러나 테무친은 자무카와 친구가 되어 그의 부락에 이웃한 것은 그런 대로 유리한 점이 많았다. 양털도 처분하기 쉬웠으며, 말이나 양을 늘리려고만 한다면 얼마든지 늘릴 수도 있었다. 그리고 예상하지 못했던 일이 일어났다. 지난날 함께 살았던 보루지긴 씨족의 부락민들이 타이추토로부터 떨어져 나와 차츰차츰 모여드는 것이었다. 매일같이 막사가 몇 채씩 불어났고, 많을 때는 한꺼번에 10여 채의 막사가 옮겨 오는 일도 있었다.

이 같은 현상은 당연히 타이추토 씨족의 원한을 사는 일이었으나, 이 경우 테무친의 친구로서 자무카의 존재는 자못 큰 것이었다. 타이추토 우두머리 타르쿠타이도 테무친의 뒤에 자무카가 있는 한 어떻게 손을 쓸 수가 없었다.

자무카의 막사 안에서도 은근히 테무친에게 기우는 사람이 많아졌다. 자무카와 테무친의 부락 운영 방법은 전혀 달랐다. 자무카는 이익을 공평하게 분배하고 있었지만, 테무친은 그것을 몇 개의 등급으로 나누고 있었다. 각자의 노력에 비례한 이익 분배 방식이었다. 따라서 많이 일한 자는 많은 배당이 주어졌다.

자무카의 부락에서는 게으른 사람은 이익을 봤지만 부지런한 사람들은 손해를 보고 있었다. 그런 것이 원인이 되어서 차츰 자무카의 부락민 중에는 가능하다면 테무친의 부락으로 옮기고 싶어하는 사람이 점점 많아지고 있었다.

이런 사정을 자무카가 모를 리 없었다. 두 사람이 친구로서 약속을 한 지 1년 반이 지난 어느 날, 테무친은 자무카로부터 사냥 초청을 받았다. 테무친은 사냥철이 아닌데도 초청을 받은 일도 이상했지만, 며칠 전부터 자무카의 막사에서 심상치 않은 움직임이 있다는 것을 파악하고 있었다.

테무친은 곧 카살·베르구타이·불추·제루메 네 사람과 의논했다.

네 사람 모두 그 초청에 응해서는 안 된다는 의견에는 일치했지만, 그후의 일에 대해서는 자무카의 태도를 기다리자든지, 상대가 오해하고 있다면 그 오해를 풀어야만 한다든지, 여러 가지 의견이 나왔다.

테무친은 허얼룬과 보루테를 불러 두 사람의 의견을 물어보았다. 테무친의 설명을 다 듣고 나서 허얼룬이 아직 무언가를 생각하고 있는 사이에 불쑥 보루테가 말했다.

"우리는 오늘 밤에 이동해야만 합니다. 내일 아침이면 이미 늦을 것입니다."

보루테의 어조는 강렬했다.

그러나 테무친은 잠자코 있었다. 다른 사람도 가만히 있었다. 모처럼 모든 일이 잘 되어가고 있는 이때에 고생하며 가꿔온 광대한 목지를 버리고 떠나는 일은 결코 쉬운 일이 아니었다. 그러자 보루테는 테무친의 얼굴을 정면으로 쏘아보며 말했다.

"저는 지금 임신하고 있어요."

테무친은 보루테의 임신을 전혀 알지 못했었다.

"저는 지금 임신하고 있어요. 당신은 우리들의 둘째아이에게 또다시 주치라는 이름을 붙일 작정인가요?"

보루테의 이 말에 테무친의 마음은 결정되었다.

카살·베르구타이·볼추·제루메도 테무친의 막사에서 뛰어나왔다. 이윽고 백 채 가까운 막사를 가진 부락은 일대 소동이 일었다. 막사를 접은 순서대로 고루고나쿠 강변을 따라 북으로 향했다. 막사와 막사 사이에는 양떼가 이어지거나 말떼가 끼어들고는 했다. 매우 혼란한 대열이었지만, 그래도 부락을 중심으로 해서 뽑아내는 한 가닥의 실처럼 가늘고 길게 정렬되어 뻗어갔다. 그리고 실이 완전히 다 풀어져 나왔을 때, 그것을 호위하는 백여 명의 무장한 사내들이 말을 타고 대열의 뒤를 이었다. 이들은 쉬지 않고 나아갔다.

도중에 부락이 있으면 친베와 치라운 형제는 그때마다 말을 부락으로 몰고 가서 큰 소리로 테무친의 이동을 알렸다. 같이 이동하고 싶으면 따르라는 의미에서였다. 테무친은 타이추토의 일파인 베수토 부족의 주둔지를 지날 때 처음으로 자신의 부락민들에게 휴식을 하도록 하였다. 부대가 부락으로 들어갔을 때 타이추토의 무리는 모두 도망쳐서 막사는 모두 텅 비어 있었다.

테무친은 한 막사 앞에 어린애가 혼자서 땅바닥에 앉아 있는 것을 보았다.

"이름이 뭐냐?"

"케쿠추."

몇 번이나 다시 물어도, 어린아이의 말은 케쿠추라고 했다.

"너 혼자뿐이냐?"

"예, 저 혼자 집을 봅니다."

테무친은 수십 채의 막사를 지키고 있는 케쿠추를 덥석 안아 올려 카살에게 넘겼다. 허얼룬에게 바치기 위해서였다. 그 부락을 나오자 이내 새벽녘의 뿌연 빛이 감돌기 시작했다. 날이 밝으니 자라일 부족의 젊은 세 형제가 대열의 맨 뒤에 있는 것이 보였다.

부대는 고원의 경사지대에서 모처럼의 휴식을 취했다. 그러는 동안, 이 지방에 흩어져 있는 작은 부락 사람들이 줄지어 테무친의 행렬에 참가하기 위해 찾아왔다. 막사를 말에 끌고 오는 사람도 있고, 몇몇이 같이 말을 타고 오는 사람도 있었다. 한 무더기의 여자아이와 노인의 무리도 있었다. 거의 대부분이 타이추토 씨족에 속했던 옛 예수게이의 친척들이었다.

부대는 다시 이동하여 그날 저녁 조그만 호수 근처에서 야영했다. 여기서 다시 백 명 가량의 사람들이 새로 늘어났다. 볼추가 조사한 바에 의하면, 이 지방의 모든 씨족이 포함되어 있었다. 자라일 씨족을 비롯해서, 타르구트·몽구트 칸·바라루수·몽쿠느·아루라토·베수토·소루도수·콘고탄·네구테이·오루구스톤·이키레수·나야킨·오로나주·바카린 등 각 부족들이 다 모여 있었다.

테무친은 갑자기 크게 늘어난 부대를 이끌고, 다음 날 키무루카 강을 향해 나아갔다. 이 날도 이동하면서 부대는 점점 커져갔다. 볼추의 동생인 우게렌 체루비도 아르라토 부족에서 찾아왔고, 제루메의 동생 차구투한과 수부타이 두 사람도 우란칸 씨족에서 찾아왔다.

오후, 부대는 키무루카 강변에 닿았는데, 조그만 언덕이 물결처럼 기복이 있어 한 귀퉁이를 정하여 일단 머무르기로 했다. 자무카의 추격대를 저지하기에 적합한 장소였고, 방목에도 괜찮은 장소였다.

부대가 이동을 중단했을 때부터 저녁 무렵까지 자무카로부터 떨어져서 찾아오는 사람들의 모습이 점점 구릉의 등줄기에 모습이 나타났다 사라졌다 하면서 하나씩 야영지에 다가오는 것이 보였다. 이같이 자무카로부터 떨어져 나온 사람 중에 바카린 부족의 고루치라는

60세 가량의 아주 초라한 모습의 노인이 있었다. 그는 20채 가량의 막사 사람들을 설득해서 데리고 왔다.

고루치는 테무친의 앞에 와서,

"나는 여태까지 자무카와 한 번도 떨어진 적이 없었소. 자무카로부터 떨어질 이유가 아무것도 없었기 때문에 자무카는 내게만은 늘 잘 해 주었소. 그러나 신으로부터 '테무친은 전 몽고고원의 왕이 될 사람이다. 그의 곁으로 가라'는 계시가 있어 지금 나는 찾아왔소."

하고 자기가 테무친을 찾아온 이유를 보고하듯이 말했다. 노동력이 없어 별로 환영할 만한 인물은 아니었지만, 테무친은 이 고루치의 말을 가슴 깊이 사무치게 들었다. 자기를 몽고고원의 실력자가 될 인물로 믿고 찾아온 오직 한 사람의 인물이었다. 다른 새로운 식구들은 모두 자신의 생활을 좀더 윤택하고, 조금이라도 행복하게 살기 위하여 테무친의 곁으로 모여든 사람이었다. 그런 반면, 고루치는 신의 계시를 받고 찾아온 것이다.

테무친은 붉은 석양을 온몸에 받으며 자기 앞에 서 있는 고루치의 쪼글쪼글한 주름진 얼굴을 뚫어져라 쏘아보고 있었다. 이윽고,

"실제로 몽고고원의 왕이 되는 그런 날이 온다면, 그때 나는 그대를 막사 만 채의 우두머리로 앉히겠소."

라고 말했다. 테무친은 자무카의 위협을 피하고, 갑자기 무리가 불어난 자신의 새로운 야영지에서 머무르게 된 이 날의 붉은 석양을 한평생 잊지 않으리라 다짐했다. 그리고 그 붉은 석양을 온몸에 받으며 신의 계시를 말하던 고루치의 얼굴 또한 결코 잊지 않으리라

다짐했다.

그러나 고루치는 불만스럽게 말했다.

"막사 만 채의 우두머리가 된들 무슨 즐거움이 있겠소. 거기에다 아름다운 부인이나 처녀들 중에서 자유로이 맘에 드는 여자를 갖고 싶소. 나는 30명의 아름다운 여자들을 갖고 싶소이다."

"좋소."

테무친은 여자를 좋아하는 신의 대리인에게 대답했다.

다음날부터 며칠간 테무친은 바쁜 날을 보냈다. 부락민이 3천 명이나 되었으므로 모든 일이 간단하지가 않았다. 테무친은 볼추와 제루메를 부락의 지도자로 앉혀서 모든 사람을 지배하고 명령할 수 있는 권한을 주었다. 그들은 모든 일을 잘 처리했다. 볼추가 앞장서서 민첩하게 여러 가지 일을 처리해 가면, 제루메는 그 뒤를 따라서 잘못된 것은 고치고 부족한 것을 보완했다.

한 달 가량 야영하는 동안 테무친은 다시 몇 개의 부락을 자기 부락에 취합했다. 케니게 족의 군사들도 왔으며, 자다란 부족, 사카이토 부족, 조루킨 부족의 군사들도 찾아왔다. 테무친은 또 자기 근친의 유력자들을 그들의 군사들과 함께 받아들일 수가 있었다. 테무친의 숙부가 되는 다리타이 오치긴, 사촌형인 쿠찰, 육촌형인 샤차 베키와 타이추, 그리고 또 쿠토라 칸의 아들인 아루탄, 아루탄의 사촌 동생인 에케 체렌 등을 받아들였다.

테무친은 자무카의 추격군이 오지 않음을 확신하게 되자 야영지를 키무루카 강변에서부터 구레루구 산중을 흐르고 있는 센굴 강변의 불가사리 모양의 호수 북쪽 기슭으로 옮겼다. 이 곳은 어떠한 대부락도 충분히 살아갈 땅이 있고, 아직 양떼를 한 번도 풀어놓지 않은 목초지가 끝없이 넓게 이어져 있었다.

여기를 새로운 주거지로 함과 동시에 테무친은 동족들로부터 추천을 받아 몽골 부족의 칸(長)임을 선포했다. 서기 1189년, 그의 나이 27세 때였다.

현재 몽골 부족의 칸으로 올라 있던 자는 타이추토의 타르쿠타이였지만, 이제 타르쿠타이는 자기 부락민을 대부분 잃었으므로 자연히 칸의 지위를 내놓지 않을 수 없게 되었다. 이 타이추토 족과 이젠 적이 된 자무카의 자다란 족, 그 밖에 몇 개의 부족이 테무친을 몽골 부족의 칸으로 인정하지 않는 입장에 있었지만, 이런 일은 과거의 어느 시대에나 있던 일이었다.

초대의 카불 칸 때에도, 아무바카이 칸·쿠토라 칸의 시대에도, 그리고 테무친의 아버지 예수게이 때에도 몽골의 부족은 결코 하나로 통일된 적이 없었다. 따라서 테무친은 몽골의 칸에 올랐지만, 앞으로 같은 부족 내에서도 싸우지 않으면 안 되는 부락을 몇 개나 가지고 있는 셈이었다. 그러나 어쨌든 테무친이 칸에 오른 것은 큰 도약이었으며, 동시에 그것은 타이추토 부족의 타르쿠타이와 자다란 부족의 자무카와의 치열한 항쟁의 나날을 약속하는 것이기도 했다.

테무친이 칸에 오르던 날 고루치는 테무친에게,

"내가 알린 신의 계시는 거짓이 아니었음을 증명했소. 당신은 지금 몽골의 칸에 올랐으니 이제부터 몽골 부족을 통일하여 몽고고원의 많은 다른 부족들을 모조리 칼로 베어 따르게 할 것이니, 몽고고원의 왕이 될 날이 반드시 찾아올 것이오. 그때는 나와의 약속을 번복하지 말기 바라오."

하고 말했다. 테무친은 그때에 고루치에게 줄 포상의 몇 분의 일을 지금 선물해 주는 기분으로,

"신의 대리인이여, 당신은 이제부터 집안일과 방목과 전투의 일에서부터 떠나 허얼룬을 도와 그녀의 어린 자식들, 쿠추와 케쿠추의 양육을 담당하는 스승이 되시오."

하고 말했다. 테무친은 고루치에게 주워 온 두 아이의 양육이라는 일을 주어서, 늙은 신의 대리인을 모든 일에서 제외시켜 주었다. 이것은 칸으로서의 테무친이 최초로 행사한 권한이었다.

테무친은 칸이 되자 역대의 칸들이 취했던 것과는 전혀 다른 방법으로 자기의 부락을 편성했다. 평상시에는 방목에 종사하는 유목민이지만, 유사시에는 즉석에서 강력한 군사로 탈바꿈되는 강력한 체제를 갖추었다.

테무친은 전통사(箭筒士)와 대도사(帶刀士)를 조직하고, 전령(傳令)을 만들고, 군마의 관, 차량의 관, 식량의 관, 말을 사육하는 관, 양을 방목하는 관 등에 각각 적합한 인물을 임명했다. 그리고 자신을 보좌하는 최고의 지위에 볼추와 제루메 두 사람을 임명함으로써 최초의 가신(家臣)으로 삼았다. 그리고 볼추와 제루메의 동생들에게도 중요한 지위를 부여했다.

이제 테무친의 부락은 아버지 예수게이의 시대보다도 훨씬 커져

있었다. 타이추토를 격파하고 타타르를 공격할 수 있는 실력을 마침내 가질 수 있게 되었다. 카살·베르구타이·카치군·테무게 등 동생들도 저마다 아내를 얻어서 독립된 막사를 가지고 있었다. 누이동생 테무룬도 역시 결혼하여 독립된 막사를 가지고 있었다. 그들은 테무친의 동생으로서 특수한 권한을 가지고 있었다. 허얼룬은 주워 온 두 아이 쿠추와 케쿠추의 양육에 50고개를 바라보는 여자의 마지막 정열을 쏟고 있었다. 고루치는 그녀의 상담역을 맡은 터였지만, 그의 역할은 허얼룬에 의해 약간 변경돼 있었다.

"나는 이번에는 좀더 다른 피를 가진 부족의 아이를 갖고 싶소. 몇 년이 걸려도 좋으니 다른 부족의 영리한 아이를 데려오도록 해 주시오."

허얼룬은 고루치에게 말했다. 고루치는 쿠추와 케쿠추의 양육에 자기의 의견이 받아들여지지 않는 데에 대해 불만이 많았으나, 허얼룬으로부터 주어진 기묘한 일에는 적잖게 관심을 가졌다. 고루치는 매일같이 남자들이 모두 다 나가 버린 텅 빈 부락에 혼자 남아서, 흘러가는 구름을 바라보며 새로운 아이를 데려올 기회가 있는 다른 부족과의 전투가 시작되기를 기다리고 있었다.

테무친은 보루테와 큰아들 주치와, 자신이 칸이 되어서 태어난 둘째아들 차가타이와 넷이서 여러 하인들의 시중을 받으며 지냈다. 테무친은 주치와 차가타이를 조금도 차별하지 않았다. 아버지 예수게이가 결코 자기를 차별하지 않았던 것처럼 자기 또한 그렇게 할 것을 굳게 다짐하고 있었다. 그럼에도 불구하고 테무친 역시 이따금 주치를 차갑게 바라보고 있는 자신을 발견할 때가 종종 있었고, 주치를 바라보고 있던 눈빛이 차가타이에게는 어딘지 모르게 부드러워져 있는 것을 스스로도 알 수 있었다.

그것은 아내 보루테도 눈치채고 있었다. 보루테는 그럴 때 어린 주치를 향해 타이르듯 말하였다. 그러나 실제로는 테무친에게 들리도록 말했다.

"주치야, 너는 크면 전투가 가장 치열한 곳을 맡지 않으면 안 된다. 누구도 할 수 없는 일을 하지 않으면 안 된다. 할아버지 예수게이도, 아버지 테무친도 할 수 없었던 일을 성취하지 않으면 안 된다. 그것을 하기 위해 너는 태어났다. 몽골의 신이신 하늘이 몽골을 위해 너를 이 부족에 내려주신 것이다."

그런 말을 할 때 보루테의 얼굴은 핏기가 가시고, 아름다운 커다란 두 눈망울만이 반짝반짝 빛나고 있었다. 보루테의 말은 테무친이 메르키트 부락에서, 아버지로서 주치에게 최초의 던졌던 말과 똑같은 의미를 지니고 있었다. ─ 이리가 돼라! 나도 이리가 된다.

테무친은 그럴 때면 언제나 보루테의 눈에서 쏟아지는 무언의 비난을 받고 그 자리를 떠났다. '이리가 돼라! 나도 이리가 된다.' 테무친은 몇 번이나 입안에서 되뇌었다. 테무친은 주치의 문제는 내버려 두더라도 아직 자신의 문제도 매듭 짓지 못한 것을 모를 턱이 없었다. 무엇보다 자신이 먼저 이리가 되지 않으면 안 되었다. 이리는 끝없는 욕망이 있을 터이었다. 타이추토를 쳐부수고, 그리고 그러한 일이 모두 처리된다고 하더라도 다시 앞으로 하지 않으면 안 되는 일이 얼마든지 기다리고 있을 터이었다.

테무친은 차가타이가 태어나기 전까지는, 보루테와 주치 셋이서 같은 침대를 썼지만, 차가타이가 생기자 보루테는 차가타이와 하나의 침대에 눕고, 테무친은 주치와 또 하나의 침대에서 자게 되었다. 테무친과 주치는 마치 한 쌍의 이리 부자라도 되는 양 한 마디의 말도 나누지 않은 채 얼굴을 맞대고 잤다. 주치도 역시 어린 시절의 테무친이 그랬던 것처럼 매우 무뚝뚝했다.

테무친이 칸이 되었을 때 베르구타이를 케레이트 부족의 토오릴 칸에게 보내서 자기가 몽골의 칸이 되었다는 사실을 알렸다. 그러자 토오릴 칸은,

"나의 안달, 나의 용감한 아들, 너 테무친이 칸이 된 것은 몽골 부족을 위해 크게 환영하는 바이다. 몽골에는 탁월한 칸이 없어서는 안 된다. 앞으로 우리 케레이트 부족과 약속을 저버려서는 안 된다. 약속은 평생 지켜져야 한다. 약속을 저버리는 것은 아버지와 자식 중 어느 한 쪽의 죽음을 의미하는 것이다."

이를 테무친에게 전하라고 베르구타이에게 말했다.

테무친은 자무카에게도 사자를 보냈다. 사자역을 맡은 것은 카살이었다. 자무카는 자기의 부락에서 떨어져 나간 아루탄과 쿠찰의 이름을 거론하며,

"아루탄과 쿠찰이여. 너희들 둘은 봄 햇살같이 따스하고 화목했던 나와 테무친 사이에 재를 뿌리고 이간시켰다. 너희는 테무친의 허리를 자르고 갈비뼈를 찔렀다. 짐승의 마음을 가진 두 배신자여, 그러나 이제 나는 그 죄를 묻지 않겠다. 이왕 이렇게 된 이상 너희는 나의

친구 테무친의 좋은 벗이 되기를 신에게 빌 뿐이다."

자무카다운 여러 가지 계책이 담긴 말이었다.

테무친이 몽고의 칸이 되고 어느덧 4년의 세월이 흘렀다. 이 4년 동안에 테무친은 칸으로서의 지위를 완전히 확립했다.

방목 생활을 하는 동안에도 테무친은 부락의 모든 남자는 모두 전투 훈련을 받게 했다. 몽고고원의 정세는 4년 사이에 다소의 변화가 있었다. 고원의 모든 부족과 부락은 토오릴 칸 · 자무카 · 테무친, 그리고 타타르 부족의 네 진영으로 나뉘어져 있었다.

초가을의 어느 아침, 별안간 자무카가 13부의 3만 명[1]을 이끌고 아라구토 산과 토루가리토 산을 넘어 테무친의 부락을 습격하기 위해 쳐들어오고 있다는 보고가 들어왔다. 전령은 이키레수 부족의 무투케이 토타쿠와 보로루타이라고 하는 두 젊은이였다.

테무친은 즉시 모든 군사들에게 출동 명령을 내리고, 저녁 무렵 자신은 1만여 명의 군사를 이끌고 다란 바루주토의 광야를 향해 출발했다. 부대는 시시각각 수가 늘어나서 이틀째 저녁, 싸움터로 예정된 광야에 도착했을 때는 3만 명의 군사가 앞다투며 광야에 진을 치고 있었다. 적군 3만 명과 아군 3만 명의 싸움이었다.

전투는 그 다음날 이른 아침부터 시작되었다. 싸움이 시작되었을 때, 테무친은 이 전투에서 패하리라 생각했다. 상대가 먼저 걸어온

---

1) 13부 3만 명 : 주영할 때 부족은 바퀴와 닮은 형태로 진을 쳤지만, 이 13부의 내역은 테무친과 쿠토라 칸의 자손이 둘, 카불 칸의 직계 씨족이 셋, 그 밖에 카토 씨족이 중심을 이룬 세 부족이 주체를 이루고 있어서, 카토 씨족이나 쿠토라 칸 자손의 세력이 그야말로 테무친과 대항할 수 있는 실력을 갖추고 있고, 테무친의 세력은 내부적으로는 아직도 불안과 동요에 싸여 있음을 가리키고 있다.

전투였으므로 당연히 각 부대는 방어 형태로 진을 치고 있었다.

테무친은 무수한 전투에 있어서 공격할 때는 강했고 방어할 때는 약했다. 볼추·제루메·카살·베르구타이 등 테무친 휘하의 모든 장군들은 공격에서는 거의 상상할 수 없을 만큼 무서운 힘을 발휘했지만, 방어할 때는 그 능력이 백분의 일로 줄어들었다.

테무친이 처음으로 맞이한 이 대전투는 그런 의미에서 무척 불행한 싸움이었다. 테무친은 전투 개시 직전에 자기 진영 전체에 생동감이 없는 것을 감지했다. 3만 명의 군사들은 공격이라면 어떤 산, 어떤 골짜기라도 내달렸지만, 싸움이 시작되기를 기다리며 진을 치고 있는 지금의 모양은 이리떼의 한 마리 한 마리가 사슬에라도 얽매여 있는 것 같은 어울리지 않는 느낌을 받았다. 이는 테무친 자신도 마찬가지였다.

전투는 무기력한 가운데서 일어났고, 순식간에 모든 진지는 자무카 군사의 말발굽에 짓밟혔다. 테무친은 싸움이 시작된 지 한 시간쯤 지났을 때, 전군에게 후퇴하라고 알렸다. 후퇴를 알리는 전령은 광야를 여기저기 뛰어다녔다.

테무친은 자신이 직접 지휘하고 있는 1만 명의 군사를 이끌고 오논 강변으로 나와 지형이 좁은 골짜기를 달렸다. 후퇴 명령이 내리자, 오히려 부대도 생동감을 되찾은 듯 민첩하게 행동했다. 테무친에게는 묘하게도 이 패전이 전혀 실감나지 않았다. 이 느낌은 볼추·제루메·카살·베르구타이 등에게도 마찬가지였던 것 같았다.

테무친은 자기 막사로 돌아와서, 자무카가 치노수라고 하는 부락에서 부락민을 70개 가마솥으로 삶아서 죽이고, 그 우두머리들의 목을 베어 말꼬리에 매달아 끌고 갔다는 사실을 알았다.

테무친은 이 전투에서 몇 백 명을 잃었지만, 이는 전투의 크기에 비하면 적은 손실이라 할 수 있었다. 패전 후 며칠 지나지 않아 테무친은 자무카의 부락민이 그 곳을 떠나서 자기의 막사로 찾아온 것을 맞아들였다. 몇몇 부족이 부락민 전부를 이끌고 테무친에게 옮겨 온 것이었다. 그들은 모두가 자무카의 잔인성을 매도했다.

자무카의 부락에서 이동해 온 사람 중에는 일곱 명의 어린아이를 데리고 온 문리크가 있었다. 문리크는 일찍이 예수게이가 죽었을 때, 온기라트 부락에 있던 테무친을 어머니 허얼룬에게 데려다 주고는 타이추토 쪽으로 달려갔던 인물이었다. 이런 일을 문제 삼는다면 다시 돌아온 모든 대다수의 부족들이 테무친 일가를 버리고 갔던 반역자들임에 틀림없었다. 그러나 문리크의 경우는 다른 사람과 약간 달랐다. 자기 편이라 믿었던 만큼 배신했을 때의 타격은 더욱 컸던 것이었다.

테무친은 문리크와 마주 서자 솟구쳐오르는 분노를 억제하기가 어려웠다. 문리크는 테무친의 얼굴을 보며 자신을 꾸짖는 말이 나오기를 기다리고 있었지만, 테무친은 배신자에 대한 비난을 한 마디도 하지 않은 채 오히려 문리크가 무사한 것을 기뻐하며, 그가 데리고 있는 일곱 명의 아이들에게도 자상하게 대우했다. 그러나 테무친은 문리크를 위해 인정만을 베푼 것만은 아니었다. 문리크의 아버지이며, 일찍이 부락민이 허얼룬의 막사만을 남기고 타이추토를 따라갔을 때 최후까지 불쌍한 모자를 도우려다가, 타이추토 우두머리에게 생명을 잃었던 차라카 노인의 일을 되새겨 그 같은 조치를 취했던 것이다.

테무친은 차라카 노인의 은혜를 생각하며 문리크와 그의 일곱 명의 아이들을 소중하게 대하려고 노력했다. 그리고 카살과 베르구타이를 불러서,

"차라카의 자손들을 잘 대접하라."

하고 명령했다.

테무친에게 패전의 실감이 없었던 것처럼 자무카에게는 승리감이 없었다. 자무카는 테무친을 패배시켰을 뿐 그 뒤는 군사들을 전진시키지 않았다. 몽고고원은 여전히 토오릴 칸·자무카·테무친, 그리고 타타르의 네 세력으로 나뉘어져 겉으로는 아무 일도 없는 듯이 조용히 지내고 있었으며, 그 균형은 좀처럼 깨어질 것 같지 않았다.

테무친은 자무카와의 대전 후 3년간 오로지 부락의 통일에 집착했다. 이제 몽골의 모든 부족 사람들이 모여 있었으므로 문제는 늘 끊이지 않았다. 그 중에서도 테무친이 가장 골머리를 앓은 것은 자신과 육촌이라는 관계에 있는 샤차 베키와 타이추였다. 두 형제는 사사건건 테무친에게 반항적인 태도를 취했다. 이 두 사람은 스스로 조루킨 씨족이라고 말하며 막사를 따로 독립하고 있었는데, 테무친을 칸으로 받들고는 있었으나, 기회를 보아 테무친을 내쫓고 자신이 칸이 되려는 야심을 품고 있었다.

이 같은 반항은 다만 샤차 베키와 타이추에만 머무르지 않았다. 사촌 형인 쿠찰, 숙부인 다리타이 옷치긴, 그리고 쿠토라 칸의 아들 아

루탄 등도 기회만 있으면 자신의 세력을 확장시키려는 야심을 품고 있었다.

테무친은 부락 안의 이른바 친척에 해당하는 이 같은 사람들에게 결코 호락호락 마음을 내주지 않았다. 물론 테무친은 이런 사람들에게 추대되어 칸의 자리에 오를 수 있었던 관계로 그들을 대우해 주고는 있었지만, 언젠가는 제거하지 않으면 안 될 때가 오리라는 것을 알고 있었다. 그러나 그때는 훨씬 먼 훗날이므로 그때까지는 될 수 있는 한 조용히 부락의 화목을 도모하지 않으면 안 되었다. 어쨌든 그들도 현재는 다른 부족과의 싸움에 참가하지 않으면 안 되는 귀중한 사람들이었다. 언제 다시 자무카와 싸우게 될지도 몰랐고, 언제 토오릴 칸과의 약속이 깨질지도 몰랐다.

자무카와의 대전 후 4년, 테무친의 나이 35세. 오랜 세월 테무친과 함께 고생한 젊은이들은 이제 제각기 장년에 접어들었다. 카살과 베르구타이 두 아우는 33세, 카치군과 테무게도 각각 30세 전후의 한창때였다. 그리고 또 테무친이 자신의 오른팔로 모든 것을 맡기고 있는 볼추는 테무친과 동갑인 35세, 왼팔인 제루메는 38세였다.

그 해 신년 축하 잔치에서 테무친은 막사 앞에 줄지어 앉은 자기의 부하들을 둘러보고는 비로소 만족감을 느꼈다. 모두가 힘이 넘쳐흐르고 있었다. 한 사람 한 사람의 눈을 둘러보아도 그것은 테무친이 어린 시절부터 머릿속으로 그려 왔던 늠름한 몽골의 사나이들이었다. 푸른 이리의 피를 나누어 가지고 있다기보다는 푸른 이리 그 자체였다. 볼추·제루메·카살·베르구타이, 그리고 거기에 있는 모두가 푸른 이리였다. 테무친은 실제로 그들이 지금 어디엔가 출동하려고 모여 있는 이리들로 보였다. 눈은 천 리 밖을 꿰뚫어보는 날카로움과 어떤 물체도 자기의 것으로 만들고야 말겠다는 강한 의지를 나타내는 치열한 번득임이 광채 속에 빛나고 있었다. 공격하기 위해 만들어진 몸은 이제 훌륭하게 완성되고 있었다. 윤기가 번지르르한 육체는 아름답게 긴장되어 있고, 사지는 눈 속과 강풍 속을 달리기에 아주 필요한 근육만 있으며, 꼬리는 하늘을 자르는 한 자루의 칼날이 되기 위해 충분히 늘어져 있었다.

테무친은 또 여자들 무리를 바라보았다. 55세의 허얼룬은 메르키트 종족인 15세의 쿠추와, 타이추토 부락에서 태어났으나 테무친의 막사에서 자라게 된 15세의 케쿠추를 그녀의 좌우에서 시중들게 하고 있었다. 테무친은 어머니 허얼룬의 얼굴이 이때만치 자랑스럽게 빛나고 있는 것을 본 적이 없었다. 허얼룬은 언제나 입버릇처럼,

"어머니를 갖지 않은 아이들을 위해 낮엔 보는 눈이 되고, 밤엔 듣는 귀가 돼 줄 수 있는 사람이 나 이외에 누가 있느냐?"

허얼룬은 사람들을 만날 때마다 그렇게 말하고 있었는데, 그것은 사실이었다. 다른 민족의 피를 가진 아이들을 허얼룬은 부드러운 마음으로, 그러나 늠름하게 키우고 있었다.

허얼룬의 옆에는 아내 보루테가 있었다. 보루테는 곁에 열 살 된 주치를 데리고 있었지만, 그것은 데리고 있다기보다는 오히려 주치에게 보호받고 있는 듯이 보였다. 보루테는 막사에 들어온 손님을 10년간 때로는 테무친이 소름 끼칠 정도의 이상한 열정으로 엄하게

길러 왔다. 그녀는 주치 이외에 차가타이·오고타이·툴루이의 세 아이들을 차례로 낳았지만, 공식 석상에서는 다른 세 명의 아이들을 시녀에게 맡기고 언제나 주치의 곁에 자리잡고 있었다. 아버지 테무친도 어머니 보루테도 이리가 되길 빌었던 소년은 장차 이리가 될지 어떨지는 알 수 없는 일이지만, 보통의 아이들과는 분명히 달랐다. 그는 벙어리가 아닐까 하고 의심할 만큼 말이 없었고, 절대로 웃는 일이 없었다. 그는 막사 밖의 바람 소리나, 사람이나 짐승이 지나가는 소리에 아주 민감했고 놀랄 만큼 잘 가려냈다.

테무친의 눈에 줄지어 앉은 사내들이 이리로 보인 것처럼, 허얼룬과 보루테는 이때 암사슴으로 보였다. 허얼룬과 보루테뿐 아니라, 둘을 중심으로 해서 그 뒤에서 대기하고 있는 여자들 또한 이리들의 출전을 기다리며 서 있는 암사슴의 한 무리로 보였다.

"금년엔 전투가 있을지 모릅니다."

하고 늙은 고루치가 말하자,

"저도 그런 느낌이 듭니다."

하며 일곱 명의 용맹한 소년을 거느린 문리크가 말했다. 고루치는 60세를 넘겼고, 문리크는 50세를 넘기고 있었다. 이 두 연장자는 늘 윗자리에 앉아 있었다. 전투가 있다면 상대는 자무카나 토오릴 칸이었다. 싸움이 벌어질 이유에 대하여는 생각할 필요조차 없었다. 그것이 누구든 싸우려는 의지를 가졌을 때 상대는 당장에라도 적이 되기 때문이었다. 이 자리에서 전투가 있다고 하면 상대는 자무카일 것이라는 견해가 우세했다.

테무친 역시 두 노인의 예상처럼 지금 여기 서 있는 이리떼들은 금년에 적을 물어 죽이기 위해 출동하게 될 것이라 예상했다. 다만 테무친의 경우는 그 상대가 누군지 알 수 없었다. 자무카는 이제 도전해 올 것 같지도 않고, 토오릴 칸 역시 적극적으로 나올 것 같지가 않았다. 그렇게 되면 자신의 마음이 문제였다. 테무친에게는 자기 마음이 어떻게 움직일지 내일의 일을 전혀 예측할 수 없었다.

그 해, 테무친의 예감이 현실로 나타난 것은 반 년이 지난 6월 하순이었다. 금나라의 대군이 장성을 넘어서 타타르를 공격하고 있다[2]는 정보를 보루테의 출생지인 온기라트 상인으로부터 들었을 때, 테무친은 즉시 타타르를 정벌할 결심을 했다. 금나라도 몽골의 원수이지만 타타르 또한 몽골로서는 씻을 수 없는 원수였다.

테무친은 아버지 예수게이가 입버릇처럼 "타이추토 놈들을 무찔러라, 타타르를 무찔러라" 했던 말을 잊지 않고 있었다. 무찌를 때는 아주 완전히 무찔러 버리지 않으면 안 된다. 이때를 놓치면 오랫동안 고원의 동북에 위세를 떨치고 있는 타타르 부족을 언제 정복할 수 있을지 알 수 없는 일이었다. 그야말로 하늘이 내리신 기회라 생각했다.

테무친은 10년 전, 토오릴 칸이 메르키트를 습격하고 사라졌을 때와 똑같은 순서를 밟았다. 그 당시는 토오릴 칸이 앞장섰지만, 지금은 테무친이 앞장섰다. 테무친은 일찍이 토오릴 칸이 자무카를 유인

---

2) 그 해……타타르를 공격하고 있다 : 타타르의 메쿠진과 세루우트가 1194년에 금국의 제6대 황제 장종에게 반란했던 것을 가리킨다. 장종은 승상 완안양(完顏襄)을 파견함과 동시에, 이웃의 동맹 여러 유목 부족에게 타타르 공격 명령을 했다. 테무친은 이 기회를 이용했던 것이었다.

했듯이 이번에는 자신이 토오릴 칸을 유인하지 않으면 안 되었다. 토오릴 칸을 유인함으로써 타타르 공격의 힘을 증대시킴과 동시에, 이번 행동에 대한 다른 종족의 비난을 감소시키지 않으면 안 되는 것이었다.

토오라 강변의 검은 숲으로 베르구타이와 그의 부하가 테무친의 명령을 받고 떠났다. 베르구타이가 돌아올 때까지, 테무친은 전군에게 출동 준비를 갖추도록 명했다. 베르구타이는 돌아오자, 이미 토오릴 칸이 케레이트의 전군을 이끌고 검은 숲을 출발했다고 알렸다. 테무친은 먹이를 향한 토오릴 칸의 매처럼 민첩한 행동에서 가슴이 꿰뚫린 듯한 후련한 느낌을 받았다.

테무친이 이끈 3만 명의 군사는 밤낮을 가리지 않고 몽고고원의 들판과 사막을 헤치며 동북쪽으로 진군했다. 그리고 열흘 만에 테무친은 토오릴 칸의 군사와 케룰렌·우루사도 양 강의 합류 지점 부근에서 마주쳤다.

테무친은 10년 만에 이젠 60세를 넘긴 토오릴 칸과 만났다.

"아들이여."

늙은 장수는 옛날과 조금도 다름없는 차가운 눈과 이마를 내보이며 테무친에게 말했다.

"타타르를 무찌르면 사내는 모조리 죽여야 하고, 여자와 재물은 정확하게 둘로 나누어 가져야 한다. 이의는 없겠지? 타타르는 너희들 몽골의 철천지원수다."

"좋습니다."

테무친은 대답했다. 타타르는 마땅히 정복하지 않으면 안 되는 족속들이었다. 몽골의 조상은 몇 번이나 그들 때문에 피를 흘렸다. 쿠토라칸도, 그의 여섯 형제도, 타타르 족과의 싸움에서 생명을 잃었다. 아무바카이칸은 타타르의 손에 잡혀서 금나라로 끌려갔다. 그리하여 당나귀 모양의 나무에 못 박혀서 산 채로 가죽이 벗겨지고, 몸은 난도질당하고 갈가리 찢겼다.

'너희들, 열 개의 손톱이 전부 닳아 없어지고 다시 열 개의 손가락을 잃을지라도 반드시 나를 위해 원수를 갚아라.'

어릴 적에 이야기해 줬던 부루테추 노인의 목소리를 테무친은 지금도 생생하게 기억하고 있었다.

"나의 친구여!"

토오릴 칸은 또 말했다.

"노획품을 분배하고 3일째의 해가 돋는 동시에 나는 군사들을 점령지로부터 철수시키겠다. 너 또한 그렇게 하라."

"알았습니다."

테무친이 대답하자 토오릴 칸은 서로가 언제 적이 될지도 모르는 친구에게 처음으로 웃음을 보였다.

노획품의 분배와 철수의 협정까지 이루어지자 공격은 시작되었다. 무기가 우수한 금나라군과 싸우고 있는 타타르에 토오릴 칸은 북서쪽에서, 테무친은 남서쪽에서 습격했다.

타타르는 세 방향에서 쳐들어오는 적을 맞아 7일간의 전쟁 끝에 완전히 패배하였다. 테무친은 이 전투에서 한 사람도 살려두지 않을 방침이었다. 타타르의 우두머리 메쿠진 세루토는 몸이 묶인 채 테무친의 앞으로 끌려나와 머리가 몸과 두 동강으로 잘린 채 숨을 거두었다. 남자 포로들은 모조리 죽었다. 여자들은 묶인 채 한군데에 모아지고, 둘로 나뉘어져서 각각 토오릴 칸과 테무친의 진영으로 끌려갔다. 타타르의 부락들은 재물을 빼앗긴 뒤에 모조리 불태워졌다.

　토오릴 칸과 테무친은 금나라 우두머리로부터 협력의 대가를 받았는데, 토오릴 칸은 왕 칭호를, 테무친은 백호(白戸)의 작인 관명이 주어졌다. 테무친은 '초토(招討)'라고 하는, 현재의 그에게 실질적으로는 한 푼의 가치도 없는 기묘한 관명을 받았다. 토오릴 칸은 흡족한 듯했지만 테무친은 복잡한 기분이었다. 그에게 있어 장성 너머의 금이라는 대국도 역시 씻을 수 없는 원수였다. 테무친은 이 초토의 관명을 언젠가는 역으로 자기 편에서 금나라의 왕에게 되돌려 주고 싶었다. 그러나 테무친은 단지 그렇게 생각했을 뿐이고 그것을 드러내보일 수는 없었다. 현재의 테무친에게는 아직 만리장성의 저편에까지 마음을 쏟을 여유가 없었다.

　부대의 철수는 토오릴 칸과 사전에 약속한 대로 이루어졌다. 테무친의 부대도, 토오릴 칸의 부대도, 약탈품을 산더미처럼 실은 수백 대의 수레를 가지고 있었지만, 테무친의 것은 토오릴 칸의 그것에 비해 차이가 있었다. 테무친 쪽에도 토오릴 칸과 마찬가지로 은제(銀製) 유모차나 카다란 보석이나 조개로 장식된 침대 등도 보였지만, 대부분은 전차나 무기나 무구(武具)였다. 타타르인이 사용했던 것은 물론이거니와, 금나라 군사들이 가지고 있었던 물건 등 모든 종류의 물건이 실려 있었다. 전쟁터에서 주운 것도 있으며, 일부러 금나라로 부터 구입한 것도 있었다.

그리고 또 하나 다른 것이 있었다. 그것은 스스로의 임무를 수행하기 위해 종군했던 고루치가 타타르의 진영에서 찾아냈던 한 고아였다. 담비 가죽으로 안을 댄 삼색 비단의 배두렁이를 입고 있었는데, 그 배두렁이에는 노란색의 고리가 장식으로 달려 있었다. 어린아이는 겨우 입을 뗄 정도로 어렸지만, 그 얼굴에는 윤기가 있어 훌륭한 가문임을 말해 주고 있었다. 고루치는 몇 년 만에 허얼룬의 희망에 부응할 수 있게 된 것이었다.

이 소년은 허얼룬에게 바쳐졌으며, 그녀에 의해 아이는 시기 쿠토쿠라 이름이 지어졌다. 타타르 족의 솔개인 이 고아는 몽골의 매가 되기 위해 허얼룬의 막사에서 키워지게 된 것이었다.

테무친은 자신의 부락으로 개선하고 보니, 그 동안에 조루킨 부족의 샤차 베키와 타이추에 의해 자신에게 속해 있는 한 마을이 습격을 받아 수십 명이 옷이 벗겨져 살해된 사건이 일어나 있었다. 이번의 타타르 공격에 즈음해서 테무친은 조루킨 부족에게 동원령을 내렸었지만 그들은 응하지 않았을 뿐 아니라, 부락을 비우고 있는 동안에 이 같은 만행을 저질렀던 것이다.

테무친은 즉시 조루킨 부족 토벌군을 일으켰다. 샤차 베키와 타이추 등을 없앨 수 있는 좋은 기회였다. 그들의 비열한 동행은 뚜렷했다. 테무친은 다른 근친자들에게 통고하지 않고 불시에 조루킨 부족이 있는 케룰렌 강변을 습격하여, 샤차 베키와 타이추 형제를 포박하여 그 목을 쳤다. 그리고 부족의 막사를 모두 자기의 부락으로 이동시켰다.

이 전투에서도 고루치는 고아가 된 보로쿨이라는 어린아이를 데려와 허얼룬에게 바쳤다.

"조루킨의 무리는 그 대담함에 있어 몽골 제일이었다. 보로쿨 역시 장차 대담한 젊은이가 될 것입니다."
라고 고루치는 말했다. 그리고,

"테무친이 몽고고원의 칸이 되기까지는 이 막사에 앞으로도 더 많은 고아들이 득실거릴 것입니다."

고루치는 다른 민족의 고아를 모으는 일에 열중하고 있었다. 허얼룬은 그런 고루치의 말에는 조금도 겁먹지 않았다. 그녀는 그녀대로 그 고아들을 몽골의 젊은이로 기르는 일에 대단할 정도의 열정을 가지고 있었다. 쿠추·케이추·시기 쿠토쿠·보로쿨 등 넷은 같은 막사 안에서 서로 형제처럼 키워졌다.

타타르가 몽고고원에서 사라지자 몽골의 테무친과 케레이트[3]의 토오릴 칸, 자다란의 자무카 등 세 세력이 고원의 20만 유목민을 삼분하는 꼴이 되었다. 테무친과 토오릴 칸의 동맹군이 자무카와 싸운 것은 테무친이 39세 때로써 타타르가 정복된 4년 후였다.

이 자무카와의 결전은 테무친에게 있어서나 토오릴 칸에게 있어서도 결사적인 것이었다. 자무카는 카타긴·사루주트·이키레수·과

---

3) 케레이트 : 당시 케레이트 족은 그리스도교가 많았으며, 11세기 초, 네스토리우스파의 승려에 의해 개종되고 있었다. 오론·수므에는 경교(景敎)의 비문이 남아 있다.

루라수·나이만·타이추토·오이라트의 여러 종족들을 그 밑에 두고 있었고, 타타르와 메르키트 등 멸망한 부족의 흐름을 잇는 부락까지도 전부 흡수하고 있었다. 그리고 또 보루테의 출생국인 온기라트 또한 지리적 관계로 자무카에 속해 있었다.[4]

결전은 자무카 쪽에서 먼저 걸어왔다. 자무카가 진격해 온다는 소문이 나자, 그것이 진실인지 거짓인지 판가름 나기도 전에 토오릴 칸은 전군을 이끌고 테무친의 막사로 찾아왔다.

테무친은 늙은 장수를 막사로 맞아들여 자무카의 대군을 맞아 싸울 작전을 짰다.

"친구여, 우리들은 먼 훗날까지 문제가 일어나지 않도록 가장 강력한 부대를 선발하여 똑같은 병력을 전선으로 내보내야 할 것이다."

"좋습니다."

토오릴 칸의 제의에 테무친은 굳은 어조로 대답하고 아루탄·쿠찰·다리타이 옷치긴의 세 부대를 선봉으로 파견하도록 했다. 토오릴 칸은 센겐·자캬·칸보·비루게 베키의 세 부대를 뽑았다.

처음에는 이렇게 다소 계산된 작전이었으나, 전투가 벌어지자 토오릴 칸도 테무친도 각자 자기 쪽의 희생을 생각지 않고 차례로 강력한 부대를 적당한 때에 싸움터로 보냈다. 테무친은 제루메의 부대만을 남기고 볼추의 부대, 카살의 부대, 베르구타이의 부대도 잇달아 전투에 보냈다. 토오릴 칸 또한 그러했다. 전선은 놀랄 만큼 넓은 지역에서 전개되었다.

---

4) 온기라트도 역시……자무카에 속해 있었다 : 1201년, 아무르 강 상류의 아르군 강변에서 11부족의 장들은 자무카를 '구르 칸'으로 추대하여, 토오릴 칸과 테무친 연합군의 토벌을 결의했다.

셀렝가 강·오르혼 강·오논 강·케룰렌 강 등 각 하천의 상류와 하류에서도 전투가 벌어지고 있었다. 정찰병은 아침부터 밤까지 거의 끊임없이 각 지역의 상황을 전해 왔다. 승리의 보고도 있었고 패전의 보고도 있었다. 전투가 개시된 뒤 5일째 되는 날 전세는 양 주력 부대의 결전을 필요로 했다. 자무카는 주력 부대를 이끌고 케룰렌 강 하류로 이동하기 시작했다. 테무친은 토오릴 칸을 향해,

"늙으신 아버지여[5]. 당신은 여기에 계십시오. 제가 자무카를 무찌르겠습니다."

하고 말했다. 테무친은 토오릴 칸에게만 맡겨둘 수 없는 심정이었다. 아무리 넓은 고원의 우두머리로서 오랜 과거를 가졌다고 하더라도 토오릴 칸은 이미 60세 중반을 넘긴 사람이었다. 그러나 토오릴 칸에게 맡겨 둘 수 없다고는 했지만, 테무친 스스로도 자무카와의 싸움에서 반드시 이기리라는 확신이 있는 것도 아니었다. 승패는 그야말로 싸워 보지 않고서는 알 수 없는 일이었다. 이기든 패하든, 어느 쪽이든 간에 이 결전에는 죽음을 각오하지 않으면 안 되었다. 그럼에도 불구하고 테무친은 자신이 직접 싸움터에 나가지 않으면 안심할 수 없었다.

테무친의 말에 대해 토오릴 칸은,

"병아리여, 너는 뭐가 좋아서 전멸될 것을 뻔히 알고 출동하려 하는가. 자무카는 너의 적수가 아니다. 내가 간다."

라고 말했다. 테무친이 계속 자기의 생각을 주장하려고 하자, 토오

---

5) 늙으신 아버지여 : 테무친은 아버지 예수게이와 토오릴 칸이 안달의 약속을 맺고 있었으므로, 토오릴 칸을 아버지로 모시고 이렇게 불렀던 것이다.

릴 칸은 푸른 얼굴이 벌겋게 달아오르며 소리쳤다.

"이 결전은 패해서는 절대 안 된다. 너 같은 아이에게 맡겨둘 수는 없다. 너는 왼쪽으로 돌아서 자무카의 왼쪽 날개인 타이추토를 해치워라."

테무친은 승패의 열쇠를 쥔 가장 고난의 전선을 토오릴 칸에게 양보할 수밖에 없었다.

토오릴 칸은 주력 1만 명을 이끌고 케룰렌 강 하류를 목표로 진군했고, 테무친 또한 1만 명의 우두머리가 되어 자무카를 돕고 있는 타이추토를 무찌르기 위해 그들의 근거지인 오논 강 중류를 향해 진군했다. 테무친은 오랜 원수 타이추토와 여기서 처음으로 대대적인 전투를 벌였다. 테무친은 병력을 몇 개의 부대로 나누어서 타이추토를 포위한 채 서서히 좁혀갔다. 전투는 밤낮없이 계속되었다.

이 전투에서 테무친은 황혼녘에 적의 화살을 맞고 경맥(頸脈)을 부상당했다. 상처에서 피가 계속 나왔지만 전투는 계속되었고 주위는 어두워졌으므로 응급 처치도 할 수 없었다. 밤이 깊어 전투가 끝난 뒤에야 제루메는 테무친의 상처에 입술을 갖다대고 피를 빨았다. 테무친의 몸에 한 방울의 독도 남기지 않으려고 있는 힘을 다 해서 피를 빨아 뱉어냈다. 때문에 아침이 되어서 보니 주위의 땅은 검붉은 피로 물들여져 있었다.

다음날 포위되어 있는 타이추토 부락에서 두 사람이 테무친의 진영으로 왔다. 친베와 치라운의 아버지인 소루칸 시라와 검은 얼굴을 한 스물대여섯 살의 젊은이였다. 테무친은 소루칸 시라에게 구원을 받았던 일이 있으므로 그를 보호하기로 하고 젊은이를 심문했다.

"무슨 군인이냐?"

"활을 다루는 군인이오."

"왜 항복했느냐?"

"화살이 없어졌기 때문이오."

"나의 황색전마(黃色戰馬)의 턱뼈를 부러뜨리고 나의 경맥을 다치게 한 사람이 누군지 아느냐?"

그러자 젊은이는 잠시 생각하다가,

"그건 나요. 산마루에서 쏜 나의 화살이 틀림없소."

"그것을 안 이상 살려 둘 수는 없다."

"좋다. 언제든지 죽여라."

라고 젊은이는 말했으나 테무친은 죽일 마음이 없었다. 자기의 안전을 생각지 않고 숨김없이 그대로 대답하는 젊은이의 눈빛은 테무친의 눈에 아름답게 비쳤다. 젊은이는 테무친의 시선을 받은 채 당당하게 말했다.

"어서 목을 쳐라."

"죽음을 서두르지 마라. 내 곁에서 일하라. 내가 명령을 내리면 푸른 돌도 부수고 검은 돌도 부숴라."

테무친이 이렇게 말하자, 젊은이는 잠자코 테무친의 얼굴을 쏘아보고 있었다.

"제베(활)라는 이름을 너에게 주겠다."

젊은이는 테무친의 말에도 여전히 침묵한 채 표정을 바꾸지 않았다. 주위에 있던 사람들도 제베라는 이름이 그에게 썩 어울린다고 생각하였다. 강력한 사수였고, 머리의 모양이 마치 화살촉처럼 뾰족했다. 그날 밤 토오릴 칸이 자무카의 주력을 무찌르고 도망치는 자무카를 추격하고 있다는 전령이 테무친에게 당도했다.

테무친도 타이추토 부족을 철저히 소탕했다. 우두머리 타르쿠타이를 놓쳐서 매우 유감스러웠지만, 타이추토라는 이름이 다시는 누구의 입에서도 나올 수 없게끔 일족을 완전히 멸망시켰다. 타이추토 무리들은 테무친에게는 이른바 동족이며 같은 조상을 가진 사이였지만, 테무친은 무자비하게 소탕했다. 포로 중에는 어릴 적 같은 막사에서 얼굴을 익힌 보루지긴 부족들도 많았고, 그 중에는 친척도 섞여 있었지만 테무친은 어떠한 애원도 변명도 받아들이지 않고,

"타이추토의 사내들은 자손대대로 모두 사형에 처해 바람에 휘날리는 재로 만들어라."

테무친의 이 명령에 의해서, 타이추토의 부락에 있었던 사내들은 모두 죽임을 당했다. 그리고 여자들은 한곳에 모아져서 처형장의 뒤처리를 해야만 했다.

타이추토 진영에 있었던 사람으로서 테무친이 생명을 살려주고 자기 진영에 속하도록 허락한 것은 오직 친베와 치라운의 아버지인 소루칸 시라와 테무친이 제베라는 이름을 붙여준 젊은이 두 사람뿐이었다.

테무친이 타이추토 부족을 완전히 소탕했던 무렵부터 매일같이 각 전선에서 부대가 철수해 왔다. 볼추 · 베르구타이 · 카살도 돌아왔

다. 그리고 또 토오릴 칸의 두 부대도 돌아왔다. 모두가 각 싸움터에서 뛰어난 공을 세우고 있었다. 그리고 맨 나중에 자무카의 주력 부대를 무찌른 토오릴 칸의 본 부대가 돌아왔다.

아직도 주변에 피비린내가 깔려 있는 싸움터의 한쪽에는 마침내 테무친과 토오릴 칸의 병사들로 메워졌다. 언덕 위에 올라서 보니 높푸른 하늘 아래 헤아릴 수 없을 만큼 많은 부대가 끝없는 평원을 메우고 있었다. 그 광경은 마치 호화스러운 융단을 펼쳐놓은 것 같았다.

토오릴 칸이 돌아온 후 사흘째 되는 날, 토오릴 칸과 테무친은 두 사람의 회견을 위해 설치된 산자락의 막사로 갔다. 둘은 각각 어마어마한 호위병을 이끌고 나타났지만, 회견장의 막사 안에는 두 사람만이 들어갔다.

"귀찮게 됐구면. 둘이 협력해서 자무카를 쓰러뜨리고 서로가 승전을 보고하자는 것인데, 무슨 까닭으로 이런 식으로 만나지 않으면 안 되었는가."

토오릴 칸은 쓴웃음을 지으며 말했다. 테무친 역시 쓰게 웃었다. 토오릴 칸의 말 그대로였다. 그러나 그렇게 하지 않으면 안 된다는 것을 서로 잘 알았기에 쓴웃음을 지을 뿐이었다.

이제 테무친과 토오릴 칸은 몽고고원을 이분하는 2인의 지배자였다. 일찍이 자무카와 더불어 삼분하고 있었던 것을 양분하게 된 것이다. 자무카는 도망갔지만, 그가 이끌었던 대부분의 병사들은 토오릴 칸에 의하여 무장을 해제당하고 부락에서 조용히 처형을 기다리고 있을 터이었다.

전투 전, 둘이서 교환했던 약속에 의하면 자무카에 속한 여러 부족의 모든 것, 즉 남자·여자·양·말·재물·무기 등은 몽땅 이분되어야만 했다. 그러나 메르키트나 타타르를 멸망시켰을 때와는 달리, 이번에는 나누지 않으면 안 될 노획물이 너무나 많았다. 주요한 부족만을 나열해 보아도 사루주토·이키레수·고루라수·타이추토·오이라트·온기라트·나이만이 있고, 작은 부족이나 부락은 광대한 몽고고원의 도처에 흩어져 있었다. 이것들을 모두 공평하게 이분한다는 것은 실제 불가능한 일이었다.

토오릴 칸은,

"아들이여, 하나씩 서로가 갖고 싶은 부족을 말해 보자. 먼저 너부터 해라."

하고 말했다. 이에 테무친은,

"자무카의 군사들을 쳐부순 것은 아버지의 공적입니다. 당신이 먼저 희망하는 부족을 말하십시오."

하고 토오릴 칸 쪽에 먼저 선택권을 양보했다. 그러자 토오릴 칸은,

"온기라트."

하고 불쑥 말했다. 온기라트는 고원에서 가장 부유한 부족이었다. 테무친 역시 어느 부족보다 아내 보루테의 출생 부족인 온기라트를 갖고 싶었지만 하는 수 없었다. 보루테의 아버지 데이 세첸은 이미 고인이 되고 없었다.

"타이추토."

테무친은 말했다. 이어서,

"오이라트."

토오릴 칸이 말하자,

"사루주토."

테무친은 말했다. 이렇게 해서 두 사람의 정복자는 극히 조잡한 분배 방식으로 고원에 흩어져 있는 노획물의 소유권을 하나하나 확정시켜 나갔다. 마지막에 나이만 부족이 하나 남았다. 나이만 부족이 남은 것은 이를 소유한들 명분에 불과하고 실질적으로는 아무것도 얻을 게 없는 까닭이었다. 나이만은 몽고고원에서도 가장 인종이 다른 터키계의 민족인데, 원래부터 자무카 · 토오릴 칸 · 테무친의 어떤 부족에도 속할 필요는 없었다. 같은 몽고고원이라 해도 알타이 산맥 너머에 위치하여 지리적으로 고립되어 있었으며, 경제적으로도 그들 스스로 생활해 갈 수 있었다. 이번 싸움에 참여한 것은 자무카의 꾐으로 적으나마 군사를 보내 자무카를 도왔던 것이다.

"나이만에는 조만간에 우리가 공동으로 군사를 보내지 않으면 안될 것이다."

토오릴 칸이 말했다.

"시기는?"

테무친은 물었다.

"1년 앞이 될 것이다. 그때까지 우리는 하지 않으면 안 될 일이 있다."

토오릴 칸의 말처럼 그들은 하지 않으면 안 될 일이 많이 있었다.

새롭게 자신 아래에 들어오게 된 여러 부족을 다스리는 일은 쉬운 일이 아니었다.

테무친과 토오릴 칸은 노획물을 나누자마자 둘이 형식적인 승리를 자축하는 술잔을 교환했다. 본래대로라면 모든 장수들을 불러 모아서 대연회를 벌일 일이지만, 둘은 그렇게 하지 않았다. 두 사람 심중에는 모두 그것을 피하는 것이 좋다는 계산된 생각이 자리잡고 있었다.

테무친은 1년 후 토오릴 칸과 공동으로 나이만을 토벌하는 것은 좋으나 나이만을 정복한 뒤에는 좋든 싫든 간에 서로 싸우지 않으면 안 되리라는 것을 알고 있었다. 몽고고원의 지배자는 두 사람이어서는 안 되기 때문이었다. 토오릴 칸과 테무친, 두 사람이 똑같은 자리에 있을 수는 없었다.

두 장수는 서로에게 내일 아침 해 뜨는 시각을 신호로, 제각기 자기의 부락을 향해 군을 철수하기로 약속하고 자리에서 일어섰다. 그리하여 올 때와 마찬가지로 각각 어마어마하게 무장한 군사들에게 호위되어 자신의 주둔지로 돌아갔다.

다음날 새벽, 두 개의 진영은 각각 반대 방향으로 향해 전쟁터에서 철수해 갔다. 부대가 반 시간 정도 행진했을 때, 테무친은 문득 토오릴 칸의 부대를 습격하고 싶은 격렬한 욕망을 느꼈다. 지금 이 순간 10만 명의 부대를 셋으로 나누어서, 한 가닥의 사슬처럼 행군하고 있는 토오릴 칸의 부대를 옆구리 쪽에다 세 개의 쐐기를 박아 토오릴 칸을 일시에 쓰러뜨리고 싶은 욕망이 일었다. 그러나 테무친은 자신의 욕망을 저편으로 밀쳐냄과 동시에, 토오릴 칸도 역시 같은 욕망을 느끼지는 않을까 하는 생각이 들자, 즉시 군사들에게 전투 대형을 취하라는 명령을 내렸다. 만일의 경우를 생각한 토오릴 칸의 내습에 대비하자는 것이었다.

테무친은 전투 대형을 취한 채 종일 휴식 없이 행군했다. 그리하여 야영 장소에 다다라서야 비로소 토오릴 칸이 습격해 올지도 모른다는 경계심을 풀 수가 있게 되었다.

며칠간의 행군 뒤, 부대는 장막에 도착했다. 그러나 거기서 하룻밤을 지냈고, 대부분의 병사들은 다시 장막을 뒤로 한 채 출발하지 않으면 안 되었다. 새로이 자기들의 통치권에 들어온 여러 부족들에 대한 적절한 조치를 강구하기 위해서였다.

테무친은 이 일의 지휘를 두 젊은 장수에게 맡겼다. 한 사람은 제루메의 아우 수부타이였고, 또 한 사람은 무카리였다. 둘 다 테무친이 자무카의 막사에서 철수한 뒤, 다른 많은 사람과 같이 테무친의 막사로 옮겨왔던 젊은이들이었다. 그 당시 소년이었지만 현재 수부타이는 28세, 무카리는 31세였다.

이 두 사람은 이번 전투에 있어서도 대단한 활약으로 여러 차례 승리를 이끌었으므로 테무친은 그것에 대한 포상으로 커다란 권한을 갖는 중대한 임무를 주었던 것이다. 둘은 쉴 틈도 없이 막사에서 하룻밤을 지낸 뒤 2천 명의 군사들을 이끌고 몇몇의 정복당한 부족의 부락을 향해 출발했다.

그들이 출발한 지 보름쯤 지나자, 그들로 부터 타이추토 여자들과 함께 많은 양과 말이 보내져 왔다. 테무친은 타이추토의 여자들을 노비로 하여 자기 부족에게 나누어 주고, 말은 군마로, 양은 공동 목장으로 보냈다.

그 밖의 정복당한 부족으로부터는 군대에 편입될 젊은이들만을 보내왔을 뿐, 노인·여자아이·양떼·재물 등은 하나도 보내지 않았다. 테무친은 젊은 두 장수의 모든 조치에 만족했다. 일찍이 볼추와 제루메가 담당했던 역할을 지금은 수부타이와 무카리가 하고 있는 셈이었다.

이 두 사람의 경우뿐만 아니라, 테무친은 젊은이들을 계속 등용해서 최전선의 부서에 임명했다. 이 때문에 테무친의 막사에서 중요한 위치에 있는 볼추·제루메·카살·베르구타이는 제각기 보다 중요하고 복잡한 각 방면의 일을 깊이 생각할 수 있게 되었다. 20만 가까운 부족을 통괄하자면 테무친은 물론 그의 중신들도 바쁘지 않을 수 없었다.

다음해인 1202년, 테무친은 40세가 되었다. 새해를 축하하는 자리에서 일전에 섬멸했던 타타르의 잔당이 테무친의 휘하에 있는 한 부족을 습격했다는 보고가 들어왔다. 테무친은 즉시 연회를 중단하고 타타르를 공격할 군사들을 출발시켰다.

타타르의 잔당이 움직이기 시작했다는 보고는 지난해 가을부터 종종 들려왔지만 테무친은 토오릴 칸이 맘에 걸려 군사 행동을 주저해왔다. 몽고고원에 대군을 움직일 경우, 테무친과 토오릴 칸은 서로 사전에 상대의 양해를 얻어야 했다. 별반 뚜렷한 약속이 있었던 것은 아니었지만, 어쩐지 그렇게 하지 않으면 안 되는 약속과 같은 것이 이루어지고 있었다. 더욱이 상대가 어느 소속에도 들지 않는 타타르 경우에 있어서는 더욱 그러했다.

그러나 테무친은 이때 토오릴 칸과 상의 없이 독자적으로 작전을 전개했다. 토오릴 칸에게 알리는 데 드는 시간도 아까웠지만, 그보다는 신속한 습격으로 타타르를 평정하여 토오릴 칸에게 참견의 틈을 주지 않고, 타타르의 옛 땅을 자기 것으로 만들려고 마음먹었다.

출정에 앞서 테무친은 두 가지 군령을 내렸다. 하나는 점령지에서 일체의 약탈 행위를 금하는 것이었고, 하나는 격퇴되었을 경우 반드시 최초의 돌격 지점에 돌아와서 거기서 적을 공격함으로써 끝없는 패배를 금한 것이었다.

테무친은 1만 명의 군사를 이끌고 겨울의 고원을 가로질러 갔다. 전원이 기마대여서인지 군사도 말도 격렬한 눈보라 속을 끊임없이 채찍이 울려퍼지는 듯한 소리를 내면서 진군했다. 전투는 다란 네무르게스 지점에서 우루쿠이 강변에 걸쳐 전개됐으나, 불과 3일 만에 결말이 났다. 이 전투에서 제베는 눈부신 활약을 하였다. 일찍이 테무친의 경맥을 부상시켰던 이 젊은이는 사수로서도 뛰어났지만, 백병전에 한층 강했다. 말 몸뚱이를 두 다리로 꽉 조여 말 위에 몸을 높이 띄운 채 두 손을 자유자재로 창을 휘두르며 질풍같이 돌격해 들어가는 모습은 인간이라고는 생각되지 않았다. 돌격조는 언제나 제베가 열었다. 그야말로 그는 불사신처럼 강한 화살촉이었다.

타타르의 포로 중에서 사내들은 모두 한곳에 모아져서 사형을 당했다. 테무친은 타타르와 타이추토에게는 어떤 경우에도 연민의 정을 베풀지 않았다. 배다른 동생 베르구타이가 이때 조그만 실책을 저질렀다. 그것은 그가 포로에게 타타르의 사내는 한 사람도 살려주지 않는다는 회의의 결정을 발설한 일이었다.

때문에 타타르의 포로들은 다시 폭동을 일으켜 무기를 들고 요새에 들어갔다. 이 때문에 다시 전투가 되풀이되어 테무친의 부대에서도 수십 명의 병사가 목숨을 잃었다. 테무친은 자신의 배다른 동생이며, 오랜 심복이었던 베르구타이를 처음으로 격렬하게 꾸짖고, 다시는 모든 회의에 참석하지 못하도록 했다.

또한, 이 작전에서 또 하나의 커다란 사건이 발생했다. 그것은 테무친의 친척인 아루탄·쿠찰·다리타이 세 장수들이 군법을 위반하고 재물을 약탈하여 자기 것으로 만들었다. 테무친은 이를 알고는 즉시 제베와 쿠빌라이 둘을 파견해서 그들 세 사람으로부터 약탈품인 말이나 재물 등을 모조리 몰수하도록 했다.

테무친은 텅 빈 타타르 부락에 있는 동안 약탈품을 모두 병사에게 나누어 주고, 여자들도 몇 명에 한 사람씩 나누어 소유토록 했다. 그리고 테무친 자신은 타타르 우두머리의 딸 에수겐과 에수이 두 자매를 데려왔다. 조상 대대로의 원수인 타타르의 모든 여자들에게 테무친은 몽골의 사생아를 낳게 하려고 생각했다. 그리고 테무친 자신은 타타르의 가장 순수한 집안의 두 여자에게서 자신의 피를 가진 아이를 낳게 하려고 생각했다.

테무친은 전쟁터에서 하룻밤에 두 젊은 자매를 범했다. 피정복민의 여자를 자기의 것으로 한 것은 테무친에게는 이때가 처음이었다. 테무친은 아내 보루테와는 전혀 다른 싱싱한 이민족의 여자 몸에서 복수의 쾌감이 아닌 황홀한 도취를 느꼈다.

이윽고 테무친은 귀향길에 올랐다. 여자들이나 양이나 말떼는 긴 대열의 제일 뒤에 배치되었다. 이 대열은 회오리를 일으키며 올 때와는 달리 느긋하고 평온했지만, 타타르 여자들의 통곡 소리가 끊임없이 들렸다. 그들은 자신들에게 닥친 불행을 체념하려 하지 않았다.

테무친은 자기 부락으로 왔지만, 타타르를 습격하여 그 곳을 자신의 영토로 삼았던 것처럼 토오릴 칸 역시 그 잔당의 움직임이 점점 활발해지고 있던 메르키트로 군사를 보내 그 곳을 영토로 만든 사실을 알았다. 토오릴 칸의 행동에는 테무친이 그렇게 한다면 나도 하겠다는 의지가 깔려 있었다. 둘은 서로의 행동에 관해서는 탓하지 않았다.

몽고고원은 봄의 햇살이 퍼지기 시작할 무렵부터 다시금 본래의 고요를 되찾았다. 토오릴 칸과 테무친은 언젠가는 둘 사이에 벌어질 결전의 날을 위하여 자신들의 병력을 상대보다 강력하게 기르는 일에 몰두했다.

테무친은 자기 부락민을 모두 병사로 키우기 위해 노력했다. 이제 몽골에 속하는 모든 종족은 교대로 목장에 나가 일을 하고, 목장에 나가지 않는 날은 격렬한 전투 훈련을 받아야만 했다. 연습은 기마대의 집단 훈련을 위주로 실시됐다. 카살·베르구타이·볼추·수부타이·무카리·쿠빌라이·제베 등 최고의 장수들과 테무친의 아들인 몽골의 손님 주치에 이르기까지 흙먼지와 땀으로 범벅된 무서운 얼굴로 초원을 내달렸다. 이제 그들은 강적 토오릴 칸을 노리는 사나운 이리들이었다. 카살은 통솔자로서 부대 전원에게 말했다.

"전진! 전진하여 초원처럼 뻗어가라. 바다처럼 포진하라. 그리고 끌처럼 싸워라."

몽골의 군대는 카살의 이 말처럼 훈련되었다.

그해 가을, 테무친은 예기치 않았던 중대한 정보를 얻었다. 토오릴 칸의 진영에 자무카가 들어왔다는 정보였다. 자무카는 테무친과 토오릴 칸의 연합군에 패한 후 멀리 북쪽으로 도망가 있었으나, 얼마 전에 부대의 잔병을 이끌고 토오릴 칸의 진영에 항복했다는 것이었다. 토오릴 칸은 자무카의 병력을 해산시키고 자기 전력을 키우기 위한 방법으로 자무카와 그 부하를 맞아들였다.

이 자무카에 관한 정보를 들은 직후 아루탄과 쿠찰은 모의하여 각기 자신들의 부족을 이끌고 토오릴 칸의 진영으로 갔다. 아루탄과 쿠찰은 전에 군법을 어겨 테무친으로부터 벌받았던 것을 원망하고 있다가 결국 이 같은 행동을 했다. 그러나 현재의 테무친은 아루탄과 쿠찰의 배반은 별문제가 아니었다. 그들이 배반하지 않더라도 언젠가는 테무친의 손에 의해 잘려나가야 될 병균이었던 것이다. 이런 일로 해서 테무친은 마침내 토오릴 칸과의 대립이 겉으로 노출된 것으로 느꼈다.

이듬해 1203년의 봄, 토오릴 칸으로부터 사자가 왔다.

"나의 친구, 나의 사랑하는 아들이여. 나이만 군을 무찌를 때는 왔다. 우리는 이제 알타이를 넘기 위한 모든 준비를 마쳤다."

토오릴 칸의 사자를 돌려보내고, 테무친은 곧 자기 쪽에서도 사자를 보냈다.

"나의 친구, 나의 아버지여, 몽골의 부대 역시 나이만[6] 공격을 하기 위해서 아버지 안달의 명령이 떨어지기를 기다리고 있었소. 친구여, 큰 범이 용감하듯이 울부짖으며 알타이를 넘읍시다."

테무친은 나이만 공격이 곧바로 케레이트와 몽골의 고원에서의 승패를 결정하는 전투가 될 것임을 알고 있었다. 나이만을 멸한 그 순간부터 그들은 적으로 대치되리라는 것을 테무친이 예상하고 있는 것 이상으로 토오릴 칸 자신도 잘 알고 있을 것이었다. 그런 의미에서 토오릴 칸과 테무친이 교환했던 나이만 공격의 선언은 상대방에 대한 선전 포고와 다름없었다.

그후 한 달쯤 지나서, 양군은 고원의 서쪽에 있는 터키 민족의 근거지로 진군해 갔다. 테무친은 정예 3만 명을 선발하여 몸소 그 지휘자로 나섰다.

테무친은 토오릴 칸의 부대가 잔설이 깊은 알타이를 쉽사리 넘을 수 없을 거라고 생각했다. 토오릴 칸 역시 테무친의 부대가 알타이를 쉽사리 넘을 수 없을 거라고 생각했으나, 양군은 쉽게 알타이 산맥을 넘어, 나이만 부족 중에서는 가장 강력한 군대를 가진 구추구토 부족의 부락으로 눈사태처럼 쏟아져 들어가 대대적인 살육과 약탈을 감행했다.

구추구토 부족을 토벌하자, 두 부대는 그 곳에 오래 머무르지 않고, 동시에 서로의 군사들을 철수시켰다. 표면적으로 드러나지는 않

---

6) 나이만 : 이루티시 상류역과 알타이 산맥이 걸치는 지방에 사는 매우 높은 문화를 가진 터키계의 민족이다. 동 투르키스탄의 동북부에 사는 위구르인의 문화에 영향받아, 일찍부터 그리스도교를 믿고 있었다. 이슬람의 상인이 서방의 문물·문화를 몽골에다 가져다 준 통로이기도 했다.

았지만 둘 다 나이만 공략을 계기로 상대방을 공격할 계기를 노리고 있는 형편이었다.

나이만을 공격하고 돌아온 테무친은 얼마 후, 이번에는 나이만 부대가 역으로 토우라 강변의 검은 숲으로 침입하여 전쟁 중이며, 토오릴 칸의 부대가 오히려 고전하고 있다는 정보를 입수했다. 카살은 이 기회를 놓치지 말고 토오릴 칸을 무찔러야만 한다고 주장했다. 제루메와 볼추도 그 의견에 찬성했지만 테무친은 망설였다. 과연 토오릴 칸을 무찌르는 데는 절호의 기회임에는 틀림이 없으나, 그 승리는 뒷맛이 몹시 개운치 않을 것 같았다.

테무친은 말했다.

"16년 전, 힘없는 우리들이 메르키트로부터 보루테를 구하기 위해 승산이 없는 전투를 하려고 했을 때 토오릴 칸은 우리들을 구원해 주지 않았느냐. 그 덕으로 우리들에게 오늘이 있는 것이다. 토오릴 칸을 한 번만 구원하여 그 은혜에 보답하자. 지금 여기서 토오릴 칸을 구원하더라도 후회할 일은 없을 것이다. 나는 지난번 나이만 작전에서 토오릴 칸의 부대를 유심히 지켜보았지만 전혀 두려움을 느끼지 않았다."

테무친은 실제로 그렇게 생각하고 있었다. 토오릴 칸 부대의 전투 형태는 몽골의 병사들에 비해 결코 졸렬하다고는 말할 수 없었지만, 그렇다고 우수한 것도 아니었다. 지휘자들은 모두가 전쟁에 한두 번씩은 공을 세운 사람들로서 언제나 희생을 적게 하여 승리를 거두고 있었지만, 일 대 일의 전투일 경우는 예상 밖의 약점을 낼 것이라 생각했었다. 거기에 비하면, 몽골의 병사들은 어떠한 작은 전투에서도 일 대 일의 전투에서 오히려 승리를 하는 편이었다. 테무친의 눈에는 케레이트 군사들은 단지 용감한 병사로 보였지만, 몽골의 병사는 긴 혀를 내어 침을 흘리고 숨을 헐떡이며 피를 찾아헤매는 이리로 보였다.

테무친은 장수들을 설득하자, 토오릴 칸을 구하기 위하여 바이다라쿠 강변으로 급히 달려갔다. 그리하여 고전하고 있던 토오릴 칸의 아들 산군의 부대를 구하여 포로가 되어 있던 그의 처자를 구출해 주었다.

테무친이 자기의 막사로 군사들을 돌려보내자 토오릴 칸은 약간의 병사를 데리고 테무친의 진영으로 찾아왔다. 대담한 행동이었다. 테무친에게 이번의 구원을 사례하고, 다시 친구로서의 서약을 맺기 위해 찾아온 것이었다. 두 사람은 여태까지 서로에게, "나의 아버지" "나의 아들이여" 하고 서로 불러 왔으나, 정식으로 두 사람이 친구로서의 서약을 체결한 일은 없으나 지금 새삼스럽게 그것을 요구해 오는 토오릴 칸의 마음을 테무친은 헤아릴 수가 없었다. 현재의 두 사람 관계를 보면 친구로서의 서약만큼 무의미하고 우스꽝스런 것은 없었다. 그러나 테무친은 토오릴 칸의 제의에 순순히 응했다. 테무친은 부락의 광장 앞에 주연을 차리게 한 다음 수천 명에 이르는 부락민을 모아 놓고 토오릴 칸과 친구로서 서약하는 의식을 거행했다.

테무친은 노장 토오릴 칸과 마주앉아 술잔을 돌렸다. 토오릴 칸은 젊었던 시절과 다름없는 이마와 차가운 눈으로 위엄을 갖추고 있었으며 조금도 늙어 보이지 않았다. 감아올린 머리칼의 한 오리까지 남김없이 은빛으로 빛나고 있는 모습은 아름답기도 하고 야릇하기도 했다.

토오릴 칸은 말했다.

"나의 딸 차울 베키를 그대의 큰아들 주치의 아내로 보내고 싶다. 이로써 서로의 유대를 한층 견고하게 하여, 우리 사이를 이간질하는 '이빨 있는 큰 뱀'에게는 서로 합심하여 싸워 나가자."

테무친은 동의했다. 그 말을 그대로 믿을 수는 없었지만, 토오릴 칸이 내민 손을 뿌리칠 필요도 없었다.

토오릴 칸은 검은 숲으로 돌아가자, 이내 이번에는 주치와 차울 베키의 혼약을 축하하는 잔치를 베풀겠다며 사자를 보내 테무친을 초대했다. 테무친은 이때 토오릴 칸을 적이지만 대단한 인물이라 감탄했다. 토오릴 칸은 테무친을 자신의 막사로 유인하기 위해 먼저 무방비로 몽골의 막사로 찾아왔던 것이 틀림없었다. 그러한 행동 뒤에는 토오릴 칸 특유의 술수가 깔려 있었다.

테무친은 케레이트의 검은 숲으로 갈 마음은 없었다. 그 곳에 가는 것은 죽음을 의미함과 다름없었다. 테무친은 토오릴 칸에게 어떻게 대답할 것인가를 카살과 볼추에게 의논했다. 일단은 체면상 이유를 붙여서 사양하지 않으면 안 되었다.

그런 회의를 하고 있는 자리에 뜻밖에도 토오릴 칸의 부락에서 바타이와 키시라쿠라는 두 사람이 찾아와서 토우라 강변의 검은 숲에는 지금 무장한 병사로 가득 차 있다는 것을 알렸다. 그 소식을 듣는 순간 테무친의 눈동자는 이글거렸다. 토오릴 칸과 힘을 겨룰 결심을 굳힌 것이다. 테무친은 즉시 토오릴 칸의 사자에게 잔치의 초대에 기꺼이 가겠노라고 통고했다.

사자를 돌려보내자 테무친은 곧 전군에게 출동 명령을 내리고, 최상의 무기와 최상의 장비를 갖추게 했다. 정해진 잔칫날에 검은 숲에 도착되도록 다음날 밤 수만의 기마대는 부락을 출발했다. 수십 개에 이르는 병마의 집단은 부락을 나오자 초원 속으로 부채꼴로 펼쳐져 갔다.

예정된 잔칫날 새벽, 토오릴 칸과 테무친은 각각 수만의 군사를 이끌고 검은 모래밭이라 불리는 벌판에 나타났다. 양군 모두가 당당한 포진이었다.

테무친은 볼추·제루메·카살 등과 상의하여 몽골 부대 중에서 가장 용감한 우르우트 부족과 몬쿠트 부족을 제1진에 배치하도록 했다. 테무친은 이 두 부족이 전투에 얼마나 강한가는 어릴 때부터 들어 알고 있었다. 경탄할 만큼 기억력이 좋은 노인 부루테추가 푸른 이리와 암사슴의 조상으로부터 이 두 부족의 이름을 거론했던 것을 테무친은 지금도 기억하고 있다.

"용사 하비치의 아들인 토돈은 일곱 명의 아들이 있었다. 그 중 장남 하치 쿠루쿠는 준마처럼 빨리 달렸다. 나모쿤이라는 아내와의 사이에 태어난 아들이 그 유명한 하이도우 조상이야. 하치 쿠루쿠의 여섯 아들들을 하나하나 그 이름을 말하면, 하친·하치구·하추라·하치군·하란타이, 제일 끝이 용사 나친. 여기에 두 아들이 있고, 둘 다 목숨을 건 싸움을 밥 먹듯 좋아하는 전투의 신, 이 자가 곧 생명을 모르는 우르우트 부족과 몬쿠트 부족의 조상이야."

목숨을 건 싸움을 밥 먹듯 좋아하는 전투신의 피는 지금도 그대로 우루우트와 몬쿠트, 두 부족민에게 이어져 내려오는 모양이었다. 이제까지의 전투에서도 이 두 부족의 전투 집단은 타의 추종을 불허했다. 어릴 때부터 긴 칼이나 창을 사용했으므로 무기 다룸이 익숙했고, 더욱이 병사 개개인의 용감성은 진지의 형태를 바꿀 때나, 적의 후방으로 우회 작전을 취할 때, 우르우트의 검은 깃발과 몬쿠트의 빨간 깃발은 가슴이 후련할 만큼 멋진 진퇴의 묘를 보여 주었다.

테무친은 우르우트의 장로 줄체데이를 불러냈다. 키가 작은 초라한 몽골을 한 얼굴의 불그스름한 노인은 선봉의 명령을 받자, 별안간에 조그만 눈을 반짝이면서 낮고 쉰 목소리로,

"말씀하셨으니 받아들이겠소이다. 어디 한번 우리 일족만으로 케레이트의 무리들을 먹어 치워보겠습니다."

하고 말했다. 테무친은 또 몬쿠트의 우두머리 쿠이루달을 불러내어 같은 명령을 내렸다. 내향성에 말더듬이인 쿠이루달은 쑥스러운 듯 어색한 표정을 짓고,

"우리들도 우르우트의 사람들과 같이 케, 케, 케레이트의 무리를 한 놈 한 놈 해치워 보겠소이다."

하고 말했다.

전투가 벌어지자 수많은 붉은 깃발과 검은 깃발이 싸움터로 드넓게 흩어져 펄럭거렸다. 기마 부대도 있고 도보 부대도 있었다. 이에 대해 토오릴 칸은 지루긴 부족의 용맹한 기마 부대를 앞세웠다. 검은 깃발과 붉은 깃발은 매우 태평스런 소리를 지르면서 진군해 가더니, 적의 기마대를 몇 개의 작은 소대로 나누어 포위하고는 순식간에

상대를 쳐부쉈다. 그들의 표현대로라면 하나하나를 확실히 해치워 버린 셈이었다.

지루긴 부족의 기마부대에 이어서, 토오릴 칸이 자랑하는 토멘 토베겐 부족의 병정들이 밀물처럼 쏟아져 들어왔다. 우르우트는 이를 밀어붙여 포위하려다 쫓겨 흐트러졌지만, 몬쿠트가 옆으로 돌아서 밀어붙여 다시 그들을 포위했다. 토멘 토베겐의 깃발은 격투 끝에 몬쿠트에게 먹혔다.

그러자 적진에서는 오론 돈카이트 부족의 깃발을 앞세운 부대가 돌격해 왔다. 몬쿠트는 이에 패해 절반의 군사를 잃었으나, 이번에는 우르우트가 뒤로 돌아서 무너뜨려 갔다. 돈카이트를 구원하기 위해 이번에는 토오릴 칸의 근위대 1천 명이 모래 연기를 일으키며 돌진해 왔다. 몬쿠트는 이를 해치웠다. 그러나 쿠이루달은 이 전투에서 적병의 창에 사정없이 찔린 채로 말에서 굴러 떨어졌다.

토오릴 칸의 주력 1만 군이 지축을 울리면서 진격해 오자, 테무친의 주력이 이를 격퇴하기 위해 싸움터로 나섰다. 우루우트와 몬쿠트의 검고 붉은 깃발은 이제 구름 같은 적과 아군 속으로 휩쓸려서 어디로 갔는지 보이지 않게 되었다.

그리고 저녁 무렵까지 평원을 메운 모래 먼지 속에서 들끓는 함성과 군마의 울음이 끊임없이 들렸다. 여느 때보다 붉고 아름다운 노을이 저녁 하늘을 물들였을 때, 하루 종일 전개되었던 사투는 끝나고 마침내 테무친은 승리를 거두었다.

테무친은 1천 명의 친위대에 호위되어 높은 언덕 위에 올랐다. 전쟁터는 양군의 시체로 가득 차 있었고, 물결같이 펼쳐져 있는 언덕 위 여기저기에서 찢어진 깃발들이 바람에 나부끼고 있었다.

볼추의 깃발도 있었고, 제루메의 깃발도 있었다. 또 멀리 북쪽에는 카살과 베르구타이의 깃발이 나란히 서 있었다. 카치군·테무게·주치·제베의 깃발도 있었다. 그들의 깃발은 모두가 언덕 위에 세워져 있었지만, 그 주위에 모인 부대의 인원수는 많이 줄었고 병사들의 표정도 어두웠다.

테무친은 토오릴 칸을 격파하고 패주시켰지만 추격 명령을 내리지 않았다. 3천 명의 친위대가 그 주위에 있었으나 대부분은 부상당한 채였다. 얼굴을 피로 벌겋게 물들인 문리크가 평원에 흩어져 있는 각 부대에서 보내오는 소식을 접수하며 정보를 모으고 있었다. 볼추와 테무친의 셋째아들 오고타이와 허얼룬이 애써 키워 데려온 아이 보로쿨은 그 행방이 묘연했다.

문리크로부터 그 같은 보고를 들을 때마다 테무친은 미동도 없이 꼿꼿한 자세로 오른쪽 뺨의 근육만을 살짝 움직였다. 그리고 그 뺨의 근육은 끊임없이 움직였다. 왜냐 하면 많은 몽골 용사의 죽음이 잇달아 문리크의 입에서 보고되었기 때문이다.

테무친은 전군에게 집합 명령을 내렸다. 부대는 속속 모여 왔다. 반으로 줄어든 부대도 있었고, 삼분의 일밖에 남지 않은 부대도 있었다. 우르우트와 몬쿠트의 양 부족은 끝내 한 사람도 나타나지 않았다. 적에게 전멸된 듯 보였다.

테무친은 전군에게 그 자리에서 야영하라는 명령을 내렸다. 다음날 아침, 해가 전쟁터에 떠올랐을 때, 볼추가 몸에 무수한 상처를 입은 채 혼자서 걸어 돌아왔다. 테무친은 볼추의 얼굴을 똑바로 주시하다가 이내 눈물로 얼굴을 적시면서,

"하늘의 신이여, 비춰 보시라. 몽골의 용사 볼추가 지금 돌아왔도다."

라고 소리치며 손으로 가슴을 쳤다. 볼추는 도주하는 적의 부대를 추격하는 도중 말에서 떨어져 기절했고, 오랜 시간이 지난 끝에 가까스로 깨어나서 하룻밤을 꼬박 걸어서 돌아왔다는 것이었다.

정오 무렵, 이번에는 소년 보로쿨이 중상을 입은 오고타이를 말에 태우고 돌아왔다. 보로쿨은 오고타이를 부축하여 말에서 내리고 다른 사람의 손에 맡기자,

"적은 마우 운돌산의 기슭 쿠라안 보로가도 쪽으로 달아나서 자취를 감추어 버렸습니다."

라고 조루킨 부족의 피를 가지고 있는 대담한 소년은 보고했다.

테무친은 병력을 점검했다. 부상자를 제외하면 2,600명이 전투를 할 수 있었다. 테무친은 그 중의 반을 남기고 반을 이끌어 토오릴 칸 휘하의 부락을 점령하기 위해 이동했다. 도중에 전쟁터에서 완전히 자취를 감추었던 우르우트와 몬쿠트의 생존자 1,300명이 합류했다. 몬쿠트의 용사 쿠이루달은 중상을 입고 있었는데, 테무친을 만나자마자 숨을 거두었다. 테무친은 그 유해를 카루카 강변에 있는 오루나쿠 산의 산마루 부근에 묻었다. 여기는 사시사철 바람이 암벽에 부딪혀 울고 있어서 쿠이루달의 묘소로는 안성맞춤이었다.

테무친은 부근에 온기라트의 한 부족이 있는 것을 알고, 친베와 치라운 형제를 보내서 항복을 재촉하여 이를 받아들였다. 테무친은 다시 나아가서 토운게리쿠 강의 동쪽에 야영했다. 그 곳은 토오릴 칸의 검은 숲으로부터 반나절밖에 안 걸리는 거리였다.

테무친은 토오릴 칸에게 사자를 보냈다.

"나의 아버지, 친구여. 나는 그대의 은혜를 잊지 않았소. 그 때문에 나는 그대의 아들 산군이 고전하고 있을 때 구해 주었던 것이오. 그럼에도 불구하고 그대는 꾀를 써서 나를 죽이려 했소. 나의 아버지, 친구여. 나는 얼마 후 그대의 검은 숲을 습격할 것이오. 거기서 최후의 전투를 합시다."

그러나 테무친은 토오릴 칸의 검은 숲을 습격하는 데 많은 시간이 걸리지 않았다. 그날 밤 테무친은 전군에게 검은 숲으로 돌격할 것을 명령했다. 이리들은 상처를 입고 있었지만, 아직은 공격력도 공격의 의지도 잃지 않고 있었다.

결전은 사흘 동안 계속되었다. 이 전투에서도 붉은 깃발과 검은 깃발은 밤낮없이 숲 속을 마구 누볐다.

사흘째의 한밤중, 케레이트의 마지막 저항은 무너졌다. 수백 개의 마을은 몽골 이리들의 밥이 되었다. 사내들은 살해되고 여자들은 포박되었다. 토오릴 칸의 시체는 나흘 뒤에 검은 숲에서 한참 떨어진 북쪽에서 발견되었다. 다른 부족민의 습격을 받고 죽은 것이었다. 이어서 아들 산군의 시체도 발견되었지만 자무카의 행방만은 알 수 없었다.

테무친은 뛰어난 적장 토오릴 칸의 죽음에 걸맞도록 케레이트의 사내는 하나도 남김없이 죽이도록 명령했다. 케레이트의 사내들은 모두 목이 베어졌다.

테무친은 사내들을 모조리 없애 버린 검은 숲에 부대의 일부를 주둔시켜 놓고, 자신은 여자들과 재물을 가지고 개선의 길에 올랐다. 이제 몽고고원에서는 테무친에게 대항할 세력은 하나도 없는 셈이다. 타타르를 무찔렀고, 타이추토와 자무카 군을 무너뜨렸으며, 오랫동안 몽고고원에서 강대한 세력을 자랑해 왔던 케레이트 족을 멸망시킨 것이었다. 그러나 테무친은 승리의 감격이 끓어오르지 않았다. 오랫동안 끌어왔던 집안의 충돌을 이제 겨우 진정시킨 것 같은 그런 기분이었다.

테무친은 귀환 길에 오른 이튿날 밤, 밤이 아주 이슥했을 때 상처 입은 군사들이 야영하고 있는 초원의 언덕빼기를 걸었다. 수백 개의 막사는 무덤처럼 고요했다. 어느 막사를 들여다보아도 장수도 병사도 죽은 듯 자고 있었다. 볼추도 자고 있었으며, 제루메와 무카리도 잠들어 있었다. 군사들은 모두 다 거지 같은 모습을 하고 있었다.

테무친이 자기의 막사로 돌아왔을 때 카살은 깨어나서 침대 위에 앉아 있었다. 카살도 역시 누더기의 융의(戎衣 : 군복)를 몸에 두르고 있었다. 테무친은,

"올해는 군사들을 휴식시키고, 해가 바뀌면 알타이를 넘어가자."

"나이만을 칠 것입니까?"

"나이만을 치자. 몽골의 우수한 장수들은 보다 아름다운 옷을 입어

야 하고 보다 훌륭한 집에서 커다란 물독과 호화로운 침대를 가져야
만 한다. 그리고 몽골의 우수한 병사들은 보다 우수한 무기와 전차
를 굴려야만 한다."

테무친은 말했다. 테무친은 지난날 토오릴 칸과 함께 알타이를 넘
어 나이만의 한 부락을 공격했었지만, 그것은 공격이라 할 수 없는
짧은 기간의 침입에 불과했다. 그러나 그 침입에서 테무친은 가난한
몽골과는 아주 다른 사람들의 생활을 보았다. 그들은 진귀한 악기와
호화스러운 제단을, 사치스럽고 편리한 주방을, 그리고 무슨 일이든
지 기록할 수 있는 문자[7]를, 많은 사람들이 모이는 사원을, 그리고 또
땅에 고정되어 움직이지 않는 집을 가지고 있었다.

"해가 바뀌면 알타이를 넘자. 그리고 나이만을 평정하여 그들이 갖
고 있는 새로운 무기를 우리 것으로 만들자."

그러나 테무친의 머리에는 비로소 언젠가는 싸우지 않으면 안 될
금나라가 떠올랐다. 타이추토와 타타르를 무찔렀고, 이제 조상 대대
로의 원수는 금나라만이 남아 있었다. 그러나 카살에게 금나라를 정
벌하자는 말을 하지 않았다. 금나라 공격이라는 것은 테무친 이외의
몽골 이리들에게는 꿈과 다름없는 일이었다. 테무친은 다시 입을 열
었다.

"알타이를 넘지 않으면 안 된다."

테무친은 그후 1년 동안 정복한 부족을 안정시키는 동시에 재건에

---

7) 기록……할 수 있는 문자 : 이 전투에서 뒤에 타양 칸의 재상이 된 위구르 족의 타타 톤가
를 포로로 했다. 테무친은 부하에게 위구르의 언어·문학·법제·관습을 그로부터 배우게 하
려 했다.

힘썼다. 어떤 경우라도 살생을 엄하게 금했다. 사람을 해친 자는 처형하도록 했으며, 절도도 마찬가지로 엄하게 다스려 양이나 말을 훔친 자 또한 처형에 처했다.

한편, 몽고고원의 모든 부락에 있는 남자에게는 전투 훈련을 시켰다. 군대의 편성에 있어서는 천 명을 1개의 부대로 하여 천 명의 우두머리를 만들고, 그 아래에 백 명의 우두머리, 십 명의 우두머리를 두었다. 테무친은 이제 몽고고원의 어떤 장소에나 부대를 둘 수 있었고, 어떤 지점에서도 군사들을 움직일 수 있게 되었다.

테무친은 또 각 부족의 마을과 양떼를 자유로이 이동케 하여 새로운 땅을 개척함으로써 그들의 생활을 보다 자유롭게 만듦과 동시에, 군사를 중요히 여기는 나라로서 필요한 부락의 배치를 서서히 완성해 갔다.

테무친은 토오릴 칸을 무너뜨린 다음해인 1204년의 초여름, 나이만을 공격하기로 하고 깃발을 제단에 올려 제사를 지낸 후 출전했다. 지난번 토오릴 칸과 협력해서 토벌했던 것은 나이만의 구추구토 부족이었으나, 이번 상대는 모든 나이만의 권력자 타얀 칸이었다. 테무친은 나이만의 부족을 자기 휘하에 넣으려 마음먹었다.

부대는 케룰렌 강을 거슬러올라 알타이의 한 줄기를 넘고, 나이만으로 침입해 갔다. 타얀 칸도 역시 이를 요격하기 위해 타미르 강 하류에 모여 포진했다. 테무친의 눈에 비친 이 광경은 지금까지의 어떤 전투와도 양상이 다름을 느꼈다. 적은 수백 대의 전차를 가졌으며, 전차와 전차 사이를 메우듯 갑옷을 입은 어마어마한 활을 다루는 군사들이 줄지어 있었다.

전투가 개시될 때까지 몽골의 장수들도 역시 전투가 어떻게 전개될지 전혀 예상할 수가 없었다. 더욱이 나이만 군사 중에는 다른 종족의 부대도 합세하고 있었다. 그들은 그들대로, 또 나이만과는 다른 새로운 무기를 가지고 있었다.

나이만의 진지에서는 자꾸만 이상한 북이나 징을 쳐대고 있었다. 그 소리는 초원을 건너서 테무친의 진영으로 울려왔지만 싸움은 쉽사리 열리지 않았고, 밤이 되자 적진의 여기저기에서 무수한 화톳불이 타올랐다.

이틀 동안, 양군은 전투의 기세가 무르익기만을 기다리며 그대로 대치하고 있었으나 사흘째의 아침, 테무친은 여러 장수들을 불러 정오에 공격을 개시토록 명했다. 선봉의 지휘자 카살은,

"어떻게 싸워야 합니까?"

"카살이여, 너는 늘 입버릇처럼 말했잖느냐, ……초원처럼 펼쳐라, 바다처럼 포진해라, 그리고 송곳처럼 격렬하게 싸워라. 그렇게 하라. 그 외 어떤 방법이 있단 말이냐."

테무친은 웃으며 말했다.

몽골의 각 부대는 테무친의 말처럼 함성과 함께 초원처럼 서서히 펼쳐 갔고, 바다처럼 드넓게 포진했다. 그리고 순식간에 전투는 끌처럼 격렬하게 개시되었다. 전투는 일진일퇴로 저녁 무렵까지 계속됐다.

"아아, 몽골의 이리 네 마리가 간다."

싸움터를 내려다보고 있던 테무친이 외쳤다. 그때까지 싸움터에

나갈 기회를 기다렸던 제베·제루메·쿠빌라이·수부타이 넷은 카살의 명령이 내려졌는지, 제각기 부대를 이끌고 선두에 서서 완만한 경사를 이루고 있는 광야를 비스듬히 달려가고 있었다. 그것은 사슬이 풀린 네 마리의 이리로서 그들의 몸과 심장은 강철로 되어 있는 듯 보였다. 필요하다면 주둥이는 끌이 되고, 혀는 송곳이 될 터였다. 그들은 채찍 대신에 긴 칼을 휘두르고 있었다. 이슬을 흩뿌리고 돌을 베고 바람을 타며 달려가고 있었다.

네 마리의 이리가 싸움터로 쏟아져 들어감과 동시에 그것이 신호이기나 하듯 적진에서는 일제히 후퇴하기 시작했다.

"아아, 마구 설친다! 이른 아침 풀어 놓은 이리의 새끼가 어미의 젖을 빨고 그 주위를 날뛰듯이 달린다."

테무친은 힘차게 외쳤다. 싸움터에서는 후퇴하는 적들을 쫓아서 갑자기 나타난 우르우트와 몬쿠트의 목숨을 아낄 줄 모르는 병사들이 도처에서 전차를 포위하고, 기마대를 물어뜯고, 도보 부대를 포위하기 시작했다. 우르우트와 몬쿠트의 병사는 지난번의 전투로 그 수가 많이 줄었지만, 전보다 더욱 사납고 날쌘 움직임을 보였다.

그들의 출현으로 적군은 다시 후퇴하기 시작했다.

"아아, 큰 이무기가 목을 곤두세우고 간다!"

테무친은 또 소리 질렀다. 두 부대의 지휘자 카살은 이때 그의 지휘하에 있는 전군을 이끌고 광야의 한 모퉁이에 그 모습을 드러내고 있었다. 테무친에게는 카살의 조그만 몸이 8척도 더 되는 커다란 이무기로 보였다. 큰 이무기는 마소를 삼켜 버릴 듯한 커다란 입을 벌리고, 지금 나이만의 전군을 삼켜 버리기 위해 광야를 내달리기 시작한 것이다.

나이만은 다시 후퇴하지 않으면 안 되었다. 1진도, 2진도, 3진도 모두 후퇴했다.

테무친은 자신이 이끌고 있는 군사들에게 공격 명령을 내렸다. 테무친은 천천히 언덕을 내려와 부대가 오는 것을 기다렸다가 그 선두에 섰다. 말 위에 몸을 나직이 숙이고 자신의 좌우에 펼쳐져 있는 수십 개의 부대들과 함께, 마치 평원을 휘말아 올리듯 진군해 갔다. 나이만 군은 무너지고 또 무너져서, 후방의 나구 산으로 도망쳤다. 몽골의 이리들은 그것을 추격하여 일제히 산기슭을 오르기 시작했다.

테무친은 그날 밤 나구 산을 포위한 채 야영을 했다. 공격은 밤에도 계속되었다. 새로운 부대가 기슭에서 계속 산 속 깊숙한 곳으로 진격해 갔다. 새벽녘, 산마루 부근까지 내몰린 나이만은 필사의 반격을 시도했지만, 불과 삼분의 일만이 봉우리를 타고 도주했을 뿐, 나머지는 골짜기에 떨어지거나 대부분 몽골의 포로가 되었다.

나이만의 주력 부대를 나구 산 정상에서 깨부수고, 이튿날 테무친 군은 나이만의 우두머리 타양 칸을 사로잡아 알타이 산맥의 남부에 흩어져 있는 나이만 부락을 함락하였다.

포로의 입으로부터 테무친은 나이만의 진영에 자무카가 귀순해 있다는 사실을 알았다. 자무카의 이름을 듣는 순간, 테무친은 몹시 그리운 기분을 느꼈다. 한때 북방의 일인자로 이름을 떨쳤던 영웅도 자신의 막사를 잃은 뒤로는 토오릴 칸의 곁으로 달려가야만 했고, 토오릴 칸이 패하자 이번에는 나이만 부족에게 몸을 맡기고 있는 것이었다. 근래 5년 동안의 세월은 자무카에게는 매우 고난의 시기였던 것이다.

테무친은 언제나 웃음을 지우지 않았던 자무카의 얼굴을 떠올리며, 그가 수모를 겪으며 지금껏 살아 있다는 것은 오로지 자신과 다시 한 번 싸우기를 필생의 소망으로 삼았기 때문이라 생각했다. 그 당시 자무카가 이끌고 있던 자다란·카타긴·첼지구토·도울벤·타이추토·온기라트 각 부족들은 그날 저녁까지 모두 테무친에게 항복해 왔다. 그러나 자무카의 소식을 알고 있는 사람은 없었다.

테무친은 우두머리 타얀 칸의 어미를 붙잡았는데, 그녀가 아직 젊었기에 자기 첩으로 삼았다. 테무친은 드디어 피정복 민족의 여자들을 자기 것으로 하는 일에 몰두하기 시작한 것이었다. 2년 전, 타타르 부족의 잔당을 평정하고 적장의 딸 에수겐과 에수이를 처음으로 자기의 첩으로 한 뒤, 다시 몇 사람의 여자를 잇달아 자기의 첩으로 만들었다. 그는 결코 자기 부족의 여자들에게는 손을 대지 않는 대신, 정복한 다른 부족의 여자에게는 약간의 흥미만 느껴도 자기의 시중을 들게 하였다.

테무친은 전투가 끝난 뒤, 많은 여자들이 줄줄이 묶여 오는 것을 보면, 언제나 일종의 형언할 수 없는 사나운 광기에 빠졌다. 일찍이 어머니 허얼룬도, 아내 보루테도 그와 같이 끌려갔었던 일을 어쩔 수 없이 되새겨야만 했기 때문이었다. 테무친은 언제나 그런 여자들 속에서 마음에 든 여자를 골라서 자기의 막사로 불러들였지만, 단 한 사람도 자신의 몸을 지키려고 저항을 시도한 여자는 없었다. 그들은 테무친의 요구대로 하였을 뿐, 그다지 고통스런 몸짓도 슬픈 얼굴도 하지 않았다.

테무친은 여자를 알 수가 없었다. 남자들은 전투를 위해 자신의 생명까지도 바치는데, 그들이 전투에 패하면 여자들은 예외 없이 적의 남자들에게 순종했다. 테무친은 어머니 허얼룬도, 아내 보루테도 포함해서 모든 여자를 믿을 수 없었다. 어릴 때부터 지녀왔던 여자에 대한 인식을 테무친은 지금껏 전혀 바꾸지 않고 있었다.

어느 날, 동생 카살이 여자 포로들을 병사들에게 나누어 주는 것은 군법을 문란케 한다고 주장했던 일이 있었다. 그러자 테무친은 크게 웃으며 말했다.

"전투에 이겼을 때는 적의 여자들을 침대에 눕혀서 그것을 깔개로 하여 자야 한다. 여자란 여자는 모두 몽골의 아이를 임신시켜 몽골의 아이를 낳게 하라. 그 이외에 여자의 사용 가치는 없다."

테무친의 말투는 농담처럼 들렸지만 카살이 무안할 만큼 그때 테무친의 표정은 어두웠다. 테무친은 자신이 몽골의 피를 가지고 있는지 어떤지에 관한 의문을 품은 지 20여 년의 세월이 지나고 있었지만, 아직도 해결하지 못한 채였다. 자신과 마찬가지로, 자신의 큰아들 주치의 피에 관해서도 역시 어떠한 판단도 내릴 수가 없었다. 주치는 자신을 닮은 것 같기도 하고, 닮지 않은 것 같기도 했다.

이제 테무친은 몽고고원을 지배하는 유일한 권력자가 되었다. 따라서 자기의 피가 몽골이건 메르키트이건 큰 문제는 아니었다. 그러나 테무친의 가슴 밑바닥에는 아직도 소년 시절에 간절했던 푸른 이리의 후예이고 싶은 소망은 여전히 도사리고 있었다.

테무친은 나이만 원정에서 돌아오자 메르키트 부족의 움직임이 이상하다는 정보를 듣고 즉시 평정하기로 마음먹었다. 일찍이 메르키트 부족을 공격했을 때 한 사람의 사내도 살아남지 못하게끔 죽였지만, 잡초 같은 끈질긴 메르키트의 잔당은 다시 하나의 새로운 부족을 형성해 가고 있었다.

테무친은 메르키트에 대해서는 일찍이 타이추토와 타타르에 대한 것과 마찬가지로 무자비했다. 다른 부족에게는 용서할 수 있는 것도, 어쩌면 자신과 같은 피를 가지고 있을지도 모르는 이 부족에 대해서는 전혀 용서할 수 없었다.

초가을, 테무친은 메르키트 부족의 우두머리 토쿠토아와 싸워 단숨에 격파하고, 부근 일대의 토지를 약탈했다. 이때 다닐 우순이라는 자가 자기는 이 부족 최고의 미인이라 불리는 딸이 있으니, 만약 원하신다면 딸을 바치겠다고 말했다. 테무친은 그의 딸을 데려오라고 명령했다. 그러나 그것을 안 다닐 우순의 딸은 집을 나가 모습을 감추어 버렸다. 테무친은 즉시 그녀를 찾아서 연행할 것을 명령했다.

처녀는 열흘쯤 지나서 군사들에게 발각되었다. 그녀의 옷은 진흙투성이였고, 얼굴도 머리칼도 흙칠로 범벅이 되어 있었다. 테무친은 처녀를 자기 앞으로 끌어오도록 했다.

"이름이 뭐냐?"

"쿠란."

처녀는 뚜렷한 어조로, 그러나 반항하듯이 눈썹을 추켜올리며 대답했다.

"열흘 동안이나 어디에 숨어 있었나?"

그러자 처녀는 자신이 숨어 있었던 몇몇 종족의 마을을 하나씩 말했다.

"왜 한 곳에 있지 않았느냐?"

테무친이 묻자 쿠란은,

"어디를 가도 부족의 젊은 것들이 나를 덮쳐 왔다. 사내들은 모두 야만적인 짐승뿐이었다."

하고 얼굴에 분노를 가득 나타내며 말했다. 테무친은 쿠란의 말대로라고 생각되었다. 전투가 끝난 지 얼마 안 됐고, 아직도 곳곳에서 살육이 자행되고 있어서 질서는 전혀 회복되지 않는 상태였다. 특별한 보호자를 갖지 않는 여자가 그 같은 상황에 처했을 때, 어떤 운명이 그녀를 덮칠 것인가는 말하지 않아도 짐작이 가는 일이었다.

테무친은 자기에게 몸을 바치기를 거부하여 달아났다가 다른 부족의 폭도들에게 위안거리가 됐던 쿠란이란 처녀에게 격한 분노를 느꼈다. 자신이 정복한 민족의 여자에게 자신이 거부당했다는 사실도 테무친에게는 첫 경험이어서, 이것만으로도 그를 분노케 하기에 충분했지만, 더구나 다른 부족의 폭도들에게 능욕되었다고 생각하자 테무친은 그야말로 자신을 철저히 조롱했음과 다름없다고 느꼈다.

"너와 너를 범했던 놈들을 모두 잡아와서 처형하겠다."

테무친은 선언하듯이 말했다. 그러자 쿠란은 일순 치열한 눈빛으로

"나는 나를 범하도록 가만히 있지 않았다. 언제나 생명을 걸고 그 것을 막았다. 만약 그런 일이 있었다면 나는 죽음을 택했을 것이다."

"닥쳐라! 메르키트의 암컷이!"

테무친은 쿠란의 말을 믿으려 하지 않았다. 그 같은 일은 있을 수 없다고 생각했다. 그러나 그녀는 이윽고 자신에게 덮쳐 올 죽음을 피할 수 없는 운명이라 받아들였음인지 한껏 가라앉은 목소리로,

"나는 신에게 말하고 있는 것이다. 신만은 믿어주실 것이다."

라고 말하고는 흙칠로 범벅이 된 더러운 얼굴 속에서 차갑게 빛나는 눈으로 테무친을 바라보며 웃었다.

테무친은 여태껏 한 번도 쿠란과 같은 웃음을 본 일이 없었다. 그 얼굴은 자부심으로 가득 찼으며, 목소리는 자존심으로 빛나고 있었다.

"여자를 풀어 줘라."

테무친은 쿠란을 민가의 방에 가두라고 명령했다.

이틀 뒤, 테무친은 가두어 놓은 여자의 방으로 갔다. 쿠란은 침대 위에 앉아 있었으나, 입구에 선 테무친의 모습을 보자 급히 침대에서 내려와 대응 자세를 취했다.

"들어오면 안 된다. 방 안으로 한 발짝이라도 들여놓으면 나는 자결할 것이다."

하고 강렬하게 말했다.

"어떤 방법으로 죽으려 하나?"

테무친이 묻자,

"혀를 깨물어 죽을 것이다."

그 말에는 이미 죽음을 각오한 자만이 갖는 담담함이 깔려 있었다. 전 몽고고원의 민족을 공포로 떨게 하는 테무친도 쿠란 앞에서는 힘이 없었다. 테무친은 쿠란 쪽으로 더 이상 접근할 수 없었다.

테무친은 그때 쿠란이 지금까지 만났던 여자들과는 어딘가 다른 여자라는 생각이 들었다. 흙때가 벗겨진 그녀의 얼굴은 과연 메르키트 부족 중에서 일등 미인이라 불렸을 만큼 확실히 아름다웠다. 테무친은 그녀를 지그시 바라보면서 메르키트 부족 제일의 미인일 뿐 아니라 여태까지 보아 왔던 여자들 중에서 가장 아름다운 여자라고 생각했다.

일찍이 테무친은 아름답게 빛나던 아내 보루테의 용모에 매료됐던 적이 있었지만, 지금 눈앞에 있는 메르키트의 여자는 보루테보다 훨씬 아름답고 보다 총명하게 보였다. 조각과 같이 깊이 팬 얼굴에는 보루테가 결코 갖지 못했던 우수의 그늘이 있었다. 머리카락은 반 금발이고, 눈은 옅은 푸르름이 어려 있었다.

그날 테무친은 그냥 돌아갔으나, 다음날도 그 다음날도 쿠란을 가둬 놓은 민가를 찾았다. 쿠란의 입에서 나오는 말은 여전히 같았고, 테무친은 그녀의 얼굴을 보는 것만으로 만족하며 돌아가야만 했다.

테무친은 메르키트 부족을 완전히 평정하기 위해 메르키트 부락에 머무르고 있는 두 달 동안 몇 차례 쿠란을 찾아갔다. 테무친은 포로인 여자로부터 이와 같이 취급받고 있는 자신이 믿기지 않았다. 만약 상대가 쿠란이 아니었다면 물론 한칼에 처형시켰을 테지만, 참으로 알 수 없는 일이었다.

드디어 부대가 개선하려는 전날 밤, 테무친은 쿠란을 찾아가서,

"나는 그대를 다른 여자와는 달리 생각하고 있다."

하고 말했다. 테무친은 그와 같은 말이 자신의 입에서 나오리라고는 전혀 생각지 못하고 있었으므로 스스로의 말에 놀랐다. 그러나 일단 입 밖으로 나와 버린 말을 되돌릴 수 없는 것이었다.

"나는 그대를 나의 장막에서 시중 들게 하고 싶다."

테무친은 또 말했다. 그러자 쿠란은 그늘이 있는 얼굴을 테무친 쪽으로 똑바로 돌리고,

"진심으로 말하는 것입니까?"

하고 말했다.

"물론 나의 말은 나의 마음으로부터 나온 것이다. 그것을 이해 못하는가?"

테무친이 이렇게 말하자 쿠란은,

"아마도 당신의 말은 진실일 겁니다. 그렇지 않았다면 나는 벌써 죽었을 거예요. 당신이 지금 나에 대해 가지고 있는 마음은 사랑인가요?"

쿠란은 여느 때와는 달리 약간 잠긴 듯한 어조로 말했다.

"그렇다."

"당신은 지금 사랑이라 했지만, 과연 그 사랑은 다른 어떤 여자에 대한 사랑보다 크고 깊은 것입니까?"

"그렇고말고."

"당신의 아내보다도?"

쿠란의 물음에 테무친은 뜨끔해서 금방 대답할 수가 없었다.

"만약, 당신이 당신의 아내보다도 더욱 강하게, 더욱 크게 나를 사랑한다면 당신은 나의 몸을 빼앗아도 좋습니다. 그렇지 않다면 어떤 수단을 쓴다 해도 나는 당신의 것이 될 수 없을 것입니다. 나의 앞에는 언제나 죽음이 준비되어 있습니다."

그 말에 테무친은 대답 대신에 발을 한 발짝 방에 들여 놓았다. 그리고 쿠란 쪽으로 다가갔다. 쿠란은 뒷걸음쳤지만, 그러나 더 이상 거절하지 않았다. 테무친은 쿠란의 몸을 껴안고서 자신이 참으로 이 여자를 깊이 사랑하고 있다고 생각했다.

테무친에게 의외였던 것은 쿠란이 순결한 몸을 가지고 있었다는 사실이었다. 그녀가 처음으로 테무친의 앞에 끌려왔을 때, 그녀는 생명을 걸고 자신의 몸을 지켜왔다고 자신 있게 말했었지만, 테무친은 그것을 믿지 않았다. 전쟁의 와중에서 열흘 동안이나 여자에게 아무런 일이 없었으리라고는 상상할 수 없었다. 그러나 그녀는 순결한 몸을 가지고 있었다. 그리고 그것이 얼마나 어려웠던 일이었는지를 증명이라도 하듯이 쿠란의 하얀 몸에는 살이 토실토실한 어깨에도, 모양 좋게 부풀어 있는 두 유방 사이에도, 탄탄하게 조여져 있는 허리에도 무수한 타박상의 흔적이 푸른 반점으로 남아 있었다.

테무친은 이튿날 아침 쿠란의 방에서 나올 때, 다시 한 번 자기는 이 여자를 어느 누구보다도 사랑하고 있으며, 아마도 한평생 사랑하리라고 생각했다.

테무친은 메르키트의 잔당을 평정해서 개선의 길에 올랐지만, 부루칸 산자락의 자기 부락까지 하룻길이 되는 지점에서 야영하던 밤, 부락에 들어가기 전에 쿠란의 일을 아내에게 미리 통고해 두려고 생각했다. 에수겐과 에수이 자매를 비롯한 다른 여자들에 대해서는 새삼스럽게 보루테에게 알릴 필요가 없었다. 보루테에게 알리지 않아도 그것은 당연히 보루테도 알게 될 것이며, 서로 불문에 붙여두어도 저절로 정리되어 갈 문제였다. 보루테도 장년기에 들어선 테무친이 긴 전쟁에서의 외로움을 여자 없이 보내리라고는 생각하지 않고 있었다.

그러나 테무친은 일단 쿠란이라는 여자의 존재를 보루테로부터 승인받고 싶었다. 장래 쿠란을 다른 첩과는 별도로 취급하지 않으면 안 될 것 같았고, 그럴 경우 보루테와의 사이에 그녀 때문에 다툼이 일어날 소지를 미리부터 없애는 것이 옳다고 느껴졌다.

테무친은 무카리를 사자로 하여 보루테에게 보냈다. 테무친보다 여덟 살 적은 성실한 젊은 장수는 이튿날 보루테에게 다녀온 뒤 그녀의 말을 테무친에게 전했다.

"……테무친이여. 나의 사랑하는 몽고고원의 왕이여. 당신이 부락으로 개선해 오면, 당신은 새로운 가구로 장식된 새 막사를 당신의 아내 보루테의 막사 옆에서 발견할 것입니다. 거기서 살 젊은 쿠란이 나의 부족한 것을 보충하고, 당신의 비범한 힘의 원천이 될 것을 빕니다."

보루테의 말은 테무친에게는 매우 만족한 것이었다. 어떤 말을 가지고서도 이 이상 자신을 만족케 할 말은 없다고 여겨졌다. 보루테는 정실로서의 위엄을 조금도 잃지 않고, 남편이 자기에게 보인 경의에 대한 관용으로써 대응했던 것이었다.

테무친은 메르키트의 잔당을 평정해서 개선했지만, 개선 후 곧 평정하지 못했던 메르키트의 일부가 타이칼 산에서 반기를 들었으므로 테무친은 다시 토벌군을 보냈다. 이 토벌군의 우두머리에는 소루칸 시라의 아들인 키가 작고 머리가 큰 친베가 임명되었다. 친베는 어떤 일에도 흔들리지 않는 강인한 장수였으나, 책임이 있는 지위에 오른 것은 이것이 처음이었다. 그는 몸이 작아서 말을 탈 때에도 남의 손을 빌리지 않으면 탈 수 없는, 군인으로서는 매우 불리한 신체조건을 가졌으나, 친베는 이 출정에서 훌륭하게 일을 수행하여, 적장 토쿠토아와 그의 아들 쿠도를 멀리 남쪽으로 패주시켰다.

테무친은 자기 막사에 오래 머무르지 않고, 그 해 전군을 이끌고 다시 나이만 부족을 치기 위해 알타이 산으로 출동했다. 그러나 그 해 겨울은 눈이 깊어 산을 넘지 못하고 부득이 전 부대를 알타이의 북쪽 기슭에 주둔시킨 채 해를 보내지 않으면 안 되었다. 테무친은 이 출정에 쿠란만을 동반했다.

해가 바뀌고 새봄이 오자, 테무친은 전군을 이끌고 알타이를 넘어서 나이만을 침입했다. 그리하여 메르키트와 나이만 부족의 잔당들이 결성한 연합군과 부쿠도루마 강 유역에서 결전을 벌여 이를 격파했다. 두 부족의 연합군은 소부대로 갈라져서 사방으로 흩어졌다.

테무친은 지난해 나이만 공격 때 대단한 공을 세웠던 제루메와 수부타이에게 무쇠 전차를 주어 적의 잔당을 추격케 했다. 수부타이는

30세를 갓 넘긴 젊은 장수였지만, 테무친은 그의 출전에 즈음하여 수부타이에게 말했다.

"도망가는 적이 날개를 가지고 하늘을 난다면 수부타이여, 너는 큰 독수리가 되어 잡아라. 만약 땅 속 깊이 들어가서 숨는다면 너는 괭이가 되어 땅을 파서 땅 속으로 들어가라. 고기가 되어 호수나 바다로 들어가면 너는 그물이 되어 그들을 붙잡아라. 너는 이미 높은 산마루를 넘었고 대하를 건넜다. 그러나 이번 원정은 보다 멀고 험한 길이 될 것이다. 앞길이 멀고 아득함을 명심하여, 군마를 돌보며 위로하고 식량은 없어지기 전에 보급하라. 가는 길에 짐승이 아무리 많아도 사냥으로 군마를 피곤케 하지 마라. 자, 떠나거라. 하늘의 가호는 적을 섬멸할 위대한 사명에 오른 몽골의 용감한 장수에게 내릴 것이다."

수부타이는 출전했다. 그리고 수부타이는 테무친의 말대로 했다. 알타이 남쪽 기슭에 숨었던 패전 부대는 이 잡듯 격파되었으며 포로는 모조리 목에 칼을 맞았다.

이 같은 수부타이의 철저한 소탕전이 벌어지고 있을 때, 테무친의 진영에 자무카가 그의 부하 다섯 명에 의해 묶여서 끌려왔다.

그날은 해가 없이 그늘지고, 삼라만상이 온통 잿빛으로 보이는 날이었다. 테무친은 자기 막사 앞에서 자무카와 대면했다. 자무카와 서로 3만 명의 군사로 싸워서 패한 후 12년이 지나 있었으며, 죽은 토오릴 칸과 연합해서 자무카를 격파한 후로부터는 4년이 지나 있었다. 테무친이 자무카와 직접 얼굴을 마주한 것은 실로 17년 만의 일이었다.

테무친은 자무카의 얼굴을 찬찬히 살폈다. 자무카는 테무친이 알아볼 수 없을 만큼 그 모습이 변해 있었다. 예전에는 동그랗던 얼굴이 지금은 여위어 광대뼈가 불거져 있어서 길쭉해 보였다. 그러나 다만 얼굴에서 언제나 웃음을 지우지 않는 점만은 옛날과 다름없었다.

테무친은 자무카와 말하기 전에, 그를 포박해 온 그의 다섯 부하를 꾸짖어 경위를 추궁했다. 자무카는 수부타이의 군사와 싸웠지만 패하여 마침내 다섯 부하만 남게 되었으며, 비참하게도 그 다섯 명의 자기 부하에게 포박되는 비운을 맞았던 것이다. 테무친은 자기의 장수를 배반한 자를 살려 둘 수 없다고 말하고 즉시 자무카를 포박했던 다섯 명의 부하의 목을 자무카의 앞에서 베게 하였다.

테무친은 땅바닥에 앉아 있던 자무카를 일으켜 의자에 앉히고 말했다.

"나의 친구, 자무카여. 우리는 친구가 되자. 일찍이 나는 그대와 함께 같은 부락에서 같이 살았었다. 그러나 그대는 나로부터 떠나 버렸다. 그후 오랜 세월 동안 우리는 서로 적이 되어 싸워 왔다. 그러나 지금 여기서 다시 함께 하게 되었다. 나는 우리가 고루고나쿠의 숲에서 친구로서 맹세를 했던 그날의 일을 뚜렷이 기억하고 있다. 그 주연의 떠들썩한 소리는 지금도 나의 귀에 남아 있고, 그날 밤의 불빛은 지금도 나의 눈에 비치고 있다. 그때 우리는 맹세했었다. 우리들은 이제 친구가 되자."

테무친은 자무카의 목을 벨 마음은 없었다. 옛정을 생각하여 무력해진 그의 생명을 살려 줘도 좋다고 생각했다.

그러자 자무카는 대답했다.

"테무친이여, 지금 내가 그대의 친구가 돼서 그대에게 무슨 이익이 있겠는가. 나는 내가 그대에게 졌다고는 생각지 않는다. 내가 그대에게 패한 것은 천운인 것이다. 살아 있는 한 나는 그대를 쓰러뜨릴 날을 바라고 그것을 신념으로 삼을 것이다. 그대는 어서 빨리 나를 죽여야만 한다. 다만 친구로서의 정을 생각한다면, 내 몸에서 피를 흘리지 않게 죽이고, 주검을 높은 언덕에 묻어라."

"좋다. 자무카여, 내가 살려주려는데도 그대가 받아들이지 않는다면 그대를 죽이겠다."

테무친은 짧게 말하고 곧 곁에 있는 사람에게,

"자무카를 피를 흘리지 않게 죽이고[8], 예를 갖추어서 후하게 장사를 지내도록 하라."

테무친은 이내 자리를 떠났다. 테무친은 그날 하루 꼬박 자기 방에 들어가서 나오지 않았다.

수부타이는 반 년 만에 완전히 사명을 수행하고, 햇볕에 그을린 얼굴로 테무친 앞에 나타났다. 그는 적장의 자손은 갓난아이에 이르기까지 모조리 베어 버렸다고 했다. 나이만 부족으로부터 약탈한 물건은 모두 진귀한 것이었다. 보석·융단·의류·무기 등은 테무친의 진영에 몇 개의 커다란 산을 만들었다.

테무친은 쿠란에게 원하는 보석이 있으면 맘껏 가지라고 했으나

---

8) 피를 흘리지 않고 죽이고 : 고대 몽골의 신앙에 따라서 고귀한 사람에게는 피를 흘리지 않고 사죄(死罪)를 행하는 습관이 있었다.

쿠란은 테무친의 얼굴을 쳐다보면서,

"아름다운 물건, 귀한 물건, 값진 물건은 알타이 너머의 막사에서 집을 지키고 있는 보루테에게 보내야만 합니다. 나는 한 개의 돌, 한 장의 천조각도 필요 없습니다. 내가 바라는 것은 오직 하나, 언제 어떤 곳으로 출전하더라도 나를 곁에서 떼놓지 않는 것입니다."

하고 말했다.

테무친은 쿠란의 말을 받아들였다. 다른 나라의 직물·융단·보석·가구류는 모두 말에 실어서 특별 부대가 호위하게 하여 부루칸 산기슭의 막사를 향해 알타이를 넘어갔다.

작은 나라에서
태어났다고 말하지 말라.

그림자 말고는
친구가 없고,
병사로만 10만,
백성은 어린애 노인까지
합쳐서 2백만 명도 되질 않았다.

成吉思汗

고원의 정복자

이듬해, 1206년 봄이 돼서야 테무친은 나이만 공격을 끝내고 자기 부락으로 귀환하였다. 테무친은 나이만 공격을 끝으로 몽고고원 일대에 흩어져 있는 모든 부족을 다 평정하게 되었다. 테무친은 이제 몽고고원의 유일한 권력자이며 왕이었다.

테무친은 나이만 정벌 후 곧 오논 강 상류의 막사 주위에 아홉 가닥의 하얀 꼬리를 단 대기(大旗)[1]를 세웠다. 테무친은 이제 자신이 전 몽골의 칸임을 몽고 전역에 흩어져 있는 모든 부족에게 선언할 필요가 있다고 생각했다. 그 의식은 반드시 성대하고도 엄숙하게 거행되어야만 했다.

의식이 행해질 한 달 전부터 그 준비로 인하여 일대는 흥청거림과 혼잡함으로 술렁거렸다. 각 부족으로부터 의식에 쓰일 식량이나 물자는 매일같이 날라져 왔고, 각 부족에서 착출한 많은 부역자는 부락

---

1) 아홉 가닥의 하얀 꼬리를 단 대기 : 몽골인에게 있어, '9'는 신성한 수이며, '흰색'은 길함을 나타낸다. 이 깃발에는 그들의 수호신 수루데의 영이 깃들어 있다고 함.

에서부터 넓은 광장에 이르기까지 관람석을 만드는 작업에 열중했다. 여자들도 며칠 전부터 그날에 쓸 음식을 만들고 있었다.

수십 개의 큰 가마솥이 줄지어 놓였고, 그 곁에 양고기를 굽는 받침대도 함께 세워졌다. 또 마유주의 항아리도 어디에 이 많은 물량이 있었던가 싶을 만큼 거대한 천막 아래로 줄지어 놓여 있었다. 부락은 의식을 여러 날 앞두고 있는데도 벌써부터 마유주의 냄새와 양의 기름을 삶은 냄새로 진동했다.

테무친의 막사는 하늘에 닿을 만큼 높다랗게 새로 지어졌고, 그 천창은 밑에서 올려다보면 아주 멀리 조그맣게 보였다. 드디어 의식의 날은 왔다. 큰 막사 앞의 광장에는 각 부족에서 이 성대한 의식에 참석하도록 허락받은 사람들이 수천 명씩 몰려왔고, 식장 주의를 몇 겹으로 둘러싼 관람석에도 역시 성대한 의식을 보려고 고원의 도처에서 모여든 수만 명의 군중에 의해 메워졌다.

테무친의 커다란 막사 앞에는 다리가 아홉 개 달린 커다란 둑(纛)이 오월의 하늘 아래 하얀 빛으로 유유히 나부끼고 있었다.

테무친은 정각에 식장에 나가 자리에 앉았다. 테무친의 오른쪽에는 어머니 허얼룬과 아내 보루테가 주치·차가타이·오고타이·툴루이 등 네 아이들과 나란히 앉았고, 그 뒤로는 많은 첩들이 줄지어 앉았다. 첩들 중에 쿠란은 앞줄에 자리가 지정되어 있었지만, 에수겐과 에수이 등은 뒷줄에 앉아 있었다.

허얼룬이 길렀던 다른 부족의 고아인 쿠토쿠·보로쿨·쿠추·케쿠추 등의 소년들은 모두 늠름하게 성장한 모습으로 그들 역시 뒷줄에 앉아 있었다.

테무친의 왼쪽에는 카살·베르구타이·카치군·테무게·테무룬 등 동생들이 나란히 앉았고, 다시 그 옆쪽으로 볼추와 제루메 등의 중신과 친베·치라운·제베·무카리·수부타이·쿠빌라이 등 장수들, 그리고 문리크·소루칸 시라 등의 노인들이 앉아 있었다.

각 부족의 우두머리들이 개최한 대회는 엄숙하게 진행되었고, 이윽고 각 부족의 장로들은 테무친을 전(全) 몽고의 왕으로 추대하기로 결의하였다. 대회의의 장로들에 의해 일제히 귀에 익은 이름이 불리어졌다.

"징기츠칸, 징기츠칸, 징기츠칸."

그것은 몽골의 칸(주권자)으로서 바뀐 테무친의 새로운 이름이었다. 그 이름은 성대한 대군이라는 의미를 지니고 있었다.

이젠 전 몽고의 모든 부락은 몽골의 이름 아래로 통일이 된 것이었다. 징기츠칸이 일어서자 환호성은 식장에서도, 식장을 둘러싼 군중으로부터도 일어났다.

"징기츠칸! ─징기츠칸!"

사람들은 있는 힘을 다 해 징기츠칸의 이름을 외쳤다.

징기츠칸은 그에 대한 응답으로 손을 들어올렸다.

징기츠칸의 나이 이때 44세였다. 머리는 이미 반백이었고, 코밑수염과 턱수염만이 검을 뿐이었다. 징기츠칸의 비만한 몸은 젊은 시절과는 달리 행동이 느렸지만, 지금은 어느 때보다도 의욕적으로 보였다. 몽골은 이제 비로소 하나의 국가로서 그 체제를 갖추게 되었다.

이제 몽골의 오랜 원수인 금나라와 싸울 수 있을 정도의 체제를 갖추었으므로 금나라의 정벌이 아주 불가능한 것만은 아니었다.

테무친은 군중의 환호성 속에 서 있는 자신을 느끼자 새삼 감회가 새로웠다. 알타이 산맥의 너머에서 홍안령 산맥에 이르는 지역은 결코 좁은 것이 아니었다. 북쪽은 바이칼 호수 부근에서부터 남쪽은 고비사막을 넘어 만리장성에 이르고 있다. 그리고 이 광대한 몽고고원에는 2백만 명에 가까운 유목민이 살고 있고, 그 모든 부락의 대표자가 지금 여기 모여서 자기를 '가칸(可汗 : 대왕)'이라 부르고 있는 것이다.

징기츠칸은 지금 자신이 금나라를 공격하리라 결심한다면 전 유목민을 소집해서 만리장성을 넘을 수 있을 것이라 생각되었다. 징기츠칸은 머지않아 그것을 결행하리라 다짐했다. 자기가 푸른 이리의 후예라면 반드시 금나라를 공격하지 않으면 안 되었다.

하늘은 높고 푸르고 맑았으며, 햇살은 징기츠칸이 군중의 환호에 답하여 일어섰던 무렵부터 점차 강렬해지기 시작했다. 징기츠칸은 여전히 함성이 울려퍼지고 있는 집단을 향해 마침내 가칸으로서 첫 연설을 시작하였다. 그는 병사들의 함성을 진정시키기 위하여 세차게 손을 흔들었다. 그러나 그가 손을 흔들면 흔들수록 군중은 더욱 열광했다.

"하늘의 명으로 태어난 푸른 이리와 서방의 큰 호수를 건너 온 뽀얀 빛깔의 암사슴이 있었다. 그 두 마리 사이에서 태어난 것이 몽골의 조상 바타치칸이다. 몽골은 푸른 이리의 후예이다. 그 푸른 이리를 중심으로 하여 몽고고원의 21부족 백성들은 오늘 여기서 하나의 힘으로 모인 것이다.

　나는 지금 가칸의 지위에 올랐다. 이리의 무리는 흥안령을 넘고, 알타이를 넘으며, 텬산(天山)을 넘고, 기련산(祁連山) 산맥을 넘지 않으면 안 된다. 몽고고원의 모든 부락을 보다 아름답고 훌륭하게 하기 위해 우리들은 그것을 하지 않으면 안 된다.

　우리들이 꿈에도 보지 못한 풍족한 생활·향락·노동을 우리들의 것으로 하지 않으면 안 된다. 우리들은 움직이지 않는 집에서 살며, 양떼와 함께 이동하지 않아도 양을 기를 수 있게 될 것이다. 그대들의 새로운 가칸은 그것을 수행하기 위한 모든 명령을 그대들에게 내릴 수 있는 권한을 허용받았다. 나를 믿으라. 내가 명령하는 바를 수행하라. 용감하고 맹렬한 새로운 몽골의 이리들이여."

　징기츠칸은 말을 끝맺고 연회를 개최하도록 명령했다. 음식과 술은 식장뿐 아니라 군중이 몰려 있는 관람석에까지 날라졌다. 잔치는 며칠 동안 계속되었다. 낮에는 매일같이 21부족들이 독특한 고유의 무예를 선보였으며, 전혀 다른 가락과 언어의 노래가 불리고 춤이 추어졌다. 밤이면 밤마다 붉은 달이 떴다. 징기츠칸의 막사 앞 광장에는 수많은 화톳불이 타올랐다. 축하 잔치는 조금도 사그라지지 않고 이어져서 사람들은 흥에 겨워 춤추고 노래를 불렀다. 계급의 구분 없이 즐거운 한마당이었다.

　연회의 사흘째의 밤, 징기츠칸은 가난한 옷차림의 노파들이 이상한 손놀림으로 춤추고 있는 것을 보았다. 노파들은 양떼를 모는 노래를 부르며 양떼를 쫓는 춤을 추고 있었는데, 그것을 수십 차례나 싫증도 내지 않고 되풀이하고 있었다. 그때 문득 징기츠칸은 격렬한 흥분이 이는 것을 느꼈다. 그녀들은 뽀얀 빛깔의 암사슴과는 전혀 닮지 않은 추하고 가난한 사람이었다. 징기츠칸은 그녀들에게 보다 아름다운 옷을 입게 하고, 보다 많은 노래와 춤을 익히도록 해야 되겠다고 생각하였다.

징기츠칸도 막사 속에서 잔치의 흥겨움에 들뜨긴 했지만, 그 동안에 그가 절실히 느낀 것은, 몽골의 사내들은 이리처럼 보다 강하게 훈련되지 않으면 안 되겠다는 것과, 여자들은 암사슴처럼 보다 아름다운 옷으로 꾸며지지 않으면 안 되겠다는 것이었다.

며칠 동안 이어졌던 잔치의 마지막 날, 징기츠칸은 잔치가 벌어지고 있는 동안 내내 생각하고 있었던 공적에 따라 부하들의 직위를 임명, 발표하기로 했다. 그날, 징기츠칸은 먼저 오랫동안 그와 행동을 같이 해 온 부하 볼추·문리크·무카리·제루메·소루칸 시라 등 95명을 막사 천 채의 우두머리로 내정하기로 마음먹고 있었다. 만호(萬戶)의 장은 이들 95명 중에서 다시 뽑을 터였다.

부하 각자의 직위를 결정한 징기츠칸은 시종을 보내 대상자를 차례로 자기의 막사로 불렀다. 맨 처음으로 불린 것은 볼추와 무카리였다. 테무친은 볼추의 손을 잡고,

"친구여, 나는 그대에게 여지껏 아무런 사례도 하지 않았다. 나를 위해 모든 것을 희생하면서 일해 주었던 가장 오랜 친구여."

징기츠칸은 도둑맞은 말 여덟 마리를 되찾기 위해 볼추의 도움을 받았던 그 옛날이 그립게 떠올랐다.

"친구여, 그대의 아버지 나쿠 바얀은 부유했었다. 그대는 그 부유한 집안의 후계자 자리를 버리고, 나와 함께 지금까지 고난의 길을 같이 걸었다. 볼추여, 이제 그대는 알타이 산 일대 만 채의 막사를 지배하라."

볼추로서는 너무도 놀랄 만큼 대단한 선물이었다. 그리고 징기츠칸은 이어서,

"무카리여, 그대는 흥안령 부근 일대 만 채의 막사를 지배하라."

하고 말했다.

두 장수는 자신에게 주어진 파격적인 상에 대하여 무표정으로 침묵하고 있었다. 징기츠칸이 자기 친척인 샤차 베키와 타이추를 공격했을 때 군구아라는 자가 두 소년을 데리고 징기츠칸에게 항복했는데, 그때의 한 소년이 무카리였다. 무카리는 나이만 토벌에서 대단한 전공을 세웠지만, 그보다는 젊은 나이에 어울리지 않는 성실한 인품으로 모든 부하들로부터 신뢰를 받고 있었다.

징기츠칸은 이 청년 장수를 뽑았다. 징기츠칸이 내린 상이 볼추의 경우는 과거의 공적에 대한 보상이었으나, 무카리의 경우는 그 미래에 거는 기대가 포함되어 있었다. 징기츠칸은 금나라 정벌시 지휘를 이 청년 장수에게 맡기고 싶었다.

"앞으로 그대는 백만의 이리떼를 이끌고 만리장성을 넘지 않으면 안 될 것이다."

징기츠칸은 말했다. 무카리는 여전히 무표정인 채 말없이 고개만 숙일 뿐이었다.

세 번째로 불린 사람은 고루치 노인이었다. 일찍이 테무친에게 장래 전 몽고의 칸이 될 것이라 예언했던 고루치는 전투도 참가하지 않고 사역으로부터도 해방되어 하릴없이 10년을 보냈다. 가칸의 의식이 있던 날도 고루치는 자기의 좌석을 배정받지 못하고, 자기의 막사 앞에 의자를 내놓고 매일같이 축하 잔치의 흥청거림을 구경만 하고 있었다.

고루치는 근래 눈에 띄게 불편해진 다리를 끌고 징기츠칸의 앞으로 비실비실 다가왔다.

"예언자 고루치여."

징기츠칸은 무한한 애정을 담아 말했다. 징기츠칸은 자기가 자무카의 진영에서 떨어져 나와 있었던 가장 괴로웠던 시기, 이 노인이 석양에 빨갛게 얼굴을 태우면서 자기 앞에 섰던 그때의 일을 뚜렷이 기억하고 있었다. 그때 이 노인의 입에서 나왔던 예언이 지금 실현된 것이다. 그때 고루치의 예언이 얼마나 강하게 자신에게 작용했던가를 징기츠칸은 잘 알고 있었다.

"그대는 그때, 만약 내가 전 몽고의 칸이 된다면 30명의 미녀를 달라고 했었다. 나는 그 약속을 이제 이행하겠다. 뛰어난 호색의 예언자여. 30명의 아름다운 여자를 맘대로 골라 가져라."

고루치는 당시보다 한층 깊게 주름이 새겨진 얼굴의 근육을 느슨히 움직이면서,

"고루치는 이미 늙었소. 그러나 30명의 아름다운 여자로 젊음을 되찾을 것이오."

라고 말하고는 조용히 웃음을 보였다. 테무친은,

"30명의 여자 이외에, 그대는 이루티시 강 유역에 사는 숲 속의 백성 아다루킨의 치노수·토고레수·테랑그토를 통합하여 만 채의 막사를 지배하라."

고루치는 징기츠칸 앞에서 천천히 무릎을 꺾듯이 하여 땅바닥에 앉았다. 돌연 자신의 여윈 어깨 위에 올라앉은 만 채의 무게가 고루치를 그 자리에 세워두지 않았다. 고루치는 두 사람의 도움으로 군중을 뚫고 자신의 조그만 막사로 옮겨졌다.

징기츠칸은 고루치가 떠난 뒤, 그의 권한을 더욱 확고하게 해 주었다.

"숲 속의 백성은 고루치의 허가 없이 동쪽으로 이동해서는 안 된다. 무슨 일이든 고루치에게 의논하고 그의 명을 받들어라."

징기츠칸의 입에서 말이 나올 때마다 식장을 메우고 있는 군중은 웅성거렸다. 징기츠칸의 말은 몇 사람에 의해서 차례로 전해져 갔으며, 거기에 따라서 환호성이 모든 회장으로 전파되었다. 이어서 용사로 이름난 쿠빌라이가 테무친의 앞으로 나아갔다. 쿠빌라이는 제루메·제베·수부타이 등과 견줄 만한 대담한 젊은 장수로, 싸워서 진 적이 없었다.

"쿠빌라이여, 그대는 군사 업무를 보는 관리의 우두머리가 돼라."

징기츠칸은 말했다. 쿠빌라이는 자기 포상에 대해 결코 불만은 없었으나 그가 원하는 바는 아니었다. 쿠빌라이는 지위는 낮더라도 보다 활기 있게 직접 전투에 참여할 수 있는 위치에 오르고 싶었다. 그러나 쿠빌라이는 자신의 지위가 백만 대군을 다른 나라로 파병할 수 있는 엄청나게 큰 권한을 갖는다는 것을 미처 깨닫지 못했다.

"전투! 전투!"

서른 살을 갓 넘은 몽골의 이리는 다소 불만스러운 듯 입으로 중얼거리며 물러났다.

제루메가 앞으로 나왔다. 옛날 풀무를 어깨에 메고 그의 아버지와 함께 부루칸 산에서 내려왔던 소년은 이제 50고개를 바라보고 있었다. 그는 징기츠칸에게 있어 볼추에 버금가는 제2의 오른팔이었다.

"친구여, 그대의 공적에 대해 모두 말하자면 몇날 며칠이 걸릴 것이다. 그대의 아버지는 내가 태어났을 때 담비의 포대기를 주었다. 거기에 대해 지금 보답하고 싶다. 몽골의 백성 중에서 제루메만은 아홉 번 죄를 범하여도 처벌되지 않을 것이다."

그러나 징기츠칸은 이 친구에게 어떤 지위를 줘야 될지 아직 결정하지 못하였다. 아무리 큰 영토를 준다 해도, 아무리 큰 권한을 준다 해도 제루메에게는 너무도 부족할 듯싶었다.

"제루메여! 그대가 오를 지위와 권한에 대하여는 천천히 둘이서 생각해 보자."

징기츠칸은 이렇게 말했지만, 제루메는 별로 관심이 없었다. 한가할 때 포상을 베풀어달라고 말하고 싶었다. 그는 전투도 무척 잘 했지만 누구의 눈에도 잘 띄지 않는 자질구레한 일들을 처리하는 솜씨가 뛰어났다. 제루메는 이 날도 이른 아침부터 각 부족으로부터 빌려왔던 여러 용품을 어떻게 하면 틀림없이 되돌려 줄 수 있을 것인가에 대해 골머리를 앓고 있었다. 그리고 각 부족으로부터 온 선물에 대해서도 각각 적당히 보답하지 않으면 안 되었지만, 거기에 대해 신경 쓰는 사람이 없어서 걱정하고 있었다.

"제루메여!"

징기츠칸이 말하자,

"불조심, 불조심!"

제루메는 소리치며 일어섰다. 이때 그는 실제로 취사 담당에게 불단속을 시키지 않았음을 문득 떠올렸다.

그 다음으로 70세의 노인 소루칸 시라가 들어왔다. 일찍이 테무친이 타이추토의 우두머리 타르쿠타이에게 붙잡혔을 때, 테무친은 이 노인에게 구조되어 하룻밤을 새운 적이 있었다. 그때 소루칸 시라는 반나체로 마유주를 휘젓고 있었다. 그때의 마유주 냄새는 지금 며칠 동안 계속된 술잔치로 식장의 구석구석에 깔려 있는 마유주 냄새와는 전혀 다른 것이었다. 징기츠칸은 소루칸 시라 집에서의 그 냄새를 떠올리며, '끙끙' 하고 코로 냄새를 맡은 뒤 말했다.

"소루칸 시라여. 친베와 치라운의 아버지여. 그대는 나에게 어떤 포상을 바라는가?"

그러자 노인은,

"함부로 말해도 괜찮다면 나는 메르키트의 땅 세린게에 머물러 세금을 바치지 않고 자유로이 양을 키우고 싶소이다. 가칸이여, 그리고 상을 더 주신다면, 그것은 당신이 생각해서 주십시오. 무엇이든 사양치 않겠소이다."

"좋다. 노인이여, 그대는 메르키트의 세린게에 가서 마음껏 가져

라. 세금과 부역을 면제하니 자유로이 양을 키워라. 아홉 번 죄를 짓는다 해도 그대는 제루메와 마찬가지로 처벌되지 않을 것이다."

그러나 그것만으론 부족한 듯 느껴졌다. 그 옛날 자신을 구해 주었던 기억을 떠올렸기 때문이다.

"소루칸 시라가 적과 싸워서 재물을 얻는다면 그것 모두를 자신의 것으로 해도 좋다."

"가칸이여!"

소루칸 시라는 말했다.

"다시 전투에 참여할 수 있을 때까지 살고 싶소이다."

"다시 그대에게 특권을 더 하겠노라. 사냥 때, 그대가 잡은 짐승은 모두 그대의 것으로 하라."

그렇지만 아직도 징기츠칸은 소루칸 시라에 대해 부족한 느낌이 들었다.

"소루칸 시라여, 그대는 남은 생을 화살통을 두르고 밤마다 연회를 베풀며 지내라. 그리고 나의 벗, 소루칸 시라여……."

소루칸 시라는 징기츠칸의 말을 막으며,

"가칸이여, 이제 충분하오이다. 이 이상 무엇을 바라겠나이까. 내게 한 가지 소원이 있다면 그것은 가칸의 군사들이 만리장성을 넘어서 금나라로 들어가는 일입니다."

소루칸 시라는 아무것도 더 이상 바라지 않는다는 듯이 양손을 휘저으며 서둘러 물러갔다. 징기츠칸은 소루칸 시라의 말을 듣자, 금나라 공격 부대의 우두머리가 될 무카리를 떠올리며, 그에게 내린 만

호의 장은 그의 역할에 비해 턱없이 적은 듯 느껴졌다. 징기츠칸은 다시 한 번 무카리를 불러들이고,

"나는 그대에게 국왕의 호칭을 수여하노라. 이제부터 무카리를 무카리 국왕이라 불러라."

하고 말했다. 무카리는 포상에 다소 안색이 변했지만, 그는 신중하게 그 포상들이 자신에게 어울리는지 잘 생각한 뒤에, 칭호를 받을 것인지를 대답하겠다고 말했다.

이와 같이 해서 친베에게도, 치라운에게도, 제베에게도, 그 밖에 공이 있는 장수들에게도 징기츠칸은 제각기 격에 맞추어 포상을 내렸다. 제베와 수부타이의 두 용맹한 몽골의 이리는 막사 천 채의 우두머리가 되었다. 이 포상의 발표는 계속 이어져서 언제 끝날지도 몰랐다. 그러나 징기츠칸은 이 날 자기의 육친에 대해서는 아무것도 발표하지 않았다. 자기의 아우들, 자식들, 그리고 첩들에게는 다른 날에 각각 역할과 권한을 줄 생각이었다.

연회는 이 날로 끝이 났지만, 다음날부터는 매일같이 전 군사들에게 새로이 부서의 발표가 행해졌다. 임명장은 모든 장수들이 줄지어 있는 곳에서 엄숙하게 수여되었으며, 징기츠칸은 그 직책과 업무 수행에 대해서도 설명하였다. 그것은 놀랍게도 극히 상세한 내용이었다.

최초의 발표는 징기츠칸 자신의 막사에 속한 근위대부터 시작되었다. 이 부대의 병사는 원칙적으로 막사 만 채의 우두머리와 천 채, 그리고 백 채 우두머리의 아들부터 입대케 하고, 별도로 그 밖에 일반인의 아들이라도 용모나 능력이 뛰어난 사람은 들어올 수 있도록 하

였다.

"천호장의 자제는 10명의 부하와 1명의 동생을 데려오지 않으면 안 된다. 백호장의 자제는 5명의 부하와 1명의 아우를, 십호장의 자제는 3명의 부하와 1명의 아우를 데려오지 않으면 안 된다. 각 부하들은 유서 있는 집안에서 선발된 자가 아니면 안 된다."

징기츠칸은 맨 먼저 자신과 직결되는 자기 막사의 근위대를 조직하고 그 일에 착수했다. 그 근위대는 호위병과 사수 둘로 나누어졌는데, 이들 호위병과 사수의 우두머리에는 무명의 젊은이가 임명되었다. 두 젊은이는 둘 다 여태껏 징기츠칸의 부대에서 한 번도 표면에 그 이름을 드러낸 적이 없었던 사람들이었다. 징기츠칸은 전투시나 평상시에도 이 젊은이들의 행동을 자세히 지켜보고 있었다. 그리고 근위대 1만 명을 10으로 나누어서 각각 1천 명의 호위병 우두머리를 대부분 공신의 자제를 임명했다.

징기츠칸은 호위병과 사수의 숙직시 임무에 대해서도 말했다.

"해가 진 후, 막사 주변을 지나가는 사람이 있으면 이를 체포하여 다음날 심문하라. 보초는 당직의 교대시 통행증을 넘겨주지 않으면 안 된다."

"보초는 막사의 주위에서 자고 한밤중에 막사에 들어오는 사람이 있으면 처단하라."

"누구도 보초보다 윗자리에 앉아서는 안 된다. 누구도 보초의 인원수를 물어서는 안 된다. 어느 누구라도 만약 보초 사이를 지나가면 이를 잡아서 포박하라."

"보초는 막사를 떠나서는 안 된다."

보초의 내부 사건은 모두 시기 쿠토쿠와 상의해서 재판하라."

시기 쿠토쿠는 징기츠칸의 어머니 허얼룬이 길러낸 타타르 부족의 고아였다. 시기 쿠토쿠는 자신이 지닌 기묘한 운명으로 하여 어떠한 일에도 마음의 동요가 없는 냉정한 청년으로 자라나 있었다. 징기츠칸은 별로 사람들에게 호감을 받지 못하고 언제나 창백한 얼굴을 하고 있는 타타르의 고아를 그에게 가장 어울리는 부서에 앉혔다. 징기츠칸은 근위대의 조직과 그 임무에 관한 발표에 많은 시간을 할애했다.

그것을 듣고 있던 장수들의 눈에 비친 징기츠칸은 연회 때에 무조건 사람들에게 무엇이든 주고 싶어했던 그 모습과는 전혀 다른 사람 같이 보였다. 그의 얼굴 표정·말소리·눈빛, 모든 것이 닮으려야 닮을 수 없는 전혀 다른 사람으로 보였다. 극히 일부의 장수들을 제외하고는 누구도 징기츠칸이 언제 어느 때에 이 같은 것을 생각했는지 전혀 짐작조차 하지 못했다. 매일같이 새로운 국가 몽골의 정치에 관한 조직이 징기츠칸에 의해 발표되었다. 징기츠칸을 비롯한 높은 직위에 있는 장수들까지도 강렬한 여름의 뙤약볕에 오랫동안 서 있었으므로 그 얼굴은 새까맣게 탔다.

어느 날, 쿠란은 자신의 막사에 온 징기츠칸에게 말했다.

"가칸이여. 하루라도 빨리 당신과 피를 나눈 일족들에게도 상을 베풀어 주십시오. 사람들은 설사 한 개의 돌이라도 그것을 받기까지는 자기의 것이라 여기지 않는 법입니다."

징기츠칸은 웃으며 대답했다.

"그대가 염려하지 않아도 곧 상을 나누어 줄 것이다. 몇몇 첩들에게도 갖고 싶은 것을 갖게 할 것이다. 쿠란은 무엇을 원하는가?"

그러자 쿠란은,

"나는 아무것도 필요하지 않습니다."

하고 대답했다.

"지금 가칸의 마음에는 위구르와 금, 그 밖의 여러 나라들이 있을 것입니다. 나는 가칸과 더불어 똑같이 그 커다란 공을 갖고 싶습니다. 가칸은 언제 알타이를 넘을 것입니까?"

징기츠칸은 잠자코 쿠란의 얼굴을 들여다보았다. 뽀얀 빛깔의 암사슴이 아름다운 모습을 보이며 지금 자신의 곁에 있었다.

몽골을 건국하자마자 이내 징기츠칸에게 귀찮은 문제가 생겼다. 그것은 문리크와 그의 자식들 때문이었다. 문리크는 징기츠칸보다 나이가 많아서 이미 60세의 노인이었다.

징기츠칸은 문리크 부자를 등용하였다. 문리크에게는 최고 장로회의에 참석할 수 있는 지위를 주었고, 자식들도 각각 중요한 지위에 올라 있었다. 징기츠칸이 그들을 등용한 이유는 전적으로 문리크의 아버지 차라카에 대한 은혜 때문이었다. 징기츠칸은 30년 전 아버지 예수게이가 사망한 직후, 자기의 일가가 비참한 생활에 빠지고, 모든 부락민이 자기들로부터 떠나갔을 때, 오직 한 사람인, 자기들을 위해 죽어 주었던 차라카를 결코 잊을 수가 없었다.

소년 테무친은 차라카의 죽음에 즈음해서, 이 노인의 유례없는 충성에 격렬하게 마음이 흔들렸었고, 그때의 감동은 그후 근 30년이 지난 오늘에까지 그의 가슴에 살아 있었다. 징기츠칸은 차라카에게 보답하기 위해 그의 자식 문리크와 일곱 명의 손자들을 등용했던 것이었다.

징기츠칸은 문리크를 신용하지 않았다. 차라카와는 달리 그는 자기네 일가를 버리고 갔던 사람이고, 징기츠칸이 기반을 잡자 뻔뻔스럽게 자식들을 데리고 돌아왔던 사내였다. 그러나 징기츠칸은 문리크 부자에 관한 한 그것을 불문에 붙여두고 있었다. 문리크 부자의 일을 생각할 때, 징기츠칸은 언제나 충성한 차라카를 그들과 바꾸어 생각해서 그들에게 관용을 베풀 것을 스스로에게 일러왔다.

징기츠칸이 가장 참기 어려운 것은 문리크가 어머니 허얼룬과 정을 통하고 있다는 사실이었다. 문리크와 허얼룬의 그런 관계가 언제부터인지는 모르지만 문리크가 징기츠칸의 진영으로 돌아왔던 것은 13년 전의 일인데, 아마도 돌아와서 이내 그 같은 관계가 생겼던 것으로 생각되었다.

현재 허얼룬은 60대 중반에 이르고 있지만, 13년 전이라면 오십 세를 지났을 뿐이며, 오랜 세월 혼자서 다섯 아이들을 키우는 것에만 온 신경을 기울였던 그녀가 한 여성으로서의 삶을 자신의 말년에 가지려 했던 것은 충분히 상상할 수 있는 일이기도 하며, 또 그것은 충분히 그럴 수 있는 일이라고 생각되었다.

그러나 징기츠칸은 어머니 허얼룬의 막사에서 문리크의 모습을 본다는 것이 정말 불쾌했다. 어머니는 용서할 수 있었으나 문리크는 용서할 수 없었다. 이 같은 일로 해서 징기츠칸은 요사이 몇 년 동안 허얼룬의 막사를 찾지 않았다.

징기츠칸이 이러한 태도를 취하고 있었으므로 허얼룬과 문리크의 관계는 거의 공인된 것과 다름없었다. 문리크는 그것을 기회로 일부에 은연중 세력을 뻗치고 있었다. 그리고 문리크뿐 아니라 문리크의 일곱 자식들도 아버지의 위세를 등에 업고 눈에 벗어나는 행위를 예사로 하고 있었는데, 특히 심한 것은 장남인 샤먼교의 승려 테프 텐구리[2]였다. 테무친을 위하여 징기츠칸이라는 이름을 선택한 것도 이 점쟁이였으므로 테프 텐구리는 점점 더 거만한 인물이 되어 갔다.

징기츠칸은 그를 신의 대변자라는 이유로 모든 회의에 자유로이 참석시키고 있었지만, 벗겨진 머리와 솔개와 같은 날카로운 눈, 검은 살갗을 가진 중년의 이 점쟁이는 아버지 문리크의 기묘한 입장과 제사와 정치를 좌우할 수 있는 신의 대변자라는 자기의 특권을 이용하여 다른 사람들을 업신여기고, 자기 일족의 세력을 넓히는 일에만 고심하고 있었다.

징기츠칸은 문리크를 신용하지 않는 것처럼 그의 아들 테프 텐구리도 신용하지 않았다. 그러나 테프 텐구리의 예언은 이상하게 잘 맞았으므로 그를 싫어하면서도 그가 대변하는 신의 계시를 함부로 물리치기 어려웠다.

징기츠칸이 가칸의 지위에 올랐던 해의 늦여름, 한 사건이 일어났

---

2) 샤먼교의 승려 테프 텐구리 : 샤먼교는 무술(巫術)에 의한 미개 종교의 하나로, 북아시아·우랄·알타이 일대에 널리 퍼져 있으며, 이 징기츠칸이 테프 텐구리를 죽인 사건은 단순히 개인적인 것이 아니고, 교권을 정권 아래로 끌어내린 획기적인 사건이었다.

다. 테프 텐구리가 별안간 징기츠칸의 앞에 나타나서 사람을 물리기를 간청하고,

"신의 말씀을 전하옵니다."

하고 전제한 뒤, '동생 카살이 징기츠칸을 대신하여 왕위에 오르고자 한다'고 자못 심각하게 말했다. 징기츠칸은 그 따위 말을 믿을 수 없었지만 그냥 흘려보낼 수는 없었다. 그는 이 섬뜩한 점쟁이에게,

"설사 신의 말일지라도 반드시 그만한 이유가 있을 것이다. 어떤 근거로 그와 같은 말을 했는지 답하라."

하고 엄하게 다그쳤다. 그러자 테프 텐구리는 섬뜩한 웃음을 띠며 말했다.

"신은 가칸에게 카살의 막사로 가라고 말씀하고 계십니다. 가칸은 거기서 무서운 광경을 볼 것입니다."

그 말을 듣자 징기츠칸은 곧바로 시종을 데리고 막사를 나와 두어 마장 가량 떨어져 있는 카살의 막사로 향했다. 저녁 어스름이 사방을 감싸는 시각이었다. 마침 카살의 막사에서는 뭔가 좋은 일이 있었던 듯 대낮부터 열렸던 연회가 막 끝나고 있었다.

징기츠칸은 막사 앞 광장의 한 귀퉁이에 섰다. 광장을 메우고 있던 사람들은 떠들썩하게 자리에서 일어나고 있었으며, 막사에서도 술에 취한 많은 사람들이 쏟아져 나왔다. 그때 징기츠칸은 사람들 사이에 끼어서 쿠란이 시녀들과 같이 막사에서 나오는 것을 보았다.

쿠란이 카살의 연회에 초대되는 것은 이상할 것이 없지만, 다음 순간 쿠란을 뒤쫓듯이 막사의 입구에 모습을 드러낸 카살이 쿠란의 손

을 잡으려고 했다. 카살은 분명히 술에 취해 있었다. 쿠란은 두 번 정도 카살의 손을 뿌리치고, 시녀들에게 둘러싸인 채 광장의 사람들을 지나 징기츠칸이 서 있는 쪽과는 반대 방향으로 걸음을 옮겼다.

징기츠칸은 카살에게 격렬한 분노를 느꼈다. 테프 텐구리의 말대로 지금 자기는 놀랄 만한 광경을 본 것이다. 그의 말대로 카살은 자기에게 반역의 뜻을 품고 있음이 틀림없었다.

징기츠칸은 자기 막사로 돌아오자 즉시 병사를 보내 카살을 포박케 했다. 그리고 반 시간 후 카살의 막사로 갔다. 카살은 침대 앞에 허리띠와 검을 빼앗기고 포박된 채 서 있었다. 징기츠칸은 카살을 노려본 채 입을 열지 못했다. 어릴 때부터 고난을 함께 해 왔으며 자신의 한 팔이었던 카살이 왜 자기를 배반하는 것일까. 징기츠칸은 카살을 추방할 것인지 죽인 것인지, 아니면 감옥으로 보내 버릴 것인지를 결정하지 못해서 침묵하고 있었다.

그때 징기츠칸은 입구의 휘장이 거칠게 걷히면서 어머니 허얼룬이 들어오는 것을 보았다. 허얼룬은 얼마 전부터 급속히 여위기 시작하여 그 걸음은 경련이라도 일듯이 위태위태한 지경이었다. 징기츠칸에게 있어 허얼룬의 출현은 전혀 예기치 못했던 일이었다. 누군가가 급히 알린 모양이었다.

허얼룬은 대뜸 카살에게 다가가 그를 묶고 있는 줄을 풀고 모자와 띠를 주고는, 분노를 억누르지 못해 그 자리에 털썩 주저앉았다. 그리고 징기츠칸을 쏘아보면서 말했다.

"징기츠칸이여, 너는 나에게 말라 쪼그라진 젖을 내보이도록 할 참이냐. 네가 먹고 카살이 빨았던 같은 두 개의 젖을 다시 내보이게 할 작정이냐. 너는 일찍이 동생 베쿠텔을 죽였다. 그리고 또 지금 카살을 죽이려 하고 있다. 옷을 물어뜯는 개처럼, 낭떠러지를 찌르는 그루터기처럼, 노여움을 억누르지 못한 사자처럼, 산 채로 동물을 삼키는 큰 뱀처럼, 자기의 그림자를 찌르는 매처럼, 소리 없이 삼키는 추카라처럼, 새끼 낙타를 뒷다리부터 물어뜯는 낙타처럼, 두구(頭口)를 해치는 호랑이처럼, 제 새끼를 먹어치우는 원앙처럼, 잠자리를 건드리면 덤벼드는 승냥이처럼, 잡을까 말까 망설이는 호랑이처럼, 함부로 찌르는 파루스처럼, 아아, 너는 오랜 세월 너의 오른팔이었던 카살을 죽이려 드느냐!"

징기츠칸은 일순 두세 발짝 뒤로 물러섰다. 그만큼 늙은 어머니 허얼룬의 화는 격렬했다. 어머니의 노여움은 일찍이 징기츠칸이 베쿠텔을 죽였을 때보다도 훨씬 격렬하여, 그녀의 입으로부터 신들린 듯 튀어나오는 말은 그때보다도 한층 살기를 띠고 있었다.

징기츠칸은 넋을 잃고 허얼룬의 얼굴을 지켜보고 있었다. 어머니의 얼굴이야말로 자기 앞에 서 있는 징기츠칸을 산 채로 삼키려는 큰 뱀과 같았다. 베쿠텔의 사건 때 그녀는 슬피 울었지만, 지금은 한 방울의 눈물도 내비치지 않았다.

징기츠칸은 다시 두세 발짝 물러서서,

"카살은 자유다. 카살은 앞으로도 영원히 나의 오른팔이 될 것이다."

그렇게 말하고, 그는 어머니와 아우에게서 몸을 돌려 막사를 나왔다. 징기츠칸은 밤하늘에 무수히 쏟아지는 별빛을 받으며 구제할 수 없는 기분으로 걸었다. 카살이 반역의 의사가 있고 없음을 떠나 그가 쿠란의 손을 잡으려 했던 것은 사실이며, 그 행위는 용서할 수 없는 것이었다. 그러나 징기츠칸은 용서해야만 했다. 갖은 고난을 참고 견뎌서 자기들을 길러 주었던 어머니 허얼룬을 위하여, 이 세상에 둘도 없는 오직 한 사람의 늙은 어머니를 위하여 징기츠칸은 카살을 용서했다.

지금 징기츠칸이 주체할 수 없는 착잡함은 그 일 때문만이 아니었다. 그것은 어머니 허얼룬의 눈이, 자식을 적으로부터 지키려고 하는 암컷의 눈 이외의 아무것도 아니었기 때문이었다. 징기츠칸은 이때 비로소 자기와 카살이 같은 어머니의 아들이지만, 그러면서도 카살과는 다른 뭔가가 그 사이에 존재하고 있음을 인정하지 않을 수 없었다.

카살은 정확하게 어머니 허얼룬과 아버지 예수게이의 사이에서 생긴 자식이지만, 자신은 허얼룬이 메르키트의 약탈자에 의해 납치되어 간 뒤 생긴 자식이었다. 그것은 틀림이 없었다. 어머니 허얼룬은 자신을 낳게 한 메르키트의 약탈자를 증오했듯이 자신을 증오하고 있는지도 모른다. 징기츠칸은 자신의 출생 비밀을 카살을 감싸려고 하는 허얼룬의 눈 속에서 확연히 보았다.

징기츠칸은 어머니를 위해서라도 카살을 처벌하지 않기로 했다. 카살을 벌하지 않은 이상, 카살을 반역자로 단정했던 테프 텐구리를 처형하지 않으면 안 되었다. 징기츠칸은 그날 밤, 어머니의 의견을 들어야 할지, 신을 택할 것인지를 생각하며 한숨도 자지 않고 하룻밤을 세웠다. 그리고 새벽이 가까워졌을 때, 징기츠칸은 어머니를 위하여 신의 대변자의 목을 칠 것을 결심했다.

이튿날 막사로 들어온 테프 텐구리를 보자 징기츠칸은 즉시 근위대의 병사로 하여금 그를 포박케 하고, 미리 명령해 두었던 3명의 장사에게 인도했다. 장사들은 테프 텐구리를 막사 밖으로 데려가서, 그리 멀지 않는 광장으로 끌고 가 순식간에 등뼈를 부러뜨렸고, 숨이 끊어지자 그를 잡초 속에 버렸다.

한 시간 후, 징기츠칸은 테프 텐구리의 시체를 보기 위해 현장으로 나갔다. 테프 텐구리의 아버지와 아우들이 제각기 많은 사람들을 데리고 와서 테프 텐구리의 시체를 가져가기 위해 모여 들었다.

문리크는 징기츠칸의 앞으로 나와,

"나는 몽골의 초창기부터 가칸의 벗이었는데, 가칸은 드디어 나의 큰아들을 죽여 버렸소."

하고 말했다. 그 말에는 허얼룬의 남편임을 의식한 거만한 자세였다.

징기츠칸은 목소리를 떨면서 소리쳤다.

"문리크여, 그대들 일족의 횡포로 인해 테프 텐구리는 신의 자비를 받지 못하고 이처럼 희생되는 최후를 맞이했다. 그대들도 역시 테프 텐구리의 주검과 나란히 눕고 싶은가?"

문리크 부자는 겁을 먹고 테프 텐구리의 주검을 그대로 둔 채 급히 돌아갔다. 징기츠칸은 이 경우에도 어머니 허얼룬을 위하여 문리크의 목숨을 살려 주었던 것이었다.

테프 텐구리의 시체는 샤먼의 승려에 어울리게 시해(尸解 : 시체를 분해함)해서 하늘에 올라 그 모습을 감추었다. 사람들은 그 불가사의함을 두려워했지만, 징기즈칸은 개의치 않았다. 자신은 어머니 허얼룬 때문에 죽이고 싶은 인물을 둘이나 살려 주었다. 테프 텐구리의 시체가 사라지는 정도의 변화는 당연한 일이라고 생각했다.

징기즈칸은 그후 카살에게 아무 일도 없었던 듯이 대했으며, 카살은 여전히 징기즈칸의 귀중한 오른팔이었다. 문리크의 경우도 마찬가지였다. 그는 여전히 허얼룬의 막사에서 살았고, 최고 장로회의에 참석할 권리 또한 변함이 없었다. 다만, 테프 텐구리의 죽음에 의해 문리크 일족의 세력은 대폭 줄어들었고, 포악한 행위는 자취를 감추게 되었다.

이듬해인 1207년, 징기즈칸은 변경지대에 아직도 복종하지 않는 부족이 있었으므로 봄부터 소탕 작업에 나섰다.

이때 맨 먼저 쿠빌라이로 하여금 카룰구토를 공격하게 했다. 쿠빌라이는 군의 업무를 맡아보는 장관이었지만, 특별히 징기즈칸에게 간청하여 군사들을 이끌고 출전했던 것이다. 카룰구토 부족의 우두머리는 대항하지 않고 항복하였고, 쿠빌라이와 같이 징기즈칸을 만났다. 징기즈칸은 반갑게 맞아들여 자기의 공주가 크면 그에게 주겠다고 약속했다. 첩인 에수이가 낳은 여자아이가 아직 세 살밖에 안되었으므로 그에게 지금 주기에는 너무 일렀다.

또 나이만 부족의 움직임이 심상치 않다는 보고가 들어오자, 그것을 평정하기 위해 초여름 제베가 출정했다. 제베는 반 년의 세월을 보내 이를 섬멸, 늦가을에 돌아왔다.

제베가 개선한 지 얼마 되지 않았을 무렵, 변경의 위구토 부족으로부터 사자가 와서 징기츠칸에게 복종할 것을 맹세했다. 위구토의 공물은 금·은·진주·견직물, 금으로 수놓은 비단 등 값비싼 물건이었다. 징기츠칸은 위구토의 우두머리에게 보답의 뜻으로 아루카루톤 공주를 주겠다고 약속했다. 이 아루가루톤은 에수겐이 낳았는데, 아직 어렸으므로 성장하기까지 기다려야 했다.

이듬해 1208년, 징기츠칸은 큰아들 주치를 총지휘관으로 하여 북쪽의 삼림지대로 출전시켰다. 이것은 건국 후 최초의 나라 밖 정벌이었다. 징기츠칸은 이제 국경을 접한 동남쪽의 금나라와 한판 싸움을 벌이기 위해서도, 서남쪽의 위구르의 정벌을 위해서도, 북쪽의 위협만은 제거해 두지 않으면 안 되었다. 바이칼 호 주변에 몇 개의 미개한 부락이 흩어져 있을 뿐 북쪽에는 강력한 세력이 없었다. 그리고 북방은 사람이 살 수 없는 추운 들판이어서 아직껏 몽골인의 발길이 닿지 않았던 소위 시비르(시베리아)의 땅이었다.

주치는 21세였다. 그는 어머니 보루테로부터 몽골족의 사명을 위해 자신의 몸을 기꺼이 바칠 수 있도록 엄하게 가르침을 받고 자라났던 젊은이였다. 시비르 땅으로의 출전이 소문 나기 시작했을 때 보루테는 징기츠칸에게 그 역할을 주치에게 맡겨 그의 첫 진출을 승리로 이끌게 해 줄 것을 간청했다.

"그 땅은 끝없이 멀 것이다. 바이칼 호를 넘어서 다시 어디까지 나아갈지 알 수 없다."

하고 징기츠칸은 말했다.

"주치의 다리는 영양(羚羊)의 다리보다 강할 것입니다."

보루테는 얼굴을 똑바로 들고 말했다.

"시비르 지방의 이번 작전은 사람과의 싸움이 아니라 자연과의 싸움이 될 것이다."

징기츠칸은 말했다.

"주치는 어렸을 때부터 바람과 눈을 벗삼아 자라왔습니다. 그는 따뜻한 막사 안에서 자라지 않았어요."

라고 보루테는 말했다.

"이번 작전은 백 명 중 구십 명은 돌아오지 못할 것이다."

징기츠칸이 말을 잇자 보루테는 매서운 눈으로,

"주치는 그 같은 가혹한 운명에 대항하기 위해 태어났던 것이 아닙니까?"

라고 말했다. 징기츠칸은 한동안 보루테의 얼굴을 지켜보고 있었으나 이윽고,

"좋다, 주치를 보내자."

그렇게 나직하게 말했다. 징기츠칸은 시비르 지방의 작전 지도자는 덕망과 위험을 겸비한 중년 이상의 장수를 기용하려 했었다. 그래서 제루메를 생각하고 있었으나 징기츠칸은 보루테의 간절한 소망을 받아들여 그 역할을 자신의 큰아들인 주치에게 맡기기로 결심하였다. 징기츠칸은 보루테의 눈빛 속에서 치열하게 도전해 오는 무언가를 보았다. 그것은 주치를 결코 자기의 자식이 아니라고 믿고

있는 남편에 대한 도전이었다.

주치는 생후 처음으로 일개 군대의 총사령관이 되어 수만 명의 병사를 이끌고 5월 초순, 북쪽 지역의 눈이 녹는 시기를 택하여 몽골의 큰 막사를 출발했다. 그리하여 셀렝가 강을 따라서 북상해 갔다.

그 해 말, 주치는 돌아왔다. 주치가 거둔 전과는 자못 큰 것이었다. 그는 맨 먼저 투항한 오이라트의 쿠도카 베키를 앞세워 오이라트 · 부리야트 · 부루쿤 · 우루수투 · 카부카나스 · 칸카스 · 토바 등 여러 부족을 차례로 평정한 다음, 지방에서 가장 큰 세력을 가지고 있던 키르키스를 항복시키고, 서북쪽 일대를 모두 평정한 후 몇 명의 키르키스 우두머리들을 데리고 돌아왔다. 징기츠칸의 선물은 수많은 흰색의 커다란 매, 하얀 선마(거세한 말), 검은 담비였다. 오이라트의 쿠도라 베키도 같이 왔다.

징기츠칸은 몽골의 실력자로서 주치의 전공을 찬양하는 조서를 내렸다.

"주치는 북서쪽 불모의 땅으로 출전하여 멀고 험한 길을 출정하여 많은 사람들을 해치지 않고, 선마를 다치게 하지 않고, 부유한 숲의 백성을 훌륭하게 정복했다. 주치가 정복한 백성과 땅은 마땅히 주치가 다스리도록 하라."

징기츠칸은 주치의 일면 화사하게 보이는 깡마른 체구 속에 지금까지 미처 깨닫지 못했던 비범함이 있음을 인정하지 않을 수 없었다. 징기츠칸은 주치가 몽골의 피이며, 푸른 이리의 후예라는 것을 훌륭하게 증명한 것이 만족스러웠다. 주치의 공을 찬양한 조서를 내렸던 날, 징기츠칸은 새로 부하가 된 변경의 족장들을 만났다. 징기츠칸은 매우 기분이 좋았다. 주치에 의해 선정된 제일의 공로자 쿠도카 베키에 대해서는 첩이 낳은 체체이겐 공주를 주겠노라 발표했다. 그러나 마흔 살의 쿠도카 베키와 다섯 살의 체체이겐 공주와는 나이 차이가 너무 많다는 의견이 나와 징기츠칸은 일단 결정을 중지시키고, 체체이겐 공주의 상대를 거기에 있던 쿠도카 베키의 아들인 열세 살의 이나루치로 정했다. 그리하여,

"쿠도카 베키는 내일 막사의 북쪽 언덕에 오르라. 그리고 거기서 눈에 보이는 모든 양떼를 갖도록 하라."

하고 말했다. 그러자 쿠도카 베키는,

"이나루치는 저의 작은아들입니다. 또 하나의 큰아들 토우레루치가 부락을 지키고 있습니다."

그 말을 듣고 징기츠칸은,

"그러면 큰아들 토우레루치에게는 주치의 딸 고루인을 주겠노라."

라고 말했다. 오이라트의 쿠도카 베키가 물러나자, 역시 이번 작전에 협력했던 온구트의 우두머리가 모습을 드러냈다.

"온구트의 우두머리여, 그대에게는 아라카 베키 공주를 주겠노라."

징기츠칸은 또 말했다. 아라카 베키 공주 또한 최근에 첩이 낳은 여자아이였다. 징기츠칸은 자기의 딸이건 손녀이건 통틀어 여자라는 것을 존중하지 않았다. 여자아이를 자기의 곁에 남겨둘 필요는 조금도 없다고 생각했다.

징기츠칸은 주치에게 영토를 준 것을 계기로 이제까지 아무도 주지 않았던 자신의 혈육에게도 각각 토지를 나눠줄 것을 발표했다. 어머니 허얼룬과 막내 테무게에게는 1만 명의 백성을 주었다. 몽골에서는 막내가 가문을 잇게 되어 있었으므로 막내인 테무게가 다른 형제보다 많은 분배를 받았다.

그러나 허얼룬은 이에 불만인지 한 마디도 하지 않았다. 징기츠칸은 어머니가 불만을 가졌음을 알고 있었지만, 그녀에게 그 이상 더 많이 줄 마음은 없었다.

그러고나서 큰아들 주치에게는 9천 명의 백성을, 둘째아들 차가타이에게는 8천 명을, 또 셋째아들 오고타이에게는 5천 명을, 넷째아들 툴루이에게도 똑같이 5천 명을 주었다. 그리고 아우 카살에게는 4천 명을, 베르구타이에게는 1천5백 명의 백성을 주었다. 대체로 혈육에게 베푼 상은 적었다. 특히 아우 카살과 베르구타이에 대하여는 너무했다고 해도 과언이 아니었다.

그러나 징기츠칸은 혈육에게 주는 상은 조금도 성급할 필요가 없다고 생각했다. 특히 카살과 베르구타이에게는 보다 큰 상을 베풀지 않으면 안 될 처지였지만, 모든 것은 서두를 일이 아니었다. 왜냐 하면 지금은 단지 몽고고원을 자기의 영토로 만들었음에 불과했기 때문이다.

그리고 징기츠칸이 그렇게 상을 적게 베푼 이유는 이 무렵에 이르러 카살과 베르구타이 두 아우들에게 어떤 거리감을 가지고 있었기 때문이었다. 카살과는 아마 아버지를 달리한 형제이며, 베르구타이와는 분명히 어머니를 달리한 형제였다. 세 사람은 몽골이 오늘을 맞이하기까지 괴로웠던 오랜 세월 동안 마음도 몸도 하나가 되어 모든 고난에 대항해 왔었다.

여태까지 징기츠칸에게 있어 이 두 형제는 다른 어떤 무엇과도 바꿀 수 없는 소중하고 필요한 존재였다. 그러나 몽골이 대국으로 자리 잡은 지금에 있어서는 카살도 베르구타이도 그들이 가지고 있는 능력이나 존재가 징기츠칸에게는 이전처럼 크게 느껴지지 않았다. 볼추나 제루메의 존재와는 또 달랐다.

카살은 사람을 통솔하는 재능은 모자랐지만 전투에서는 역시 뭐니 뭐니 해도 몽골 최고의 지휘관이라 인정하지 않을 수 없었다. 그러나 베르구타이는 여태까지의 몇 차례 있었던 나이만 공격에서 신중하지 못해서 실패를 거듭 되풀이했었다. 자기 부대마저 통솔하지 못했을 뿐 아니라, 보다 근본적으로 지휘자로서의 능력이 결여되어 있었다.

그러나 징기츠칸은 이 둘에게 보답할 것을 결코 잊은 것은 아니었다. 둘에게 보답하는 데는 그 시기도, 주는 방법도 다르게 해야 할 것이라 생각했다. 징기츠칸은 카살에게 미지의 곳 서쪽의 도읍을, 베르구타이에게도 마찬가지로 미지의 땅 북쪽의 초원을 주어서, 그 곳을 지배하는 왕좌에 앉혀줄 꿈을 꾸고 있었다.

어머니 허얼룬의 불만에 대해서는 조금도 마음이 흔들리지 않았다. 어머니 허얼룬에게는 아무것도 필요치 않다고까지 생각하고 있었다. 허얼룬은 언제이고 자기와 함께, 그리고 몽골족과 영원히 함께 있을 것이기 때문이다.

그러나 이 해 말쯤 허얼룬은 사흘을 앓다가 갑자기 세상을 떠났다. 그녀의 나이 66세였다. 장례는 성대하게 치러졌고, 유해는 그녀가 키워서 지금은 훌륭하게 성인이 되어 제각기 여러 방면의 중요한 지위에 올라 있는 케쿠추·쿠추·시기 쿠토쿠·보루쿨의 다른 부족 태생의 네 고아들에게 옮겨져 부루칸 산 산허리의 전망이 좋은 장소에 묻혔다.

징기츠칸은 어머니의 유해가 묘 속으로 매장될 때 처음으로 통곡했다. 그의 통곡은 순식간에 주위 사람들에게 번져갔다. 징기츠칸의 형제들은 물론 보루테·볼추·제루메·친베·치라운도 통곡했다. 몽골 21부족의 2백만 명은 모두 장례날로부터 한 달 동안 상복을 입었다.

징기츠칸이 어머니 허얼룬의 죽음으로부터 받은 가장 큰 충격은 자기 출생의 비밀을 알고 있는 오직 한 사람이 이 세상에서 사라져 버렸다는 것이었다. 자신을 낳아 길러서 함께 모든 고난을 겪었던 어머니가 세상을 떠났으므로 징기츠칸은 물론 피를 받은 자식으로서의 슬픔을 맛보았던 터였지만, 그것과는 별도로 자신이 메르키트인인지 몽골인인지에 관한 비밀을 알고 있는 유일한 사람이 죽어 버렸다는 사실 때문에 갑자기 벌거숭이로 대지에 내팽개쳐진 것 같은 고독함을 느꼈다.

허얼룬이 살아 있다고 해서 그녀로부터 진실을 들을 수는 없었으며, 또 자기 자신이 알아내려는 마음도 가져보지 않았지만, 자기의 고민을 해결할 수 있는 인물이 살아 있는 것과 그 인물이 살아 있지 않다는 것에는 큰 차이가 있었다.

징기츠칸은 어머니의 죽음에 의해, 지금까지 결코 예상하지 않았던 어떤 커다란 자유를 얻은 듯한 느낌이 들었다. 그것은 자신이 생각하고 있는 것을 감시하는 인간이 사라졌다는 사실이었다.

징기츠칸은 여태까지 자신이 푸른 이리와 뽀얀 빛깔 암사슴의 정통 후예임을 꿈꾸며 그것을 확신하려 해도 언제나 어머니 허얼룬의 존재가 그 같은 생각을 가당치 않다고 비웃고 있을 것만 같다는 느낌이 들었다.

어머니의 상을 애도하면서 징기츠칸은 비로소 자신이 이리의 후예임을 꿈꾸는 일에서 자유임을 알았다. 본래 이 문제는 자신 스스로 믿느냐 안 믿느냐의 문제였다. 징기츠칸은 비로소 자기가 푸른 이리의 정통임을 자유롭게 꿈꾸고 믿음, 그것을 자유롭게 자각으로까지 높여 나갈 수가 있었다.

그런 징기츠칸 앞에 금이라는 대국이 마침내 멸하지 않으면 안 될 오랜 적으로서— 그것을 잡아먹지 않으면 안 될 먹이— 크게 확대되어 나타났다.

산중에 있는 징기츠칸의 막사에서는 신년 축하연이 열리지 않았다. 그 대신에 매일같이 다른 얼굴의 부하들이 막사로 불려 들어왔다. 징기츠칸은 자기가 신뢰하는 부하들에게 저마다 같은 문제를 내어 그것에 대한 회답을 구했다.

징기츠칸 자신은 거의 자기 의견을 입 밖에 내지 않고 그들의 얘기를 듣기만 했다. 징기츠칸이 그들에게 제시한 문제는 이제 겨우 건국한 몽골을 어떻게 하면 번영의 길로 이끌 수 있겠느냐 하는 것이었다.

징기츠칸은 한 열흘 동안 수십 명의 의견을 들을 수가 있었다. 볼추·무카리·제루메 등 중신들의 의견은 물론 각 부족 장로들의 생각도, 그리고 전투 훈련에 매진하고 있는 젊은이들이나, 양을 치고 있는 여자들의 의견까지도 들었다. 그것에 의해 징기츠칸은 건국하여 얼마 되지 않은 몽골을 구성하고 있는 모든 계층의 남녀가 보다 부유하고, 보다 기쁜 삶을 살 수 있기를 바라고 있음을 알았다. 이 같은 생각은 징기츠칸 역시 마찬가지였다. 그리고 대부분의 사람들은 그들이 원하는 풍족한 생활을 가능하게 하는 방법의 하나로 이웃 나라의 침략이었다. 즉, 침략에 의해 얻은 노획물과 공물의 공평한 분배였다.

징기츠칸이 들은 의견들 중에서 특히 두드러지게 다른 의견을 제안한 사람은 용사 제베와 첩 쿠란이었다. 일찍이 징기츠칸을 활로 쏘았던 대담한 젊은이는 그 화살촉 같은 모양을 한 머릿속에서부터 몽골 백성이 누구 하나 생각한 적이 없던 의견을 마치 돌멩이라도 꺼내듯이 아무렇지도 않게 징기츠칸 앞에 제시했다.

"몽골 백성은 양을 버리지 않으면 안 됩니다. 양이 있는 한 몽골에 행복은 오지 않을 것입니다."

제베의 말 중에는 신을 신이라 생각하지 않는 엄숙함이 담겨져 있었다.

쿠란은 말했다.

"몽고고원보다 더 살기 좋은 땅이 다른 곳에 반드시 있을 것입니다. 여름은 너무도 뜨겁고, 겨울은 추위가 너무도 혹독한 이 땅을 떠나 모두 같이 그 곳으로 가야 합니다. 부루칸 산보다 아름다운 산기슭에 막사를 짓고, 오논 강보다 맑은 강 유역에 성을 쌓는 일이 가칸 그대의 할 일이 아닙니까?"

쿠란의 이 말 또한 일찍이 어떤 몽골 백성의 입에서도 나온 적이 없었다. 징기츠칸은 두 사람의 말이 비록 다르지만, 이 두 사람이 똑같은 것을 생각하고 있음을 알았다. 둘 다 몽골 백성의 발상지에서는 몽골의 번영을 기대할 아무것도 없다는 것을 지적하고 있었다. 징기츠칸은 각기 다른 날에 그들의 말을 들었지만, 상대에게,

"몽골은 머지않아 그렇게 할 것이다."

라고 똑같은 대답을 두 사람에게 하였다.

징기츠칸은 양떼를 버리고 2백만 몽골 백성이 살 수 있는 풍요로운 땅은 금나라밖에 없다고 생각했다. 또 아름다운 산과 맑은 강을 찾는다고 하더라도 그것 역시 금나라뿐이라고 생각했다.

그해 정월 그믐께, 징기츠칸은 몽골의 장로회의에 즈음해서 제베와 쿠란의 말을 두 사람의 말과는 전혀 다른 표현으로 발표했다.

"몽골 백성들의 신, 하늘께서 원수인 금을 치라는 분부가 내렸다. 우리들의 조상 아무바카이칸은 타타르의 손에 묶여 금나라로 끌려가 당나귀 모양의 나무에 못 박히고 산 채로 살가죽이 벗겨졌다. 카불칸도, 쿠토라칸도 모두 금나라의 계략에 의해 죽었다. 몽골의 역사가 피투성이로 모욕당한 것을 우리들은 잊어서는 안 된다. 금나라

와의 전투는 금년 봄을 기하여 전개될 것이다. 금으로 진군하는 중에 몽골의 앞을 가로막는 나라는 어떤 나라건 쳐부수지 않으면 안된다."

금나라로 진군하는 도중에 있는 나라는 서하였다. 징기츠칸은 금나라와 힘을 겨루기 전에 먼저 서하를 공격하지 않으면 안 되었다. 서하는 2년 전 몽골에게 항복해서 현재 우호 관계에 있었지만, 징기츠칸은 결코 그 정도에 만족하지 않았다. 또 다른 이유가 있건 없건 언젠가는 무력으로 이를 평정하여 섬멸해 버리지 않으면 안 될 서하였다. 금나라와 싸움을 벌일 즈음 후환이 될 듯한 것은 모조리 없애도록 했다.

봄이 오기 전에 조그만 사건이 있었다. 그것은 이루티시 강 유역의 주민 만호를 지배하게 되었던 늙은 호색의 예언자 고루치가 자기가 통치하는 한 부락에서 부락민에게 포박되어 버린 사건이었다. 고루치는 징기츠칸으로부터 부여받은 특권을 행사하기 위하여 부락마다 다니며 미녀 사냥을 하다가 마침내 이 같은 변을 당한 것이다.

징기츠칸은 고루치를 구하기 위해 전년의 작전에서 주치에게 협력했던 오이라트의 쿠도카 베키가 이 지방의 정세에 밝았으므로 그를 파견하기로 했다. 그러나 얼마 후, 이번에는 쿠도카 베키도 포박되었다는 보고가 들어왔다.

징기츠칸은 이번에는 고루치 노인과 쿠도카 베키를 구하기 위해 약간의 병사와 함께 보로쿨을 파견하였다. 보로쿨의 출발에 앞서 징기츠칸은 되도록 무력을 쓰지 말고 일을 조용히 해결하도록 명했다.

보로쿨이라면 그렇게 할 수 있을 것이라 생각했다. 일찍이 징기츠칸이 조루킨 씨족의 샤차 베키와 타이추의 두 반역자를 쳤을 때 그 진영에서 고루치 노인이 주워왔을 당시 대여섯 살이었던 소년은 이젠 스무 살의 늠름한 청년으로 자라나 있었다.

보로쿨에게 있어 고루치 노인은 은인이다. 그 은인을 위험한 상황에서 구하도록 징기츠칸은 보로쿨에게 명령했던 것이다. 또 징기츠칸은 보로쿨이 그 같은 고루치 노인과의 관계에서만이 아니라, 이 임무가 보로쿨에게 아주 적합한 것이라 생각되었다.

누구에게나 호감을 주는 여자와 같은 귀여운 얼굴을 가진 이 청년은 교섭하는 일에 있어서는 천부의 재능을 가지고 있었다. 상대를 화나게 하지 않고 상대를 장기판의 말처럼 자기의 생각대로 이끌어가는 재능이 있었다. 징기츠칸은 허얼룬이 길렀던 네 명의 고아 중에서, 특히 보로쿨에게 커다란 기대를 걸고 있었다. 징기츠칸은 장래 몽골이 대국으로 사신을 파견할 경우 그 역을 보로쿨에게 맡기리라는 생각을 막연하게나마 품고 있었다.

그러나 보로쿨을 이루티시 강 유역으로 파견했던 것은 징기츠칸에게 큰 실수였다. 보로쿨은 몽골의 막사를 출발한 지 한 달 가량 뒤에 시체가 되어 돌아온 것이다. 하찮은 변경의 알력 때문에 누구와도 바꿀 수 없는 귀중한 인물을 잃었다는 사실에 징기츠칸은 경악을 금치 못했다.

"나의 실수였다. 보로쿨은 훗날 금나라에 사신으로 갈 때까지 막사의 깊숙한 곳에 가만히 있게 할 것을……."

라고 징기츠칸은 길게 탄식했다. 그리고 흥분하여 상기된 얼굴로 소리쳤다.

"이루티시 강 유역을 나무 하나 풀 한 포기 없어질 때까지 태워 버리도록 도루베 토쿠신 군을 진격시켜라!"

도루베 토쿠신은 적으로 보이는 것은 모조리 다 죽이기 위하여 이 세상에 태어난 장수였다. 그가 지나간 자리는 나무 한 그루 풀 한 포기조차 남지 않는다고 정평이 나 있었다. 볼추나 무카리는 몽골국 내의 사건에 도루베 토쿠신을 보내는 것에 반대했지만, 징기츠칸은 자기의 생각을 굽히지 않았다.

그로부터 한 달 뒤, 창백한 피부와 적갈색의 머리칼을 가진 작은 몸집의 장수 도루베 토쿠신은 고루치 노인과 쿠토카 베키를 데리고 돌아왔다. 병사들은 저마다 도끼 · 손도끼 · 톱 · 끌 등의 기묘한 무기를 가지고 있었다.

"놈들은 몽땅 시체가 되었고, 나무는 모두 재로 변했습니다."

도루베 토쿠신은 말했다. 그는 징기츠칸의 명령을 완전히 수행했던 것이었다.

초여름, 징기츠칸은 예정대로 대대적으로 군사를 움직이게 했다. 서하를 치기 위해서였다. 서하는 몽골과 금 사이에 근거하고 있는 티베트계의 탕쿠트 족이 세운 나라로, 몽골은 이 곳을 평정하지 않는 한 금나라를 공격할 수 없었다. 서하를 피하면 만리장성과 흥안령의 험준한 산과 맞닥뜨리므로 대군이 거기를 돌파한다는 것은 거의 불가능했다. 때문에 서하를 평정하고 서하의 남부로부터 장성의 안쪽으로 들어갈 경우에만 대군을 금나라로 진입시킬 수가 있었다.

그러나 서하를 공격한다고 입으론 쉽게 말할 수 있었도 거기에는 광대한 사막지대가 가로놓여 있어서 몽골 부대는 수십 일에 걸친 사막의 행군을 하지 않으면 안 되었다.

징기츠칸은 5월 말에 수십만 명의 군사를 이끌고 고비사막을 횡단, 서한의 수도 중흥부(中興府)를 공격했다. 그리고 사막지대에서 서하왕 이안전(李安全)의 세자가 이끈 서하군과 마주쳤다. 몽골의 병사들에게는 최초의 본격적인 싸움이었다.

그러나 싸움은 서로간의 우열이 너무도 뚜렷했다. 서하군의 낙타도 말도 병사도 순식간에 몽골의 기마병에 사방으로 밀려서 포위돼 다시는 일어설 수 없을 만큼의 큰 타격을 받았다.

몽골의 부대는 계속 패주하는 적군에게는 눈도 돌리지 않은 채 그것을 추월해서 중흥부로 향했다. 징기츠칸은 도중에서 부대를 셋으로 나누어 제베 · 무카리 · 부킬라이의 세 장수에게 총지휘권을 부여했다. 몽골의 사나운 이리들은 북 · 서, 세 방향으로 나뉘어 중흥부로 가서 이를 포위했다.

징기츠칸과 그의 부하들은 처음으로 성의 서쪽으로 길게 흐르는 황탁한 황야를 보았으며, 처음으로 산등성이에 길게 이어진 만리장성을 보았다. 그러나 공격 반 년 만에 황하의 제방이 무너져 징기츠칸은 성의 포위망을 풀지 않으면 안 되었지만, 곧 서하 국왕과의 사이에 화의가 성립되었다. 징기츠칸은 국왕에게 공물을 바치기로 서약케 한 다음, 그의 여자를 빼앗고 귀환하였다.

이 서하의 원정은 징기츠칸에게 있어서 뜻밖의 수확이 있었다. 그것은 서하의 서쪽에 나라를 세우고 있던 위구르가 몽골의 위협을 두려워한 나머지 공물을 가지고 사자가 왔던 것이다.

너무 막막하다고,
그래서 포기해야겠다고
말하지 말라.

나는 목에 칼을 쓰고도 탈출했고,
뺨에 화살을 맞고
죽었다 살아나기도 했다.

成吉思汗

위대한 지배자

그 해 말, 징기츠칸은 몽고고원의 자신의 막사로 돌아오자, 이국땅에서 다른 민족과의 전투에서 얻은 새로운 지식을 모든 몽골군의 훈련에 도입했다. 이로써 전투 형태는 크게 바뀌어 부대라는 부대는 모두 기마대로 편성, 대체되었다. 그리고 몽골군이 주로 쓰던 무기는 짧은 창에서 긴 창으로 바뀌었다. 활과 화살 이외의 돌을 날리는 기구나 화포(火炮)도 도입되었다. 전투 훈련은 날이 갈수록 격렬해져 갔다.

어린이·노인·병자를 제외한 모든 사내는 군의 막사에 수용되어 전투 훈련을 받지 않으면 갑옷이나 나권갑(羅圈甲), 또는 완양각궁(頑羊角弓), 소리가 나는 화살 등의 무기 제조에 배치되었다. 여자아이들은 양떼를 몰고 옷을 짰다. 몽고고원은 밤이 되어도 곳곳에 불을 밝혀 대낮처럼 환했다. 그것은 야간 훈련으로 횃불을 손에 든 기마병의 이동 때문이었다.

국내에는 잇달아 도로가 닦였으며, 도로의 곳곳에는 역참(驛站)[1]이

---

1) 역참(驛站) : 방위상·군사상의 전달을 확실하고 신속하게 행하기 위해 징기츠칸에 의해 창

설치되고, 역참에는 강력한 부대와 말이 배치되었다. 모든 정보는 역에서 역으로 전해져서 화살과 같은 빠른 속도로 징기즈칸에게 보고되었다. 또 징기즈칸의 명령도 똑같은 방식으로 드넓은 고원의 외지까지도 파도가 밀려가듯이 빠르게 전해졌다.

형벌 제도는 새롭고 매우 엄하게 바뀌었다. 남의 물건을 훔쳤을 경우 도둑은 세 배로 보상해야 되며, 특히 낙타를 훔친 경우는 그것이 단지 한 마리에 불과할지라도 사형에 처해졌다. 또 싸움이 일어났을 경우, 그 옳고 그름을 따지지 않고 엄한 벌이 내려졌다. 음주에 대해서도 마찬가지였다.

이 같은 일은 모든 부대가 싸움터에 나가 국내가 텅 비어 여자들만 남았을 경우에 대비한 배려였다.

징기즈칸은 1210년 한 해를 몽땅 금나라 정벌을 위한 준비로 소비했다. 그러나 징기즈칸은 금나라에 대한 공격 시기는 아직 결정하지 못했다. 금나라라는 대국의 힘에 대하여도, 그 군사력도, 경제력도 얼마나 강한지 감히 짐작할 수가 없었다. 금나라 정벌을 위한 준비는 충분히 된 것 같기도 하고, 아직 몇 년이나 힘을 더 비축하지 않으면 안 될 것 같기도 했다.

그해 여름, 금나라에서 사자가 왔다. 그 일행이 국경에 모습을 나타내자마자 금나라 사자가 찾아왔다는 보고는 즉시 수십 개의 역을 거쳐서 징기즈칸에게 전해졌다. 때문에 징기즈칸은 그 보고를 받고

설되었던 숙장(宿場) 겸 검문소여서, 이 제도를 잠치라 하고 차오(지폐제도)와 함께 원(元)의 국제(國制)로서 중국사상 가장 두드러진 것이다. 1235년에는 카라코룸에서 중국의 경계까지의 사이에 351개소의 역참이 설치되었다.

도 오랫동안 금나라 사자의 도착을 기다려야만 했다.

사자는 금나라 황제 장종이 세상을 떠나고, 그의 아들 윤제가 황제의 자리에 올랐음을 알리고, 오랫동안 단절됐던 공물을 바치도록 촉구하러 온 것이었다.

징기즈칸은 처음부터 사자를 푸대접하여, 마치 자신에게 속해 있는 나라에서 온 사자를 만나는 듯한 태도를 취했다.

"대국의 왕위에 오른 자는 영리한 군주가 되어야 함에도 불구하고 윤제는 그런 그릇이 아니라고 들었다. 공물을 바치도록 촉구한다는 것은 당치도 않은 소리다."

라고 말하고는 자리에서 일어났다. 금나라 사자 일행은 즉시 귀국 길에 오르지 않으면 안 되었다.

징기즈칸은 금나라 장종이 세상을 떠났다는 정보를 작년에 이미 들었지만, 그것이 사실인지 어떤지를 확인해 볼 수가 없었으나, 이제 금나라 사자에 의해 그것이 사실이었음을 알게 되었다.

징기즈칸은 그날 밤, 막사에서 공격 시기를 결정하고 이틀 뒤 아침, 일부 장로들에게 그것을 발표했다. 공격은 1211년 3월, 그때까지는 반 년이 남았다.

공격날을 발표하던 그날부터 징기즈칸의 막사에서는 매일같이 군사 회의가 열렸다. 볼추·제루메·카살·무카리·제베·수부타이 등 장수들 간에 금나라 침입로를 결정하기 위한 격렬한 토론이 벌어졌다. 서쪽으로 서하를 거쳐서 들어가는 길이고, 서하를 귀속시키고 있는 현재, 이 길을 통하는 것이 유리했다. 보급하기에도 편리하고 길도 대개 뚫려 있었다. 동쪽은 험악한 산악지대를 넘고, 다시 장성의 한쪽을 격파해서 공격로를 만들지 않으면 안 되었다. 다만 동쪽 길을 택할 경우 유리한 점은 상대의 허점을 찌를 수 있다는 것과, 만리장성을 따라 몇 군데라도 공격로를 만들 수 있다는 것이었다.

징기즈칸은 모든 장수들의 의견을 들은 뒤에, 결국 동쪽 길을 택하기로 결정했다. 몽골의 이리떼는 달밤에 이리가 산봉우리를 넘을 때처럼 곳곳에서 만리장성을 넘어 금나라로 쏟아져 들어가는 것, 이것은 징기즈칸이 오랜 세월 동안 머릿속에 생각해 왔던 하나의 선명한 계획이었다. 어떤 근거가 있었던 것은 아니지만, 징기즈칸은 나라의 흥망이 걸려 있는 이 일에 몽골의 운명을 걸었다.

해가 바뀌어 1211년. 몽고고원의 곳곳에서 부대는 움직이기 시작했다. 움직임들은 차츰 커다란 집단이 되어 징기즈칸의 막사로 모여들었다. 오논과 케룰렌 양 강 유역에는 상류로, 상류로 거슬러올라가는 부대가 끊임없이 이어졌다.

그해 3월 초, 징기즈칸은 몽골의 전군에게 금나라 공격을 발표했다. 그후 매일같이 부대 편성이 잇달아 발표되었다. 이제 막사가 있는 넓은 초원은 병사와 낙타·말·전차로 메워졌다. 수많은 양떼도 그 한 귀퉁이에 모아졌다.

몽골의 병사들은 무카리·수부타이·제베 등을 각각의 지휘자로 하는 3조직과 카살이 지휘하는 좌군(左軍), 주치·차가타이·오고타이 등 징기즈칸의 세 아들이 이끄는 우군(右軍), 그리고 징기즈칸과 그의 막내아들 툴루이가 이끄는 중군(中軍) 등 여섯 개의 대집단에 각각 배치되었다. 그리고 토구찰을 우두머리로 한 2천 병사만 잔류 부대로 남겨졌다.

출정을 사흘 앞두고 징기츠칸은 몸소 부루칸 산에 올라 싸움의 승리를 빌었다. 징기츠칸은 목에 띠를 걸고 옷의 끈을 푼 뒤 제단에 무릎 꿇고 마유주를 땅에 부었다.

"아아, 영원한 산이시여. 나는 우리들의 조상이 금나라로부터 능욕받고 살해되었기에 이제 군사를 일으켜서 그 원수를 갚고자 합니다. 이는 전 몽골민의 뜻입니다. 만약 이를 너그러이 받아들이신다면, 나의 두 팔에 힘을 주소서. 그리고 땅의 신에게 명령하여 나를 돕게 하소서."

출정하기 전날 밤, 징기츠칸은 주치·차가타이·오고타이·툴루이의 네 아들을 자기 막사에 불러들여 보루테와 아들들과의 마지막 만찬을 갖게 했다. 징기츠칸은 49세, 주치는 24세였다. 그리고 차가타이는 22세, 오고타이는 20세, 툴루이는 18세였다.

"보루테여, 그대가 낳은 네 아들은 저마다 군사들의 우두머리로서 금나라로 출전하오. 그대가 오늘 밤 여기서 아이들과 헤어지는 것처럼 나 또한 여기서 아이들과 헤어질 것이오. 내일부터는 아버지도 자식도 각기 다른 싸움터로 향하지 않으면 안 되오. 이번 싸움터는 여태까지와는 달라 아주 넓을 것이오."

징기츠칸의 말을 들으며 보루테는,

"아이들과 헤어지는 것을 내가 왜 슬퍼하겠습니까. 나는 타타르를, 또한 타이추토를 물어 죽이는 이리를 낳기 위해 당신과 결혼하여 당신의 아이를 낳지 않았습니까. 아이들이 모두 자라 어른이 된 지금,

아이들이 물어 죽일 타타르도 타이추토도 모두 그대가 물어 죽여 버려서 그 잔해조차 남지 않았기 때문에 아이들은 굶주리고 있습니다. 만리장성을 넘어서 금나라의 무리를 맘껏 잡아먹게 하는 자유를 마땅히 그들에게 주어야 합니다."

라고 말했다.

징기츠칸보다 한 살 더 많은 보루테는 젊은 날에 황금빛으로 빛났던 머리칼이 지금은 완전히 은색으로 변해 있었다.

만찬은 늦은 밤까지 이어졌다. 징기츠칸도, 네 아들들도, 밤이 이슥해져서야 막사에서 나왔다. 징기츠칸은 막사 앞에서 아이들과 헤어져 곧 그 본부를 두고 있는 막사로 가서, 거기에 있던 볼추와 새벽녘까지 여러 가지 일을 의논했다.

그리하여 더 이상 의논할 일이 없어진 다음에도 둘은 마주보고 거기에 앉아 있었다. 볼추는 징기츠칸의 셋째아들이 이끄는 우군에 속해 있기 때문에 소년 시절부터 고난을 같이해 왔던 이 장수와 오늘 밤 헤어지면 언제 다시 만날지 몰랐다.

볼추와 헤어져서 그의 막사를 나왔을 때 사방은 여명이 밝아오고 있었다. 징기츠칸은 거기서 곧바로 쿠란의 막사로 갔다. 이른 아침의 공기는 살을 에듯 차가웠다. 쿠란은 낮에 입었던 옷을 입은 채 어린아이와 함께 잠들어 있었다. 세 살이 된 가우란은 징기츠칸과 쿠란 사이에서 태어난 아들이었다.

징기츠칸이 침대에 다가가자 그 희미한 발소리에도 쿠란은 곧 몸을 일으켰다. 그리고 상대가 징기츠칸이란 것을 알자 침대에서 내려와 조용히 징기츠칸을 바라보고 섰다. 징기츠칸은 쿠란의 커다란 눈망울이 물끄러미 자기를 바라보고 있음을 느꼈다. 그는 이즈음 몹시 바빠서 한동안 쿠란을 찾지 못했다.

쿠란은 징기츠칸이 뭔가 말을 걸어오기를 기다리고 있는 듯했지만, 그는 말없이 어린아이의 잠든 얼굴을 내려다보았다. 어린아이의 얼굴은 눈·코·입 모두 쿠란을 닮았다.

징기츠칸은 어린아이 곁에서 떨어져 쿠란의 얼굴에 눈을 쏟았다. 둘 사이에는 아직 한 마디의 말도 오가지 않았다. 이윽고 쿠란이 그 침묵을 참을 수 없다는 듯,

"가칸이여, 당신은 지금 무슨 말을 하려고 하십니까?"

징기츠칸은 그녀의 물음에 대하여 되물었다.

"쿠란, 그대는 지금 무슨 말이 듣고 싶은가?"

그러나 쿠란은,

"제가 알고 싶은 것은 오직 하나입니다. 그 밖의 일도 알고 싶지만 가칸은 아무 이야기도 해 주지 않으시겠지요?"

하고 말했다.

"바빴기 때문이오."

"금나라로 출전하는 것도, 그 출전이 오늘에 임박한 것도, 무엇 하나 가칸은 내게 이야기해 주지 않았습니다. 나는 내 스스로 그것을 알았습니다. 그렇지만 지금 그것을 가칸으로부터 듣고 싶은 생각은 없습니다."

"듣고 싶은 것이 뭐냐? 그것을 말하라."

라고 징기츠칸이 말하자,

"그것은 가칸이 먼저 말해 줘야 하지 않겠습니까? 저는 그것을 한 달 내내 기다리고 있었습니다."

쿠란은 약간 원망하듯 말했다.

징기츠칸은 쿠란이 지금 무엇을 듣고 싶어하는가를 물론 잘 알고 있었다. 출정이 임박한 시간까지 징기츠칸이 그것을 쿠란에게 말하지 않았던 것은 아직 결정되지 않았기 때문이었다. 그것은 말할 것도 없이 쿠란을 이번의 원정에 데리고 갈 것인가 어쩔 것인가의 문제였다. 젖을 떼지 못한, 이제 겨우 세 살 난 가우란을 생각하면 당연히 쿠란은 가우란과 같이 남아 있어야만 했다.

징기츠칸은 그것이 쿠란의 마음에 어떤 변화를 줄 것인가를 생각할 때, 함부로 입 밖으로 낼 수 없는 두려운 기분이었다. 징기츠칸은 남녀를 불문하고 대체로 다른 사람의 마음은 헤아릴 수 있었지만, 쿠란의 경우만은 언제나 예외였다. 징기츠칸에게는 쿠란의 마음이 코발트 빛깔의 물을 가득히 담고 알타이 산 속 깊숙이에 숨어 있는 무수한 호수처럼 불가사의한 것이었다.

그러나 지금 이 순간, 징기츠칸은 뭐든 말하지 않으면 안 되었다. 자신을 쏘아보고 있는 쿠란의 눈을 징기츠칸은 노려보듯 하며,

"쿠란, 그대는 나와 함께 가야만 한다."

라고 말하고는 이내 자신이 지금까지 생각하고 있었던 것과는 정반대로 말한 것을 깨닫고 놀랐다. 징기츠칸은 자신의 말에 가슴이 뜨끔했으나 쿠란은 비로소 표정을 부드럽게 지으며,

"가칸이여, 만약 당신이 지금과 반대의 말을 했다면 저는 죽음을 택했을 것입니다. 가칸은 나의 목숨을 구했습니다."

하고 조용히 말했다. 그리고,

"가우란은 어떻게 해야 합니까?"

쿠란은 물었다. 이 경우도 징기츠칸은 쿠란에게 저항할 수 없는 마음이 되어,

"가우란도 역시 나와 같이 만리장성을 넘게 될 것이오."

라고 말했다. 이미 징기츠칸은 가우란을 데리고 갈 것을 확실히 결심하였다. 세 살배기 어린아이지만, 그 또한 몽골 이리의 일원인 것이다. 총력을 건 금나라와의 싸움에 설사 아직 어린 나이라 할지라도 푸른 이리의 모든 후예가 출동하는 일에 다른 반론의 여지가 없었다.

쿠란은 징기츠칸의 말이 끝나기도 전에 한 발 다가서서 다정하게 손을 내밀었다. 그러나 징기츠칸은 거기에 응하지 않고 표정을 더욱 엄숙하게 하여,

"가우란을 원정에 데리고 간다는 것이 어떤 것인지 그대는 알고 있는가?"

하고 말했다. 쿠란은 즉시 대답했다.

"알고 있습니다."

"무엇이오?"

"가칸이여, 당신은 저의 마음을 모르십니까? 보루테가 낳은 왕자들이 나란히 전쟁에 참여할 때, 내가 낳은 가우란도 똑같은 행운을

받게 하고 싶습니다. 설사 세 살배기 어린아이일지라도 전쟁에 참여할 수 없는 것은 아닙니다. 가칸은 나의 소원을 들어 주었어요. 제가 그 이외에 무엇을 바라겠습니까. 전쟁에 참여함으로써 가우란이 싸움의 불길에 휩말려들건, 다른 민족 속에 버려지건, 그것은 가우란이 가진 운명일 따름입니다. 저는 그런 것을 조금도 두려워하지 않습니다. 저는 왕족의 한 명으로 가우란을 낳은 것이 아닙니다. 가우란이 이름 없는 백성의 한 사람으로 출발하여 자신의 힘으로 자신의 길을 개척하여 살아갈 것을 바랄 뿐입니다."

쿠란의 어투는 조용했지만, 거기에는 치열한 열정이 담겨져 있었다. 징기츠칸은 쿠란의 눈이 이상하게 이글거리는 것을 느꼈다. 징기츠칸은 이때만치 쿠란에 대해 깊은 애정을 느꼈던 적은 없었다. 그리고 징기츠칸 역시 가우란에게, 그녀가 생각하고 있는 것과 같은 그런 삶을 살아가도록 하고 싶다고 생각했다. 그것은 몽골 실력자의 애정이 아니고, 한 인간의 아버지로서의 애정이었다. 남자는 고난 속에서 자라나지 않으면 안 된다. 자기와 같이, 카살과 같이, 제루메와 같이 몽골의 이리는 그렇게 되어야만 하는 것이다.

징기츠칸이 지휘하는 몇 개의 부대는 다음날까지 일정한 시간을 두고 광장에서 출발했다. 맨 먼저 출발한 것은 제베가 이끄는 부대였고, 그 다음은 무카리의 부대였다.

세 아들, 주치·차가타이·오고타이 등이 이끄는 우군이 출발할 무렵에는 벌써 하루 해가 저물어서 저녁 어스름이 몰려오고 있었다. 이어서 카살의 좌군이 긴 대열을 이루고 부락을 빠져나갈 때, 그들은 이내 어둠에 휩싸여서 보이지 않았다. 맨 마지막에 징기츠칸과 막내 아들 툴루이가 지휘하는 중군의 출발은 밤이 되어서야 시작됐다. 달빛을 받으며 징기츠칸은 부대의 중앙에 위치하여 말을 전진시켰다.

이렇게 해서 몽골 20만 병사들은 동쪽 길을 헤치며 금나라로 향했다. 이제 몽골군은 며칠이나 걸리게 될 사막을 지나 몇 개의 산을 넘고 계곡을 건너서, 그들이 일찍이 서하의 수도 중흥부를 포위했을 때 그 어떤 침입도 저지하기 위해 굳건히 버티고 있는 만리장성을 진군 중에 보게 될 것이다.

징기츠칸은 이따금 부대의 뒤를 돌아보며 부대의 행진 상태를 자신의 눈으로 확인했다. 달빛에 창끝이 투명하게 빛나고, 그 빛의 줄기가 강물처럼 길게길게 초원을 통과하고 있었다. 그 행렬의 어딘가에 쿠란과 세 살배기 가우란이 파오(包 : 천막형 이동식 집) 속에 있으리라 생각했다.

징기츠칸은 20만 명의 금나라 공격군에 독특한 편성을 시도했다. 열 명을 한 조로 한 조직을 기본 단위로 하여, 백 명, 천 명, 만 명의 부대를 만들고, 그것들을 각각 통괄하는 우두머리를 두었다. 1만 명의 지휘자에게는 수많은 싸움에 참여했던 장군이 배치되었는데, 징기츠칸의 명령은 언제라도 보좌관에 의해 이들 장군들에게 즉시 전달되었고, 그 장군들에 의해 순식간에 각 집단의 하부 조직으로 옮겨졌다.

부루칸 산의 막사를 출발한 징기츠칸의 금나라 원정 부대는 방향을 남으로 잡고, 케룰렌 강을 따라 나아가던 5일째에 커다랗게 동쪽으로 굽어 도는 케룰렌 강의 강줄기를 벗어나, 드넓은 사막지대의 한 귀퉁이에 인접했다.

케룰렌 강과 헤어지는 날, 징기츠칸은 남다른 감회가 있었다. 2년 전, 서하로 침입했을 때도 케룰렌을 벗어나 고비 사막을 갔었지만, 그때와 비교하면 이번에는 상황이 전혀 달랐다. 사막을 지나면 그들이 상대하는 것은 서하가 아니고 금나라인 것이다. 자신들보다 몇 배나 되는 국토와 병력을 가졌으며, 헤아릴 수 없을 만큼 많은 견고한 성을 구축하여, 고도의 문화 생활을 하는 문명국인 것이다. 그 곳에서 벌어질 전투에 대해서는 전혀 예상할 수가 없었다. 물론 거기에 대한 준비는 완벽하게 했지만 승리의 확신은 가질 수 없었다.

어릴 때부터 그 이름을 들어왔던 황하의 흐름도 지난번 서하의 중흥부에서 한 번 본 일밖에 없었지만, 그것은 황하라고 하는 거대한 물줄기의 한 부분에 불과했다. 지각의 표면 그 자체가 신의 의지로 이동한다고까지 말해지고 있는 황하의 참모습은 몽골의 병사들에게 있어 그 누구도 상상할 수 없는 일이었다.

황하와 마찬가지로 중흥부에서 서쪽 끝으로 일부분만 겨우 본 적이 있던 만리장성도 흙과 돌로 견고히 쌓아 사람이 접근하면 불을 뿜어대는 거대한 짐승처럼 북방 유목민의 침입을 막고 있었다. 그리고 만리장성과 황하에 의해 둘러싸인 금이라는 나라가 어떠한지에 대해서는 전혀 예비 지식이 없었다.

징기츠칸은 어린 시절 아버지 예수게이로부터 금나라의 이야기를 들으면 언제나 들끓은 커다란 도가니를 떠올렸다. 그 곳은 먼 옛날부터 꺼지는 일이 없는 지옥의 불에 의해 모든 것이 구워 삶아진 곳이었다. 인간이 도달해 얻은 최고의 사상도, 기술도, 또 인간이 태어나면서부터 지니고 있는 사악함도, 사리에 어두운 것도, 그리고 또 부(富)도, 가난함도, 전투도, 평화도, 노래와 춤과 음악도, 화려한 궁전의 행사도, 떠돌이도, 술집도, 극장도, 집단도, 도살도, 도박도, 사형도, 영달도, 몰락도 모두 도가니에 삶아져서 삶의 표면에 섬뜩하게 나타나곤 했다.

그리고 몽골의 칸 아무바카이는 거기서 당나귀 모양의 나무에 못 박혀서 산 채로 살가죽이 벗겨졌으며, 또 예부터 해마다 수많은 무고한 몽골의 백성들은 금나라의 군사들에게 납치되어 그 도가니 속으로 내던져졌던 것이다.

징기즈칸은 케룰렌의 흐름과 헤어짐에 있어 자신이 다시 이 강기슭에 설 수 있을지 어떨지를 생각할 수 없었다. 그것은 징기즈칸뿐만이 아니고 20만 명의 몽골 병사들 역시 마찬가지였다. 징기즈칸은 이른 아침 높은 언덕에 올라서, 새벽 어스름 속에 길게 흐르는 케룰렌 강의 모습을 마지막으로 눈에 거두어들이고, 전 부대에게 출발 명령을 내렸다. 3월 중순이라고는 하나 이 지대는 아직 깊은 겨울잠 속에 빠져 있어서, 한 곳에 서 있는 동안에도 찬바람은 살갗을 찌르고 뼈에 스며들었다.

부대는 고향을 떠날 때와 마찬가지로 제베가 이끄는 부대가 먼저 출발하고, 조금 시간을 두고 제베의 부대와 거의 나란히 하듯이 수부타이와 무카리가 이끄는 두 부대가 출발했다. 새벽은 밝아오고 있었지만, 병사들이 들고 있는 햇불이 부대의 여기저기에 밝게 타오르고 있었다. 각 부대는 고향의 막사를 출발했을 때와 약간 달라져 있었다. 막사에서 이 지점으로 오는 동안에 양이나 낙타와 말 등의 수많은 가축의 무리가 기마의 대열 속에 흡수되어 집단은 한층 더 커져 있었다. 낙타는 주로 고기나 젖 등의 식량이나 무기 운반을 하고, 양은 사막을 지날 때 필요한 식량으로 데려가고 있었다. 말은 병사들의 예비 말이었지만, 그 수가 엄청나게 많아서 1인당 두세 마리에서 수십 마리까지 준비되었다. 멀리서 보면 사막으로 뻗어가는 몇 가닥의 대열은 가축으로 구성된 긴 띠로 보였다.

병사들은 모두 가죽으로 만든 투구를 머리에 쓰고, 가죽으로 만든 갑옷으로 굳건히 무장하고 있었다. 손에는 긴 창을 들고, 긴 칼과 화살은 허리에 매달려 있었지만, 활은 말의 몸에 붙어 있었다.

징기츠칸은 이 날부터 거대한 파오를 타고 진군했다. 수십 마리의 말이 끄는 파오는 네 개의 바퀴에 의해 움직였다. 파오의 좌우에는 근위대의 기마병이 호위하고, 몇 줄의 보루지긴 부족의 깃발이 이를 둘러싸고 있었다.

부대는 이 날부터 며칠 동안이나 나무라고는 전혀 볼 수 없었다. 끝없이 펼쳐진 건조한 모래 벌판이 이어졌다. 그 풍경의 단조로움을 깨뜨리는 것이 있다면 그것은 이따금 행군길에 나타나는 녹슨 것 같은 쇳빛의 민둥산과 물맛이 짠 크고 작은 호수들뿐이었다.

부대는 강행군을 계속한 지 십여 일 만에 사막에서 벗어나 고원지대에 들어섰고, 이윽고 음산산맥의 한 줄기로 들어갔다. 산악지대에 들어갈 무렵부터 부대의 병사들 사이에서, 지금까지 한 번도 입에 담아보지 않았던 대동부(大同府)라는 도읍의 이름이 오르내렸다. 그때까지 병사들은 중도(中都 : 북경)라는 이름을 들먹이며 거기로 향하는 것으로 생각했지만, 어느새 중도를 대신하여 대동부라는 새로운 이름이 나오게 되었다.

병사들에게 있어 목적지가 중도이건 대동부이건 그것은 그다지 큰 차이가 없었다. 어느 쪽이건 그것들은 낯선 타국의 도읍 이름이며, 그것이 어느 방향에 있는지조차도 알지 못했다.

징기즈칸이 이끈 원정군은 7백 킬로미터의 행군 끝에 드디어 장성의 북쪽에 있는 온구트 부락에 들어섰다. 온구트 부족은 예부터 몽고고원의 유목 민족 중의 하나였지만, 금나라에 가까워 완전히 금의 지배 아래에 있었으므로 징기즈칸은 이 부족만을 별개로 생각하고 있었다. 온구트 부족 사람들은 지금까지 한 번도 본 적이 없는 대군이 자기네 부락을 메우고 있는 것을 보고 어쩔 줄 몰랐다. 온구트의 우두머리는 징기즈칸에게 항복을 맹세하고 자진하여 금나라 침입의 안내자가 될 것을 원했다.

지금까지 하나의 부대로 뭉쳐왔던 몽골의 부대는 여기서 각자의 목적한 지방을 향해서 분산해 갔다. 제베·수부타이·무카리의 각 부대는 물론이요, 주치·차가타이·오고타이 등 세 사람을 우두머리로 하여, 볼추가 후견자 역을 맡고 있는 우군도, 또 카살을 우두머리로 하고 제루메가 속해 있는 좌군도, 제각기 며칠의 간격을 두고 온구트의 부락에서 출발해 갔다. 그리고 징기즈칸과 막내아들 톨루이가 이끈 중군만이 온구트 부락에 남았다.

전투는 거의 때를 같이해서, 만리장성 북쪽 일대의 산야에서 벌어졌다. 각 방면의 전황은 매일같이 발 빠른 말에 의해 징기츠칸의 진영으로 전달되어 왔다. 징기츠칸은 모든 군사들에게 만리장성 이북의 금나라 영토를 공격하도록 명령하고, 혼자서 금나라에 깊숙이 침입하는 것을 금했다.

징기츠칸에게 금의 대군이 중도를 출발하여 산서성으로 향하고 있다는 보고가 들어온 것은 6월 중순의 일이었다. 징기츠칸은 금의 주력을 끌어들여서 그것을 쳐부수고, 그 다음에 본격적인 금나라로의 공격을 계획하고 있었는데, 이제야 비로소 그 시기가 다가오고 있음을 알았다.

징기츠칸은 제베에게 급히 사람을 보냄과 동시에, 자신이 이끄는 중군에게 출동 명령을 내렸다. 부대가 출동하기 전날 밤, 징기츠칸은 쿠란을 자신의 막사로 불러서 그녀에게 주력 부대의 싸움이 끝날 때까지 이 곳에 머물러 있을 것인지를 물었다. 쿠란은,

"가칸은 만리장성을 넘고, 나와 가우란은 여기에 남겨두려 하십니까? 그렇다면 케룰렌 강의 막사에 내버려 두는 것과 뭐가 다른가요?"

하고 말했다.

"좋다, 그렇다면 나와 같이 전쟁의 소용돌이 속으로 들어갑시다. 내일부터 세 명의 병사가 그대와 가우란을 보호하게 될 것이오. 그러나 죽음은 끊임없이 그대와 가우란에게 덮쳐올 것이므로 그대들은 스스로를 지키지 않으면 안 되오."

징기츠칸은 이미 정해 두었던 세 명의 병사를 불러 쿠란에게 넘겼다. 한 사람은 노인이고, 다른 두 사람은 젊은이였다. 세 살의 가우란은 늙은 병사의 말안장에 걸쳐져 있는 가죽부대에 담겨져서 전쟁에 참여하게 되었다.

이튿날 이른 아침에 온구트 부락을 출발한 부대는 부락의 남동쪽에 뻗은 산악지대로 들어갔다. 완전 기마 부대로 조직된 기마병들은 저마다 예비 말을 한 마리씩 끌고 있었다. 쿠란도 역시 가죽 갑옷과 투구로 몸을 두르고, 예비 말을 가지고 백마에 올라 근위대 속에 섞여 있었다.

다시 진군한 지 이틀째에 부대는 만리장성까지 반나절 정도 걸리는 지점에 도달하여 거기서 하룻밤을 묵었다. 병사들은 물결같이 서로 펼쳐져 있는 산들의 모든 계곡을 메웠다. 부대는 저녁 무렵부터 짧은 휴식을 취하고, 밤이 깊어지자 다시 밤새의 울음소리를 들으면서 진군을 개시했다. 전투는 이 밤부터 벌어졌다.

만리장성을 지키고 있는 금나라의 병사들로부터 먼저 화살이 날아왔다. 성의 병력은 몽골 부대의 반도 안 돼 보였으나, 그들은 견고한 성에 의지해서 공격군을 성벽에 접근하지 못하도록 방어하고 있었다. 징기츠칸은 부대를 만리장성에 따라 길게 배치하여 어디든 상관없이 장성의 일부분을 탈취하고자 했다. 우렁찬 부르짖음이 모든 계곡과 봉우리에서 울려 퍼졌지만, 어디서나 금나라의 격렬한 저항을 받았다.

전투는 이튿날 저녁까지 하루 종일 이어졌는데, 밤이 되자 머리가 큰 장수 친베가 이끈 병사의 반 이상을 잃으면서도 만리장성의 한 모퉁이에 달라붙어서 처음으로 만리장성의 돌마루에 몽골의 깃발을 꽂았다. 이것을 계기로 하여 전투는 장성의 돌마루에서도 성벽에서도 격렬하게 전개되어, 몽골 군사들은 여러 장소에서 성벽을 기어올랐다.

성벽을 둘러싸고 전투는 여전히 계속되었지만, 거기서 5리쯤 떨어진 남서쪽에서 성벽은 크게 파괴되고, 화살이 공기 속을 나는 소리와 육박전을 하면서 지르는 고함 소리, 커다란 돌이 연달아 골짜기 바닥으로 떨어지는 소리가 뒤범벅된 채로 계속 이어졌다.

한밤에 이르러서야 몽골의 부대는 차츰차츰 그 파괴된 돌격로를 뚫고 만리장성을 넘어 안쪽으로 들어갔다. 장성 위에는 바람이 윙윙 소리를 내며 달빛마저 찢어 버릴 듯이 불고 있었다. 징기츠칸은 말에 오른 채 장성의 돌마루 위에 서서 끊임없이 이어지는 기마 대열이 장성을 넘어가는 것을 지켜보고 있었다. 돌마루는 그가 서 있는 전후방에도 꾸불꾸불한 모습을 달빛에 드러내고 있었다.

앞은 꽤 심한 경사를 이루고 있어, 돌마루는 마치 하늘의 한 귀퉁이와 맞닿아 있는 것처럼 점점 더 높아지고 있었다. 뒤쪽의 경사가 완만하여 평탄하게 뻗쳐 있었지만, 30미터 정도 앞에서 돌연 끊기듯 그 모습을 감추어 버렸다. 그리고 다시 그 앞부분은 두 개의 언덕을 넘어온 저편 바위산의 정상에 홀연히 그 모습을 드러내고 있었다. 징기츠칸이 서 있는 곳에서는 보이지 않았지만, 그 바위산 너머의 경사진 면에는 만리장성의 돌마루가 개구리라도 삼킨 뱀의 배처럼 크게 부풀어 올라, 간밤부터 공격과 방어를 되풀이했던 성을 형성하고 있었다.

징기츠칸은 말이 조급히 서두르는 것을 달래기 위하여 연신 말의 목을 가볍게 두드리고 있었다. 말이 서두르는 것도 무리가 아니었다. 만리장성을 넘은 안쪽은 바깥쪽과는 달라서 완만한 경사를 이루고 있었으므로 만리장성을 넘은 기마병은 지금까지 막혀 있던 기세를 일시에 쏟아내려는 듯이 그 비탈을 달려 내려가고 있었다. 부근의 산을 덮고 있는 수목은 바람 때문인지 모두 키가 작아서 말을 타고 달려가는 병사들의 모습은 달빛 속에 뚜렷하게 드러났다.

징기츠칸은 오랜 세월, 몽골의 병사들이 온몸에 달빛을 받으며 장성을 넘는 꿈을 꾸어 왔었다. 이제야 그 꿈은 현실이 되어 눈앞에 전개되고 있었다. 다만 그가 오랫동안 머릿속에 그려 왔던 정경은 푸른 색조로 나타나 차라리 조용한 것이었지만, 실제로 지금 그가 두 눈으로 지켜보고 있는 장성 돌파는 세찬 바람이 휘몰아치는 속에서 이루어지고 있었다.

징기츠칸에게는 장성이라는 성의 방비력도, 그 곳을 점령할 때의 고통도, 또 성의 한 모퉁이를 파괴해서 공격로를 만드는 것도, 그리고 또 그것을 수행할 때가 대낮과 같은 달빛 아래라는 것도 모두 그가 예상했던 것이었다. 모든 것이 자기의 예상과 조금도 다름이 없다고 해도 좋았다. 다만 바람만은 그가 전혀 생각지 못했던 것이었다. 이같이 거센 바람이 천지를 진동시킬 것 같은 굉음을 내며 휘몰아칠 줄은 미처 몰랐었다. 이 곳에서는 바람이 일 년 내내 거칠게 불어대고 있는 것이라 생각되었다. 유목 민족과 농경 민족과의 수백 년 동안 전혀 왕래할 수 없게끔 차단해 왔던 성벽은 그 수백 년 동안 하늘에서 불어오는 강풍에 계속 시달려 왔던 것이다.

징기츠칸은 새벽녘까지 장성의 돌마루에 서 있었다. 수만 명의 기병들과 말, 낙타의 대군이 모두 장성을 넘어가기까지는 오랜 시간이 걸렸다. 새벽이 가까워져서 징기츠칸의 근위대가 맨 마지막으로 장성을 넘었다. 징기츠칸은 그 군사들과 함께 처음으로 밟는 장성 안의 산비탈을 말을 달려서 내려갔다.

그리고 열흘쯤 지나서, 징기츠칸은 적의 본토에서 금나라의 장군 정설이 이끈 대군과 싸워 이를 격파하고, 대수록과 풍리 두 현을 점령했다. 징기츠칸의 중군이 장성의 안쪽으로 들어간 며칠 뒤, 제베가 이끄는 제1군이 또한 장성을 넘고 오사보의 성을 공격했다는 보고가 들어왔다. 또 그로부터 보름쯤 지나 그것을 뒤쫓듯이 오월영의 성을 무너뜨렸다는 보고가 전달되었다.

징기츠칸은 자기의 부대와 제베의 부대가 산서성의 요충지 대동부를 양쪽에서 크게 포위하고 있음을 알았다. 징기츠칸은 대동부의 공격을 서두르지 않았다. 우선 공격 지대의 인심을 안정시키는 일과 병마를 휴식시키는 일로 무더운 여름을 보냈다. 작전은 이제 시작에 불과하고, 몽골의 병사들은 겨우 장성을 넘어서 산서성의 한 모퉁이에 발자취를 남겼을 뿐이다. 전투는 앞으로 몇 년이나 더 계속될지 알 수 없었다.

무카리와 수부타이의 양 부대는 장성 이북의 여러 성을 공격하는 데 치중하고 있었다. 두 부대가 맡고 있는 역할은 가장 힘든 일이지만 효과는 작은, 눈에 띄지 않는 것이었다. 거기서는 중도를 방위하고 있는 천연 요새인 험준한 산들과, 그리고 거기에 흩어져 있는 수많은 성이 엄중하게 두 장수의 진격을 막고 있었다. 징기즈칸은 무카리와 수부타이 두 장수에게 가장 어려운 고난의 임무를 부여했다. 양군으로부터 끊임없이 연락이 있고, 그때마다 승전보를 보내어 왔지만, 그들의 진격 속도는 매우 느렸다. 조그만 땅을 점령하는 데도 며칠씩 걸렸다.

9월 초, 징기즈칸은 제베의 군사들과 공동 작전을 펴서 대동부의 동쪽에 위치한 백등성을 공격했다. 몽골의 부대는 눈사태처럼 쏟아져 들어가서 대동부를 포위했다. 그리고 성을 탈출하여 중도 방면으로 도망치는 금나라 군사들을 추격해서 그 대부분을 섬멸했다.

이를 전후하여 징기즈칸은 무카리로부터 선덕부, 제베로부터 무주(撫州)를 공격했다는 보고를 받았다. 이리하여 중도를 방어하는 장성 이북의 두 요충지와, 산서성 제일의 거점 대동부는 작전 개시 반년 만에 몽골군에게 공격을 받았다.

10월에 이르러 징기즈칸은 금나라의 두 부대가 대동부 탈환을 개시했다는 정보를 입수하자 몸소 선두에 서서 그 선봉 부대를 습격하여 이를 격파하고, 나아가서 본군을 향해 진격했으나 금나라의 두 장수는 싸우지 않고 후퇴했다. 징기즈칸은 후퇴하는 금나라 군사를 회하의 강기슭까지 추격해서 치명적인 타격을 가했다. 이 전투에서 몽골의 기마대는 그 위력을 유감 없이 발휘하여 금나라의 보병 부대를 말발굽으로 짓밟았다.

이 성공에 힘을 얻은 징기즈칸은 제베에게 중도 북쪽의 수비 요충인 거용관을 공격하도록 명령했다. 제베의 부대는 대동부를 진군하여 멀리 거용관으로 달려가서 순식간에 이를 점령했다. 이어서 징기츠칸은 주치 등 세 아들이 이끄는 우군에게 산서성의 장성 이북을 철저히 점령하도록 명했다.

대동부의 징기츠칸 진영에는 세 아들들로부터 서로 다투듯이 운내(雲內)·동승주(同勝州)·무주(武州)·삭주(朔州)·풍주(豐州)·정주(靖州) 등의 점거와 소탕 소식이 속속 전달되었다. 징기츠칸은 볼추가 세 명의 젊은 자기 아들들에게 전투가 어떤 것인가를 하나하나 가르쳐 주고 있는 모습이 눈에 선하게 떠올랐다.

이듬해 1212년, 징기츠칸은 대동부에서 오십 세의 봄을 맞았다. 이 해의 첫머리, 무카리로부터 환주 이성(桓州二城)의 공격 보고가 들어왔다. 그리고 장성 이북의 여러 성도 속속 무카리에게 점령되었다.

계속된 승전보 속에 있을 즈음, 징기츠칸은 대동부 탈환을 위해 금나라 장수 혁사리와 규견이 대군을 이끌고 중도를 출발했다는 보고를 받았다. 징기츠칸은 몸소 군사들을 이끌고 대동부를 출발, 도중의 산지에서 습격하여 금나라 구원군을 패배시켰다.

징기츠칸은 이제 장성 이북의 땅을 완전히 빼앗은 뒤 중도의 공격로가 열렸음을 알자, 작전상 가치가 없는 대동부를 버리고 전군을 장성의 북쪽으로 이동시켜 중도를 겨냥케 했다.

8월, 징기츠칸은 장성을 공략한 후 1년 2개월 만에 이번에는 남에서 북으로 장성을 통과했다. 장성은 이때도 강풍이 휘몰아쳐서 돌마루 곳곳에서 흙먼지가 회오리처럼 하늘로 솟구치고 있었다. 지금의 몽골 부대는 1년 전의 부대와는 완전히 달라져 있었다. 몇 천 명에 이르는 금나라의 포로와 산더미 같은 노획품도 동시에 남에서 북으로 장성을 넘었다. 이 노획품들의 운반은 모두 금나라의 포로가 맡았다. 등에 짐을 가득 실은 낙타의 무리가 장성을 건너는 데는 며칠이나 걸렸다.

징기츠칸은 다시 온구트 부락에다 진영을 세우고 거기서 각지에 흩어져 있는 부대를 지휘하기로 했다. 몇 달 만에 징기츠칸은 자기 막사에서 주치와 볼추를 만났다. 주치와 볼추는 다음 작전의 의논 때문에 찾아왔던 것이다.

징기츠칸은 도루겐 강 유역 일대를 점령한 공로에 대해 볼추에게 치하하는 조서를 내렸다. 그러자 볼추는 음산과 장성 사이의 육주(六州)를 점령한 것은 자신의 힘이 아니고 주치의 작전이 맞아떨어졌기 때문이며, 그 작전을 전개함에 있어 주치가 취한 과감한 행동의 결과라며 주치야말로 상을 받아야 마땅하다고 말했다.

징기츠칸은 일찍이 주치가 첫 싸움에서 바이칼 호 주변의 여러 부족을 정벌하여 대단한 공을 세웠던 것을 되새겼다. 그렇다면 이번 작전의 성공도 볼추의 말처럼 주치의 활약에 의한 것일지도 모른다고 생각하였다.

그러나 징기츠칸은 계속되는 전진에 갑자기 늠름하게 된 주치의 모습을 보고 있는 동안 그를 칭찬해야겠다는 마음이 점차 사라짐을 느꼈다. 징기츠칸은 보루테를 빼닮은 주치의 얼굴을 지켜보면서, 그의 눈이 반항으로 불타고 있음을 느꼈다. 보루테가 주치에 관해 이야기할 때 그 두 눈에는 언제나 다른 어떤 때에도 보이지 않던 치열한 빛을 띠는 것을 익히 알고 있었지만, 그것과 같은 빛이 지금 자기의 큰아들 눈에도 가득 차 있는 듯 느껴졌다.

징기츠칸은 말했다.

"주치, 너의 이번 작전에 대한 상으로 무엇을 주면 좋겠느냐?"

그러자 이제 25세가 된 젊은 장수는,

"끝없이 고난에 찬 명령을 받고 싶습니다. 저는 더욱더 그것을 수행할 것입니다."

라고 대답했다. 주치의 눈은 아버지 징기츠칸의 눈에 잡힌 채 움직이지 않았다. 그것은 용감한 말이었다. 듣기에 따라서 그것은 아버지에 대한 반항의 선언이기도 했다. 징기츠칸은 자신의 피를 가지고 있는지 어떤지도 모르는 자신의 큰아들이 완전히 성인이 되어 하나의 독립된 인격체가 되었다는 사실을 통보받은 느낌이었다. 징기츠칸 역시 주치의 눈에서 시선을 떼지 않은 채,

"늠름하게 훌륭히 자란 보루테의 아들아!"

그렇게 부른 뒤,

"나는 네가 지금 말했던 것을 잊지 않을 것이다. 이제부터 너는 모든 고난의 장소에 나아가지 않으면 안 된다."

라고 말했다. 그리고 징기츠칸은 먼길을 온 아들과 친구를 위하여 짧은 연회를 열었다. 그날, 주치와 볼추는 자기들 부대가 주둔하고 있는 장소로 되돌아갔다.

징기츠칸은 주치와 헤어진 뒤, 그날 하루 종일 자신이 흥분하고 있

었음을 알았다. 징기츠칸은 주치에 대한 자신의 마음을 뚜렷하게 알수가 없었다. 그것은 애정이기도 하고, 또 증오라고도 할 수 있었다. 그리고 그 애정과 증오는 때와 장소에 따라서 그 중의 어느 쪽이든 하나가 나오기도 하고, 함께 섞여서 매우 복잡한 모양으로 나타나기도 했다.

이전 주치가 바이칼 호 이북의 여러 부족을 평정했을 때, 주치를 위해 그 공을 치하하는 조서를 내려, 주치의 분투를 자신의 일같이 기뻐했었다. 그러나 이번의 경우는 왠지 그 같은 마음이 일지 않았다. 그리고 그 씁쓸한 마음의 밑바닥에는 다른 두 아들, 차가타이와 오고타이가 있음을 부인할 수 없었다. 징기츠칸은 주치 한 사람에게만 공로를 인정하는 것을 피하고 싶었다. 나이는 어리지만 주치와 마찬가지로 한 무리의 장수로 싸움에 참여하고 있는 차가타이와 오고타이에게도 같은 공로를 인정하고 싶었던 것이었다.

그러나 징기츠칸은 며칠 동안 자신이 주치와 만났던 일로 인하여, 계속 치열한 정신을 주입받고 있음을 깨달았다. 주치가 모든 고난에 나설 명령을 징기츠칸에게 요구했듯이, 징기츠칸 또한 스스로가 그것을 요구하고 있음을 알았다. 주치가 몽골의 이리이고자 몸부림쳤듯이, 징기츠칸 역시 몽골의 이리답지 않으면 안 되었다. 한 차례 장성을 넘어 금나라 군사를 무찌른 정도를 가지고서 징기츠칸은 자기가 어릴 적부터 계속 간직하고 있는 푸른 이리의 모습과 닮게 할 수는 없었다.

그러나 징기츠칸은 이 해에는 더 이상 군을 움직이게 하지 않았다.

자기 아래의 모든 부대를 장성 북측에 바짝 붙여두고, 언제든지 금나라로 쳐들어갈 태세를 정비한 채 그 시기를 기다리고 있었다. 그 한 해가 다 저물 무렵, 징기츠칸은 예상하지 못했던 큰 수확을 얻었다. 그것은 일찍이 금에게 멸망되었던 요(遼)의 왕실 후예인 야율유가[2]가 일족의 거란인을 이끌고 금나라 북동쪽에서 반란을 일으킨 것이었다. 징기츠칸은 이 보고를 듣자 즉시 장수 안친을 사자로 보내어 유가와 동맹을 맺었다. 유가는 징기츠칸에게 충성을 맹세하고, 징기츠칸은 유가에게 거란공자(契丹公子)의 보호를 약속했다.

이러한 북동쪽의 정세에 대하여 금나라에서는 유가를 정벌하기 위해 군사를 보냈다. 완안화석을 장수로 한 정벌군이 파병되자 징기츠칸은 3천 명의 구원병을 급히 보내 유가를 구하고, 동시에 제베에게 명하여 북동부의 요충 동경(東京 : 요양)을 치게 했다. 제베는 순식간에 동경의 시가를 함락시켰는데, 이로 인해 유가는 징기츠칸의 허가를 얻어 요왕의 지위에 오르게 되었다. 이 작전으로 장성 북쪽의 땅뿐 아니라 음산과 홍안 두 산맥의 저편에 있는, 거의 몽고고원만한 드넓은 지역이 몽골의 세력에 들어오게 되었다.

제베는 요동 원정을 마치고 부대를 그 곳에 주둔시킨 채 자신만 진영으로 찾아왔다. 징기츠칸은 예를 다 하여 제베를 맞았다. 몽골의 장수 중에서 이 즈음 제베의 이름이 금나라에 많이 알려져 있었다. 한 번 싸워 기필코 이기고마는 대군을 수족같이 움직이게 하는 그의

---

2) 야율유가(耶律留哥). 몽골로부터 공격을 받은 금나라는 만주에 있는 거란인이 이에 대응하지 않을까 두려워하여 거란인의 행동을 극도로 속박했다. 거란인 야율유가는 이에 불안을 느껴, 만주에 침입하려는 몽골군에 복종하여 연합해서 금나라를 치고, 1213년 스스로 왕이 되어 나라를 요라 일컬었지만, 그 2년 뒤 병란이 일어 야율유가는 쫓겨났다.

신묘한 전술은 금나라의 모든 장수들로부터 뛰어난 재주라고 존경 받고 있었다.

제베는 홍안령 너머로부터 수천 마리의 말을 빼앗아 징기츠칸의 진영으로 끌어왔다. 때문에 온구트 부락 주변은 온통 키 큰 흑갈색의 윤기 있는 말로 메워졌다. 제베는 징기츠칸을 만나자마자,

"일찍이 저는 타이추토 족의 우두머리로서 가칸과 싸워 가칸의 말을 상하게 했던 적이 있었습니다. 그래서 저는 오랫동안 가칸에게 말을 바치고 싶었으나 이제야 겨우 그 소망을 이루게 되었습니다."

"부상한 것은 나의 말뿐만이 아니었소. 그대의 화살은 말을 쓰러뜨리고 나의 목에도 상처를 입혔소."

징기츠칸이 웃으며 이야기하자,

"가칸의 몸의 상처에 대한 보상은 저의 목숨으로써 바꾸지 않으면 안 됩니다. 오직 그 같은 기회가 있을 고난의 작전에 아드님 주치만이 아니라 저도 보내주기 바랍니다."

라고 제베는 말했다.

징기츠칸은 이때 비로소 자신과 주치와의 미묘한 관계를 제베가 알고서 넌지시 말하고 있음을 알았다. 이 일은 아마도 제베뿐 아니라, 제루메도 볼추도 알고 있으며, 그것이 건국 초기의 공신들 사이에서 걱정거리로 여기고 있다는 생각이 들었다.

징기츠칸은 제베의 요청에 아무 말도 하지 않았다. 세월과 함께 더욱 고집이 세어져 있는 화살촉 같은 예리한 머리를 가진 장수에게 주치에 대한 자신의 애증의 마음을 정확하게 설명할 수도 없었고, 그

럴 마음도 없었다.

징기츠칸은 이국에서 두 번째의 정월인 1213년의 새봄을 맞았다. 징기츠칸은 신년 축하 연회에 무카리도, 제루메도, 볼추도, 제베도, 그리고 아우 카살과 주치·차가타이·오고타이 세 아들 등을 모두 전선에서 불러들여 한자리에 모았다.

이 자리에서 징기츠칸은 대대적인 금나라 공격을 의논했다. 아니, 의논이라기보다 징기츠칸의 일방적인 명령이었다. 징기츠칸은 무카리·제베·수부타이 세 장수에게는 후방을 지키게 하고, 나머지 3부대의 총력을 금나라 영토에 투입할 것을 발표했다. 즉, 카살이 이끄는 좌군, 주치 등 세 아들이 이끄는 우군, 징기츠칸과 막내아들 툴루이가 이끄는 중군 셋이다. 그리고 지금까지 보좌관으로서 우군에 속해 있던 볼추를 최고 보좌관으로 해서 자신의 중군에 배치했다.

따라서 우군의 지휘를 완전히 자기의 세 아들에게 맡겨 준 것이었다.

징기츠칸은 주치·차가타이·오고타이 세 아들에 대하여,

"너희는 한몸이 돼서 모든 일을 도모하라. 주치는 우두머리로서 지휘권을 가지며, 차가타이와 오고타이 둘은 형을 잘 받들어라. 너희에게 명령한다. 산서(山西)로 들어가서, 하북(河北)의 낮은 지대로 나와, 금나라 영토를 말발굽으로 짓밟아라. 통과하는 도읍은 모두 점령할 것이며, 공격에 임할 때는 병사보다 먼저 성벽을 기어올라라."

하고 말했다. 주치는 형제를 대표하여,

"저희들은 아버지 가칸의 명령에 복종하여 완전히 수행할 것입니다."

이 대답을 하는 주치의 얼굴은 창백했다. 누가 생각해도 실패할 것이 뻔한 명령이었다. 자리는 일시에 숙연해졌다. 볼추도, 제루메도, 무카리도 입을 다물고 한 마디도 하지 않았다. 명령이 내려지고 주치가 그것을 받아들인 이상 무슨 말을 한들 소용없는 일이었다.

징기츠칸은 이어서 동생 카살에게 명령을 내렸다.

"장성의 북쪽 요하 이서(遼河以西)의 땅을 공격하여 바다까지 나가라. 그 지방은 겨울이 되면 모든 것이 얼어붙어 사람과 말이 움직일 수 없다. 겨울이 오기 전에 작전을 끝마쳐라. 군사도 말도 추위에 쓰러짐이 없도록 하라."

"예."

카살은 다소 거친 어조로 대답했다. 금나라 중심부에 침입하지 못하는 것이 카살에게는 좀 불만인 듯했다.

최후에 징기츠칸은 자기의 할 일을 말했다.

"나는 툴루이와 함께 중도를 꿰뚫고, 하북을 내려와, 황하를 건너서 산동을 정벌할 것이다. 볼추는 언제나 나와 같이 있으라."

징기츠칸은 자기가 명령한 3부대의 사명은 그다지 어려운 일이 아니라 믿고 있었다. 과거 2년의 전투로 금나라 군사의 힘을 알고 있었고, 금나라의 정치를 하는 사람들치고 제대로 된 사람이 없다는 것도 알고 있었다. 따라서 중도의 수비는 약하며, 사기는 저하될 대로 저하되어 반란은 언제든 일어날 수 있는 상황에 있었다. 몽골의 기마대는 이제 어디서든지 금나라 안으로 날카로운 송곳이 되어 돌진할 수가 있었다.

그러나 징기츠칸은 이 날 여기에 모여 있는 모두가 금나라를 정벌한 뒤에 무사히 얼굴을 볼 수 있으리라고는 생각지 않았다. 특히 나이 어린 세 아들 모두가 무사하리라고는 생각지 않았다.

징기츠칸이 주치에게 가장 고난에 찬 사명을 준 것은 주치의 희망이기도 했고, 또한 그의 희망이기도 했다. 주치여, 너는 이리가 돼라! 그리고 주치에게 그 같은 사명을 주기 위해 징기츠칸은 확실히 자기의 피를 나누어 가진 차가타이와 오고타이를 희생하여 주치 곁에 두었던 것이었다.

그것은 주치에게 특별한 기분을 갖지 않게 하기 위해서도, 또 많은 장수들의 우려를 납득시키기 위해서도 적합한 조치였으며, 또 무엇보다도 징기츠칸 자신을 위해서도 그 작전은 필요한 것이었다. 더욱이 이미 2년 가까이 만나지 못한 부루칸 산 막사에 남겨 두고 온 보루테를 생각해서도 그녀가 낳은 아이들을 공평하게 취급하지 않으면 안 되었다.

징기츠칸을 중심으로 하여 베풀어진 신년 연회는 여태껏 볼 수 없었던 성대한 것이었다. 대동부를 비롯하여 각지에서 끌려 온 여자들이 술자리를 왕래했다. 막사 밖에서는 눈이 춤추듯 너울거리며 내리고 있었지만, 넓은 막사의 내부는 온돌로 데워져 조금도 추위가 느껴지지 않았다.

연회는 아침부터 밤까지 이어졌다. 징기츠칸은 저녁 무렵 막사의 입구에 서서 온통 하얗게 칠해진 문 밖을 보았지만, 그때 멀리 동쪽의 언덕에 이동하는 군사 집단을 목격했다. 징기츠칸은 보초를 불러 그 군사가 누구의 부대이며, 무엇을 하고 있는가를 물었다. 젊은 보초는 즉시 그 부대명을 말하고, 그들이 행군을 위해 나가 있다고 알렸다. 점으로 이어지고 있는 조그만 대열을 징기츠칸은 오랫동안 바라보고 있었다. 그 부대의 지휘자는 징기츠칸이 처음 듣는 이름이었다. 그 이동은 정말 아름다운 광경으로 징기츠칸에게 있어서 그야말로 한 무리의 힘 있는 이리들로 보였다.

징기츠칸은 새삼스럽게 자기 앞에서 부동의 자세로 서 있는 젊은 병사에게 시선을 옮겼다. 병사의 모자에도 군복의 어깨에도 눈은 내려 쌓이고 있었다. 그도 여지없이 몽골의 이리였다.

그러고 나서 징기츠칸은 연회의 자리로 돌아왔지만, 이때 징기츠칸의 눈에는 볼추도, 제루메도, 카살도 모두가 늙어 보였다. 어느 새 징기츠칸도, 그리고 많은 공신들도 자신이 모르는 사이에 나이를 더하여 모두 백발이 되어 있었다. 단지 장년의 무카리 · 제베 · 수부타이 세 사람만은 젊었다.

징기츠칸은 이제 무카리나 제베의 시대가, 그리고 또 자기가 모르는 젊은 지휘관들의 시대가 오고 있음을 느꼈다.

군대는
전술과 전략만 우월하면
정복할 수 있다.

그러나 나라는
사람들의 마음을 얻어야
정복할 수 있다.

成吉思汗

대 중국 정벌

징기즈칸이 금나라에 대한 공격 명령을 다시 전군에 내린 것은 마침내 눈이 멎고 봄의 햇살이 가득한 4월 초순이었다. 사자가 각 부대의 주둔지로 급히 보내졌다. 직접 행동을 개시하지 않을 무카리·제베·수부타이의 주둔지에도 사자가 갔다.

그리고 약 보름 동안 징기즈칸의 진영은 모이거나 진군하는 부대 때문에 연일 북적거렸다. 징기즈칸은 자신과 툴루이가 이끄는 중군의 출동 준비로 매일같이 바쁜 날을 보내고 있었다.

그러던 어느 날, 징기즈칸은 한동안 찾아가지 못했던 쿠란의 막사를 찾았다. 쿠란의 출진 준비가 어떤지를 보기 위해서였다.

쿠란의 막사 안은 조용했다. 그녀는 혼자 청색 귀고리를 달고 의자에 앉아 있었다.

"사흘 뒤에 출전하는데 준비는 돼 있소?"

징기즈칸의 물음에 쿠란은 뜻밖에도,

"이번에는 이 막사에 남아 있고 싶습니다. 출전을 좀더 따뜻할 때

한다면 기꺼이 참여하겠지만, 이런 기후로는 가우란의 건강이 염려됩니다."

라고 말했다. 이 말을 듣고 있는 동안 징기츠칸은 자신의 안색이 변해가는 것을 느꼈다.

"쿠란, 사랑하는 나의 여인이여, 그대는 항상 나와 같이 있고 싶어했기 때문에 이 곳까지 따라왔던 것이 아니오?"

징기츠칸은 억제할 수 없는 감정으로 거칠게 말했다. 쿠란은 지금까지 어떤 어려운 작전에도 자진해서 참여하여 어린 가우란을 늙은 병사의 가죽부대에 넣어 데리고 다니곤 했다. 지금까지 쿠란은 한번도 싸움에 참여하는 것을 거부한 일이 없었다.

이 일은 그녀의 간절한 소망으로 고난을 미리 각오한 끝에 가우란까지 데리고 온 것이 아니었던가! 이제 와서 쿠란이 이 같은 태도를 보인다는 것은 징기츠칸에게는 도무지 이해할 수 없는 일이었다. 치열한 전투를 직접 보고 겪었기 때문에 겁을 먹은 것인지, 아니면 자신과 가우란의 생명이 아까워진 것인지, 아무튼 쿠란의 생각은 헤아리기 어려울 뿐이었다.

이번 작전에서는 주치도, 차가타이도, 오고타이도 모두 살아서 돌아오리라고 장담할 수 없었다. 막내아들 툴루이 역시 사정은 똑같았다. 금년 20세가 된 툴루이에게 징기츠칸은 부대 하나를 맡겨 그 지휘권을 주려고 생각하고 있었다. 자신과 같은 부대에 속해 있다고는 하나, 일단 싸움터에 나서면 내일을 기약할 수 없는 저마다 다른 운명이 놓일 터였기 때문이다.

징기츠칸은 말없이 그녀의 막사를 나왔다. 그리고 자기 막사에 돌아와서 신하들을 물리치고 오랜 동안 혼자의 시간을 가졌다.

만약 여기서 아내 보루테가 낳은 네 명의 아이들이 모두 죽게 될 경우, 그런 경우는 충분히 있을 수 있는 일이었지만, 뒤에 남은 자신과 쿠란 사이에서 생긴 아들 가우란은 어떤 처지가 되는 것일까.

물론 징기츠칸은 가우란에게 아버지로서의 애정을 가지고 있었다. 나이가 든 이후에 생긴 자식이며, 가장 사랑하는 쿠란이 낳은 자식이기도 했다. 드러내놓고 표시했던 적은 없었지만 징기츠칸에게 있어 가우란은 다른 아이들보다 훨씬 귀여운 존재였다. 그런 가우란이 비록 어린아이라고는 하나 다른 자식들과 똑같이 작전에 참여하여, 그만이 살아남는 경우와 참여하지 않고 부락에서 살아남는 경우와는 아무래도 동등하게 생각할 수 없는 일이었다.

징기츠칸은 보루테의 얼굴을 떠올리고 있었다. 오랜 세월 자신과 고난을 함께 하고, 지금 부루칸 산 막사에서 집을 지키고 있는 아내 보루테의 얼굴을 마치 그녀가 앞에 있기나 한 것처럼 공간의 한 부분을 바라보고 있었다. 징기츠칸은 보루테를 두려워하고 있는 것은 물론 아니었다. 그러나 눈앞에 있는 보루테의 영상을 내쫓아 버릴 수가 없었다.

징기츠칸은 일찍이 샤먼교의 승려 테프 텐구리를 택할 것인가, 동생 카살을 택할 것인가로 하룻밤을 꼬박 새우며 막사 안을 서성거렸던 일이 있었는데, 꼭 그때와 마찬가지로 이 날도 낮부터 자기 방에 틀어박혀서 밤의 어둠이 완전히 막사를 둘러싼 후에도 방에서 나오지 않았다. 한밤이 가까워져서야 징기츠칸은 사자를 불러 친베와 치라운 두 장수의 아버지인 소루칸 시라를 불러오라고 명령했다. 이윽고 70대 중반을 넘긴 노인은 여윈 몸으로 징기츠칸 앞에 나타났다. 징기츠칸은 소루칸 시라의 얼굴을 지그시 바라보며,

"소루칸 시라. 내가 타이추토에게 붙잡혔을 때 그대는 나를 구해 주었다. 그대는 다시 한 번 나를 위해 일해 주겠는가?"

"소루칸 시라는 가칸의 명령이라면 어떠한 일이라도 받들 것입니다."

노인이 말했을 때, 징기츠칸은 낮부터 밤까지 생각하고 있던 결론을 짧게 말했다.

"소루칸 시라여! 그대는 즉시 쿠란에게 가서 가우란을 빼앗아라. 그리하여 이름도 없는 몽골 부족의 한 사람에게 주어서 기르게 하라. 가우란이 나의 아들이라는 것을 절대 알려서는 안 된다."

징기츠칸의 이 말을 듣고 평소 자기 감정을 드러내는 일이 없는 소루칸 시라도 안색을 바꾸었다.

'비(妃)에게 가서 왕자를 빼앗는다. 왕자를 몽골 부족의 이름도 없는 집에 주어 기르게 한다. 왕자가 누군지 알려서는 안 된다.'

소루칸 시라는 징기츠칸이 명령했던 것을 입속으로 되뇌며 나직이 말했다.

"가우란을 어떤 가문의 인물에게 주었는지조차도 쿠란에게 말해서는 안 된다. 나에게도 알리지 말라. 이 일은 소루칸 시라만이 알고 있으면 된다."

라고 징기츠칸은 말했다.

소루칸 시라는 다시 같은 말을 되풀이했다.

"아아!"

소루칸 시라는 자신에게 맡겨진 역할의 무게로 몸을 비틀거리면서 짧은 신음 소리를 내며 방에서 나갔다.

이튿날, 징기츠칸은 쿠란의 막사에 발을 들여 놓으며,

"쿠란이여, 그대는 나와 함께 싸움에 참여하자. 금나라 공격에 즈음하여 나는 오직 한 사람밖에 없는 여성 참여자의 영광을 그대에게 주노라."

하고 말했다. 쿠란은 창백한 얼굴을 굳히면서,

"삼가 받아들입니다."

하고 나직이 답했다. 쿠란은 그 밖에 아무 말도 하지 않았지만, 불현듯 어제 했던 자기의 말이 중대한 결과를 낳게 한 것에 놀랐고, 고통으로 인해 무참하게 짓이겨져 있었다. 가우란의 안전을 위해 취한 자신의 행동이 결국은 사랑하는 아이를 빼앗기는 모진 운명을 그녀에게 안겨 주었다.

"곧 출발 준비를 하시오."

징기츠칸은 말했다.

"벌써 다 되어 있습니다."

쿠란은 대답했다. 그리고 상심한 얼굴을 치켜들고,

"나와 가칸 둘 사이에서 생긴 아이를 바다로 내던져 버렸습니다. 다시는 가우란을 볼 수 없는 것인가요?"

어조는 조용했다. 거기에 대해서 징기츠칸은,

"가우란에게 만약 남보다 뛰어난 데가 있으면 반드시 커서 몽골의 이리가 되어 많은 사람들을 이끌게 될 것이오. 나는 그대를 몽골의 비로 삼으려 맞아들였던 것은 아니오. 가우란 또한 몽골의 왕자가 되도록 길렀던 것은 아니오. 쿠란이여, 그대는 나의 훌륭한 심부름 꾼으로서 영원히 나와 함께 있으시오. 그리하여 가우란이 몽골 서민의 아들로서 스스로의 힘으로 자라도록 하오."

징기츠칸은 이렇게 말하면서, 일순 자신도 설명할 수 없는 감동에 휩쓸려 몸을 떨었다. 징기츠칸은 이때 자신이 가우란에게 했던 잔인한 행동의 의미를 비로소 깨달은 느낌이었다. 징기츠칸은 자신이 필사적으로 지키려 했던 것이 사랑하는 쿠란과 가우란에 관한 그 무엇이었다는 것을 알았지만, 그것을 입으로 알릴 수 없는 것이 유감이었다. 그것은 말로써 입 밖으로 내는 순간 구슬처럼 사방으로 흩어져서 흔적도 없이 사라질 것이 틀림없었다. 쿠란이 만약 자신의 행동을 이해하지 않는다면 어쩔 수 없는 것이라고 생각했다.

쿠란은 그 뒤 부대가 출발하는 날까지 누구에게도 얼굴을 보이지 않았다. 징기츠칸 또한 일이 바빠서 쿠란의 막사를 가볼 틈이 없었다. 부대가 진영을 출발하는 날, 쿠란은 말에 올라 징기츠칸의 옆에 있었다. 사흘 동안 눈물로 지새웠던 쿠란의 눈물샘은 완전히 말라버려서 이젠 한 방울의 눈물도 나오지 않는 상태였다. 징기츠칸도 쿠란도 이젠 가우란의 일을 입 밖에 내지 않았다.

징기츠칸은 중군을 이끌고 중도를 함락하기 위하여 그 사이에 있는 여러 성을 공격하였다. 어느 것이나 일찍이 무카리가 공격했었지만, 몽골 부대의 철수 후 또다시 금나라에 속해 있었다. 징기츠칸은 선덕부를 공격하고, 이어서 덕흥부를 포위했다. 이 전투에서 징기츠칸은 막내아들 툴루이를 덕흥부 공격군의 우두머리로 임명했다. 툴루이는 전투에서 있는 힘을 다 하여 성벽을 기어올라가서 보루지긴 씨족의 깃발을 성에 세웠다.

징기츠칸은 군사들을 진격시켜 회래(懷來)의 성을 공격코자 했다. 도중에 좌감군 고기(左監軍 高琪)가 이끄는 금나라 정예 부대와 맞닥뜨려, 사흘의 격전 끝에 이를 격파했다. 사방 몇 십 리 안의 초원은 금나라 군사들의 시체로 뒤덮여졌다.

징기츠칸은 쉬지 않고 계속 진군하여 거용관으로 쳐들어갔으나, 금나라의 대군이 거용관을 거점으로 필사적으로 버티고 있는 것을 알고, 희생이 많을 것을 염려하여 방향을 돌려 거용관에서 멀리 떨어진 서쪽에서 만리장성을 넘었다. 그리하여 각처의 요새를 함락하고 금나라 군사들을 무찌르며, 하북평야에서 나와 벼락같이 탁주와 역주의 양 성읍을 거두어들였다. 중도는 지척에 있었다. 그야말로 바람같이 빠른 몽골 기마대의 행동이었다. 징기츠칸은 중도를 북쪽으로 바라보는 곳에 진을 쳤다.

장주에서 징기츠칸은 멀리 요동에서 진군해 온 제베의 군사와 만났다. 후방에 있던 제베에게 금나라 안으로 침입하라는 명령을 내린 지 두 달도 채 지나지 않은 때였다. 제베는 쉴 틈도 없이 장주를 출발하여 거용관을 장성의 안쪽에서부터 공격하여 함락시켰다. 제베에게는 두 번째의 거용관 점령이었다. 징기츠칸은 중도를 그대로 놓아두고, 황하 유역으로 진군하여 산동 일대의 땅을 짓밟았다.

이즈음, 주치를 우두머리로 한 우군은 명령대로 산서의 산지로 진격하여 성내의 성읍을 모조리 공격하고 하북평원으로 나와 산서와 하북 땅 곳곳에서 자유로이 행동했다. 그리고 또 카살이 이끄는 좌군의 기마부대는 요하 이서의 땅에서 적을 찾아 말을 달리고 있었다.

이렇게 해서 몽골의 수많은 기마대는 금나라 영토를 문자 그대로 말발굽으로 짓밟았으며, 이듬해 1214년의 봄까지 90개의 성읍을 피로 물들이고, 제각기 거기에 보루지긴 부족의 깃발을 꽂았다.

4월, 징기츠칸은 금나라 각지에 흩어져 있는 전 부대에게 중도 부근에 모이라는 명령을 내렸다. 그후 한 달 동안 매일같이 몽골의 기마대는 하북평원의 동서남북 모든 방향에서 몽몽한 흙먼지를 날리며 모습을 드러냈다. 마침내 중도 서쪽의 평원은 몽골 부대로 메워졌다. 몽고고원을 출발할 때는 20만 명이었던 병력이 이젠 항복한 금나라 군사들로 배 이상 늘어나 있었다.

징기츠칸과 그의 장수들은 1년 3개월 만에 중도를 눈앞에 바라보는 평원의 한 귀퉁이에서 만났다. 바닷속의 조그만 섬처럼 중도만이 함락되지 않고 그들의 눈앞에 놓여 있었다. 더욱이 중도의 도읍 안에서는 분쟁이 그치지 않고, 서로를 의심하여 암살이 되풀이되고 있었으며, 권력자는 계속 교체되고 있었다.

징기츠칸은 금나라 황제에게 친서를 전달할 두 사람의 사자를 운명이 절박한 금나라 최후의 도읍으로 보냈다.

경의 황하 이북 영토는 모두 나에게 들어왔다. 남은 것은 오직 중도뿐이다. 경의 성이 이같이 무력하게 무너짐은 하늘의 뜻이다. 나로 하여금 무기를 들게 하지 말라. 나는 하늘의 노여움을 살까 두렵다. 나는 군사를 되돌려 돌아가려 하는바, 경은 명심하여 나의 군대를 따뜻이 맞아 위로함으로써 나의 부하 장수들의 분노를 진정시키기 바란다.

친서는 금나라 황제의 위신을 손상시키지 않도록 배려되어 있었지만, 노골적인 항복의 권유였다. 징기츠칸은 이 친서를 전할 사자를 뽑을 때 어머니 허얼룬이 길렀던 고아 보로쿨이 없음을 슬퍼했다. 고루치를 구하고자 파견했다가 그를 잃어버렸던 회한을 다시 몇 년 만에 징기츠칸은 되씹어야만 했다.

징기츠칸의 친서에 대해, 금나라 황제로부터 징기츠칸의 요구를 승낙하고 화의를 체결할 뜻이 있음을 전해 왔다. 무카리와 주치가 징기츠칸의 대리로 중도의 도읍에 가서 화의가 이루어졌다. 화의라 했지만 실질적으로 금나라의 항복과 다름없었다.

징기츠칸은 황실의 공주를 요구하고 다른 무엇도 요구하지 않았다. 요구할 필요가 없었다. 이미 20만 명의 금나라 군사가 아군에 흡수돼 있었고, 중도 이외의 90개 성읍에서 빼앗은 물건은 무기·재물·농기구, 말을 부리는 데 쓰는 기구, 옷·식품 등이 막대한 양에 이르렀다. 성이 함락되기 직전의 중도에서 구해야 할 것이 있다면 그것은 금나라의 공주 정도였다. 대국 금황제 일족의 여자를 징기츠칸은 침대 위에 요 대신으로 필요했던 것이다. 아무바카이칸이 당나귀 모양의 나무에 못 박혀서 산 채로 가죽이 벗겨졌던 것에 대한 보복을 황실의 젊고 싱싱한 처녀가 대신 짊어지게 된 셈이었다.

화의가 시작된 지 며칠 지나서, 선제 승과의 딸 카톤이 많은 황금과 재물, 그리고 남녀 각각 5백 명과 말 3천 마리와 함께 징기츠칸의 진영으로 왔다.

징기츠칸은 이들을 거둬들이게 되자 전군에게 금나라에서 철수할 것을 명령했다.

징기츠칸은 군사들을 이끌고 거용관에서부터 막북으로 나왔다. 이 날도 장성에는 바람이 거칠게 불고 있어, 만리장성의 돌마루가 자리하고 있는 산의 나무들은 바람에 찢겨나가듯 요란하게 소리를 내며 흔들리고 있었다. 징기츠칸은 장성의 돌마루에서 말을 멈추고 어디까지 뻗은지도 모르는 긴 대열에서 눈을 거두고 곁에 있는 제베에게,

"그대의 덕으로 거용관을 편안하게 넘을 수 있었다."

하고 말했다. 그러자 거용관을 북쪽과 남쪽에서 두 번이나 함락했던 제베는 눈을 빛내며,

"제베는 앞으로도 몇 차례 더 거용관을 공격하지 않으면 안 될 것입니다."

하고 웃자 징기츠칸도 같이 웃었다. 둘의 웃음소리는 순식간에 바람에 묻혀 서로에게 들리지 않았다. 제베가 말했듯이 징기츠칸도 또한 금나라라는 거대한 물건이 영원히 자기에게 속해 있으리라고는 믿지 않았다. 징기츠칸은 어떻게 하면 금나라를 완전히 자신에게 무

릉 꿇도록 할 수 있는지 그것조차 생각할 수 없었다.

금나라의 승상 완안복흥은 침략자들을 거용관의 북녘까지 따라나와 배웅했다.

몽골의 군사들은 만 3년 만에 몽고고원으로 돌아갈 수 있었다. 징기츠칸은 부루칸 산의 막사로 돌아와 얼마 동안 생활한 뒤, 다시 타타르의 유루리 호수를 야영지로 정하여 그 곳으로 옮겼다. 그것은 금나라의 동정을 감시할 필요도 있었고, 보루테와 쿠란 사이에 일어날지도 모르는 충돌을 사전에 방지하려는 마음에서였다.

징기츠칸은 타타르가 살던 지역으로 옮길 때 쿠란 외에 금나라 공주인 카톤을 데리고 갔다. 징기츠칸이 중국 각지에서 얻은 아름다운 여자는 매우 많았지만, 그녀들은 모두 이들 두 비(妃)에게 시중 들게 했다. 카톤은 말이 없고 얼굴도 못생겼으며 키도 작았다. 징기츠칸은 카톤을 비로 삼았지만, 이내 자신의 막사에 들이지 않았다. 다만 비의 대우만 했을 뿐이었다.

몽골군이 몽고고원에 돌아온 뒤 전쟁에 참여했던 사람 중 가장 나이가 많은 소루칸 시라가 죽었다. 징기츠칸은 일생 동안 위급한 상황에서 두 번이나 자신을 구해 주었던 노인에게 국장(國葬)의 예로써 보답했다. 소루칸 시라의 장례식날, 징기츠칸은 쿠란과 같이 그의 묘소로 가서 영구 위에 몇 덩어리의 흙을 떨어뜨렸다.

가우란이 살고 있는 장소를 아는 오직 한 사람인 소루칸 시라의 죽음을 징기츠칸은 쿠란과 함께 애도했다. 그러나 징기츠칸은 가우란에 대해서는 한 마디도 하지 않았고, 쿠란 역시 그 이름을 결코 입 밖에 내지 않았다. 두 사람의 눈앞에서 소루칸 시라의 영구는 깊숙이 땅속에 묻혀서 다시는 그 모습을 볼 수 없게 되었다.

장성 안의 요충지 거용관에서 제베가 예언했던 대로 몽골군이 다시 만리장성을 넘지 않으면 안 되는 날이 예상했던 것보다 빨리 왔다. 징기즈칸의 야영지에 금나라 황제가 도읍을 중도에서 변경으로 옮겼다는 보고가 들어온 것은 징기즈칸이 귀환한 지 얼마 되지 않은 6월 그믐께였다.

징기즈칸은 사실로써 금나라가 평화의 뜻이 없음을 알아차리고 너무도 빠른 배신에 심한 분노를 느꼈다. 징기즈칸은 즉시 금 정벌 작전에서 대단한 공을 세웠던 사루주토 부대의 기마대와, 역시 잔인하리만큼 집요하게 적을 쳐부수는 여진군으로 구성된 기마대에게 금나라로의 출동을 명령했다. 사루주토 부대의 우두머리는 사무카이며, 여진군의 우두머리는 민안이었다. 이번 명령은 중도를 공격하고 성읍에 있는 자들을 철저히 소탕하라는 매우 엄격한 명령이었다.

이와 동시에, 징기즈칸은 무카리에게 요동으로 출동할 것을 명령했다. 금나라 군이 요동땅을 다시 되찾고 있다는 유가왕의 보고가 있었으므로 이를 막기 위해서였다. 징기즈칸은 무카리의 출발에 즈음하여, 이제 장년기에 들어서 장수로서 정치가로서 무르익어 가고 있는 무적의 장군에게 조서를 내렸다.

"대행산맥 이북의 땅은 내가 다스리고, 이 산맥의 이남 땅은 그대가 다스려라."

징기츠칸은 무카리에게 금나라를 평정케 하고, 다시 나아가 그 너머의 대국 송(宋)까지도 함락시키려고 생각했었다. 무카리라면 그것을 충분히 해낼 수 있으리라 생각했다. 한편, 징기츠칸 자신은 하지 않으면 안 될 일이 있었다. 징기츠칸의 마음에는 이때 중국보다는 오히려 서방의 피부도 눈빛도 다른 미지의 나라들에게 눈을 돌리고 있었다.

징기츠칸은 금나라를 공격하는 무카리의 부대와 사무카 및 민안의 부대를 유루리 호수 야영지에서 배웅했다. 1214년 7월의 일이었다. 이로써 금나라와의 평화는 불과 3개월 정도 유지되었다.

이 해 말부터 이듬해의 봄까지 징기츠칸은 호수의 막사에서 매일같이 원정군 행동을 보고해 오는 사자를 만났다. 중국에서의 두 원정군의 행동은 손바닥을 들여다보듯 훤했다. 중도 함락을 목적으로 하는 사무카 민안 등의 본격적인 전투는 이듬해 1215년 초부터 개시되었다. 원정군은 중도를 크게 포위하여 외부와의 연락을 차단하고 적을 하나하나 따로 떼어 공격하는 방식으로 북상하는 금나라의 군대를 차례로 무찔렀다.

징기츠칸은 중도 함락의 보고가 예상 외로 늦었으므로 안달이나 짜증을 부렸다. 징기츠칸은 한시 바삐 승전보를 듣고 싶었고, 또 더위도 피할 겸 해서, 진영을 유루리 호수에서 환주로 옮겼다. 그렇게 기다렸던 중도 함락이 성취된 것은 그 해 6월이었다. 그 보고는 약 열흘 뒤에 환주의 막사에 도착했다. 징기츠칸의 진영은 승전보로 들끓었으며, 사흘 동안 전 군사들은 계급에 상관없이 술판을 벌였다. 전선에서 오는 소식은 연회의 자리에도 속속 도착했다.

"중도 지금 불타고 있음."

사자의 보고는 언제나 같은 것이었다. 그리고 징기츠칸은 이 '중도 불타고 있음'이라는 사자의 보고를 그후 한 달 내내 매일 듣게 되었다. 중도가 계속 불타고 있다는 보고 이외에는 적장 완안복홍이 성이 함락되는 날 독을 마시고 죽었다는 것뿐이었다.

징기츠칸은 복홍이라는 금나라 장수를 잘 알고 있었다. 몇 번이나 같이 싸웠고, 화의를 체결할 때는 금나라의 사자로 왔기에 그를 만났던 일도 있었다. 그는 인품이 비열하지 않은 뛰어난 장수였다. 징기츠칸은 북경의 대성읍이 불타는 것도, 그 안에 가득 찬 수많은 재물이 재로 변하는 것도 아깝지 않았지만, 복홍이라는 장수의 죽음만은 매우 아까워했다. 징기츠칸은 그가 항복해 온다면 그를 부하로 삼아서, 새로이 중도의 우두머리로 앉히려고까지 생각하고 있었다.

복홍의 자살이라는 행위가 징기츠칸에게는 납득이 되지 않았다. 예로부터 유목 민족의 일반적인 생각으로는, 칼이 부러지고 화살이 없어져서 전투에 패했을 경우에 장수가 적에게 항복하는 것은 조금도 치욕이 아니었다. 그리고 적에게 항복하면 용서받거나, 목이 베어지거나 하는 것은 상대의 결정에 달려 있는 것이었다.

징기츠칸은 여태까지 헤아릴 수 없을 만큼 많은 성을 함락해 왔지만, 장수로서 최후까지 항복하지 않았던 장수는 한 사람도 없었다. 징기츠칸은 상대의 항복을 기다렸다가 상대를 용서하거나 죽이거나

했다. 그러나 복홍의 경우는 전혀 달랐다. 그는 항복하지 않고 성을 불태운 뒤 스스로 목숨을 끊은 것이다.

징기츠칸에게 있어 중도의 성읍이 한 달에 걸쳐서 계속 불타고 있다는 것은 복홍의 행동을 생각할 때 조금도 이상한 일이 아니라고 생각되었다. 그리고 실제로 그것을 보지 않았어도 중도를 태우는 화염의 빛깔을 눈에 떠올릴 수가 있었다. 그것은 일찍이 그가 봤던 어떤 불빛과도 달랐다.

징기츠칸은 금나라 사람과 송나라 사람을 불러내어, 그들 나라의 역사에 복홍 외에도 자살했던 장수가 또 있는지를 물어보았다. 그들은 같은 대답을 했다.

"역사상에 이름이 전해 내려온 명장의 대부분은 성이 함락될 때 모두 죽었습니다."

징기츠칸은 자신이 금나라의 공격에서 얻은 것 중 가장 큰 것은 이 같은 무인의 최후 방법이었다. 이것은 일찍이 몽골인에게는 없었던 것이었다. 그리고 그것은 어떠한 훈련에 의해서도, 어떠한 연습에 의해서도 되는 것이 아니었다.

징기츠칸은 중도 함락군에게 군사들과 일반 시민을 구별하지 말고 전투에서 살아남은 자는 모두 교외의 한 곳에 모아두도록 명령해 놓고 있었다. 그리고 포로들에 대해서 평소와는 다소 다른 방법을 취했다. 여태까지는 성을 함락시켰을 경우 포로 중에서 여자를 먼저 빼내어 그것을 염주처럼 묶어서 징기츠칸의 진영으로 보냈지만, 이번에는 여자를 놔두고 남자 중에서 특수한 교육을 받았거나 기술이 있는 사람을 먼저 보내도록 명령했다. 그리고 남자들을 취급함에 있어, 감정적으로 처리하는 일이 없도록 엄하게 주의시켰다. 아무리 적대 감정을 가지고 있는 사람일지라도 특수한 기술이나 교양을 지닌 사람은 일단 아군의 진지로 보낼 것을 명했다.

그리고 이 같은 사무를 보는 책임을 재판의 최고 책임자로 임명해 두었던 타타르의 고아 출신인 시기 쿠토쿠에게 맡겼다. 어떠한 경우에도 얼음과 같은 냉정함을 잃지 않는 청년으로 성장한 시기 쿠토쿠는 파리한 얼굴을 일그러뜨리고 징기츠칸의 명령을 받자 곧 중도로 향했다.

한 달쯤 지나서 징기츠칸은 시기 쿠토쿠가 그의 임무를 완벽하게 수행하고 있음을 알았다. 매일같이 중도에서 재물과 함께 기술을 가진 금나라 사람이 보내져 왔다. 농부·대장장이·점성술사·관리자·학자·장수·병졸 등 다양한 직업의 사람들이 모여 있었다.

징기츠칸은 진지에서 또 한 번 그들의 특수 기술을 조사한 다음 자신에게 보고토록 지시했다. 여자들은 거의 오지 않았다. 간혹 보내온 것을 보면 핏기 없는 얼굴에 신들린 것 같은 눈매를 한 점쟁이뿐이었다.

"여자들은 하나도 안 오느냐?"

징기츠칸은 담당자에게 물었다.

"한 사람도 안 옵니다."

그 담당자의 대답에서 징기츠칸은 시기 쿠토쿠의 얼굴을 떠올리며 쓴웃음을 지을 수밖에 없었다.

그러던 어느 날, 징기츠칸은 포로들 중 야율초재[1]라는 이름을 가진 거란인으로서 좌사원외랑(정6품 벼슬)으로 일했던 인물이 포함되어 있음을 보고받았다. 징기츠칸은 곧 그를 불러들이도록 명령했다. 그런데 그는 뜻밖에도 긴 수염을 늘어뜨린 매우 젊고 싱싱한 느낌을 주는 우람한 몸집의 젊은이였다.

징기츠칸은 신하들을 그 사람과 나란히 세워 보았지만, 그의 어깨에도 미치지 않았다. 인간이 아닌 것 같은 그 우람한 남자는 볼에서부터 턱 아래로 길게 검은 수염을 늘어뜨리고, 조금도 기죽지 않은 채 당당한 자세로 서 있었다.

"그대의 나이를 말하라."

징기츠칸이 묻자,

"스물여섯 살입니다."

낮은 목소리였으나 분명하고 침착하여 무게를 느끼게 하는 음성이었다.

"그대는 거란인인가?"

"그렇습니다."

"그대의 거란은 금나라에 멸망해서 현재와 같은 소국의 지위로 내쫓겼다. 나는 금나라를 함락하여 그대의 모국을 위해 원수를 갚아

---

1) 야율초재(耶律楚材) : 1190~1244, 요의 동단왕(東丹王)의 8세손에 해당하는 거란인 출신으로, 부는 금나라의 관리이다. 어릴 적부터 중국 학문과 교양을 몸에 익혀 금나라의 관리가 되었다. 징기츠칸의 사후는 오고타이를 즉위시킴에 공이 있었다. 초재는 한인적 교양(漢人的 敎養)을 기본으로 하여 그 출생 민족인 거란족과 그가 관리 생활을 한 여진족과 몽고족 세 종류의 다른 민족이 뒤섞인 정신에 의해 행동했다고 할 수 있다. 뒤에 불문에 들어, 담연거사 종원의 법호를 얻었다. 징기츠칸을 수행해 갔던 곳곳에서 지었던 시문 등을 수록한 《담연거사집》은 유명하다.

주었다. 그대는 몽골의 가칸인 나에게 감사해라."

"나의 집은 할아버지 때부터 금나라의 관리가 되어 그 녹을 먹어왔습니다. 나는 금나라의 신하로서 어떻게 그 불행을 기뻐하리까."

아무런 주저도 없이 당당하게 말하는 야율초재의 윤기 있는 목소리는 징기츠칸의 마음을 흐뭇하게 했다.

"그대는 어떤 학문에 밝은가?"

"천문 · 지리 · 역사 · 의학 · 점술 등입니다."

"점술도 잘 하는가?"

"점술은 저의 장기입니다."

"그러면 나를 위해 점을 쳐라, 몽골의 푸른 이리들은 지금 어떠한 운명인가?"

"몽골인을 점치려면 몽골인이 하는 방법으로 해야 할 것입니다. 양의 어깨뼈 한 조각을 제게 주십시오."

징기츠칸이 양의 어깨뼈를 가져오게 하자, 야율초재는 막사 밖으로 나가더니 돌화덕을 쌓고, 양의 뼈를 태운 다음, 갈라진 틈을 조사했다. 그런 후에 징기츠칸에게 알렸다.

"서남 방향에 새로운 북이 울리고 있습니다. 가칸의 군은 다시 알타이를 넘어 카라 키타이의 나라로 진입할 때가 다가오고 있습니다. 지금부터 3년 뒤에 반드시 그 때는 올 것입니다."

"만약 그대의 예언이 맞지 않을 때는 어떻게 할 것인가?"

징기츠칸은 예언자에게 물었다. 그러자 야율초재는 똑바로 그의 눈을 주시하면서,

"가칸이 바라는 것을 드리겠습니다. 만약 가칸이 저의 목숨을 원한 다면, 목숨까지도……."

징기즈칸은 야율초재의 모든 말이 자기 뜻과 같다고 생각했다. 지금까지 이만큼 멋진 인물을 만나 본 적이 없었던 듯싶었다. 징기즈 칸은 그날부터 야율초재를 측근으로 삼았다.

몇 중신들이 야율초재를 등용하는 것에 반대했지만 징기즈칸은 듣지 않았다. 반대 이유는 야율초재가 무슨 생각을 하고 있는지도 모르는 정체 불명의 인간이라는 것이었다.

"나는 일찍이 포로 중에서 제베를 선발했었다. 더구나 그는 나와 나의 말에게 상처를 입힌 사람이었다. 지금, 나에게 어떤 손해를 입힌 적이 없는 금나라의 문관을 나의 곁에 두는 일이 무슨 거리낌이 있으랴. 일찍이 나는 젊은 포로에게 제베라는 이름을 주었었다. 야율초재에게는 우토 사칼(긴 수염)이라는 이름을 주노라."

긴 수염의 점성술사는 그날부터 우람한 체격으로 징기즈칸의 시중을 들게 되었다.

징기즈칸은 중도를 함락하자, 개선 장군 사무카를 1만 명의 우두머리로 임명하여, 다시 금나라의 신도 공격을 위한 제2단계 작전에 출동케 했다. 징기즈칸은 사무카에게 서하를 통과하여 하남으로 향하는 작전로를 택하게 했다.

11월, 사무카의 군은 세 번째 금나라로 향해 출발하여 서하를 통과, 숭산산맥(崇山山脈)에 이르렀으나, 그 험난함에 가로막혀 강행군 끝에 겨우 하남으로 나와 신도 변경으로 진격해 갔지만, 전군의 피로가 극심하여 금나라와의 결전에서 패배했다.

사무카로부터 패전 보고가 계속 들어올 때, 그것을 뒤쫓듯이 금나라의 황제로부터 화의를 구하는 사자가 징기츠칸의 막사로 찾아왔다. 징기츠칸은 볼추와 제루메 등의 장로와 의논하여 황하 이북의 금나라 영토를 몽골에 줄 것과 황제는 그 황제라는 칭호를 버리고 하남왕으로 바꾸라는 매우 가혹한 조건을 내세웠다.

금나라 사자는 돌아갔지만, 이후 회답은 없었다. 징기츠칸도 금나라가 그런 조건을 받아들이지 않을 것이라 생각하고 있었으므로 회답이 없는 것에 아무런 감정도 느끼지 않았다.

1216년 봄, 사무카는 패배하여 상처투성이의 군대를 이끌고 징기츠칸의 막사로 되돌아왔다. 징기츠칸은 사무카를 만나고 패전 보고를 들었다. 그리고 사무카의 보고가 끝나자 말했다.

"사무카여, 나는 그에게 패전의 치욕을 씻을 기회를 주겠다. 그러나 단 한 번이다. 그대는 전과 같이 1만 명의 군사를 이끌고, 11월에 다시 신도를 함락하기 위해 출전하라. 그대는 전과 같이 위구르 땅으로 들어가서 숭산산맥의 바위와 벼랑을 기어올라라. 그리하여 하남에 들어가서 신도 변경을 공격하라."

사무카는 안색을 바꾸었다. 전보다 배가 넘는 병사를 주더라도 전과 같은 험난한 길을 행군하여 변경을 공격할 수는 없다고 생각했다. 그러나 사무카는 그 명령을 따르지 않을 수 없었다.

징기츠칸은 그후 사무카가 다른 부대보다 자신의 부대에 열심히 전투와 행군 등 맹훈련시키는 것을 보았다. 징기츠칸은 자기가 선발한 젊은 장수를 사랑하고 있었다. 볼추·제루메·카살이 점차 늙어 가고 있는 지금, 징기츠칸은 무카리·제베·수부타이 등을 제일선 지휘자에 이은 2진으로서, 20대 지휘자를 양성하려 했다. 사무카도 그 중에 한 사람이었다.

이 해, 징기츠칸은 야영지 환주에서 아내 보루테가 지키고 어머니 허얼룬의 무덤이 있는 부루칸 산기슭의 보루지긴 씨족의 막사로 돌아왔다. 군사들의 대부분이 고향 땅을 밟은 것은 금나라 정벌을 위해 출동했던 1211년 3월 이래 처음이었으므로 실로 5년 만이었다.

징기츠칸과 일부의 군사들은 1214년 금나라와의 화의가 이루어졌을 때, 비록 잠시였지만 한 차례 고향 땅을 밟은 뒤 곧 유루리 호수로 옮겨갔던 일이 있었으나, 이번에는 그때와는 달라서 확실히 개선이라 말할 수 있는 모든 군사들의 귀환이었다.

이 귀환에 속하지 못한 부대는 요동과 요서에서 전전하고 있는 무카리와 그의 군사들, 그리고 중도 공격 후 그 나라에 주둔해 있는 몇 개의 부대뿐이었다. 징기츠칸은 금나라의 신도 변경을 아직 함락하지 못했지만, 황하 이북의 대부분의 땅을 차지하였고, 금나라 사람으로 조직돼 있는 각지의 모든 부대는 소수의 몽골 군사들의 손에 쥐어져 있었다.

몽골 부대는 1211년의 출정 때와는 몰라보게 달라져 있었다. 몽골 부대와 부대 사이에는 금나라 사람이나 거란인, 그리고 송나라 사람으로 만들어진 부대도 있었고, 또 무기를 가지지 않은 여러 나라 사람이 섞인 부대도 있었다. 때로는 그와 같은 다른 나라 사람들의 집단만으로 몇 십 리나 이어졌다. 재물을 산더미처럼 실어올린 차량 부대도 있었고, 병기나 농기구를 등에 실은 낙타나 말의 무리도 있었다. 그리고 또 노비나 부역자로 사용될 엄청나게 많은 금나라 여자나 아이들의 대열도 있었다.

이와 같이 잡다한 요소로 구성된 몽골 부대는 환주를 출발하여 사막을 넘고 케룰렌 강변을 따라 상류로 상류로 거슬러올랐다. 그들에 대한 환영회는 모든 부락에서 행해졌다. 부대는 매일같이 환성으로 들끓는 부락민 사이를 지나갔다.

부루칸 산 일대는 이 때문에 지금까지 한 번도 없었던 대혼잡을 보였다. 토우라 강기슭도, 케룰렌 강변도 몇 백의 새로운 부락이 생겨나서 초원지대에 별안간 몇 개의 대도시가 형성된 느낌이었다.

귀환을 축하하는 행사는 몽고고원 전역에 걸쳐서 성대하게 행해졌다. 징기츠칸이 가칸의 지위에 올랐던 때와는 달리 몽골은 이제 금나라를 쳐부순 강대국이며, 옛날의 유목 생활을 하던 사람들은 이제 계급에 의해 구별된 몽골국의 국민이 되었다.

부루칸 산 주위에는 헤아릴 수 없는 상점이 즐비하게 늘어섰고, 거기에서 모든 것이 팔리고 교환되고 있었다. 술집도 있으며, 음식점도 있었다. 송나라·금나라·거란·서하 등 여러 나라의 특색이 다른 음식점도 즐비했고, 말·양·낙타까지 팔리고 있었다. 금나라 노비를 데리고 있는 부락의 우두머리도 있었으며, 금나라 양식으로 장식한 여자들도 있었다.

징기츠칸은 그러한 초원의 시장을 걸었다. 몇 안 되는 신하들과 같이 걸어도 아무런 불안도 없었다. 금나라와의 긴 전쟁 동안, 거의 여자만으로 지켜졌던 초원의 국가에는 조그만 반란도 없었을 뿐 아니라, 집단 간의 작은 갈등도 없었다. 초원의 번화한 거리는 그대로 남겨졌지만, 무제한 허용된 음식과 맘껏 놀며 몸치장할 수 있는 자유를 허용했던 축제는 열흘 후에 끝이 났다.

징기츠칸은·모든 군사들을 긴장 상태가 풀어지지 않도록 조그만 원정과 전투를 시도했다. 그것은 부락에서 내쫓겼던 메르키트의 잔당이 알타이 산 속에서 몰래 부락을 만들고, 징기츠칸에게 적의를 가지고 있는 데다, 그 세력이 점점 커져서 내버려 둘 수 없게 되었기 때문이었다.

징기츠칸은 모든 초원의 부족을 평정해서 오늘의 지위를 쌓아올렸지만, 메르키트에 대한 조치는 다른 부족의 경우와 달라서 몹시 엄하여 언제나 철저한 소탕을 꾀하고 있었다. 징기츠칸의 태도가 이와 같았으므로 당연히 메르키트의 반항 또한 격렬하고 집요했다. 그들은 잡초같이 살아남아 징기츠칸의 눈에 보이지 않는 곳에서 복수의 기회를 노리고 있었다.

귀환의 축제가 끝나자 징기츠칸은 곧 큰아들 주치에게 메르키트 토벌 명령을 내렸다.

징기츠칸은 주치를 불러서 명령했다.

"메르키트의 잔당을 모두 없애라."

"예, 저는 가칸의 명령에 복종하겠습니다."

주치는 약간 강경한 태도로 대답했다. 메르키트를 토벌할 때는 언제나 그 임무를 주치에게 주었지만, 명령을 내리는 징기츠칸 자신에게도, 그 명령을 받는 주체에게도 뭔가 석연치 않은 것이 있었다.

징기츠칸은 메르키트에게는 언제나 스스로 이해할 수 없는 감정을 느끼고 있었다. 자신과 같은 피를 가진 일족일지도 모른다는 생각이 그 존재를 용서하지 못하게 하는 것이었다. 그들은 몽골의 푸른 이리라는 자신의 신념을 깨뜨릴지도 모르는 존재였다. 어머니 허얼룬을 납치해서 범했던 그 종족의 행위는 몽골 푸른 이리의 이름으로 영원히 용서할 수 없는 것이었다.

그리고 또 자신뿐 아니라 주치의 경우도 마찬가지였다. '주치여, 네가 만약 푸른 이리라면 너의 손으로 피의 정통을 위협하는 자를 무찔러라. 너 또한 너의 어머니 보루테가 납치되어 욕을 당했던 행위를 결코 용서해서는 안 된다'는 그런 감정이었다.

징기츠칸은 이 같은 자기의 생각들을 주치에게는 설명하지 않았다. 이런 자기의 태도를 주치가 어떤 감정으로 받아들일지 알 수 없지만, 이것은 징기츠칸과 주치와 같이 부자 관계인 경우, 서로 간에 입으로 말할 수 없는 문제였다. 지난번에도 그랬던 것처럼 징기츠칸은 이번에도 주치의 반항적인 차가운 눈빛만을 볼 뿐이었다.

징기츠칸은 젊은 장수 수부타이를 주치에게 배속시켜서 공동으로 적에 대처하도록 했다. 주치와 수부타이는 곧 군사들을 이끌고 알타이 산을 가르며 들어갔다. 이 토벌 작전은 초가을에 완전히 끝났다. 주치는 전에 공격했던 메르키트 우두머리의 동생과 그의 두 아들을 죽이고, 셋째아들 코토칸을 포로로 잡아왔다.

주치는 징기즈칸에게 활의 명수로 알려져 있는 메르키트의 단 한 명의 생존자, 실제로 첫 번째 화살은 과녁을 뚫고 두 번째 화살로는 첫 화살의 화살대를 꿰뚫는다는 그 젊은이의 능력이 아깝다는 이유로 그의 구명을 탄원했다.

"코토칸은 활의 명수일 뿐 아니라, 인품이 성실합니다. 살려둔다면 가칸의 좋은 심부름꾼이 될 것입니다."

거기에 대해서 징기즈칸은 다만,

"살려두어서는 안 된다. 즉시 처형하라."

라고 명령했다. 주치는 뭔가 말하고 싶어했지만, 결국은 아무 말도 못 하고 자기 손으로 코토칸의 목을 잘랐다.

이 해 11월 초, 사무카는 일찍이 명령받았던 대로 1만 명의 군사를 이끌고 변경을 공격하기 위해 부루칸의 막사를 떠났다.

그리고 두어 달 뒤, 징기즈칸은 사무카가 보낸 첫 사자를 맞았다. 그리고 사무카의 사자는 열흘 간격으로 도착했다. 징기즈칸이 알 수 있는 사무카와 부대의 행동은 단편적인 것이었지만, 그것을 연결함으로써 사무카 부대의 행동을 알 수 있게 되는 셈이었다.

부대는 서하를 횡단함.

부대는 황하의 남쪽 기슭 견성(堅城)동관(凍關)을 공격함.

부대는 여주(汝州)를 비롯해서 오성시(五城市)를 공격함.

부대는 변경의 서교(西郊)에 진격 중임.

이것을 끝으로 사무카로부터 소식은 끊어졌다. 사무카는 병력이 적기 때문에 변경을 포위할 수가 없어서, 이번에도 멸망 직전의 금나라 수도를 공격하지 못했던 것이다. 사무카의 부대는 변경에서 조금 떨어진 지점에 주둔한 채 움직이지 않았다. 징기츠칸은 사무카에게 사자를 보내 그 노고를 위로하고 변경을 포위하지 않았던 것을 칭찬했다. 사무카는 그대로 그 곳에 주둔했다.

이듬해인 1217년, 요서와 요동의 대작전을 끝마친 무카리는 그것을 보고하기 위하여 징기츠칸의 막사로 돌아왔다. 1214년에 유루리 호수의 진영지를 출발한 무카리는 금나라와의 전투가 개시되었던 1211년 이후, 유루리 호수에서의 3개월도 채 안 되는 주둔 기간을 빼고는 계속 격렬한 전투로 마침내 요동과 요서의 넓은 지역을 자기의 지배하에 두게 되었다. 장수로서도 정치인으로서도 무카리는 탁월한 능력을 가지고 있었다.

징기츠칸은 신하들을 모두 참여시켜 최상의 예를 갖추어 무카리를 맞았다. 징기츠칸은 그의 위대한 공을 칭찬하고, 다시 국왕의 칭호를 수여하여, 중국군 사령관으로서의 모든 권한을 주었다. 이국에서의 쉼없는 치열한 전투는 젊은 장수를 몇 살이나 더 늙어 보이게 하였으며, 얼굴은 무표정하여 움직이지 않았다. 또 흙먼지는 그의 피부색을 초원에서 태어난 사람과는 전혀 다르게 만들었다.

무카리는 며칠 뒤 다시 부임지로 향했다. 2만 3천 명의 몽골 군사와 거란·여진 군사로 조직된 부대가 새로이 그의 지휘하에 들어갔다. 무카리의 이번 부임지는 멸망 상태에 놓인 금나라의 왕실이 한 귀퉁이에서 간신히 생명을 잇고 있는 금나라였다. 그는 새로운 국왕으로서 드넓은 땅의 통치자가 되었다.

오랫동안 적이었던 금을 무찔러서 그 영토의 대부분을 차지한 징기츠칸은 1217년부터 이듬해 1218년 봄까지 부루칸 산자락의 막사에서 보냈다. 몽골민의 생활은 완전히 다른 모습으로 바뀌었다. 금나라에서 배운 농경 기술로 초원은 속속 개간되었으며, 동남부 일대에는 농업과 방목을 겸한 생활을 하고 있었다. 또 금나라에서 얻은 기술로 곳곳에 우물이 파졌고, 목지는 대대적으로 개량되어 갔다.

징기츠칸의 부락에는 매일같이 동서에서 엄청나게 많이 몰려왔다. 징기츠칸은 저마다 피부색도 눈빛도 다른 여러 종족의 인간들이 낙타나 말에 상품을 가득 싣고 모이고 흩어지는 광경을 즐겨 보았다. 특히 먼 서방의 여러 나라에서 오는 대상들은 징기츠칸의 명령에 의해, 시장에 짐을 풀면 곧바로 가칸의 막사로 문안하러 갔다. 징기츠칸은 그들을 후하게 대접했으며, 결코 대가 없이 그들의 상품을 빼앗는 일은 하지 않았다.

이러한 상인 중에서 징기츠칸의 관심을 가장 많이 끈 것은 회교국 호라즘의 상인들이었다. 그들은 몽골의 군사들이 금나라에서는 전혀 보지 못했던 아름다운 가구나 세공물을 가지고 있었다. 유리 기구도 있는가 하면, 각종 보석과 정교한 장신구도 있었다. 또 어떻게 만들었는지 상상도 할 수 없는 화려한 융단도 있었다. 그들은 그 같은 화사한 물건들을 몽골인들이 금나라에서 얻었던 명주·솜·붓·종이·먹·벼루, 글씨와 그림, 골동품 따위와 교환해 갔다.

징기츠칸은 호라즘의 상인들에게 특히 무기류를 주문하거나 종교 관계 의식을 할 때 쓰는 기구를 주문했다. 이 같은 특수한 물건을 미지의 나라로부터 얻으려고 했던 것은 징기츠칸이 그 교양과 지식과 인품을 사랑하는 야율초재의 건의에 의한 것이었다. 긴 수염을 가진 우람한 청년은 징기츠칸의 총애를 받으며, 모든 정책에 그 나름의 독특한 의견을 제시하고 있었다.

야율초재는 징기츠칸도 놀랄 만큼 미지의 것을 알려고 하는 강한 욕구를 가졌다. 이 때문에 상인들은 징기츠칸의 막사에서 야율초재의 질문에 오랫동안 대답을 해야만 했다. 징기츠칸이 야율초재에게 묻는 것은 대부분 몽골이 어떻게 하면 강대해질 수 있느냐는 것이었다. 야율초재의 대답은 언제나 한결같았다. 그것은 고도의 문화에 대한 관심을 벌겋게 달구어진 쇳덩어리처럼 계속 유지해 가야 한다는 것이었다. 문화를 숭상할 것인가, 무력을 숭상할 것인가로 둘은 늘 대립했다.

"금나라는 가칸의 군대에 파멸되었지만, 아직은 훨씬 높은 문화를 가지고 있습니다. 가칸은 금나라에서 더욱 많은 것을 배우지 않으면 안 됩니다. 금나라 백성에게 선정을 펴서, 그들이 가지고 있는 것을 모두 기꺼이 가칸에게 바치도록 해야만 합니다."

야율초재는 그렇게 말했다.

"높은 문화를 가지고 있어도 무력이 뒤떨어졌기 때문에 금나라는 나의 지배를 받게 되지 않았으냐?"

라고 징기츠칸이 말하자,

"가칸은 대체 무엇을 지배했다고 말하십니까? 일단 무카리장군이 금나라에서 철수한다면 거기에 어떤 지배가 남습니까? 무력으로 상대를 억압하고 있을 뿐이지 지배할 수는 없는 것입니다. 몽골의 군사들은 자국의 높은 문화를 가지지 않는 한 금나라를 완전히 지배할 수는 없습니다. 언젠가는 거꾸로 금나라에 흡수되어 그 지배를 받게 될 것입니다."

야율초재는 언제나 징기즈칸을 침묵시켰다. 몽골의 가칸은 젊은 정치 고문에게 말로써 농락되어 침묵하는 것을 좋아했다. 여지없이 침묵당할 때마다 징기즈칸은 야율초재의 의견을 어떤 형태로든 자기의 정책에 채택했다.

징기즈칸은 야율초재에 의해 인심을 얻는 가장 큰 힘은 민족애도, 실력자에 대한 충성도 아닌 신앙이라는 것을 배웠다. 그로 말미암아 징기즈칸은 어떠한 다른 나라의 신앙이라도 자유로이 자기 부락에 들어오게 하며, 그것을 박해하지 못하도록 엄명했다. 그리고 자국의 몽골민에게는 오랜 예부터 이 민족이 가지고 있는 하늘의 신에 대한 신앙을 몽골민의 종교로서 장려했다. 그러나 보루지긴 부족 이외에는 하늘의 신에 대한 신앙을 반드시 강요하지 않았다.

징기즈칸은 자국민에 대한 엄격한 규율을 조금도 풀지 않는 한편, 야율초재의 의견을 받아들여 유목민들에게 도둑과 살인을 부정하는 도덕 교육을 시행했다. 몽골민이 양 도둑질을 꺼리는 것은 여태까지 그것이 죽음을 의미했기 때문이지만, 도둑질이라는 것이 자신에게도 남에게도 좋지 않은 나쁜 짓이다. 때문에 그런 짓을 해서는 안 된다는 전혀 새로운 생각을 서서히 그들에게 심어 나갔다.

그러나 징기츠칸은 이 거란인의 피를 가진 젊은이를 무시하여 생각하지도 않았던 일이 있었다. 그것은 1218년 초, 갑자기 징기츠칸 휘하의 한 부대에게 서하를 공격하도록 명령했던 일이었다. 왜냐 하면 징기츠칸은 서하를 정복한 후에 거기에 몽골의 부대를 주둔시킬 필요를 느꼈기 때문이었다. 전투는 갑자기 일어났다. 몽골의 기마 부대는 모래먼지를 휘감아올리며 서하의 수도를 휩쓸고, 서하왕을 서방의 서량(西凉)으로 패주시켰다. 그리하여 징기츠칸의 강력한 부대의 서하 주둔을 실현했다.

징기츠칸은 이 작전의 전후, 며칠 동안 야율초재와 얼굴을 맞대지 않았다. 그것은 처음부터 이 작전을 반대했던 젊은 정치 고문을 대하고 싶지 않았기 때문이었다. 그러나 야율초재는 이런 때 결코 징기츠칸을 탓하지 않았다. 탓하지 않았을 뿐 아니라, 그 일에 대해서는 일체 관여조차도 하지 않았다.

징기츠칸의 서하 공격의 진정한 목적은 몽골 부대가 서하에 주둔함으로써 그 이웃나라인 위구르에 어떤 사태가 일어나더라도 전혀 동요가 일어나지 않도록 하기 위해서였다. 옛날의 원수이며 끝내 그를 놓쳐 오늘에 이른 나이만 왕 쿠츨루크가 자국의 멸망 후 카라 키타이(서요)[2]국의 왕위를 빼앗은 지 6년에 이르고 있었으므로, 머지 않아 그것을 공격해야만 하는 것이 징기츠칸의 생각이었다. 카라 키

---

2) 카라 키타이 : 1124년부터 약 90년간 이어졌던 나라. 요의 왕족이 서방에 건국했으므로 중국에서는 서요(西遼), 이슬람교도는 카라 키타이(검은 거란)라 불렀다. 서요 자체의 기록은 하나도 남아 있지 않아서 사실을 알 수 없다.

타이와 전쟁을 할 경우, 카라 키타이의 인접국인 위구르가 현재는 몽골에 속해 있지만 그 지리적 여건으로 보면 카라 키타이와 내통하지 않는다고는 단언할 수 없는 일이었다.

능수능란하고 용감한 자들은
군지휘관으로 길렀다.

민첩하고 유연한 자들은
말을 다룩도록 했다.

능숙하지 않은 자들은
작은 채찍을 주어
양치기가 되게 하였다.

成吉思汗

세계 정복에로의 길

1218년 여름, 징기츠칸은 제베에게 2만 명의 군사로 카라 키타이를 공격하라고 명령하였다. 야율초재가 처음으로 징기츠칸을 만났을 때, 양의 어깨뼈로 점을 쳐 서남쪽에 적이 있다고 한 점괘는 이제 현실로 나타난 것이다.

카라 키타이의 공격 목적은 쿠슬루크를 쓰러뜨려 그 지역을 자신의 영토로 삼음으로써 높은 문화의 나라 호라즘[1]과 어깨를 나란히 하는 데 있었다. 징기츠칸은 호라즘과 친선 관계를 유지함으로써 대대적인 무역 시책을 펴게 하였고, 거기서 많은 미지의 것을 얻어낼 생각이었다.

제베는 카라 키타이로 진격하자마자 즉시 종교의 자유를 선언하고, 쿠슬르크에 의해 박해받고 있던 회교도들을 해방시켰다. 회교도들은 각지

---

[1] 호라즘 : 암 다리야 하류역의 비옥한 삼각주 지대에 있었다. 북방의 유목민족과 유럽·동서 아시아·인도·이란 등과의 문화 교역의 교류 거점을 이룩했지만, 좁은 지역이 항상 외부로부터 정치적 압박의 근원이 되고 있었다. 이 국제 상업의 통로 독점을 둘러싸고 징기츠칸 정권과 충돌했다. 12세기 초엽에는 학술의 중심지였다.

에서 반란을 일으켜 제베의 편에 섰다. 제베는 쿠즐루크 군을 곳곳에서 쳐부수고, 하미·호텐·카슈갈 등의 여러 성읍을 차례로 공격하여 도망친 쿠즐루크 뒤를 쫓아서 파미르 고원에 이르렀다. 쿠즐루크는 거기서 살던 원주민에게 습격받아 살해되었다. 제베는 쿠즐루크의 목과 그 지방에서 나는 말 천 마리를 가칸에게 보냈다.

제베의 카라 키타이 평정은 지극히 신속하여, 불과 3개월 만에 풍요로운 사막의 나라를 몽골의 지배에 두었다. 이 작전의 성공으로 몽골은 두 개의 커다란 날개를 몸의 좌우에 달게 되었다. 그리하여 하나는 무카리에 의해서, 하나는 제베에 의해서 이제 완전 무결한 승리를 이끌 수 있게 된 것이었다.

징기츠칸은 제베에게 그의 공을 칭찬함과 동시에 자만하지 않도록 조서를 내렸다.

징기츠칸의 카라 키타이 공격은 미지의 대국 호라즘과의 무역을 하기 위해 취했던 군사 행동이었지만, 카라 키타이의 함락은 그 자체로도 큰 이득을 얻었다.

금나라가 가지고 있지 않은 전혀 새로운 그들의 농업 기술이나 공업 기술은, 물이 높은 데서 낮은 데로 흘러가듯이 몽고고원 일대의 땅으로 흘러갔다. 몽골인들이 한 번도 본 일이 없는 전혀 새로운 과일이나 융단·포도주, 수많은 수공예품 등이 사막을 넘어서 매일같이 몽고고원으로 옮겨갔다.

징기츠칸은 이제 드넓은 영토의 통치자였다. 징기츠칸은 호라즘으로 최초의 상인들을 파견코자 그 대원을 일족 중에서 모집했다. 왕

족이나 장수들 사이에서 한두 사람 후보자가 선발되어 450명의 부대
가 조직되었다. 대원 모두가 회교도라는 사실도 특별히 배려된 것이
었다.

이 일행은 징기츠칸의 막사를 출발해서 시르 강변의 오토랄에 도
착했지만 그 곳의 우두머리인 가일 칸에 의해 포박되었고, 가져갔던
상품은 모조리 빼앗겼다. 그뿐만 아니라, 가일 칸은 상인들을 몽골
의 간첩이라고 호라즘의 실력자 모하메드에게 보고하여, 450명의 몽
골인을 처형하였다.

징기츠칸은 이 전혀 뜻밖의 보고를 듣고는 미지의 대국에 대해 격
렬한 분노를 느꼈다. 자신이 가지고 있던 호라즘에의 호의가 완전히
적의로 바뀌게 된 것이었다.

징기츠칸에게도, 야율초재에게도, 또 많은 동료들에게도 호라즘이
라는 나라는 그 나라의 모양새뿐만 아니라 거기에 사는 인간의 마음
도 전혀 알지 못하는 미지의 나라였다. 겨우 상인들로부터 얻어들은
지식에 의해 진기한 재물을 가지고 있는 커다란 회교국이라는 사실
만 알 뿐, 그 나라가 어떠한 조직이나 병력을 가지고 있는지에 대해
서는 전혀 지식이 없었다.

징기츠칸은 보복을 위해 호라즘에 대한 출병을 야율초재에게 의논
했다. 야율초재는,

"호라즘에 관해 알고 있는 것은 회교에 의해 통일된 국가의 형태를
가진 대집단이라는 것뿐입니다. 그 곳은 종교에 의해 강하게 결속되
어 있지만, 몽골은 그에 상응할 만한 아무것도 가지고 있지 않습니

다. 그리고 상인들이 가져온 물건으로 판단해 볼 때 그 나라의 문화는 헤아릴 수 없을 만큼 고도로 발달되어 있을 것입니다. 따라서 지금 출병하는 것은 적절치 않으니 일단 보류하는 것이 옳다고 생각됩니다."

라고 말했다.

징기츠칸은 또 카살이나 제루메 등 장로들에게 의논해 보았지만 누구도 찬성하는 사람이 없었다.

"호라즘에 관해 제가 알고 있는 것은 그 나라 군사들은 강철 갑옷을 입고 있다는 것뿐입니다. 우리들이 사용하고 있는 가죽 갑옷에 비해 성급히 우열을 가릴 수는 없지만, 우리들의 무기가 그들의 갑옷을 꿰뚫을 수 없다는 것만은 확실하며, 전투는 우리들이 모르는 전혀 다른 형태로 펼쳐질 것이 틀림없습니다."

카살은 말했다. 이어서 제루메는,

"호라즘은 대해(大海) 같은 나라라고 생각합니다. 왜냐 하면 호라즘에서 온 상인들은 여러 가지 언어와 풍습을 가지고 있으며, 단지 회교를 믿는 것만이 그들의 공통점입니다. 가칸께서는 몽골의 정예부대를 바닥도 모르는 큰 바다에 던져넣어서는 안 된다고 생각합니다."

라고 말했다. 징기츠칸은 그 밖의 많은 장수들에게도 의논해 보았지만, 호라즘은 누구의 눈에도 그 정체가 뚜렷하지 않는 섬뜩한 종교국으로 비쳐져 있었기 때문에 적극적으로 출병에 찬성하는 자는 한 사람도 없었다.

징기츠칸은 가장 마지막으로 주치를 막사로 불렀다. 주치는 앞으로 나오자 바로,

"호라즘 공격을 제가 왜 두려워하겠습니까."

하고 말했다. 징기츠칸이 호라즘 공격은 결정된 일이 아니고, 그것을 의논하는 것이라고 말하자,

"몽골의 이리로서 벼랑이 높다 하여 그 벼랑을 뛰지 않겠습니까? 골짜기가 깊다 하여 그 골짜기에 안 들어갈 것입니까? 가칸은 주치와 주치에게 속하는 몇 만의 이리들에게 벼랑을 뛰게 하고 골짜기로 들어가게 해 주십시오."

징기츠칸은 주치의 강렬한 눈을 마주 쏘아보았다. 이때만큼 주치가 틀림없는 푸른 이리라는 것을 느꼈던 적은 없었다.

"호라즘은 크나큰 바다와 같은 나라라고 말한다. 한 나라를 쳐부수면 이내 또 한 나라가 세워진다. 나는 너와 너의 부하를 잃는 것은 괜찮지만, 전 몽골을 대해에 던져넣지 않으면 안 될 사태를 염려하고 있는 것이다."

징기츠칸의 이 말에,

"몽골의 군사들은 본래가 그런 운명을 가지고 태어났던 것이 아닙니까. 가칸은 카라 키타이의 정복으로 이젠 적을 갖기를 바라지 않겠지만, 우리 보루지긴 부족 사람들은 조부도 증조부도 태어나면서부터 죽을 때까지 적을 가지고 있었습니다. 적이 있어야만이 보루지긴 씨족인 것이다. 푸른 이리는 적을 가지지 않으면 안 됩니다. 적을 갖지 않는 이리는 이미 이리가 아닙니다. 가칸은 야율초재 같은 협

잡꾼에 속아 몽골에 거란의 혼을 심으려 하고 계십니다. 그를 버리고 그 대신에 적을 가지십시오. 우리들의 조상이 그러했듯이 투쟁으로써 우리 몽골민의 삶을 펼쳐야 합니다."

라고 주치는 강하게 말했다.

"젊은 몽골의 이리여."

주치의 말을 잠자코 듣고 있던 징기츠칸은 조용히 입을 열었다.

"너는 나에게 이리가 아니라 말하는가. 호라즘과 싸움을 벌일 때, 선봉의 영예를 너에게 주겠노라. 나의 본대가 너의 주검을 밟아서 진군해 가기 위하여."

징기츠칸은 주치를 돌려보내고, 그날 하루를 매우 기분 좋게 보냈다. 징기츠칸은 큰아들 주치의 의견을 그대로 받아들일 마음은 없었다. 그렇지만 그로 인하여 오랜만에 침략자의 정신을 일깨운 기분이었다.

징기츠칸은 또 아내 보루테의 의견을 그녀의 막사에서 들었다. 징기츠칸보다 한 살 위인 그녀는 이제 흰 머리칼과 비만한 몸을 가지고, 진기한 보석에 파묻혀 있는 늙은 귀부인이었다.

그녀의 동작은 더욱 둔해져 가고, 눈빛은 해마다 빛을 잃어가고 있었다.

보루테는 4,5년 전부터 중요한 일이 아니고서는 쉽사리 입을 열지 않았다. 징기츠칸이 호라즘 공격의 가부를 묻자 그녀는 오랜만에 작은 소리로 웃었다.

"군을 진격시키십시오! 가칸이 그것을 바란다면, 그러나 가칸이 원치 않는다면 군을 움직이지 마십시오. 가칸은 수년 동안 자신의 의견으로 모든 일을 처리해 왔지 않았습니까?"

라고 보루테는 말했다.

"몽골인 모두가 전멸될지 모르는 사태에 빠질지도 모른다."

징기츠칸이 말하자 보루테는 얼굴에 웃음을 띠었다.

"가칸이여, 언제부터 그렇게 욕심이 많아졌습니까? 지금은 늙었지만 당신의 아내 외에 그 어떤 부하가 있었습니까?"

그 말을 듣고 징기츠칸은 보루테의 말이 맞다고 생각했다. 그리고 보루테가 부족한 것이 전혀 없는 현재의 삶에 그다지 만족하고 있지 않다는 것을 깨달았다.

징기츠칸에게 있어 그것은 이해할 수 없는 기묘한 것이었다. 징기츠칸이 서서히 대국의 권력자로 승승장구하며 올라감에 반해, 보루테는 차츰 불만을 눈덩이처럼 높이 쌓아올리고 있었다. 징기츠칸은 그 정체가 뚜렷이 무엇인지 알지 못한 채 자신의 마음이 크게 상처받았음을 깨닫고는 보루테의 곁을 떠났다.

징기츠칸은 쿠란의 막사로 갔다. 쿠란은 보루테와는 달리 이제야말로 여자로서의 전성기에 있었다. 그 얼굴의 무한한 정열과 요염한 자태에는 권력자의 으뜸가는 애비(愛妃)로서의 위엄을 갖추고 있었다. 쿠란은,

"가칸은 3천 명의 첩들의 총애를 한몸에 받으면서도 아직 부족하여 호라즘의 공주를 코끼리에 태워서 막사로 데려오고 싶으십니까?"

하고 요염한 웃음을 얼굴에 띠우며 말했다.

징기츠칸은 쿠란의 앞에 있으면 언제나 감미로우면서도 화사한 분위기에 휩싸여 그녀의 빛에 되쏘여져서 자신의 몸까지도 빛나는 듯한 느낌이 들었다.

징기츠칸은 쿠란이 지닌 빛과 감미로움을 결코 마음속까지 느끼지는 않았다.

소중한 자식 가우란을 소루칸 시라에게 맡겼던 그때 이후 둘 사이에는 가우란에 관하여는 아직 한 번도 입 밖에 내지 않았지만, 쿠란이 가우란의 일을 잊었으리라고는 생각되지 않았다.

쿠란은 징기츠칸이 많은 첩을 거느리고 있는 것에 대하여 언제나 부드러운 비난을 하고 있었지만, 그로 인해 자신의 자존심을 상하는 일은 없었다. 왜냐 하면 쿠란은 몽골의 최고 실력자가 진실로 자기 이외의 어느 누구도 사랑할 수 있으리라고는 생각지 않았기 때문이다. 징기츠칸이 진지하게 호라즘 공격의 의견을 묻자, 쿠란은 지금까지 징기츠칸이 의논했던 어떤 인물보다도 열정을 가지고 그에게 출병을 권했다.

"가칸은 호라즘을 쳐부수어야만 합니다. 왜냐 하면 호라즘은 몽골보다 풍요하고 문화가 앞선 나라이기 때문입니다. 그런만큼 전과도 클 것이고, 전투는 격렬할 것이 틀림없습니다. 전 몽골민을 그 전투에 참가시키십시오. 나는 가칸과 같이 이국의 전쟁터에서 살고 싶습니다."

그리고 쿠란은 다시 말했다.

"저로부터 모든 것을 빼앗아 가십시오. 보석도, 아름다운 옷도, 화사한 가구도 모두 저에게서 빼앗아가 주시길 바랍니다. 그리하여 저를 항상 전쟁터의 우렁찬 함성 속에 있게 해 주십시오. 저는 치열한 화살과 탄환의 진동 속에서 가칸과 오직 하나의 일을 확인하고, 오직 하나의 일을 이야기하고 싶습니다."

쿠란은 또 말했다.

"지난날, 가칸이 어떤 첩을 갖건 제가 원망한 적이 있었습니까? 가칸에게 어떤 재물과 영토를 요구한 일이 있었습니까? 여태까지 저를 둘러싸고 있는 이 막사 안의 재물들을 한 번도 제 것이라 생각해 본 적이 없습니다. 저는 단지 빌린 물건 속에 몸을 의지하고 있을 뿐 제가 이 막사를 떠났을 때 물건은 저의 물건이 아닙니다."

쿠란은 또 말했다.

"아아, 가칸이여. 저를 가칸과 함께 호라즘과의 치열한 전투 속에 있게 하십시오. 그리고 저에게 오직 하나의 일을 이야기할 수 있는 기회를 주십시오."

"그대가 이야기하고 싶다는 오직 하나의 일이란 무엇이냐?"

조금은 섬뜩한 느낌으로 징기츠칸이 묻자,

"그것은 그때 이외는 말할 수 없습니다. 신이 그때 제 몸에 깃들어 제가 할 말을 가르쳐 줄 것입니다."

징기츠칸이 호라즘에의 출병을 결심한 것은 아내 보루테와 애비 쿠란과 큰아들 주치의 각자 서로 같은 의견에 의해서였다.

징기츠칸은 출병을 결심했지만 그것을 조급하게 실현하지는 않았다. 그것은 이 작전에 반대하는 야율초재의 의견이나, 그 밖에 많은 장수들의 의견을 소중히 생각하여, 그들의 의견을 완전히 모양을 바꾸어서 미지의 종교국에 대한 군사 행동을 감행하지 않으면 안 되었기 때문이다.

징기츠칸은 출전에 대해서 누구에게도 말하지 않고, 여러 가지 방법으로 호라즘에 대한 정보를 수집하는 일에 노력했다. 그리고 오로지 몽고고원의 모든 부락을 돌아다니며 부대의 사기를 높이는 일에 힘썼다.

1218년이 저물 무렵, 징기츠칸은 회의를 열어서 친족과 여러 신하들에게 호라즘에의 진군을 논의했다. 물론 징기츠칸이 일방적으로 발표하고, 그 회의에 참석한 사람들에게 승인시키는 형식이었다. 이 자리에서 징기츠칸의 출전시에는 아우인 테무게와 옷치긴이 대신하여 국내를 통치한다는 것을 결정했다.

그 밖의 징기츠칸 일족과 여러 신하들은 모두 전쟁에 참여하게 되었고, 첩 중에서는 쿠란만이 함께 동행하게 되었다. 야율초재 또한 종군 명령을 받았다.

그리하여 즉시 몽골의 지배에 있는 서하에 군사를 출병하도록 사자를 보냈다. 그러나 이에 대해 서하는 군사 파견을 거절해 왔다. 이 일로 징기츠칸은 서하가 몽골보다 호라즘을 훨씬 강하다고 보고 호라즘과 적이 되길 피하고 있음을 알았다.

1219년 봄, 징기츠칸은 20만 명의 군사를 이끌고 부루칸 산록의 막사를 출발했다. 그야말로 거대한 행렬에 걸맞은 갑옷을 입은 젊은 병사들의 대대적인 이동이었다. 한여름, 알타이를 넘어서 머물렀다. 징기즈칸은 호라즘의 전력이 어느 정도인지 짐작할 수 없었으므로 일단 상대의 행동을 기다리기로 하고, 여름부터 가을까지 전군이 참가하여 대규모의 사냥을 수십 일에 걸쳐 행하였다. 병사들의 긴장을 계속 유지하기 위해서도, 또 말의 훈련과 식량의 보급을 위해서도 사냥은 이즈음 몽골의 대전투를 치를 부대에게 있어서는 필요한 것이었다.

한편으로 징기즈칸은 호라즘 국내의 정보를 모으는 일에 전념했다. 이루티시 강변에서 징기즈칸이 알아낸 것은 호라즘이 수많은 민족의 집합체이며, 당연히 거기는 많은 약점이 있다는 것이었다. 그 약점 중 최대의 것은 호라즘이 몽골의 침입에 대비하여 40만 명의 군사들을 모아놓고 있었지만, 여러 민족으로 구성된 군대를 지휘할 뛰어난 지도자가 없다는 사실이었다. 국왕 모하메드는 회교권의 주권자였지만, 대군의 통치자로는 부족한 인물이었다.

40만 명의 군사들은 드넓은 지역에 수십 개의 성읍에 배치되어 모두 성곽에 숨어 있어서 몽골의 장기인 창을 든 기마병들의 전투를 펼칠 수가 없었다.

가을이 깊어서야 징기즈칸은 돌연 사냥을 중단하고, 전군에게 호라즘의 동북 국경지대로 공격 명령을 내렸다.

그러나 몽골군의 앞길에는 톈산산맥에서 시작하여 아랄 해로 흐르는 시르 강이 한 가닥의 띠처럼 앞을 막고 있었으며, 그 지역에 여러 성이 모여 있었다.

진군에 앞서서 징기츠칸은 전군을 4개 부대로 나누어, 큰아들 주치를 1군의 지휘자로 임명하여 시르 강변의 하류로, 둘째 차가타이와 셋째 오고타이에게는 2군을 주어서 시르 강 중류의 오토랄 성을 공격하도록 했다. 그리고 3군을 아라쿠·수케토·타가이의 세 장수에게 이끌게 하여 시르 강 상류의 평정을 명하고, 4군은 막내아들 툴루이를 지휘자로 하여, 시르 강을 넘어서 멀리 호라즘의 대거점 부하라 성[2]을 공격하도록 했다.

징기츠칸은 여러 장수들에게 이 작전은 호라즘의 전군을 무찌르고 모하메드의 목을 자를 때까지 계속해야만 하는 것임을 분명히 하고, 항복하는 자는 살려주되 반항하는 자는 군사와 시민을 막론하고 이를 모조리 죽이라는 매우 엄한 명령을 내렸다. 징기츠칸에게 있어서 이 작전은 몽골의 모든 전력을 투입한 작전이며, 민족의 흥망을 건 전투였다.

징기츠칸은 일찍이 금나라를 공격했을 때처럼 일족과 신하들을 모두 자기 막사에 모아서, 언제 죽을지 모르는 그들에게 이별의 연회를 베풀었다.

금나라를 공격할 때는 부루칸 산록의 막사에서 열었지만, 이번엔 이루티시 강을 떠난 지 열흘째의 낯선 사막 땅에서였다.

---

2) 부하라 성 : 현장삼장(玄奘三藏)의 《대당서역기(大唐西域記)》에도 기록되어 있는 옛 도시로 7세기에 아랍 군에 의해 점령되었고, 1141년에는 카라 키타이에 공략되어 그 종주권을 인정했다. 1220년 몽골군에 점령되었을 때도 곧 부흥되어 러시아와 통상 관계가 열려지게 되자, 부하라 출신의 상인이 대활약을 했으므로 중앙아시아에서 오는 상인을 러시아에서는 모두 부하라인이라 불렀을 정도였다. 또한 그 이름과 같이 '학문의 중심지'였다. 부하라의 대 회교 사원에서 경전(經典)의 상자를 말구유로 하고 고승과 법관을 노예로 하여 갖은 악행을 자행했던 몽골 병사들의 행동을 오늘에 이르기까지도 이슬람교도는 비난하고 있다.

이 자리에서 징기츠칸은 만약 자신이 죽는다면 그 자리를 이을 실력자를 네 명의 아들 중에서 골라 발표했다. 이 일은 당사자들인 네 명의 아들뿐 아니라 여러 신하들을 비롯하여 전 몽골의 군사들에게 무엇보다도 큰 관심사였다.

징기츠칸이 막내 툴루이를 가장 사랑하고 있는 것은 누구의 눈에도 분명했다. 몽골에서는 예부터 막내에게 재산을 물려주는 제도가 있었으므로 징기츠칸의 개인 재산은 막내인 툴루이가 상속받게 되어 있었지만, 징기츠칸의 툴루이에 대한 애정은 두 사람의 그러한 특수한 관계에서부터 오는 것은 물론 아니었다.

징기츠칸은 툴루이가 용감하다는 것과 작전에 천재적인 자질이 있는 것을 사랑하고 있었다. 징기츠칸은 이제까지 전쟁에 출전할 때마다 언제나 툴루이와 같은 부대에 속해 있었다. 물론 나이가 제일 어린 툴루이의 보호자가 된다는 의미도 있었으나 반드시 그것만은 아니었다. 툴루이가 군을 움직이는 요령이나 전투 방식을 옆에서 보고 있는 것이 즐거웠기 때문이었다. 26세의 청년 장수치고는 훌륭한 녀석이라고 생각되었고, 툴루이에게는 가슴을 후련하게 해 주는 재능이 있었다.

자리에 있는 사람들은 모두 큰아들이며 아무도 군소리할 수 없는 혁혁한 무공을 세운 주치가 지명되거나, 혹은 가장 총애를 받고 있는 툴루이 둘 중의 하나로 생각하고 있었지만, 징기츠칸이 말한 이름은 그와는 전혀 다른 것이었다.

"오고타이."

사람들은 모두 자신의 귀를 의심했다. 그러나 잠시 후, 잘못 들은 것이 아니라는 것을 곧 알게 되었다.

　"주치는 어떻게 생각하는지 말해 보아라."

　징기즈칸의 물음에 주치는 창백한 얼굴로 징기즈칸의 눈을 응시하며 짧게 대답했다.

　"오고타이가 지명되는 것에 조금도 이의가 없습니다. 차가타이와 툴루이의 두 아우들과 마음을 합쳐 오고타이를 돕겠습니다. 오고타이가 가칸의 뒤를 잇는 것은 좋은 일입니다."

　"차가타이는 어떻게 생각하느냐?"

　그러자 차가타이는 말했다.

　"형님이 말한 바와 같이 합심해서 아버지가 계실 때는 아버지를, 아버지가 돌아가신 후에는 오고타이를 도울 것입니다. 반대하는 자 있으면 대항하여 죽일 것이고, 도망자는 뒤쫓아 가서 등에 칼을 꽂을 것입니다. 오고타이는 형제 중에서 가장 온화하고 성실한 인물이며, 전 몽골의 통치자로서 걸맞은 기량을 갖추고 있습니다. 마땅히 오고타이를 칸의 후계자로 만드셔야 합니다."

　차가타이의 말에는 주치보다 훨씬 열정이 담겨져 있었다.

　"툴루이는 어떻게 생각하는지 말하라."

　징기즈칸은 막내 툴루이에게 시선을 돌렸다. 그러자 툴루이는,

　"저는 아버지 가칸이 지명한 형 앞에 나서서 잊었던 일이 있으면 그것을 일깨우고, 잠들고 있을 때는 몸을 흔들어 깨우고, 전쟁 시에는 함께 출전하여 항상 붉은말의 회초리가 될 것입니다. 어떠한 경

우에도 군사들의 행렬에서 빠지는 일은 없을 것이며, 긴 전투에도 출정하여 치열한 싸움에 임할 것입니다."

라고 말했다.

징기츠칸은 만족스럽게 고개를 끄덕이고는 마지막으로,

"오고타이는 할 말이 있느냐? 있다면 말하라."

오고타이는 얼굴에 홍분의 빛을 감추지 못했지만, 어느 때와 같이 침착하게 대답했다.

"제가 무슨 말을 할 수 있으리까. 아버지의 명령이시라면 그 명령에 따를 뿐입니다. 다만 저에게 나약한 자식들만 생겨서 가칸의 자리에 오르지 못할까 두려울 뿐입니다."

그 자리에 참석했던 사람들은 징기츠칸과 네 아들의 대화가 다 끝날 무렵부터 한 사람도 빠짐없이 징기츠칸의 지명이 가장 옳았음을 깨닫기 시작했다.

누구의 눈에도 징기츠칸의 사후 주권자로서 전 몽골을 지배할 사람으로는 오고타이를 능가할 사람은 없는 듯 생각되었다.

오고타이는, 다른 세 형제가 저마다 다른 모양으로 몸에 지닌 공격성은 없었지만, 성격은 온화하고 자애로움이 있으며, 모든 일에 책임감이 투철했다.

또한 다른 사람의 실수를 탓하는 일이 없었다. 그러므로 형제 중에서 가장 눈에 띄지 않는 희미한 존재였지만, 한번 결심하면 즉시 행동에 옮기는 의연함이 있어, 가칸의 후계자로서 어울리는 장점을 누구보다도 많이 갖추고 있었다.

그 자리의 누구에게서도 반대 의견이 없자,

"우리들의 앞에는 끝없이 넓은 땅이 펼쳐져 있고, 무수한 강이 흐르며, 푸른 풀이, 무성한 들판이 끝없이 이어져 있다. 주치·차가타이·툴루이 셋에게 나누어 줄 땅은 앞으로 무한히 우리들 손에 들어올 것이다."

징기츠칸은 말했다. 그의 눈에는 주치의 창백한 얼굴만이 가슴에 오래도록 박힌 채 사라지지 않았다.

주치는 이제 몽골 최고의 용사이었다. 그 무쇠 같은 의지는 위험에 처한 상황에서도 전혀 두려워하지 않아 징기츠칸조차도 혀를 내두를 정도였다. 큰일을 도모할 인물로서는 전 몽골 가운데서 그에게 대적할 사람은 없었다.

징기츠칸은 실제로 자신의 후계자로 주치를 선택할 것인가, 오고타이를 선택할 것인가 갈등했었다. 그러나 징기츠칸은 마침내 오고타이를 선택했다.

오고타이와 주치 중 어느 쪽이 적당한지는 쉽사리 판단할 수 없는 미묘한 문제가 있었다. 그랬기 때문에 주치의 창백해진 모습은 징기츠칸에게 더욱 오래도록 마음 쓰였던 것이다.

징기츠칸은 그 자리에 참석한 사람들과 전쟁을 앞두고 술잔을 들었지만, 주치를 제외한 사람에 대해서는 예측할 수 없는 운명이 가져올지도 모르는 이별을 위한 것이며, 주치에 대해서만은 다른 의미를 내포하는 것이었다.

주치는 이 일로 하여 배반할 수도 있다고 징기츠칸은 생각되었다.

그것은 충분히 생각해 볼 수 있는 일이었다. 그런 일이 일어나도 조금도 이상한 것은 아니었다. 그러나 그런 생각을 징기츠칸은 억지로 부질없는 생각이라 치부해 버렸다.

그리고 마음속으로 주치를 향하여 소리쳤다.

'보루지긴 씨족의 손님이여, 내가 푸른 이리로 완전히 증명되지 않은 것처럼, 네가 진정한 푸른 이리의 후예라는 것은 아직 증명되지 않았다. 가거라! 한없이 먼 고난의 길을 쉬지 말고 가거라. 너는 헤아릴 수 없는 치열한 전투에서 언제나 승리하지 않으면 안 된다. 나 또한 그렇게 하지 않으면 안 되는 것처럼. 주치여, 네가 빛나는 몽골의 이리라면, 네가 살 곳은 스스로의 힘으로 싸워서 얻지 않으면 안 된다.'

징기츠칸은 자기 앞으로 나오는 주치를 보았다. 징기츠칸은 주치를 위해 술잔을 들며,

"시르 강의 하류에는 독이 있는 전갈이 있다고 들었다. 조심하여 가거라."

하고 말했다.

"아버지 가칸께서도."

주치도 결코 징기츠칸의 얼굴에서 시선을 떼는 일이 없이 짧게 말했다. 그러나 팽개치듯한 느낌의 말투였다.

몽골의 4부대는 거의 같은 시기에 시르 강변에 도착했다. 주치의 군은 젠도 성을 겨냥하고, 차가타이와 오고타이의 군은 오토랄 성을

포위했으며, 아라쿠·수케토·타가이 등의 군은 베나게토 성으로 향했다.

징기츠칸은 툴루이와 함께 본군을 이끌고 시르 강변에 주둔하고 있었지만, 각 부대로부터 소식이 옴에 따라 전군은 시르 강을 넘어서 최초의 목적대로 호라즘의 내부 깊숙이 자리잡은 부하라 성을 향해서 진군했다.

징기츠칸이 이끄는 본군이 부하라로 진격함으로써, 적의 주력과 시르 강변의 여러 성과의 연락은 자연히 단절될 터였다.

징기츠칸은 사막과 고원지대를 한 달 넘게 행군하여 마침내 젤누쿠 시에 도착했다. 징기츠칸은 사자를 보내 그 성문 앞에서 소리를 지르게 했다.

"우리는 하늘의 자손으로서 회교도의 옹호자다. 지금 몽골 가칸의 명령을 받아 너희들을 구원하러 몽골의 대군이 성문으로 오고 있다. 그러나 너희들이 만약 조금이라도 저항하면 성 안에 있는 집을 모조리 불태울 것이다. 만약 너희들이 항복한다면 생명과 재산을 보호받을 것이다."

시민들은 곧 성 밖으로 나왔다. 젊은이들만 군사로 징용하고, 그 밖은 집으로 돌아가게 했다.

성의 약탈은 사흘에 걸쳐서 행해졌다. 눈에 띄는 물건은 모조리 부대에 빼앗겼다. 그리고 성을 완전히 파괴하자, 몽골 부대는 험난한 길을 지나서 누르 시로 향했다.

한 달 남짓의 행군 끝에 누르의 성읍에 도착하자, 징기츠칸은 여기서도 즉시 성문을 열게 하여 시민을 밖으로 나오게 한 다음 며칠 동안 약탈했다.

징기즈칸은 시민에게 해를 입히는 것을 금했지만, 그 밖의 것은 모두 약탈했다. 이로써 식량을 확보하게 되었고, 또 귀중한 재물은 승리자의 당연한 권리로써 몽골 부대로 귀속되었다.

몽골의 기마 부대는 목적지 부하라로의 행군 도중에 1220년 새해를 맞았다. 그리고 1월 중순 부하라에 이르자, 소구토 강변에서 야영했다. 부근에는 비옥한 들판이 널리 펼쳐져 있었다. 징기즈칸은 부대에게 충분한 휴식을 취하게 한 뒤 성을 포위했다. 성 안에서는 2만 명의 농성군이 저항하며 항복에 응하지 않았다. 격렬한 공격은 며칠 동안 계속되었다.

성 안의 농성군은 어느 날 밤 갑자기 성문을 열고 공격을 감행해 몽골의 포위망을 뚫고 아무 강을 향해 달아났다. 징기즈칸은 이를 추격하여 한 명도 남김없이 모조리 죽였다. 아무 강 기슭은 시체로 가득 찼고, 강물은 피로 붉게 물들었다. 징기즈칸의 군사들은 어마어마한 피의 흐름을 보고 광기에 휩싸였다.

다음날, 징기즈칸은 성문에서 성내의 시가지로 들어갔다. 성 안에 많은 상점과 사원과 주택은 한눈에 이 도시가 부유하다는 것을 말해 주고 있었다.

거리에는 많은 인종의 남녀가 득실거리고 있었다. 성 안에 있는 또 다른 성에는 아직 항복을 거부하는 4백 명의 군사들이 남아 있었다. 징기즈칸은 성을 나오자 곧 내성의 공격 명령을 내렸다. 도시는 무기를 가지고 있던 시민으로 메워졌다.

몽골 군사들은 4백 명의 적을 쓰러뜨리기 위해 12일을 소모했다. 몽골 군사들도 많이 죽었고, 강제 모집된 시민들도 많이 죽었다. 그러나 마지막 화포로 성벽을 파괴하고 몽골병들은 내성으로 돌입했다.

내성 함락 후, 징기츠칸은 부하라의 주민에게 입고 있는 옷 이외 어떤 물건도 휴대하지 못하게 하고 성 밖으로 내몰았다. 그리고 몽골 군사들에게는 성 안에 들어가서 맘껏 약탈하도록 명령했다. 명령에 따르지 않고 안에 몰래 숨어 있었던 시민들은 모두 살해되었다. 성 밖의 한 곳에 집합된 주민 중 여자는 모조리 병사들에게 분배되었다. 여자들은 모두 정조를 빼앗겼고, 남자들은 재물을 숨긴 장소를 자백당하고, 그것을 모두 몰수당한 뒤 군사로 징용되었다.

징기츠칸은 부라하를 떠날 때 아무도 없는 도시에 불을 질러 잿더미로 만들라는 명령을 내렸다. 징기츠칸은 자신에게 반항한 도시가 어떠한 운명을 갖게 되는지 본보기를 보인 것이었다.

징기츠칸은 부하라 성이 화염에 휩싸이고 있는 동안 부하라보다 더욱 큰 성 사마르칸트[3]를 향해 진군했다. 행군은 5일간 계속되었다. 그 동안에 몽골의 군사들은 피와 죄의 세례를 받아서 눈을 이글거리는 야수로 변해 있었다. 야수와 다른 점은 그들이 엄한 군법에 묶여서 행군하고 있다는 것뿐이었다. 밤마다 푸른 달이 뜨고, 군사

---

3) 사마르칸트 : '비옥한 도시'라는 터키어대로, 부유한 아름다운 도시였다. 제라휴샨강의 여러 지류에 싸여 있었으므로, 서요(西遼)에서는 '하중부(河中府)'라 불렀다. 8세기 중엽부터는 종이의 제조지로서도 유명하며, 이후 지금에 이르기까지도 중앙아시아의 대도시로서 번영하고 있다. 징기츠칸은 이 도시를 모두 파괴하고, 수비병 중에 터키 인은 전부 죽였다. 때문에 인구는 4분의 1까지 감소했다 한다.

들은 사막에 검은 그림자를 드리우면서 행군했다. 부하라에서 징용되어 온 많은 푸른 눈의 젊은이들은 강행군으로 쓰러지는 자가 많았다. 쓰러지는 자는 모두 목이 잘렸다.

사막과 황무지와 바위산을 며칠이나 행군하여 온 병사들은 별안간 눈 아래 화사하게 펼쳐진 사마르칸트의 시가지를 보았다. 사마르칸트는 피에 지친 몽골병들의 눈에도 이 세상의 것이라고 믿기지 않을 만큼 아름답게 보였다. 성 밖은 끝없이 과수나 화초로 메워졌고, 성 아래로 흐르는 소구토 강의 강변에는 과수원이 아득히 이어져 있었다. 이 아름다운 자연에 둘러싸인 커다란 성은 돌벽으로 겹겹이 둘러싸여 있었다. 몽골 군사들의 공격을 피하기 위해 특별히 만든 것이었다.

징기츠칸은 사마르칸트로 가기 전에, 부하라와 사마르칸트의 중간에 있는 두 개의 성에 두 개 부대를 파견해 놓고 있었는데, 징기츠칸이 이끄는 군대가 소구토 강변에 주둔했을 때, 두 성을 공격했다는 보고가 왔다.

사마르칸트의 성은 호라즘이 선발한 몇몇 장군들의 지휘 아래 4만 명의 수비병이 지키고 있었다. 징기츠칸은 즉시 공격을 개시하지 않고, 소구토 강변에 진을 쳐서 치밀한 작전을 세웠다. 징기츠칸이 소구토 강변에 도착하자 먼저 시르 강변에 있는 성을 공격하기 위해 출전했던 부대가 임무를 수행하고, 징기츠칸의 군대와 합치기 위해 몰려왔다. 가장 먼저 온 것은 주치가 이끄는 부대였다.

주치는 출전 이래 반 년 동안 시구나크 성을 공격하여 그 부근의 세 개 성과 젠드 성을 함락, 시르 강 하류의 모든 땅을 점령하고 있었다. 이 작전에서도 반항하는 자는 모두 살해당하였는데, 그 중에서도 가장 많은 학살자를 낸 것은 시구나크의 성으로, 시민의 대부분이 몽골병들에게 살육되었다.

주치의 부대에 이어 열흘쯤 지나서 도착한 것은 전에 징기츠칸이 보낸 수교의 사절단을 학살하여 이번 대작전의 직접적인 원인을 만들었던 오트랄 성 공격의 명을 받았던 차가타이와 오고타이의 부대였다. 몽골 군사들은 5개월의 격전 끝에 이 성을 함락하고, 다시 한 달에 걸친 격전 끝에 내성을 거둬들였다.

시민의 절반은 처형당했고, 나머지는 성주 가일 칸과 함께 사마르칸트까지 연행되었다. 징기츠칸은 가일 칸을 만나지 않고 극형을 명령했다. 가일 칸은 포박된 자신의 옆에 은이 끓어오르는 것을 보았다. 가일 칸은 무엇 때문에 저렇게 하느냐고 한 병사에게 묻자, 너의 눈과 귀에 쏟아 붓기 위함이라고 병사는 대답했다. 가일 칸은 결국 그 병사의 말대로 죽었다.

다시 열흘 후, 젊은 세 장수가 이끄는 부대가 왔다. 이 부대는 병력이 불과 5천 명이었으나, 용감한 군사들만으로 조직되어 있었다. 그들은 순식간에 베나케트 성을 함락하여, 시민을 성에서 내쫓고, 무기를 가진 모든 군사들을 죽였다. 그리고 다시 시르 강을 따라 거슬러 올라, 강에 만들어진 튼튼한 호젠드 성으로 진격, 우두머리 치무르메르크와 장기간에 걸쳐 공방전을 되풀이한 끝에 배를 이용해 이를 함락했다. 단지 치무르메르크를 도망케 한 것은 이 부대가 범한 유일한 실수였다.

각 부대마다 수많은 포로와 노획품을 자기 부대의 대열과 함께 이동시켰기 때문에, 소구트 강변의 몽골군 주둔지에는 많은 민족의 부대가 보였다. 몽골의 군사들은 지상에 이같이 많은 민족이 있다는 것을 처음으로 알게 되었다.

징기츠칸은 세 부대가 합쳐지자, 곧 사마르칸트를 버리고 아무 강의 저편으로 도주한 호라즘의 주권자 모하메드를 추격하기 위해 두 개의 부대를 편성했다. 하나는 제베가 이끄는 부대이고, 하나는 수부타이가 이끄는 부대였다. 징기츠칸은 자신이 가장 믿는 두 장수에게 명령하였다.

"이 곳을 기점으로 마치 두 개의 화살처럼 두 부대는 각각 출발하여 두 방향으로 진격하라. 임무는 하나다. 모하메드의 부대를 찾아내어 그들을 포위하고 섬멸하라. 만약 대군이 보호하고 있다면 전투를 피하고 우군과 연락하라. 만약 후퇴한다면 숨 돌릴 틈도 주지 말고 습격하라. 복종하는 자는 용서하되, 저항하는 자는 용서 없이 죽여라."

그날, 두 개의 대부대는 소구트 강변의 진영을 출발했다. 두 대열은 사마르칸트로부터 1킬로미터의 지점에서 순식간에 정확히 둘로 나뉘어졌다.

사마르칸트 성의 공격은 3월 그믐께에 개시되었다. 징기츠칸은 각지로부터 끌려 온 이민족들을 앞에 세우고, 몽골의 보병이 그 뒤를 잇게 했다. 호라즘의 병사들은 주로 성에 의지해서 싸웠다. 그들의 대부분은 터키계의 칸쿠리인[4](康里人)이고, 그 밖에 소수의 페르시아인이 있었다. 격전 7일 만에 징기츠칸은 내성을 제외한 성을 수중에 넣고 항복한 칸쿠리인을 성 밖으로 내보내는 데 성공했다. 그리하여 내성을 사방에서 공격하며 불을 지르고, 최후까지 완강하게 저항하는 1천 명의 페르시아 병사들을 죽였다.

이 전투는 꽤 큰 혼란을 일으켜서 사마르칸트의 주민은 거의 전쟁의 희생이 되었다. 항복한 칸쿠리인의 비전투원 3만 명도 하룻밤에 학살되기에 이르렀다.

징기츠칸에게 있어 사마르칸트의 성이 불타는 밤은 악몽 속의 한 장면과 같았다. 감귤빛의 화염은 칠흑의 하늘을 불태우고, 사람들의 온갖 고함 소리는 몹시 길게 느껴져 그 밤을 메우고 있었다. 새벽녘의 희뿌연 빛이 감돌기 시작했을 무렵, 징기츠칸은 성 밖의 광장에 행운을 입은 몇몇 인간만이 여러 곳에 흩어져 살아남은 것을 보았다. 공예 기술을 가진 노무자 3만 명, 포로 5만 명, 소수의 여자들, 그리고 이십 두의 코끼리였다.

징기츠칸은 사마르칸트를 재로 만들자 곧바로 네세후 시와의 중간에 있는 지점으로 이동해 그 곳에서 여름을 보냈다. 그것은 전투 시기인 가을이 올 때까지 말을 휴식시키지 않으면 안 되었기 때문이었다. 이 주둔지는 말의 방목에는 꽤 좋은 땅이었다.

이제 아무 강 이북의 성은 모두 징기츠칸의 수중에 들었다. 징기츠칸은 전투시와는 달리 몽골 군사들에게 백성을 해치는 일과 약탈을 금했

---

4) 칸쿠리인(康里人) : 12~13세기에 시르 다리야 방면에 유목하고 있었던 터키계의 부족으로, 서돌궐의 하나인 궁월(弓月) 부족의 후신일 것이라 함.

다. 짐승과 같이 피와 여자와 재물을 찾아헤맸던 병사들은 차츰 다시 인간으로 되돌아오고 있었다. 그와 동시에, 많은 피를 빨아들인 땅에는 풀이 돋아나고, 파괴되었던 성은 조금씩 활기를 되찾아 폐허가 되었던 곳에도 다시 어디선가 사람들이 모여들어 생활하기 시작했다.

징기츠칸은 그러한 성에 몽골의 장수들을 보내고, 그의 감시 아래에서 회교도들이 뽑은 현주민이 정치를 하도록 허용했다. 치안의 유지가 조금이라도 위태로운 곳에는 주둔군을 두었으며, 도시와 도시 사이에는 대군을 이동하기 쉽도록 넓은 도로를 만들었다. 따라서 시르 강과 아무 강 사이의 드넓은 땅에는 초원이건 사막이건 곳곳에 몽골병의 지휘를 받는 현주민의 부역자들이 보였다.

이 동안에도 제베와 수부타이의 두 원정 부대로부터 끊임없이 피 냄새를 한껏 몸에 붙인 악귀 같은 사자를 보내왔다.

두 부대는 몽골에게 저항하지 않았던 바르크 시에서는 한 사람도 죽이지 않고 평화롭게 성을 함락했지만, 저항했던 자베 시에서는 모든 주민을 살해했다. 그리하여 부대는 호라즘 중앙부의 니샤푸르[5]에 이르기까지 모든 성을 차례차례 함락했다. 여기서도 저항하지 않는 곳은 그대로 남겨두고, 조금이라도 저항하는 곳은 잿더미로 만들었다.

니샤푸르에 몽골 군사들이 사상자를 내며 입성한 것은 6월 초순이었다. 그리고 두 부대는 모하메드를 추적하기 위해 내샤푸르를 떠나 카스피 해 연안의 여러 성으로 향한 뒤 그들의 소식은 묘연해졌다. 모하메드의 부대를 섬멸하기까지 어디든지 추격하는 것이 이 두 부

---

5) 니샤푸르 : 서아시아의 이란 북동부 호라산 지방에 있었던 지역으로 당시는 호라즘의 지배하에 있었다. 터키 옥(玉)의 명산지임.

대의 사명이었다.

봄부터 여름까지의 방목 기간을 넘기자 징기츠칸은 모하메드의 아들 제랄 윗딩이 호라즘의 수도 우로겐치[6]에 숨어 있다는 것을 알고 주치 · 차가타이 · 오고타이 등 세 아들에게 그 곳을 공격토록 명령하였다.

우로겐치 성은 아무 강이 아랄 해로 흘러가는 지점에 있는 큰 도시로, 성은 아무 강의 연안에 만들어져 있었다. 몽골병은 도성의 양 구역을 잇는 다리를 파괴하려 했으나, 3천 명의 사상자만을 내고 실패했다. 성의 수호는 견고하고, 군사들의 사기는 왕성해서 포위한 지 여섯 달에 이르도록 함락시키지 못했다. 몽골군은 이 포위전에서 전투를 벌일 때마다 다수의 전사자를 냈다.

징기츠칸은 사상자만 많이 내고 조속히 승리를 거두지 못하는 이유가 큰아들 주치와 둘째 차가타이 간에 서로 자기 주장을 내세우기 때문임을 알고, 군의 지휘권을 오고타이에게 주라는 명령을 내렸다. 오고타이는 기대에 어긋나지 않게 두 형 사이에서 원만하게 의견을 조정하여 호라즘의 공격에 힘썼다. 성 안의 저항은 격렬해서 한 구역을 뺏는 데에도 시체가 산을 이루었다.

몽골병이 우로겐치를 완전히 함락한 것은 1221년 4월이었다. 주민과 병사 가운데서 기술자 10만 명만을 부대에 거두어들이고 그 밖은

---

6) 우로겐치 : 또는 우루겐치라고도 하며, 호라즘 왕국의 마지막 왕 스루탄 무아마도의 수도. 징기츠칸은 중앙아시아 원정 가운데서 최대의 공격 목표로 삼았으며, 암다리야 하류의 제방을 끊어 범람시켜, 기술자와 자발적인 투항자와 부녀, 유아 이외의 전 시민을 익사시켰다.

모두 살해했다. 몽골의 군사는 불과 5만 명으로, 그 몽골병 한 사람 한 사람은 각각 24명의 이민족을 죽이지 않으면 안 되었다. 병사들은 몸과 마음이 온통 피로 붉게 물들여졌다.

대살육이 끝나자, 몽골군은 아무 강의 제방을 끊어서 시체로 메워진 성이 범람하도록 하여 성 안의 집과 재물 등 모든 것을 유실시켰다. 장기간에 걸친 격전으로 성 안에 있는 것은 모두 피로 물들었기 때문에, 사나운 몽골 군사들도 이를 거두어들일 마음이 사라졌다. 이토록 험한 상황까지 이르렀지만, 여전히 적의 용감한 지휘자 제랄 윗딩은 잡지 못했다.

징기츠칸은 우로겐치 함락 소식을 들은 후, 아무 강변의 초원 지대에 주둔했다. 차가타이와 오고타이는 반 년 만에 징기츠칸의 야영지로 돌아왔으나, 주치는 우로겐치 점령 후, 두 동생들과 헤어져서 자신의 부대를 이끌고 시르 강 북쪽으로 그 지방을 평정하기 위해 출발했다. 이것은 징기츠칸이 내린 명령이 아니었다.

징기츠칸은 차가타이와 오고타이 두 아들로부터 이 보고를 듣고 심한 분노를 느꼈으나, 그것을 입 밖으로 내지 않았으며, 얼굴에도 내색하지 않았다. 명령 이외의 주치의 행동은 마땅히 꾸짖어야 했지만, 그가 택한 작전은 시기적절한 것이어서, 주치가 하지 않았으면 징기츠칸 자신이 누군가에 명령하지 않으면 안 되는 것이었다. 그것이 징기츠칸으로 하여금 자신의 분노를 가까스로 억누르게 했다.

징기츠칸은 이제 여러 민족의 군사들이 뒤섞여 몇 십 배로 늘어난 부대를 정상적인 인간으로 되돌리기 위해 주둔지에 휴식시켰다. 그러나 징기츠칸은 막내아들 툴루이만은 휴양시키지 않고 제랄 웟딩을 추적토록 호라즘으로 보냈다.

여름이 끝나자 징기츠칸은 다시 아무 강 북쪽 여러 도시의 공격에 착수해서 몇 개의 성을 함락하고, 야영지를 아무 강변의 유목지에 정했다. 툴루이는 제랄 웟딩을 찾아서 그가 숨었던 여러 성을 차례로 공격해 함락했지만 끝내 제랄 웟딩을 잡지 못했다. 일찍이 시기 쿠토쿠는 제랄 웟딩과 베루완에서 싸웠으나 패하고 말았다. 이는 몽골 부대가 이번의 원정에서 받은 가장 큰 상처였다. 시기 쿠토쿠는 자기가 이끌었던 부대의 많은 군사들을 잃고 징기츠칸의 진지로 돌아왔다. 시기 쿠토쿠는 패전의 책임자로서 처벌을 기다렸으나 징기츠칸은 그를 꾸짖지 않았다.

"시기 쿠토쿠여, 그대는 항상 승리에만 익숙하고 생명의 소중함은 몰랐을 것이다. 처음으로 체험한 패전의 경험을 살려라."

징기츠칸은 말했다. 시기 쿠토쿠를 감싼 것이 아니고, 그를 길렀던 어머니 허얼룬에 대한 예의에서였다.

징기츠칸은 시기 쿠토쿠의 패전 후 곧 모하메드가 그 해 2월 카스피 해의 조그만 외딴섬으로 도주하여 거기서 병사했다는 것을 들었다. 모하메드의 생포를 사명으로 했던 제베와 수부타이는 그 일이 사라지자 가칸에게 새로운 임무를 부여받기 위해 사자를 보냈다. 두 부대는 모두 코카사스 산맥을 넘고자 희망했다.

징기츠칸은 자신의 허락이 도달할 때까지 뛰어난 몽골의 두 장수가 흑해와 카스피 해 사이에 있는 좁은 지대에 군을 그대로 주둔시키고 있으리라고 믿지 않았다. 징기츠칸은 사자를 돌려보냈지만, 사자가 그들을 따라붙으리라고는 생각지 않았다.

징기츠칸은 일찍이 그들이 출발할 때, 자신이 두 개의 화살처럼 곧장 나아가라고 했던 것을 잊지 않았다. 시위를 떠난 두 화살은 땅에 떨어질 때까지 공간을 어디까지나 둘로 가르지 않으면 안 되었다. 징기츠칸은 주치의 독단적인 행동에 화를 냈지만, 제베와 수부타이의 경우 주치와 마찬가지로 명령하지 않은 행동을 했어도 조금도 불쾌하지 않았다.

초겨울, 징기츠칸은 제랄 윗딩이 카슈미르 지방에 대부대를 거느리고 나타났다는 보고를 듣자, 군사들을 이끌고 멀리 카슈미르를 향해서 말을 달렸다. 그리하여 그 도중에 있는 여러 성을 차례차례 공격했다. 그러나 이번에도 역시 전혀 저항하지 않는 도시는 한 사람도 다치지 않고 함락했으나, 저항하는 곳은 모든 사람들을 죽여 버렸다. 이 작전은 어려움이 많았다. 몽골의 군사들은 인도 북쪽에 경계를 이루고 있는 힌두쿠시 산맥을 넘어서 바미안 시[7]를 포위했다. 이 작전에서 차가타이의 큰아들은 활에 맞아 전사했다. 징기츠칸은 전사한 손자를 매우 사랑했으므로 바미안 성의 공격에 대한 명령은 지극히 엄하였다.

"쳐부수고나면 나무 한 그루 풀 한 포기도 남기지 말라. 이 성을 백

---

7) 바미안 시 : 《대당서역기》에 이 지역에 대한 기록이 있으며, 아프가니스탄의 카불에서 북 힌두쿠시를 넘어 옛 바쿠토리아의 땅에 이르는 길목에 있는 협곡이다. 불교가 융성해 있었으므로 협곡의 북면에는 거대한 불상이 낭떠러지에 새겨져 있었으며, 언덕에 절이 무수하게 있었고, 이 반대편 남쪽에는 후에 이슬람교도에 의한 도성이 생겼다. 징기츠칸의 침략은 도시를 완전히 파괴하여 폐허로 만들었다.

년 후까지 사람이 살 수 없는 땅으로 만들어라."

그리고 징기츠칸은 이 성에서는 어떠한 것도 약탈하지 않도록 금했다. 이윽고 성은 함락되어 사람들은 모조리 죽고 성은 흔적도 없이 지상에서 모습을 감추었다.

차가타이가 그의 아들이 죽은 것도 모른 채 다른 작전을 마치고 징기츠칸의 곁에 돌아왔을 때, 징기츠칸은 흥분한 얼굴로,

"너는, 나의 명령에 순종하느냐?"

하고 격한 말로 물었다. 차가타이는 놀라서,

"저는 아버지 가칸의 명령을 거역하느니 차라리 죽음을 택할 것입니다."

라고 답했다. 그것을 듣고, 징기츠칸은 곧 말을 이었다.

"듣거라, 차가타이여, 너의 큰아이는 전투로 죽었느니라. 나는 네게 명령하노니 한탄하고 슬퍼할 것을 금한다."

때문에 차가타이는 아버지 가칸 앞에서 사랑하는 큰아들의 죽음을 슬퍼할 수가 없었다.

그 이후 징기츠칸은 제랄 윗딩을 추적하여 각지로 전진해 드디어 인더스 강변에서 그의 부대를 따라잡았다. 징기츠칸은 시기 쿠토쿠의 치욕스런 패전을 설욕하기 위해 스스로 선두에 서서 전군을 지휘했다. 제랄 윗딩은 격전 끝에 마침내 힘이 다 하여 말과 함께 이십 미터 정도의 깎아지른 듯한 바위에서 뛰어내려 등에 방패를 지고 손에는 깃대를 쥔 채 바다를 건너려고 했다. 몽골 군사들은 뒤에서 제랄 윗딩에게 무수한 화살을 퍼부으려고 했지만, 징기츠칸은 용맹한 적

의 장수에게 경의를 표하고 그것을 제지했다.

1222년의 정월, 징기츠칸은 눈 쌓인 힌두쿠시 산맥의 북쪽 산기슭 막사에서 맞았다. 그리고 장수들을 제랄 윗딩의 세력 밑에 있었던 여러 성으로 파견하고, 그 곳을 완전히 소탕하도록 명령했다. 아무 강 이남의 도시로 그때까지 전쟁의 피해를 입지 않았던 곳은 모두 다 몽골 군사들의 공격을 받았으며, 주민의 대부분은 학살되었다.

매일같이 각 방면의 파견군으로부터 피비린내나는 승전보를 전하는 사자가 도착하는 막사에 4월 초의 어느 날, 약간 모습이 다른 방문자가 나타났다. 징기츠칸의 초대를 받고 산동성에서 멀리 찾아온 도사 장춘이었다.

징기츠칸은 꼭 1년 전에 도교의 최고 실력자로 백성의 신앙을 한몸에 받고 있는 장춘 도인[8]의 이름을 듣고, 야율초재에게 초청의 조서를 작성케 하여, 20명의 몽골 군사와 함께 유중록을 장춘에게로 파견했던 것이다. 징기츠칸이 장춘과 만나고자 한 목적은 유명한 도사로부터 불로장수의 비법을 듣기 위함이었다. 징기츠칸은 어느 새 60세의 봄을 맞고 있었으며, 그 육체의 쇠약은 분명히 스스로도 느낄 수 있었다.

징기츠칸은 멀리서 온 손님을 일단 다른 막사로 보내서 쉬게 한 후

---

8) 장춘 도인(長春道人) : 송대 말부터 화북(華北)에서 가장 존경받고 있던 도인으로, 곤륜산(崑崙山)에서 도교(道敎)를 터득하고, 구도교를 개혁하여 전진교(全眞敎)를 수립했다. 금과 송으로부터도, 몽골로부터도 초빙되었으나 장래를 바라보고 징기츠칸에게 갔다. 그의 정치적 귀추는 도교에는 세금을 부과할 수 없을 정도로 나타났다. 동행했던 이지상(李志常)의 필록인 《장춘도인서유기(長春道人西遊記)》는 당시의 중앙아시아 정세를 아는 데 있어 귀중한 자료이다.

다시 자신의 막사로 초청했다. 징기츠칸은 늙어빠진 키 작은 노인이 정식으로 인사하지 않고 몸을 약간 굽힌 뒤 팔을 앞에서 깍지낀 채 자신에게 다가오는 것을 보았다.

"타국의 초청이 있음에도 불구하고 오로지 나의 청을 받아들여 멀리 만 리를 넘어서 왔구나. 나는 이를 무척 기뻐하노라."

징기츠칸의 말을 통역이 전했다.

"가칸의 명령을 받아들여 이 곳에 왔음은 모두가 하늘의 뜻입니다."

노인은 답했다. 장춘 도인은 결코 징기츠칸의 얼굴을 보지 않았다. 자기 앞에 아무도 없는 것처럼 키 작은 노인은 초점 없는 눈으로 허공의 한 곳을 주시하고 있었다.

"도인은 멀리에서 왔다. 어떤 장수(長壽)의 약이 있느냐? 있으면 그것을 나에게 바쳐라."

"병을 고칠 수는 있을지라도 장수의 약은 없습니다."

노인의 입이 움직이는 것을 보면 분명히 말을 하고 있는 것처럼 보였지만 그 표정은 조그마한 움직임도 없었다.

"장수의 약이 참으로 없느냐?"

징기츠칸은 이번에는 소리를 크게 해서 거듭 물었다.

그러자 노인은 또,

"병을 고칠 수는 있으나, 장수의 약은 없습니다."

하고 전과 똑같은 어조로 답했다. 징기츠칸은 배신당한 느낌을 받았지만, 이 노인을 초청한 것은 잘 했다는 느낌이 들었다. 응답은 모

두 통역을 통해서 행해졌으나, 그래도 주고받은 말에는 어떤 상쾌함
이 있었다. 징기츠칸은 자신의 말을 명령으로 받아들이지 않는 인물
을 오랜만에 만난 것이었다.

"사람들은 도인을 텡구리모코쿠(하늘 사람)라 부르는데, 스스로
그렇게 말하는 것이냐?"

"사람들이 그렇게 부를 뿐입니다. 나 자신은 알지 못하는 말입니
다."

징기츠칸이 말을 걸지 않는 한 장춘 도인은 한 마디도 하지 않았다.

그 뒤 2,3일 지나서 장춘 도인이 도착하기까지의 긴 여행 동안에
만들었던 몇 편의 시가 유중록에 의해 보고되었다. 사마르칸트와 윤
태(輪台)[9]사막의 여러 부락에서 읊은 시였다. 징기츠칸은 그것을 야
율초재에게 주었다. 야율초재에게는 그가 종군 중에 지었던 몇 편의
시를 제출케 하여, 그것을 장춘 도인에게 주었다. 한 사람은 젊고 한
사람은 노인이지만, 징기츠칸은 자신이 신용하는 두 비범한 인물이
꼭 의기 투합할 것이라고 생각했다.

그런 일이 있은 뒤 며칠 지나서 징기츠칸은 장춘 도인에게 야율초
재의 시가 어떠냐고 물었다. 그러자 도인은 훌륭한 것이라고 대답했
지만, 만나고 싶으냐는 물음에 굳이 만나고 싶지 않다고 답했다. 징
기츠칸은 이상하게 생각하여 야율초재를 불러, 그에게 같은 질문을
해 보았다. 그러자 우람한 긴 수염의 젊은이는,

---

9) 윤태(輪台) : 천산산맥의 남쪽 기슭 쿠쿠라와 쿠차의 중간에 있던 교통의 요지를 접하는
이른바 천산남로(天山南路)의 오아시스 국가로 번영하고 있었다. 한대에서 당대에까지 중국
의 지배하에 있었으나, 아니만·서요 등의 이웃의 여러 부족에게 지배되어 있던 기간이 더 길
었다.

"시는 훌륭한 것이라 생각합니다. 그러나 왜 제가 그 노인을 만나야만 되는 것입니까?"

하고 여느 때와 다름없이 탄력 있는 낭랑한 목소리로 대답했다.

"장춘 도인도 또한 그렇게 답했다."

라고 말하고 웃었다. 그러나 징기츠칸에게는 두 사람이 한 번도 만나지 않았는데 왜 서로 호의를 갖지 않는지 이해할 수 없었다. 그 이유를 묻자 야율초재는,

"아마도 도인은 내가 가칸의 군에 참여하여, 항상 가칸의 곁에 있으면서 가칸을 위해 아무 일도 하지 않는 것을 경멸하고 있을 것입니다."

라고 대답했다.

"그대가 도인에 대해 호의를 갖지 않는 이유는?"

징기츠칸은 물었다.

"도인이 가칸을 위해 먼길을 왔음에도 불구하고 가칸에 대해 아무 일도 하지 않기 때문입니다."

"일이라니, 어떤 일이냐?"

거듭하여 징기츠칸이 묻자,

"가칸의 이름이 후세의 역사로부터 사라지는 것을 단지 지켜보고 있을 뿐, 어떠한 조치도 취하지 않고 있음을 말하는 것입니다."

라고 야율초재는 답했다. 그러자 징기츠칸은 갑자기 표정을 굳히고,

"나의 이름이 왜 역사로부터 사라진다는 것이냐? 나와 몽골의 이름은 역사에 길이 남을 것이다."

거기에 대해 젊은이는 주저하는 기색도 없이,

"유감스럽지만 가칸의 이름은 역사에 남지 않으리라 생각합니다. 가칸의 부하들이 함부로 살육을 자행하고 있기 때문입니다."

징기츠칸은 그 말을 듣고는 안색을 바꾸고 몸을 떨면서 자리에서 일어났다. 그리고 옆방으로 들어갔으나 이내 되돌아와서,

"그대를 극형에 처해야 마땅하나 어떤 형벌도 그대의 말에 비해서는 너무 가볍다. 적당한 형벌을 생각해 낼 때까지 처형을 유예한다."

징기츠칸은 진지한 얼굴로 말한 다음,

"무례한 놈아!"

하고 버럭 소리를 지르고는 웃었다. 징기츠칸에게는 야율초재의 말이 뭐라 형용할 수 없을 만큼 불쾌한 응어리로 가슴에 남았지만, 그 때문에 마음에 드는 젊은이를 벌할 생각은 없었다.

2,3일 지나서 야율초재를 불러 말했다.

"일간 나는 도인으로부터 도를 듣겠다. 그대도 역시 그 자리에 함께 하라."

이것이 처벌이라면 처벌이라 말할 수 있는 것이다. 도인의 말을 유중록·아리선이 기록하고, 신하 3명도 똑같이 이를 기록하도록 되어 있었는데, 그 자리에 야율초재도 또한 참가할 것을 명령한 것이었다.

그러나 서로에게 반발하는 뛰어난 두 지식인을 참석시켜보려는 징기츠칸의 의도는 갑작스런 위구르인의 반란으로 인해 반 년 뒤로 연기되었다. 징기츠칸은 사건을 진압하기 위해 군을 움직이게 할 때, 장춘 도인에게 도를 묻는 날을 점치게 하여 반 년 뒤의 10월을 길일로 정했다. 도인은 그때까지 사마르칸트에서 보내게 해달라고 간청

하여 천여 명의 호위병과 같이 20일 거리의, 현재는 전쟁의 폐허에서 회복된 아름다운 북쪽의 도읍으로 이동했다.

징기츠칸은 군을 이끌고 출발하게 되자 그의 머릿속에는 이미 장춘 도인이나 야율초재는 없었다.

호라즘의 각 도읍에는 위구르인이 많이 살고 있었기 때문에 그들에 의한 자잘한 반란은 끊이지 않았다. 징기츠칸은 자기에게 적대감을 갖는 자는 풀뿌리를 자르듯이 뿌리째 이 지상에서 없애 버리지 않으면 안 되었다. 헤라트의 성은 징기츠칸의 장수들에 의해 함락되고, 모든 주민은 거의 다 학살되었다. 멜브의 성은 두 번이나 함락되어 살아남은 주민은 몇 사람밖에 되지 않았다.

징기츠칸이 게스니의 성을 함락했을 때는 여름으로 들어설 무렵이었다. 징기츠칸은 힌두쿠시 산지에서 더위를 피하기 위한 새로운 주둔지를 찾았다. 이 새로운 막사에 한동안 연락이 끊어졌던 제베와 수부타이 두 부대에서 사자가 찾아왔다.

카스피 해의 남안을 돈 두 부대는 코카사스 산맥을 넘어 키프차 족, 아스 족, 롤게스 족의 연합군을 무찌르고 서진 보라르(불가리아)에 들어가려고 함.

사자는 그렇게 전했다. 꼭 반 년 전의 원정군 상황을 전한 것이었다. 다시 한 달쯤 지나자 또 다른 사자가 왔다.

보라르 군을 곳곳에서 무찌르고 여러 성을 함락, 길을 돌려 오로스(러시아)로 향하려 함.

이 사자는 비교적 빨리 올 수가 있었기 때문에 3개월쯤 전 부대의 행동을 보고했다.

징기즈칸의 눈에 떠오른 두 부대의 행동은 뭔가에 홀린 듯이 야릇한 광채를 띠고 있었다. 그것은 이제 징기즈칸의 의지도 아니며, 제베와 수부타이 두 장수의 의지도 아니었다. 쏘아진 화살은 땅에 떨어질 때까지 허공을 향해 계속 나아가지 않으면 안 되는 것처럼, 두 가닥의 몽골 장군은 마치 그것이 민족의 의지인 것처럼 적을 찾아서 계속 달리지 않으면 안 되었다. 이미 거기에는 휴식이라고는 없었으며, 끝이라는 것도 없었다. 오로지 있는 것은 목숨이 다 할 때까지 그들이 계속 달려가지 않으면 안 되는 운명만이 있었다.

사자의 보고에 의하면, 두 부대의 행동은 들판을 불태우는 불과 같았다. 그들이 지나간 뒤에는 아무것도 남아 있지 않았다. 저항했던 도시는 모조리 폐허가 되었고, 성도 거리도 사람도, 그리고 수목까지도 거의 그 형태를 남기지 못했다. 이라크 아주미·아젤바이젠·크리디스탄·그루지아·시리아·아르메니아·킵차크, 그리고 불가리아까지도 이리떼가 지나가는 곳이면 어디든 약탈과 살육의 희생이 되었다.

징기즈칸은 제베와 수부타이 두 부대의 사자를 접견하던 날, 두 차례 다 이미 자신의 힘으로는 그들의 행동을 저지시킬 수 없음을 느졌다. 자신이 할 수 있는 일은 그들의 행동을 도와주는 일뿐이었다. 이에 비해 시르 강에서 북쪽으로 진출한 주치로부터는 아무런 보고도 오지 않았다. 징기츠칸은 제베와 수부타이의 두 장수에게는 공을 칭찬하는 조서를 내리고, 주치에게는 빠른 시일 내에 킵차크 초원의 작전을 끝내고 흑해와 이해(裏海)의 북쪽으로 나가, 그 지방의 여러 민족을 정복하여 제베와 수부타이의 군과 합치라는 명령을 내렸다.

금나라 평정의 대사업을 계속하고 있는 무카리로부터는 정확하게 수십일 간격으로 사자가 닿고 있었다. 무카리는 대단한 움직임은 없었지만, 금나라 북쪽의 정복에 나날을 보내고 있었다.

그 지방의 도시는 일찍이 몽골에 속했던 적이 있었으나, 징기츠칸이 철수한 후 다시 금나라로 되었다. 그러한 여러 성의 함락을 무카리는 완전히 자신의 손 하나로 해내고 있었다. 징기츠칸은 무카리에게 그 수고를 위로하는 정중한 조서를, 그로부터 오는 사자를 대할 때마다 내리는 것을 잊지 않았다.

8월 말에 장춘 도인은 사마르칸트로부터 징기츠칸의 진영으로 돌아왔다. 그러나 징기츠칸은 전군을 이끌고 북쪽으로 이동하기로 결정하고 있었으므로 그를 데려가기로 했다. 그리하여 사마르칸트로 가는 도중에 도인으로부터 도를 묻는 날로 정해 놓던 10월의 길일을 맞았다. 징기츠칸은 이날 훌륭한 휘장을 설치하고 여인을 멀리하여 방 안을 밝은 초로 장식했다.

징기츠칸은 야율초재를 그 자리에 참석케 했지만, 야율초재와 장춘 도인은 고개로만 서로 인사했을 뿐, 둘은 최후까지 말을 나누지 않았다. 2,3일 후 징기츠칸은 다시 장춘 도인을 불러서 도를 물었다. 이때도 야율초재는 그 자리에 있었지만 서로 한 마디도 나누지 않았다.

"도가 하늘을 낳고 땅을 자라게 했으며, 일월 · 성신 · 귀신 · 사람과 동물 모두가 도에서 생긴 것이다. 사람은 하늘의 위대함은 알고 도의 위대함을 모른다. 도가 천지 개벽을 낳고, 그후에 사람을 낳았다. 사람은 본래 태어나자마자 빛을 스스로 발하여 뛰듯이 걷고 모두 날것을 먹었다. 그러나 때가 지남에 따라 몸은 차츰 무거워지고 빛은 사라졌다. 애욕이 깊어졌기 때문이다.

가칸은 본래 천국의 신선이었습니다. 하늘이 가칸의 손을 빌려 난폭한 자들을 벌하려 하는 것입니다. 어려움을 극복하고 공을 세웠을 때는 즉시 하늘에 올라가서 신선이 되지 않으면 안 됩니다. 세상에 있을 때는 풍류와 여자를 멀리하고, 욕심을 줄이고, 잔인한 짓을 하지 말 것이며, 몸을 편안하게 해야만 합니다. 이같이 하면 장수는 절로 가칸의 몸에 깃들 것입니다.

마땅히 지켜야 할 도리에 따라 행동한 사람은 언제나 깊이 사색하는 법입니다. 선(善)을 베풀고 도를 향해 나아간다면, 곧 하늘에 올라 신선이 됩니다."

"가칸이 행해야 할 도리는 당연히 밖으로 덕을 쌓고, 안으로는 정신을 굳건히 하는 것입니다. 백성을 불쌍히 여기고, 인간의 생명을 보호하고, 천하를 태평케 하는 것이 곧 밖의 도리이고, 몸을 보호하는 것이 안의 도리입니다."

라고 장춘 도인은 말했다. 징기츠칸은 두 차례나 계속 도인의 말을
경청했지만, 도인의 입에서 가칸이라는 말이 자꾸 나오자 그것을 중
단시켰다. 자신이 하고 있는 일이 모두 도를 배반하고 있었기 때문
이었다. 그러나 도인의 말을 듣고 있는 시간은 징기츠칸이 일찍이
가져본 적이 없는 조용하고 엄숙한 시간이었다. 그것은 도중에서 중
단하지 않으면 안 될 따가운 회초리 소리로 가득 차 있었지만, 그것
을 듣는 것이 반드시 싫은 것만은 아니었다.

징기츠칸은 사마르칸트 부근에서만 주둔하고 도시에는 들어가지
않았다. 사마르칸트 일대의 땅은 이미 전화를 복구하고 완전히 부흥
하여, 여러 민족이 뒤섞여 평화로운 생활을 하고 있었다. 주민의 대
부분은 위구르인이었고, 소수의 한인이나 거란인이나 탕쿠트인이
다수의 위구르인들을 거느리고 있었다. 관리는 터키인·이란인·아
라비아인 등 여러 눈빛의 인간들이 많았다. 그러한 여러 민족들 사
이를 정복자로서 몽골병들이 돌아다니고 있었다.

몽골의 병사들은 신분의 차이를 따지지 않고 모두 호사스런 생활
을 하고 있었다. 이민족의 여자들을 데리고 거리의 요정을 출입하거
나, 교외의 과수원을 산책하기도 했다. 한때 이 거리에는 시체가 널
려 있었고, 붉은 불기둥이 건물이란 건물을 모두 삼켰었지만, 불과 2
년 정도의 세월이 지났을 뿐인데도 이 성이 번영을 되찾은 것을 보
면 그 같은 과거의 일은 상상할 수가 없었다.

징기츠칸이 함락했던 호라즘의 도읍 중에서 사마르칸트가 가장 빨

리 평화를 되찾은 도시였다. 이윽고 몇 년 후면 호라즘의 다른 모든 도시가 이렇게 될 터였다. 그것은 호라즘 일국에 제한되지 않고, 지금 제베와 수부타이에 의해 정복되고 있는 이해와 흑해 주변의 징기츠칸 자신도 모르는 모든 나라가 이렇게 회복될 터였다. 그러한 의미에서 사마르칸트는 장래 많은 도시의 본보기라고 생각되었다.

그러나 왠지 옛 모습을 되찾은 사마르칸트의 도시 안으로 들어갈 마음이 생기지 않았다. 거기에는 그를 위하여 마련된 웅장한 큰 궁전이 있고, 사치가 극에 달한 건물과 정원이 있어, 만약 그가 바란다면 그 곳에 다른 정복국으로부터 가져온 공작새도, 코끼리도 풀어 놓을 수가 있었다. 모든 부대의 장수들과 병사들은 사마르칸트에 들어가기를 바라고 있었지만, 징기츠칸은 그 곳에 들어가기를 꺼려하는 마음이 언제나 가슴속에 도사리고 있음을 느꼈다.

징기츠칸은 사마르칸트와 꽤 멀리 떨어진 장소에 막사를 치고 거기서 11월을 보내기로 했다. 11월을 맞자, 다시 겨울을 보내기 위해 남쪽으로 이동할 것을 발표했다. 징기츠칸은 자신이 어린 시절부터 그런 식으로 생활했던 것처럼, 그리고 자신의 조상들이 몇 대나 몇 십대가 그런 식으로 살아왔던 것처럼, 몇 백의 막사를 접어 큰 집단을 만들어 계절마다 목초를 찾아서 이동하지 않고서는 견딜 수가 없었다.

징기츠칸은 이 해의 겨울을 인구스 강에 가까운 산속의 부야 케토벨에서 보내기로 했다. 새로운 주둔지에 와서 이내 피내음을 한껏 몸에 묻힌 셋째아들 오고타이가 긴 전쟁을 마치고 짐승과 같은 눈빛의 몽골 병사들과 어마어마하게 많은 노획품과 더불어 자기 군사들과 거의 비슷한 수의 인도 포로를 데리고 돌아왔다. 인도인들은 머리에 하얀 천을 감고 있었으므로 멀리서 보면 오고타이의 부대는 군데군데 눈을 뒤집어쓴 부대같이 보였다.

시르 강변에 주둔하는 동안 징기츠칸은 사냥으로 시간을 보내는 일이 많았다. 어느 날, 사냥 중에 징기츠칸은 미친 듯 날뛰는 멧돼지 무리를 향해 최후의 일격을 가하려는 순간 말에서 떨어졌다. 다행히 큰 부상은 없었으나 징기츠칸은 자신이 말에서 떨어졌다는 사실을 믿을 수가 없었다. 그때 장춘 도인이 징기츠칸에게 말했다.

"가칸은 이미 고령입니다. 가칸이 말에서 떨어진 것은 하늘의 충고이며, 멧돼지가 가칸을 습격하지 않았던 것은 하늘의 보살핌입니다. 앞으로는 사냥의 횟수를 줄여야만 할 것입니다."

징기츠칸에게 있어 이 사건은 커다란 충격이었다. 징기츠칸은 장춘 도인의 말을 따를 수밖에 없었다. 이 사건이 있고나서 장춘 도인은 징기츠칸에게 자신의 부락으로 돌아가기를 원했다.

"제가 고향을 떠난 지 벌써 3년이 지났습니다. 가칸의 초청에 응했던 3년의 기한이 이미 지났으므로 하늘이 정한 귀국의 때가 왔습니다."

장춘 도인은 여태까지 두 번이나 부락으로 돌아가기를 원했지만, 징기츠칸은 그때마다 허락하지 않았다. 그러나 지금 하늘이 정한 때가 왔다는 말을 듣자 도인을 잡아둘 방법이 없었다.

장춘 도인은 3월 초, 징기츠칸의 막사에서 떠났다. 징기츠칸은 도인을 위하여 아리선을 선차(宣差)로 임명하고, 몽고대 · 갈자 · 팔해 등을 부사로 해서, 몽골의 한 부대로 하여금 그의 귀향을 보살피게 했다.

장춘 도인이 떠나고 얼마 후, 징기츠칸은 마음에 커다란 변화가 생겼음을 깨달았다. 고향의 부루칸 산기슭으로 돌아가고 싶은 마음이 갑자기 격렬해지는 것을 느꼈다. 이 마음을 가장 먼저 알아차린 사람은 쿠란이었다. 고향을 떠나온 지 5년의 세월이 지났지만, 그 동안 쿠란은 계속 징기츠칸 곁에서 시중을 들고 있었다.

"가칸이 만약 그것을 바란다면 왜 반대하리까."

쿠란은 말했다.

"그대는 몽고고원에 돌아가고 싶은가?"

징기츠칸이 묻자,

"어떻게 제가 다른 마음을 가질 수가 있겠습니까. 저의 마음은 언제나 가칸의 마음과 함께 있습니다. 가칸이 머리 색깔이 다른 여자들과 같은 침대에 누워 있을 때도 저의 마음은 언제나 가칸과 함께 있습니다."

쿠란은 긴 타국 생활에서 건강 상태가 아주 좋지 않았다. 그녀는 항상 징기츠칸의 곁에 있었으나, 벌써 2년 가까이 징기츠칸과 잠자리를 같이할 수 없는 생활을 하고 있었다. 일찍이 찬란할 만큼 풍만하고 아름다운 육체를 가지고 있었던 쿠란도 이젠 다른 사람처럼 여위어 있었다. 그러나 피부는 아직 윤기가 흐르고, 눈은 더욱 차갑고 보다 맑았으며, 긴장한 볼 언저리는 범하기 어려운 기품이 드러나 있어 여전히 그 용모는 조금도 노쇠했다고는 할 수 없었다.

"가칸이 만약 그것을 바란다면 어떻게 제가 반대할 수 있겠습니까.

다만 제게 말할 수 있게 허락해 준다면…….”

쿠란은 여기서 말을 끊고 징기츠칸의 눈을 응시했다.

“뭐냐? 소망이 있다면 말하라.”

“히말라야의 저 너머에 아직 정복되지 않은 대국이 있다고 들었습니다. 거기는 뜨거운 나라이며, 거대한 코끼리가 사는, 불교가 일어난 나라이며, 남자는 머리를 흰 천으로 감싸고, 여자는 얼굴을 흰 천으로 가리고 있는 나라라고 합니다. 저는 가칸이 왜 거기를 정복할 마음이 없는지 알 수 없습니다. 무엇보다도, 거기에는 강력한 군대를 가진 강국이, 무한의 부(富)를 가지고……”

“쿠란의 마음을 내가 모를 리 있을까. 쿠란은 히말라야 너머의 나라를 바라는 것이 아니라, 거기서 일어날 치열한 전투를 바라고 있을 것이다.”

징기츠칸은 쿠란의 말이 채 끝나기도 전에 그녀의 마음을 꿰뚫듯이 말했다. 쿠란은 그 말에 대하여,

“그렇습니다. 저는 고난 속에 있는 가칸과 함께 있고 싶습니다. 왕으로서의 가칸도, 화려한 궁전의 보석 의자에 앉아 있는 가칸과는 조금도 같이 있고 싶지 않습니다. 가칸이여, 지금의 가칸에게 어려운 것은 없습니다. 몽골의 병사들은 이 세계를 자유자재로 뛰어다니고 있습니다. 만약 가칸에게 어려운 것이 있다면, 그것은 히말라야를 넘고 인더스 강을 건너서 지표를 메우고 대지를 울리며 다가오는 코끼리의 대군과 그것을 몰고 오는 낯선 군사들과 싸우는 일뿐일 것입니다.”

"쿠란이여, 그대가 그것을 이겨낼 수 있겠는가? 인더스 강의 흐름은 드세고, 히말라야 봉우리를 덮은 눈은 끝없이 이어질 것이다."

"가칸이여, 저와 가칸과의 사이에서 태어난 가우란을 버린 강이 인더스 강보다 더 클 것이며, 히말라야를 덮은 눈보다 더 크다고 생각합니다. 저는 가우란까지 거기에 내던졌습니다. 제가 제 목숨을 거기에 던지는 것을 왜 두려워하겠습니까!'

징기츠칸은 잠시 침묵하고 있었지만 곧 말문을 열었다.

"좋다. 그대의 소망을 들어주겠다. 그대는 인도를 공격할 때 나와 함께 있으라."

장춘 도인이나 야율초재와는 전혀 다른 생각을 들게 하는 쿠란의 말을 징기츠칸은 받아들이고자 했다. 징기츠칸의 마음에서 고향으로 돌아갈 마음은 순식간에 사라지고, 대신 거칠고 험한 마음이 몸 전체에 가득 넘쳐 올랐다.

징기츠칸이 쿠란의 말을 따르게 된 것은, 쿠란이 이제 길지 않은 자신의 생명을 징기츠칸이 온 세상을 정복하는 도중에 끝나기를 원하고 있음을 눈치챘기 때문이었다. 쿠란은 부루칸 산을 보고 싶다거나 거기로 돌아가고 싶은 생각은 없었다. 그것은 보루테나 그녀가 낳은 몇 사람의 후계자들의 것이었다. 쿠란은 비(妃)로서 생의 의미를 전혀 다른 곳에 두고 있었다.

징기츠칸은 그후 곧 인도를 공격할 준비에 들어갔다. 그러나 이 작전은 빨리 실현할 수 없었다. 차가타이와 오고타이 둘은 지난해 부하라 부근에서 징기츠칸이 이끄는 군사들과 헤어져서 다른 작전을 펴고 있었으므로 둘에게 시르 강변의 막사로 빨리 돌아오라는 사자를 보내지 않으면 안 되었다. 킵차크 초원에 있는 큰아들 주치에게 사자는 보내졌고, 신들린 몽골 군사의 두 지휘자 제베와 수부타이에게도 귀환을 명하는 사자가 파견되었다.

차가타이와 오고타이 둘은 20일쯤 지나서 왔지만, 주치·제베·수부타이는 제각기 더 많은 기간의 여유를 두지 않으면 안 되었다. 징기츠칸은 주치의 귀환을 여름으로, 제베와 수부타이의 귀환을 가을로 예정했다.

징기츠칸은 여름을 북쪽 산간에서 사냥으로 지냈다. 군사 훈련을 위해서도, 사기의 유지를 위해서도 그것은 필요한 것이었다. 그리하여 여름이 끝날 무렵 다시 시르 강변으로 옮겼는데, 어느 날 주치로부터 사자가 와서, 주치가 킵차크 초원의 짐승들을 가칸에게 선물하기 위해 한 마리도 남김없이 시르 강 상류로 몰아온다고 보고했다.

징기츠칸은 주치의 선물을 손에 넣은 것은 아니지만 충분히 만족스러웠다. 예정된 날보다 반 달 정도 빨리, 징기츠칸은 주치의 선물을 받기 위하여 30만 군사들을 시르 강 상류에 배치했다. 그러자 과연 가을 초에 멧돼지·말·소·사슴 그 밖에 여러 종류의 동물이 시르 강 일대의 들판에서 몰려왔다 몇 백 마리에 이르는 야생마 집단이 있는가 하면, 땅벌레와 같이 기묘한 울음소리를 내는 토끼도 있었다. 징기츠칸은 몇 천 리까지 짐승들을 몰고 온 주치의 솜씨에 감탄하지 않을 수 없었다. 과연 주치라 생각했다.

사냥은 일찍이 없었던 거대한 규모로 전개되었다. 인간과 짐승들의 싸움은 매일같이 시르 강 상류 일대에서 전개되었다. 그러나 사냥이 끝난 뒤에도 주치는 물론 그의 부대 군사는 끝내 한 사람도 모습을 보이지 않았다. 얼마 후, 두 사자가 도착하여 수렵 중에 주치가 병이 나서 킵차크의 막사로 철수했다고 보고했다. 징기즈칸은 곧바로 사자를 보내, 병을 앓고 있을지라도 돌아오라고 명령을 내렸다. 주치 자신은 올 수 없더라도 다른 부대마저 보내지 않은 행동이 괘씸하여 징기즈칸은 화를 냈다.

이 가을, 징기즈칸은 뜻밖에도 금나라 파견군의 총사령관인 무카리가 53세로 사망했다는 통지를 받았다. 징기즈칸으로서는 자신의 한 팔이 잘려나간 듯한 크나큰 충격을 받았다. 금나라의 정복을 무카리에게 맡겨 두고 있었기에, 조금도 그쪽에 신경을 쓰지 않고 자유로이 호라즘 공격에 전념할 수 있었던 것이었다. 징기즈칸의 낙담은 매우 컸다.

징기즈칸은 모든 군사들을 진영 앞에 정렬시켜서 무카리의 죽음을 전하고 한 달간 모든 군사들에게 상복을 입도록 명했다.

"내가 가장 신뢰하는 장군 무카리는 죽었다. 만약 그에게 다시 생명을 반 년만 늘려 줄 수 있다면 무카리는 금나라 대신 무카리의 왕국을 세울 수 있었을 터인데……."

징기즈칸은 더 이상의 말을 할 수 없어 단에서 내려왔다. 무카리의 공을 찬양할 작정이었으나, 어떤 말로도 그의 공적을 다 찬양할 수 없을 것 같았다. 징기즈칸은 그날 장군 볼추와 제루메만을 자신의 막사로 불러들여 무카리의 죽음을 애도했다. 무카리가 얼마나 위대하며, 그가 얼마나 훌륭한 인물인가를 알고 있는 사람은 자신과 볼추와 제루메밖에는 없다고 생각되었다.

볼추는 징기츠칸과 동갑인 61세이고, 제루메는 64세였다. 제루메는 2년 전부터 반신불수가 되어 말도 뚜렷하게 하지 못했다. 볼추도 이 봄부터 앓고 있었다. 볼추는 마음이 약해져 징기츠칸 앞으로 나왔을 때는 벌써 눈물이 맺혀 있었다.

"무카리의 위대함을 알고 있는 사람은 이제 셋뿐이다. 나머지는 모두 죽어 버렸다."

징기츠칸이 말하자, 제루메는 그것을 부정하듯이 자꾸만 손을 내저으며 뭐라고 말했으나, 징기츠칸도 볼추도 알아들을 수가 없었다. 징기츠칸은 자신의 귀를 제루메의 입언저리에 갖다 댄 후 몇 번만에야 겨우 제루메의 말을 이해할 수가 있었다.

"세 사람만이 아닙니다. 무카리의 위대함은 금나라 사람들이 모두 알고 있습니다."

제루메는 그렇게 말하고 있었던 것이다.

이 해의 끝에 제베와 수부타이로부터 사자 두 명이, 그 무렵 사마르칸트 부근에 주둔하고 있었던 징기츠칸의 앞으로 와서 보고했다.

"두 부대는 오로스(러시아)에 침입하여 오로스 제후의 연합군을 카루카 강변에서 격파시켰으며, 남오로스를 화재와 피의 아수라장으로 만들었고, 이제는 도니에불 강변으로 나와 다시 진격하여 아조프 해 연안 지방을 말발굽으로 짓밟고자 합니다."

사자는 몽골 군사들과 다름없었지만 이상한 모습을 하고 있었다. 두 다리엔 찰싹 달라붙은 가느다란 바지를 입었고, 목에는 수건을 감고 있었다. 말등에 매달린 가죽부대에는 포도주와 유리로 된 아름다운 그릇이 들어 있었고, 안장에는 그들의 노획품인 십자가가 수십 개나 매달려 있었다. 그들은 부대의 상황을 보고했을 뿐, 징기츠칸의 돌아오라는 명령에 아무런 회답도 하지 않았다.

적은 밖에 있는 것이 아니라
내 안에 있었다.

나는 내게 거추장스러운 것은
모조리 쓸어 버렸다.

나를 극복하는 그 순간
나는 징기츠칸이 되었다.

成
吉
思
汗

위대한 생의 마감

1224년 신년 초, 징기즈칸은 전군에게 인도 공격을 발표했다. 힌두쿠시 산맥을 넘어 인도에 침입하여 인도의 모든 성을 함락하고, 이 작전이 끝나면 티베트를 지나 몽고고원으로 돌아가는 대대적인 계획이었다.

이 작전은 몇 개월이 걸릴지, 아니면 몇 년을 요할지 징기즈칸은 물론 다른 장수들도 짐작할 수 없었다.

작전이 발표되자, 몇 개의 부대는 제각기 이동 편성에 들어갔다. 여러 민족으로 구성된 수많은 포로 집단은 한 달 동안 아침부터 밤까지 벼를 현미로 만드는 작업이나, 그 밖에 갑옷 수선 등에 내몰렸다. 몽골의 병사들은 산을 넘고 물을 건너기 위해 삼림의 벌채와, 강을 건너고 다리를 놓는 등 새로운 연습을 일과로 하지 않으면 안 되었다.

그해 3월, 몽골군은 몇 개의 부대로 나누어서 시르 강변의 막사를 출발했다. 출발에 앞서서 징기즈칸은 자신의 명령에 따르지 않고 먼

곳에서 작전 중에 있는 제베와 수부타이 두 장수와, 역시 자신의 뜻을 무시하고 킵차크 초원에서 머무르고 있는 큰아들 주치 앞으로 급히 사자를 보냈다.

사자의 임무는 그들에게 새로운 작전을 알리고, 징기츠칸이 이끄는 군대와 대치되는 모든 작전을 중단하고 고국으로 돌아가라는 명령을 전하는 일이었다.

몽골군은 행군 한 달 남짓 만에 자신들이 넘지 않으면 안 될 힌두쿠시 산맥의 톱날같이 높은 산봉우리가 멀리 바라다보이는 위치에 닿았다. 다시 한 달쯤 지나 그들은 힌두쿠시 산맥의 산 속으로 들어갔다. 산은 깎아지른 듯이 높이 솟은 밀림으로 무성했다. 끝없는 밀림을 넘으면 눈 덮인 산이 있고, 그 산을 넘으면 다시 밀림이 가로막았다. 얼마되지 않는 기간에 군사들과 말은 모두 지쳐 버렸다.

이 행군 도중에 애비 쿠란이 쓰러졌다. 부대가 산 속의 작은 부락에 야영하고 있을 때였다. 징기츠칸은 쿠란의 목숨이 얼마 남지 않았다는 것을 시르 강변을 출발할 때부터 알고 있었다. 쿠란의 병세가 나빠졌다는 보고를 받고, 징기츠칸은 쿠란의 파오를 찾아갔다. 쿠란은 인형처럼 가냘픈 몸을 침대 위에 누이고 있었다.

징기츠칸이 다가가자 마치 기다렸다는 듯 감고 있던 눈을 떴다. 그 눈은 징기츠칸에게 놀랄 만큼 커다랗게 느껴졌다. 파오 안에는 불을 피우고 있었지만, 한겨울과 같은 한기가 감돌고 있었다. 인간의 소리라고 생각되지 않을 만큼 낮고 맑은 목소리가 쿠란의 죽음이 다가옴을 느끼게 했다.

"얼음 밑으로."

그렇게 말하고 쿠란은 희미한 웃음을 띠며 손을 징기츠칸 쪽으로 뻗으려고 했다. 그러나 쿠란의 손은 다시 힘없이 늘어졌다. 징기츠칸은 숨을 삼킨 채 자신이 가장 사랑하고, 또 다른 여자가 결코 가질 수 없는 애정을 자신에게 바쳐 주었던 여자가 지금 자신의 앞에서 숨을 거두려고 하는 것을 지켜보고 있었다.

쿠란의 입에서 조그맣게 새어나온 '얼음 밑'이라는 말의 의미는 자신의 시체를 얼음 밑에 묻어 달라는 것일까 하고 징기츠칸은 생각했다. 징기츠칸은 일찍이 차가타이에게 그의 아들의 죽음에 대한 비탄을 금했던 것처럼 지금은 자신에게 쿠란의 죽음에 대한 비탄을 금해야 했다.

이것은 벌써 며칠이나, 아니 몇 십 일 전부터 자신에게 주의시키고 있었던 일이었다.

마침내 쿠란은 숨을 거두었다. 그녀의 죽음이 페르시아인 의사에 의해 확인되자, 징기츠칸은 비로소 그녀의 파오를 나왔다. 그는 슬픔을 억제하고 있었으므로 여러 신하 앞에서 쿠란의 죽음을 슬퍼할 수는 없었다.

징기츠칸은 쿠란의 주검을 그녀의 유언대로 얼음 밑에 묻지 않을 수 없었다. 그것이 사랑하는 사람을 위해 할 수 있는 최후의 일이었다. 징기츠칸은 그날 밤 그녀의 파오에 제단을 만들게 하고, 몇몇 장수들에게만 쿠란의 죽음을 전하여 그녀의 고별식에 참석케 했다.

고별식은 얼어붙을 것처럼 추운 새벽녘에 행해졌다. 그리고 날이 밝기 전에 관은 야영지로 떠났다. 30명 가량의 그녀와 친했던 장수들과 관을 교대로 나르는 같은 수의 병사들만이 장래 행렬에 참가했다. 장례 행렬은 키 작은 나무가 우거진 지대를 지나, 저녁 무렵이 되어서야 겨우 눈과 얼음으로 뒤덮인 황량한 계곡에 닿았다.

그 이튿날, 병사들에 의해 계곡 위에 몇 군데의 틈새가 발견되자, 징기츠칸 앞으로 보고되었다. 징기츠칸은 몸소 하나하나 점검하여, 쿠란의 무덤으로 적합한 가장 큰 얼음의 열하(裂罅:틈)를 택했다.

쿠란의 관은 네 사람의 위구르 소년들에 의해 좌우로 조금씩 기울면서 차츰 얼음층이 두터운 밑으로 떨구어져 갔다. 도중에서 관을 묶은 끈이 보이지 않을 때, 소년들은 저마다 손에 쥐고 있던 끈을 놓았다. 관은 도중에서 멎었는지, 아니면 바닥을 알 수 없는 곳까지 떨어진 것인지, 퍽하는 차가운 금속성을 남겼을 뿐 그후 아무 소리도 들리지 않았다.

관을 얼음 밑으로 집어넣자, 일동은 날씨의 변화를 두려워하며 곧바로 그 무덤 곁을 떠났다. 그들은 강풍에 거의 날리다시피 하면서 산을 내려왔다.

징기츠칸은 쿠란에 대한 슬픔을 억제하고 있었지만 마음의 충격은 어쩔 수 없었다. 징기츠칸은 앞으로 언제까지 이어질지 알 수 없는 산악지대의 행군을 거쳐서, 인도를 공격하는 일의 의미가 없어졌다. 원래가 인도 공격은 쿠란의 권유로 계획된 것이었기 때문에 징기츠칸은 쿠란을 위하여 죽음의 장소를 거기서 찾아주려는 단순한 마음으로 출발한 것이었다.

쿠란이 사망한 부락에서 그녀의 제사를 지내기 위해 한 달간 부대를 주둔시키게 되었는데, 징기츠칸은 어느 날 밤 이상한 꿈을 꾸었다. 새벽 무렵, 징기츠칸은 베갯머리에 사슴을 닮은 한 마리의 동물이 나타난 것을 보았다. 처음에는 사슴인가 하고 생각했지만, 가만히 보니 사슴이 아니고, 꼬리는 말과 닮았고 털은 녹색이며, 머리에는 뿔 하나를 달고 있으며, 사람처럼 말했다. 그 동물은 징기츠칸의 베갯머리에 앉으며 갑자기,

"경은 하루바삐 군을 정비하고 고향으로 돌아가야만 한다."

라고 말했다. 그러고는 말없이 일어서서 파오를 나갔다. 분명히 꿈이었지만, 꿈이라고 생각하기에는 그 동물의 행동이나 방에 드나드는 모습이 너무도 생생하였다.

다음날, 징기츠칸은 야율초재를 불러들여 그 꿈을 풀이하도록 시켰다.

그러자 초재는,

"그 동물은 코에 뿔이 있고 말을 한다는 상상의 동물로, 혼란하고 전쟁이 일어나는 시기에 나타나는 것이 보통이니, 아마도 그 동물이 가칸 앞에 나타난 것은 하늘의 뜻일 것입니다."

라고 답했다. 징기츠칸은 늘 그랬듯이 야율초재의 말을 그대로 믿지는 않았다. 모든 일에 이유를 달아 침략과 전투를 중지시키려고 하는 젊은 지식인의 말을 여느 때 같으면 묵묵히 듣고 난 후 그것에 따르지 않았을 테지만, 오늘만은 달랐다.

징기츠칸은 즉시,

"그럼, 그 동물의 말에 따르자."

라고 말했다. 그 동물의 눈빛이 마치 쿠란의 눈빛과 닮은 것처럼 생

각되었기 때문이었다. 쿠란이 그 동물로 모습을 바꾸어 자신에게 일부러 충고하러 왔던 것은 아닐까 하는 느낌이 들었던 것이다.

그 날, 고향으로 돌아가라는 명령이 내려지고, 이틀 후 몽골의 각 부대는 처음 왔던 길로 되돌아가서 페샤와르를 목표로 나아갔다. 인도 공격은 어려운 작전인 반면, 효과는 적다는 것을 모든 장수들이 잘 알고 있었기 때문에, 작전의 변경은 모두에게 환영받았다.

징기츠칸은 파미안 산맥[1]을 넘어, 여름철의 막사를 바쿠란에 설치했다. 그리고 바쿠란의 야영 중에 전 부대를 몽고고원으로 되돌릴 결심을 굳혔다. 이 결심은 일찍이 징기츠칸이 한 번 결정한 바 있었지만 인도 공격에 의해 중단되었었다.

1212년 봄에 부루칸 산의 막사를 떠나왔으니 징기츠칸은 벌써 4년 반의 세월을 고향이 아닌 다른 나라에서 보낸 셈이다. 그 동안 전투로 세월을 보냈던 군사들에게 고국의 땅을 밟게 하여 거칠어진 마음을 위로할 필요도 있었다.

여름이 끝나갈 무렵, 징기츠칸은 바쿠란을 떠나 북쪽으로 향했다. 사마르칸트에 군사들을 모아 거기서부터 본격적으로 고국으로의 길을 잡을 계획이었다. 도중에 바루크 시 부근을 통과할 때, 그 성 사람들에게 적의가 있음을 알자, 징기츠칸은 한 부대를 보내서 그 곳을 공격하도록 했다.

부대는 몇 번이나 아무 강을 건너서 부하라의 성으로 들어갔다. 부하라는 징기츠칸이 호라즘 국내에서 가장 먼저 다른 민족에게 적대

1) 파미안 산맥 : 힌두쿠시 산맥을 말함.

행동이 어떤 결과를 가져오는지를 알리기 위해 철저히 파멸시켰던 성이었다. 사내들의 대부분은 학살되거나 나머지는 강제로 동원되고, 여자의 정조는 모조리 빼앗기고, 사람 없는 시가지는 불 질러져서 잿더미가 되었던 곳이다.

그러나 그후 3년이라는 세월 동안 부하라는 사마르칸트와 마찬가지로 새로운 도시를 형성하여 번영하고 있었다. 이전과 조금도 다름없이 도시에는 사람들이 가득했는데, 엄청나게 많은 남녀들이 물건을 팔며 소리 지르고 있었다. 한때 도시를 둘러싸고 있었던 성벽의 잔해만이 악몽의 유물로 남아 있을 뿐이었다.

몽골의 대부대는 오랜 시간 동안 그 도시를 남에서 북으로 꿰뚫어 지나갔다. 주민들의 얼굴은 전혀 겁먹은 표정이 아니었고, 몽골 군사를 환영하는 얼굴도 아니었다. 그 대부분의 얼굴은 무표정했다. 사마르칸트에서와 같이 여기서도 역시 여러 민족이 뒤섞여 있었다. 한인(漢人) · 거란인 · 탕구트인 · 터키인 · 이란인 · 아라비아인, 그리고 그 속에 섞여 있는 소수의 몽골 주둔군들이었다.

징기츠칸의 눈에는 자신의 부하인 몽골의 병사들까지 여러 이민족에 끼여 있는, 모두 똑같은 표정으로 보였다. 자신들의 동포를 맞는 기쁨의 표정은 보이지 않고, 그들까지 역시 무감동이었다. 거기에서 징기츠칸은 승리감이라는 것을 조금도 느낄 수가 없었다.

거기에 있는 젊은이들은 정복당한 민족이 아니었다. 적도 아니고 아군도 아니었다. 단지 그들은 자신들의 삶을 위협받을 경우에는, 단번에 한 사람도 남김없이 적으로 돌아설 것이었다. 징기츠칸은 그

대학살을 하고서도 아무것도 변화시킬 수 없었음을 깨닫게 되었다. 헛되이 수많은 인간을 죽이고, 성을 파괴하고 불행과 슬픔을 남겼을 뿐이었다.

징기츠칸은 부하라에서부터 다시 5일간 행군하여 사마르칸트에 도착했다. 징기츠칸은 겨울 동안을 사마르칸트에서 보내고, 내년 봄 몽고고원으로 출발할 계획을 세웠다.

따라서 이제부터 머무르게 될 겨울 넉 달 동안 호라즘에서의 마지막 몽골군의 야영 생활이 시작될 터였다. 사마르칸트에서 야영한다고 해도 성 안에는 극소수의 부대밖에 주둔시킬 수 없었다.

몽골병들이 들어갈 자리가 없을 만큼 주민은 성에 꽉 들어차서 대학살이 있었던 이전보다 몇 배나 많은 사람들이 북적거리며 생활하고 있었다.

성에 가까운 지역에 몇 부대의 야영지가 정해졌다. 몽골 병사들은 물론 많은 나라의 병사들도 시간만 있으면 도시로 외출했다. 그 때문에 사마르칸트의 성은 사람이 넘칠 만큼 혼란하여 벌집을 쑤셔놓은 것 같았다.

징기츠칸은 이번에도 좀처럼 사마르칸트의 성 안으로는 발을 들여놓지 않았다. 연회를 베풀 경우에도 자기 막사 안에서 열었으며, 여러 가지 구경거리나 곡예 또는 연극을 보는 경우에도 언제나 연예인들을 막사 안으로 초청하였다. 징기츠칸은 자기의 막사에 이어서 차가타이 · 오고타이 · 툴루이 · 카살 · 베르구타이 등 친족의 막사를 배치하고 있었지만, 그는 거기에도 얼굴을 나타내는 일이 없었다.

그러나 단 한 번 불시에 차례차례 돌아봤던 일이 있었다.

징기츠칸은 어느 막사에서나 자기의 상상을 훨씬 뛰어넘는 광경을 목격했다. 그들의 주거는 비록 형태만은 막사이었으나 안에는 벽돌이나 돌로 만들어진 고정된 관이었다. 거기에는 화사한 난로와 사치스런 침대가 놓여 있었으며, 접대용의 아름다운 의자와 탁자가 갖추어져 있었다.

아름다운 가구들 속에는 포도주 병들과 수정으로 만든 잔이 가득 차 있었다. 그리고 관의 뒤에는 푸른 잔디가 깔려 있었고, 꽃이 흐드러지게 피어 있는 화단도 있었으며, 몇 가닥의 물줄기를 뿜어 올리는 분수도 설치되어 있었다.

그리고 그러한 가구나 설비가 단순한 장식이 아닌 실제로 필요할 정도로 손님들도 끊임없이 출입하고 있는 듯 보였는데, 그들끼리 서로 방문하고 있었고, 다른 민족의 부유한 상인들의 출입도 빈번했다. 이것은 장수들 사이에서만이 아니고, 일반 병사들의 복장도 휴대한 물건도 완전히 달라져 있었다. 이상한 노래를 기묘한 모양의 악기로 연주하는 것이 병사들 사이에서는 유행하고 있었다.

그러나 징기츠칸은 그 같은 일에 대해서는 한 마디도 나무라지 않았다. 아니, 나무라서는 안 된다고 자기 자신에게 타일렀다. 징기츠칸은 이 같은 생활을 자기 일족의 사람들은 물론, 몽골의 모든 남녀에게 부여하기를 소망해 오지 않았던가!

징기츠칸은 자신이 가칸의 자리에 올라 며칠 동안 연회가 베풀어졌을 때, 자신의 막사 앞에서 더러운 옷을 입은 노파들이 단조로운 동작으로 똑같은 노래를 여러 번 되풀이하면서 춤추던 광경을 슬프게 바라보던 자신을 상기했다. 그때 자신은 그 같은 애처로움과 몽골의 가난을 벗어나 보다 풍성한 부를 안겨 주고 싶어하지 않았던가! 단지 살아 있는 것만이 아니고, 즐겁게 살아갈 수 있는 삶을 그들에게 안겨 주고 싶어했다. 그리고 현재 그것이 실현되어 가고 있음이 아닌가.

이 같은 변화는 출전하고 있는 군사들만이 아니고, 아마도 부루칸 산의 막사에서도 역시 마찬가지일 것이다. 집을 지키고 있는 여자들이나 노인들의 생활도 몰라볼 만큼 달라져 있을 것이다. 이러한 생활이야말로 자신이 추구해 왔던 것이 아니었던가!

징기츠칸은 친족들의 막사를 둘러보았던 밤, 자신의 낡은 몽골식 어두운 막사로 돌아와서 '나는 이런 생활이 좋으므로 이렇게 살고 있는 것이다. 이를 남에게 강요해서는 안 된다. 나와 똑같은 생각을 가지고 똑같은 생활을 하지 않는다고 해서 결코 타인을 나무라서는 안 된다'고 징기츠칸은 진지하게 다짐했다.

그러나 생각은 그렇게 해도 역시 마음의 밑바닥에서는 뭔가 석연치 않고 납득할 수 없는 것이 앙금으로 남았다. 그날 밤, 징기츠칸은 늦게까지 잠자리에 들지 못하고 죽은 쿠란을 생각했다. 쿠란이 살아 있지 않다는 사실이 그지없이 쓸쓸하고 아쉬웠다.

쿠란이 죽고 나서 최초로 겪는 경험이었다. 항상 자신과 수고를 함께 하려고 했던 쿠란, 또 자신이 가우란을 이름도 없는 서민에게 내버렸던 일에 대해서 참으로 훌륭하게 그것을 견뎌낼 수 있었던 쿠란,

그러한 쿠란이 이제야 징기츠칸에게는 두 번 다시 만날 수 없는 소중한 여자로 생각되었다.

어느 날, 징기츠칸은 사마르칸트의 도시를 살펴봤다. 거기에 있는 몽골병들은 잘 살펴보지 않는 한 그들이 몽골인이라는 것을 알 수 없을 정도로 변해 있었다. 페르시아인의 복장을 하고 있는 사람이 있는가 하면, 이란이나 터키인의 장식물로 몸을 치장하고 있는 사람도 있었다.

그날 징기츠칸은 성의 한 귀퉁이에 설치되어 있는 무기를 만드는 공장을 살펴봤지만, 구두 공장에서 만들어지고 있는 것은 터키인이 신고 있는 길쭉한 구두였다. 징기츠칸의 안내를 맡고 있던 젊은 장수는 그것이 보기에도 아름다울 뿐만 아니라 행군에도 편리하며, 얼마나 오래 신을 수 있는지 따위를 자랑스럽게 설명했다.

징기츠칸은 말없이 고개만 끄떡이며 상대의 이야기를 듣고 있었다. 그러나 마음속에서는 이런 것을 신는다면 이미 몽골병이 아니라고 생각했다. 보루지긴 씨족의 이리떼들이 이런 신을 신는다는 것은 어울리지 않았다. '설원을 달리고 산을 넘고 계곡을 뛰는 이리떼의 발을 이것으로 덮어도 좋다는 말인가' 그렇게 말하고 싶었지만 징기츠칸은 꾹 참았다.

이 날도 징기츠칸은 자기 막사에 돌아오자 죽은 쿠란을 생각했다. 마음이 괴로울 때마다 꼭 쿠란이 떠오르는 것이 이상했다.

사마르칸트에 머무르게 됨에 따라 징기츠칸은 제베와 수부타이 두 장수와 큰아들 주치에게 몇 차례 사자를 보냈다. 즉시 사마르칸트로 돌아오라는 명령을 전하기 위해서였다.

그러나 여태까지 보냈던 사자들은 그쪽으로 도착했는지 도착하지 않았는지 한 사람도 되돌아오지 않고 있었다. 언제나 출발할 뿐, 소식은 그대로 끊겼다.

근 1년 만인 연말이 되어서야 제베와 수부타이 두 장수로부터 사자가 도착했다. 이번에는 사자뿐만이 아니고 백 명의 몽골 군사와 5백 명의 다른 민족으로 구성된 부대, 그리고 엄청나게 많은 노획품을 징기츠칸 앞으로 보내왔던 것이었다. 무기도 있는가 하면, 가구·미술품, 종교적인 조각도 있는 많은 재물들이었다. 몇 백 마리의 낙타가 그것들을 등에 두둑하게 높이 쌓아올리고 있었다.

징기츠칸은 즉시 이틀간의 휴식을 준 뒤, 그 군사의 일부를 곧 그들의 부대로 돌려보냈다. 사마르칸트에의 집결 명령을 그들의 지휘자인 제베와 수부타이에게 전하기 위해서였다. 그리고 징기츠칸은 제베와 수부타이로부터 온 선물을 모두 부루칸 산록의 막사로 보냈다.

1224년 막바지에 이르렀을 무렵, 킵차크 초원의 주치로부터 얼마 전에 징기츠칸이 보냈던 사자와 같이 한 병사가 급파되어 왔다. 그는 '주치가 3년 전부터 병에 걸려 먼길의 행군을 할 수 없으므로, 이번에는 징기츠칸과 같이 고국으로 돌아갈 수 없지만, 곧 기회를 봐서 몽고고원의 땅을 밟을 것이니 그 점을 양해해 주기 바랍니다'라는 주치의 말을 전했다.

징기츠칸은 격렬한 분노를 느꼈다. 몇 번이나 사자를 보냈는데, 오랫동안 아무 소식도 없었음은 물론 겨우 회답을 보내오더니, 마치 자·

신은 몽골족과는 인연이 없다는 듯이 말하고 있는 것이 아닌가! 출정한 전군이 철수하는 때에 자신만 남으려 하는 것은 무엇을 뜻하는 것일까. 징기츠칸은 이 사자에게 곧바로 소식을 전하여 사마르칸트를 떠나게 했다.

어떤 이유가 있을지라도 전군 즉시 사마르칸트에 집합하라.

이렇게 주치에게 명령을 전했다.

해가 바뀌어 1225년, 징기츠칸은 새해의 연회에서 여러 장수와 부루칸 산으로 돌아갈 것을 의논한 끝에 사마르칸트를 출발하는 날을 4월 하순으로 결정했다. 그리고 이 결정을 일반 군사들에게는 4월 초까지 알리지 말도록 명령했다.

3월 초, 돌연 징기츠칸은 제베와 수부타이의 두 부대가 사마르칸트로 급히 오고 있다는 보고를 들었다. 그 최초의 사자가 오자, 그 뒤는 매일같이 부대의 상황을 보고하는 사자가 잇달아 왔다. 보고에 의하면, 두 부대는 일찍이 모하메드를 추적하기 위해 이 성에서 출발해 갔을 때의 병력보다 지금은 그 몇 배의 병력을 갖고 있는 듯했다. 특히 불가리아인과 오로스인으로 구성된 두 개 부대가 고스란히 그대로 몽골 속에 수용되어 있다는 것이었다.

제베와 수부타이가 만 4년 만에 원정을 중단하고 사마르칸트에 돌아오는 날, 징기츠칸은 전 군사들을 성문 앞에 정렬시켜서 그들을 환영했다. 귀환군의 선봉은 도시의 북쪽을 흐르고 있는 소구트 강의 흐름을 따라 올라와서 마침내 모습을 드러냈으며, 그리고 오랜 행군 끝에 드디어 성으로 다가오자, 미리 정해진 광장의 한 귀퉁이로 들어갔다. 부대 전부가 광장에 들어설 때까지는 다시 꽤 긴 시간이 필요했다.

맨 처음 볼추가 2,3명의 장수와 같이 귀환군 쪽으로 나아갔지만, 이윽고 그들을 포함한 수십 명이 징기츠칸 쪽으로 다가왔다. 징기츠칸은 오랫동안 만나지 않았던 두 장수를 만나는 기쁨을 참지 못해 스스로 그쪽으로 걸어갔다.

징기츠칸은 저편에서 오는 한 무리와 광장의 한 귀퉁이에서 부딪치자 거기서 말을 멈췄다. 저편에서 온 무리도 멈추어 서고, 그 속에서 한 장수가 천천히 다가왔다. 수부타이였다.

수부타이는 징기츠칸의 눈에 몸집이 한결 더 커진 것같이 보였다. 그는 쉰 살을 약간 넘었음에도 원정의 피로는 조금도 비치지 않았을 뿐 아니라, 오히려 이전보다 젊고 조용한 분위기를 지니고 있었다. 수부타이는 간략하게 귀환 보고를 했다. 몇몇 나라의 이름과, 산맥과, 강과 호수의 이름이 수부타이의 입에서 나왔으나, 징기츠칸에게는 그 대부분이 처음 듣는 것이었다.

징기츠칸은 만족했다. 그리고 그는 또 한 사람, 제베의 출현을 기다리고 있었다. 그러나 어찌된 셈인지 제베는 아무리 기다려도 모습을 보이지 않았다. 약간 떨어진 곳에 서 있는 부대 중에도 제베의 모습은 없었다.

"제베는?"

징기츠칸은 그렇게 물으려다가 갑자기 자신이 커다란 물 속으로 떨어지는 것을 느꼈다. 수부타이는 똑바로 몸을 세운 채 침묵을 지키고 있었다. 그러나 그 침묵이 징기츠칸에게는 부자연스럽게 느껴졌다. '제베는 어찌 되었단 말인가? 화살촉 같은 머리를 가졌던 장수는 왜 내 앞으로 나타나지 않는가?' 징기츠칸은 무서운 얼굴로 수부타이의 눈을 쏘아보고 있었으나, 갑자기 몸을 움직여서 그 곳을 떠났다. 제베를 자신의 눈으로 직접 찾아보려고 생각했다.

징기츠칸은 광장을 꽉 메우고 있는 귀환군 속으로 혼자 걸어갔다. 부대는 징기츠칸이 그 앞으로 가자, 지휘자의 구령과 함께 차례로 대형을 정렬해 갔다. 징기츠칸은 부대 사이를 누비며 걸었다.

'제베는 어찌 됐는가? 나의 황색 말의 턱뼈를 부러뜨리고 나의 경맥을 상처 냈던 왕년의 젊은이 제베여, 한 대의 화살이여.'

징기츠칸은 걸었다. 두 눈을 나란히 빛내고, 얼굴을 부대 쪽으로 돌려 차례차례로 나타나는 부대의 앞을 걸어갔다. 제베, 있으면 모습을 보여라. 화살이여, 살촉이여. 그러나 제베는 나오지 않았다. 징기츠칸은 지금까지 본 적이 없는 다른 민족의 부대를 차례로 훑어보았다. 새하얀 얼굴의 무리가 있는 하면, 새까만 얼굴도 있었다. 구령도 여러 가지며, 정렬하는 법 또한 제각기 달랐다. 징기츠칸이 처음 보는 양식으로 행해지고 있었다.

징기츠칸은 제베를 찾는 일을 단념하고 수부타이가 막대처럼 서 있는 원위치로 되돌아가서 마주섰다.

"제베의 죽음은 병사냐 전사냐?"

하고 격렬한 말투로 물었다.

"제베는 전투나 병으로 죽을 사나이가 아닙니다. 그는 제 목숨을 다 살고 아랄 해의 서남쪽 부락에서 숨을 거둔 뒤 그 부락의 산허리에 잠들어 있습니다."

수부타이 또한 격렬한 어투로 답했다. 그렇게 대답하는 수부타이의 얼굴에서는 땀이 하염없이 흘러 떨어지고 있었다. 한 대의 빠른 화살은 참으로 그 명(命)을 다 한 뒤 둘로 꺾였음이 틀림없었다. 징기츠칸은 고개를 끄덕이고 나서 제베의 죽음에 대하여 슬픔을 억제하도록 자신에게 다짐했다. 쿠란의 죽음을 견뎌냈던 것처럼 제베의 죽음 또한 견디지 않으면 안 된다고 생각했다.

4월 말, 전 부대는 사마르칸트를 출발했다. 징기츠칸은 출발일까지 주치의 귀환을 기다렸지만, 주치의 부대는 끝내 모습을 보이지 않았다.

징기츠칸은 또다시 사자를 킵차크 초원으로 보냈다. 나이만령의 보카 소키코의 땅을 정하여, 그 해에 도착할 징기츠칸의 부대와 만날 수 있도록 돌아올 것을 명령했다.

사마르칸트를 출발하기 전날, 징기츠칸은 인질로 잡아두고 있었던, 일찍이 이 나라의 실력자 모하메드의 어머니와 그의 시녀들을 성벽 위에 나란히 세우고, 그녀들로 하여금 호라즘과 마음으로부터 이별하게 했다. 그녀들을 몽고고원으로 끌고 가면 이 땅으로는 영원히 돌아오지 못하는 처지를 배려한 조치였다.

봄에서 여름, 여름에서 가을에 걸쳐 온천지를 메울 만큼 어마어마한 몽골의 대부대는 서서히 모국을 향해 이동했다. 그들은 한때 자신들의 손으로 피바다로 만들었던 도시나 성을 지났다. 어떤 곳에서는 며칠이나 주둔했으며, 어떤 곳은 그냥 통과했다. 시르 강도 건너고, 몇몇 강줄기도 건넜다. 다리는 4년 전에는 그들이 전혀 알지 못했던 기술로써 훌륭하게 놓아졌다. 몇 개의 다리를 매일같이 언제 끝날지도 모르는 긴 대열은 건넜다. 모든 종족의 병사들이 그 이동하는 대열에 섞여 있었다.

가을이 되자 몽골 부대는 이루티시 강변에 도착하여 잠시 야영한 뒤 다시 출발했다. 이루티시 강은 지금까지 몇 번이나 건넜던 시르 강이나 아무 강과는 다른 물빛을 띠고 있었다. 시르 강과 아무 강은 서쪽으로 흘러 아랄 해에 이르는 강이었지만, 이루티시 강은 멀리 북쪽으로 흘러가서 그 끝을 모르는 강이었다. 부대는 한가을에 알타이를 넘었다.

부대가 나이만과 위구르의 옛 경계에 가까운 이밀 강변에 도착했을 때, 징기츠칸은 거기서 마을의 막사에서 마중 나온 천 명의 부대와 만났다.

그 부대 속에는 막내아들 툴루이의 아들로 징기츠칸에게는 손자가 되는 11세의 쿠빌라이와 9세의 홀라구 두 어린 소년이 있었다. 징기츠칸은 그 두 황손을 위하여 사냥을 계획했다. 소년들에게는 첫 사냥이었으므로 징기츠칸은 첫 사냥을 나갈 때의 의식을, 두 사람의 손자를 위하여 올려 주었다. 징기츠칸의 커다란 손은 고기를 잡고, 소년들의 새싹 같은 부드러운 가운뎃손가락을 문질렀다.[2]

---

2) '소년들의 새싹 같은 부드러운 가운뎃손가락을 문질렀다.' : 몽골에는 버터나 밀크를 물건에 발라서 행운을 부르는 풍습이 있었다. 이를테면 아이가 태어났을 때는 그 입이나 이마에

징기츠칸은 많은 남녀들에게 보호받고 있는 쿠빌라이와 홀라구의 모습을 바라보면서, 지금은 이름도 없는 서민의 아이로 어딘가에서 틀림없이 자라고 있을 가우란을 생각하지 않을 수 없었다.

1213년, 두 번째의 금나라 공격 때 지금은 죽고 없는 소루칸 시라의 손에 의해 어딘가에 버려졌던 가우란이, 만약 지금도 살아 있다면 이미 17세가 됐을 터였다. 이제 훌륭한 한 병사의 몫을 할 수 있을 나이였다.

그러나 징기츠칸은 가우란에게 가혹한 운명을 주었던 것을 결코 후회하지 않았다. '가우란이여, 나는 너를 위해 너의 가운뎃손가락을 고기로 문지르지 않을 것이다. 너는 그것을 스스로의 손으로 하거라. 나도 누구로부터 그것을 배우지 못했다. 만약 너에게 힘이 있다면 스스로 살아가라. 내가 그것을 스스로 했던 것처럼.'

징기츠칸이 쿠빌라이와 홀라구의 모습을 볼 때는 커다란 귀와 날카로운 눈, 꽉 조여 있는 입언저리와 하얀 수염을 가지고 있는 그의 얼굴을 온화한 빛으로 바꿨다. 그러나 가우란을 생각할 때는 냉정하고 엄한 빛이 번들거렸다. 그의 마음은 똑같은 애정으로 충만되어 있었지만 표정은 전혀 달랐다.

이밀 강변에서 이틀 거리에 있는 보카 소키코의 초원에서 징기츠칸은 전 장병을 위해, 낯선 땅에서의 수고에 감사하는 연회를 베풀었다. 이제 비로소 그들은 몽고고원의 한 귀퉁이에 발을 들여 놓은 것

바르고, 혼례 때에는 신부가 지참해 온 도구 등에 발라서 행운의 신을 불러들였다. 라시드가 전한 이 일화는 그 일종이며, 앞서의 '아침마다 제를 올려라'라는 것도 이 습관을 가리키는 것이다.

이다. 연회는 며칠 동안이나 성대하게 이어졌다. 차가타이·오고타이·툴루이의 세 아들들은 물론, 카살·베르구타이·카치군 등 동생들, 그리고 볼추·제루메·수부타이·쿠빌라이·친베·치라운 등 여러 장수들 모두가 매일같이 징기츠칸의 막사에 모여서 고향의 흙내음을 맡으며 술잔을 나누었다. 무카리·제베 두 장수와 주치 셋만이 빠지고 없었다.

징기츠칸은 주치에게 사마르칸트를 떠날 때, 이 곳으로 모이라고 사자를 보낸 바 있었지만, 이번에도 응답이 없었다. 징기츠칸은 주치의 문제 하나만 제외하면 모든 것이 매우 만족스러웠다.

연회는 난장판에 가까울 정도로 흥청거렸다. 징기츠칸의 부대가 전쟁의 피비린내를 고향의 막사에까지 가져가지 않기 위해 마련한 연회였다. 거친 것도 살벌한 것도 몽땅 여기서 털어 버리지 않으면 안 되었다.

중앙아시아의 드넓은 지역에 흩어져 있는 무수한 다른 민족의 병사들도 저마다 취하여 소리 지르고 노래 부르고 춤추었다. 연회는 밤낮없이 이어졌다. 혼혈의 아이들도 몇 십 명씩 집단을 만들어서, 그들 어머니의 부대에 섞여 있는 여자들과 흥겹게 지냈다. 혼자서 몇 종류나 되는 완전히 다른 민족의 혼혈아를 낳은 강리인(姜里人 : 칸쿠리)의 여자도 춤추었다.

그녀는 달빛 아래서 춤을 추었는데, 몽골의 여자들과는 달리 비만한 몸이 크고 작게 흔들리는 광경은 누구의 눈으로도 야릇하고 아름답게 보였다.

징기츠칸은 연회석에서,

"나만이 몽고고원의 여자들에게 환영받을 자격을 지녔노라."

라고 농담을 했다. 징기츠칸은 자신만이 몽골의 복장을 하고, 몽골의 신을 신고, 몽골의 습성에 따라서 생활하고 있음을 알았다. 볼추와 제루메 등 노인까지도 몽골의 갑옷을 버리고, 지금은 호라즘의 금실 은실로 수놓은 옷을 입고 있었다. 연회가 끝나자, 몽골의 대부대는 알타이의 북쪽 기슭에서 몽고고원으로 서서히 이동했다. 오랜만에 보는 고국의 모습이 몽골 군사들의 마음에 냇물처럼 스며들었다.

징기츠칸은 곧바로 부루칸 산록의 막사를 향하지 않았다. 부락과 부락에서 성대한 환영을 받으며 징기츠칸은 거기서 며칠씩이나 머물렀다. 그리고 그 부락 출신들에게 상을 베풀어 동원을 해제시키고 그들을 고향에서 살게 했다.

그리하여 몽골의 부대가 부루칸 산록의 막사와 나란히, 지금은 몽골에서 정치 경제의 중심지라 할 수 있는 토우라 강의 막사에 도착한 것은 겨울 무렵이었다. 옛날의 케레이트 부락이었던 이 곳은 일찍이 토오릴 칸이 위세를 떨쳤던 토우라 강변 '검은 숲'의 땅으로 징기츠칸에게는 잊으려 해도 잊을 수 없는 곳이었다. 사흘 동안의 격전 끝에 토오릴 칸의 부대를 이 땅에서 격파했던 지난날이 바로 얼마 전의 일인 것같이 느껴졌지만, 헤아려 보니 어느 새 그때로부터 20여 년의 세월이 흘러 있었다.

징기츠칸은 이 곳에 진영을 설치하고, 근위대를 제외한 각 부대의 장병 모두를 그들이 속한 부락으로 돌아가게 했다. 징기츠칸은 20일간 이 곳에 머물며, 추억이 많은 검은 숲 속을 산책하거나, 토우라 강변에서 사냥을 했다. 징기츠칸은 옛날의 전우이며 또한 적이었던 토오릴 칸의 무덤이 없어진 것을 알고 그를 위해 검은 숲 북쪽 그의 목숨이 다 한 곳에 비석을 세워 주었다. 비석에는 위구르의 문자로 '검은 숲의 왕자 토오릴 칸의 불굴의 넋, 여기에 잠들다'라고 씌어졌다.

토오릴 칸의 비석이 세워지자 징기츠칸은 그를 위해 성대한 제사를 지냈다. 토오릴 칸은 징기츠칸에게 대은인이었다. 가난했던 젊은 날, 그의 도움으로 타이추토의 박해에서 벗어나 보루지긴 씨족의 깃발을 가까스로 지켜 나갈 수 있었다. 그리고 자무카와 친구로 맺어 주었던 것도 그였으며, 협력해서 자무카를 무찌르게 해 준 것도 또한 그였다.

그리고 징기츠칸은 최후에 토오릴 칸과 싸워 결국 죽였지만 조금도 아픔을 느끼지 않았다. 자신과 토오릴 칸은 어차피 한 번은 싸우지 않으면 안 될 운명에 놓여 있었으며, 둘 중의 한 명이 사라지지 않으면 안 되는 것이 자연의 섭리였다. 죽은 사람에게도 만약 마음이 있다면, 토오릴 칸도 그것을 잘 알고 있을 것이며, 지금 징기츠칸의 귀향을 누구보다도 기뻐해 주리라 생각했다.

징기츠칸은 자무카라는 인물에게는 도무지 호감이 안 갔지만, 다정했던 그 깡마른 노인을 좋아했다. 호라즘의 어떤 전투에서도 징기츠칸은 토오릴 칸과 싸웠던 때만큼 강렬한 힘을 적으로부터 느낀 일이 없었다.

토우라 강변의 검은 숲에서 부루칸 산기슭의 보루지긴 씨족의 부락까지는 아무리 천천히 행군한다 해도 3,4일이면 충분히 가 닿을 수 있는 짧은 거리였다. 그러나 징기츠칸은 서두르지 않았다. 몇몇 장수들로부터 징기츠칸은 여러 차례 보루지긴 씨족의 부락으로 돌아가도록 권유받았지만, 그것에 응하지 않았다. 그럴 때마다,

"나는 죽으면 거기서 잠들 것이다. 이렇게 살아 있는데 왜 거기에 서둘러 가야 하는가?"

라고 말했다. 때문에 어느 누구도 더 이상 징기츠칸에게 권할 수 없었다.

징기츠칸은 아내 보루테와는 아직 만나지 않았다. 보루테가 스스로 검은 숲으로 찾아오면 모를까, 그렇지 않는 한 징기츠칸은 자신이 부루칸 산의 막사로 가서 그녀와 만날 마음은 없었다. 보루테는 말할 것이다.

'전 군사들이 돌아왔는데, 왜 주치만 돌아오지 않습니까?'

징기츠칸은 그녀를 납득시킬 만한 말을 생각해 낼 수가 없었다. 그녀는 진실을 받아들이지 않을 것이라 생각되었다. 징기츠칸은 토우라 강변의 부락에서 오로지 주치의 귀환을 기다리고 있었던 것이다. 주치를 몽골의 후계자로 선택하지 않았던 일도 보루테를 틀림없이 마음 아프게 했을 터인데, 설상가상 주치만이 돌아오지 않고 있으므로 보루테로서는 당연히 징기츠칸과 주치 사이에 놓여 있는 껄끄러운 관계에 집착하여 고민하고 있을 것이 틀림없었다.

징기츠칸은 새삼스럽게 보루테와 말다툼할 마음은 없었다. 될 수 있다면 주치의 귀환을 기다렸다가 보루테와 얼굴을 마주하고 싶었

다. 막사에는 매일같이 여러 방면으로부터 사자가 도착하고 있었다. 그때마다 징기츠칸은 그것이 주치로부터 오는 사자이기를 기대했지만 언제나 실망으로 그쳤다.

그러나 주치의 연락을 기다리는 것도 한도가 있었다. 언제까지나 자기 씨족의 고향 땅에 돌아가지 않고 주치만을 기다린 채 계속 머무를 수는 없는 일이었다.

토우라 강변에서의 야영을 중단한 징기츠칸은 주치의 귀환을 체념하고, 가마를 부루칸 산의 고향으로 이동한다고 발표했다. 그리고 가마가 떠나는 날, 보루지긴 씨족의 깃발을 화포를 이끄는 차를 둘러싸고, 그 뒤로 길게 늘어선 근위대의 대열, 보병 부대, 기병 부대로 이어졌다. 이들 푸른 이리의 후예인 순수한 보루지긴의 군사들은 토우라 강을 따라서 상류로 이동했다.

사흘째의 정오, 징기츠칸은 자기 씨족의 신이 잠든 부루칸 산의 그리운 산세를 자세히 바라다보았다. 그날 오후, 부대는 케룰렌 강의 상류에 이르렀고, 다시 그 강줄기를 상류로 거슬러서 올라갔다. 부대가 보루지긴의 막사로 들어간 것은 서쪽 하늘의 노을이 빨갛게 불타오르는 해질녘이었다.

부락의 입구에는 많은 시녀와 신하를 거느린 보루테가 징기츠칸을 맞으러 나와 있었다. 보루테는 64세였는데, 두 다리를 움직이기도 힘들 만큼 비만해져서, 시녀들에 의해 의자에 앉은 채로 거기까지 옮겨져 와 있었다. 징기츠칸이 그녀의 앞으로 걸어가자 보루테는 천천히 의자에서 일어났다. 눈을 머리에 인 것 같은 새하얀 머리카락은 젊었을 때와 마찬가지로 그것 나름대로의 윤기를 지니고 있었지만, 보루테의 표정은 조금도 움직이지 않았다. 늘어진 얼굴의 근육이 갖는 무게로 하여 살며시 흔들리고 있었다. 징기츠칸은 보루테의 귀에 커다란 홍옥 귀고리가 걸려 있는 것을 보았다. 그녀가 앉아 있던 의자는 그녀가 일어섰을 때 비로소 발견한 것이지만, 섬세한 칠보가 가득 박혀 있어서, 눈부실 만큼 아름다운 것이었다.

"가칸이여."

보루테는 말을 중단하고 거친 숨소리를 일단 진정시킨 뒤, 다음 말을 하기 위하여 호흡을 조정했다.

"오늘은 얼마나 좋은 날입니까. 가칸이 돌아오는 날임과 동시에 몽골의 손님 소식을 알게 된 날입니다."

보루테는 말했다. 보루테는 지금도 주치를 몽골의 손님이라 불렀다. 자신의 아들이라고는 부르지 않았다. 징기츠칸에게는 보루테가 말했던 주치의 소식을 알았다는 말의 의미가 불분명했다. 그러나 징기츠칸은 그 자리에서는 캐묻지 않고 곧 많은 사람이 몰려 있는 부락으로 들어갔다.

다음날, 징기츠칸은 자기 막사에서 보루테를 중심으로 차가타이·오고타이·툴루이, 그리고 여러 손자들과 만찬을 함께 했다. 툴루이의 아이들인 쿠빌라이와 훌라구와는 만났지만, 그 밖에 몰라보게 성장한 스무 명이 넘는 손자들이 있었다. 그 자리에서 징기츠칸은 어제 귀담아 두었던 보루테의 말을 다시 한 번 확인해 보았다.

보루테는 숨이 차서 짧게 말했지만, 종합하면 주치가 귀환하지 않은 사실을 벌써 1년 전부터 이 막사에서는 알고 있었으며, 부락에는 거기에 대해 여러 가지 소문이 나돌고 있었다. 보루테는 그래서 계속 상심해 왔는데, 어제 호라즘에서 온 상인에 의해 주치가 킵차크 초원에서 지금도 건재하여 사냥을 즐기고 있다는 소식을 들었다는 것이다.

이 말을 듣자 징기츠칸은 자신의 얼굴에서 핏기가 사라지는 것을 뚜렷이 느낄 수 있었다. 만약 그 소문이 사실이라면 주치의 행동은 용서할 수 없는 일이었다. 징기츠칸은 늙은 아내를 배려하여 그 자리에서는 화를 나타내지 않으려 참고 있었지만, 그날 밤 만찬을 마치자 곧 사자에게 명령하여 보루테가 만난 상인을 찾게 했다.

2,3일 뒤에 중년의 페르시아인이 징기츠칸의 막사로 끌려왔다. 징기츠칸은 자신이 직접 그 페르시아인을 만나서 엄중하게 물었다. 그 페르시아 상인으로부터 알아낸 것은, 주치가 킵차크 초원에서 실력자의 지위를 확립하여 왕과 같은 생활을 하는 한편, 항상 사냥을 즐기며 군사들을 훈련시키고 있다는 사실이었다.

징기츠칸은 몹시 분노했다. 출생 후 이만큼 격렬한 분노를 일으킨 일이 없었다. 주치에게 그간 많은 사자를 보냈는데, 그것을 모두 무시당했던 것에 대한 분노도 컸지만, 가칸으로서의 명령을 생각조차 하지 않은 것에 대한 분노는 더욱 컸다.

또 보루테를 생각해서 매일같이 그로부터의 연락을 기다렸던 아버지의 배려를 완전히 배신당한 것에 대한 분노 또한 컸다. 자신의 명령에 배반하는 자는 그 누구라도 처단하지 않으면 안 된다. 적대감을 보였던 호라즘의 여러 도시가 받았던 운명을 결국 주치도 받지 않으면 안 되는 것이었다.

 돌아온 지 열흘도 되지 않아서, 몽고고원은 다시 떠들썩한 공기에 휩싸였다. 모든 부락에서 군사들이 부루칸 산자락의 막사로 모여들었다. 킵차크 정벌군의 지휘자에는 차가타이와 오고타이가 임명되고, 30만 명의 군사들이 그 두 사람의 지휘하에 들었다.

 주치 정벌군이 출발하는 날, 그것만으로는 자신의 마음을 진정시킬 수가 없었다.

 그리하여 징기츠칸은 곧 제2의 군사를 동원했다. 이번에는 툴루이를 지휘자로 하고, 자신도 군에 가담하기로 했다. 그러나 제2군의 출발에는 다소의 시간이 걸렸다. 볼추나 제루메가 징기츠칸이 직접 주치 정벌에 나서는 것을 반대했기 때문이었다. 그러한 반대에도 불구하고 징기츠칸은 결코 자신의 생각을 굽히지 않았다. 누구도 징기츠칸의 분노를 진정시키지 못했다. 다시 몽고고원은 주치 때문에 텅 비게 될 터였다.

 징기츠칸은 주치를 전혀 용서할 마음이 없었다. 주치의 군사를 한 사람도 남김없이 죽여 킵차크 초원을 자갈과 돌덩이의 황무지로 만들지 않고서는 도저히 자신의 마음을 진정시킬 수가 없었다. 그렇게 하지 않으면 무수한 다른 민족에 대해서나 자신의 몽골 군사에 대해서도 본보기가 될 것이기 때문이었다.

 징기츠칸은 보루테와 얼굴도 마주하지 않았다. 징기츠칸은 툴루이와 같이 자기 막사를 나와서 케레이트의 부락으로 옮겼다. 토우라 강변의 검은 숲 일대의 땅은 이미 출전할 군사와 말들로 가득해 있었다.

징기츠칸이 케레이트 부락에 막사를 친 2,3일 후 제1군의 차가타이와 오고타이의 부대가 보낸 사자를 만났다. 사자는 킵차크의 사자를 한 사람 데리고 있었다. 두 사람 다 상복을 입고 검은 띠를 허리에 두르고 있었다.

사자들은 징기츠칸의 막사 안으로 불려들어 갔다.

황자 주치는 3년 내내 병상에 있었으나, 금년 1225년 8월 악화하여 킵차크 초원, 카스피 해 북쪽의 부락에서 운명함. 유언에 따라 오는 2월 봄 전 군사들은 유골을 받들고 돌아올 것임.

킵차크의 사자는 그렇게 보고했다. 징기츠칸은 사자의 얼굴을 계속 바라보고만 있었다. 차가타이와 오고타이가 보낸 사자는 킵차크에서 온 사자의 보고는 거짓이 없으며, 주치가 오랜 병 끝에 죽었음을, 그리고 1223년 초여름에 킵차크의 짐승들을 시르 강변으로 몰아넣었을 때, 주치는 이미 앓아누워 사냥에는 참가하지 않았지만 징기츠칸에게 걱정을 끼칠까 염려하여 자신이 병상에 있음을 숨겼었다는 사실을 알렸다.

징기츠칸은 두 사자에게 휴식을 명하고는 곧 자신의 방으로 들어가 버렸다. 징기츠칸은 한 상인의 무책임한 말을 확인 없이 그대로 믿었던 자신의 어리석음에 울화가 치밀었다.

방에 틀어박히자 그는 크게 통곡했다. 쿠란의 죽음도, 제베의 죽음도 자신은 참을 수 있었지만, 지금 주치가 실제로 오랫동안 병상에 누워 있었고, 마침내 타국 땅에서 죽었다는 사실을 알자 징기츠칸은 슬픔을 참을 수가 없었다. 눈물은 모든 인간을 위압하는 징기츠칸의 커다란 눈에서 넘쳐, 밤빛깔의 반점 가득한 흙빛의 볼을 흘러내려서, 턱을 메우고 있는 하얀 수염을 적셨다. 징기츠칸은 짐승이 으르렁거리듯이 나직한 울음을 토하며 실내를 돌아다녔다.

징기츠칸은 가까스로 통곡을 진정시키고 신하를 불러서 아무도 방에 가까이 오지 말도록 엄중히 명령했다. 그리고 만약 이 방에서 자신의 눈에 띄는 자가 있으면 즉시 사형에 처할 것이라고 말했다. 신하는 공손하게 명령을 받들고 물러갔다.

징기츠칸은 혼자가 되자 다시 통곡하였다. 폭풍이 일 듯이 몽골의 늙은 실력자는 자신을 휩쓸어 오는 커다란 슬픔에 목을 가눌 수 없었다.

징기츠칸은 이제야 비로소 알았던 것이다. 자신이 누구보다도 주치를 사랑하고 있었음을. 자신과 마찬가지로 다른 부족에게 납치되었던 어머니의 몸에서 생을 이어받아, 자신이 몽골 푸른 이리의 후예임을 몸으로써 증명하지 않으면 안 되었고, 또한 자신과 똑같은 운명을 가졌던 젊은이를 징기츠칸은 다른 누구보다도 사랑하고 있었던 것이다.

징기츠칸은 다음날 황자 주치의 죽음을 알리는 조서를 내렸다.

황자 주치, 킵차크 초원에서 세상을 떠나다. 그 곳은 몽골의 조상, 하늘의 명을 받아 태어난 푸른 이리와 뿌연 빛깔의 암사슴이 그 옛날 건너온 고아이마랄 텐기수(아름답고 크나큰 호수)의 호반이니라. 그 이름을 카스피 해라 부르니라. 황자 주치는 천성이 용감하여 많은 전투에 참여하여 항상 몽골 군사들의 모범을 보였노라. 함락한 성 90, 도시 2백, 금나라를 정벌하고 호라즘을 정벌해 아랄·카스피·흑해의 북쪽에 킵차크 왕국을 세우고 첫째 왕이 되다. 주치의 후예는 킵차크 왕국을 통치하라. 따르는 군사 역시 초원에서 첫왕의 위엄을 수호하라.

킵차크 왕국이라는 명칭을 사용한 것은 징기츠칸이 주치에게 내리는 상이었다. 조서는 야율초재가 쓴 것이었다.

그러고 나서 징기츠칸은 또 보루테에게 자식의 죽음을 애도하는 조서를 내렸다.

황후 보루테여, 그대가 낳고 그대가 길렀던 황자 주치의 죽음을 애도하노라. 그대의 슬픔은 바로 나의 슬픔이니라. 주치는 참으로 그의 이름과 같이 손님이었다. 보루지긴 씨족이 맡아 돌봤던 하늘로부터의 손님이었노라. 주치는 이제 자신의 진정한 고향인 하늘로 돌아갔음이다.

징기츠칸이 슬픔에서 벗어난 것은 그로부터 며칠이 지난 뒤였다. 그는 곧 회의를 소집하여, 서하 공격을 여러 장수들과 의논하여 결정했다. 그리하여 군사들을 동원해 놓고 있는 모든 부대에게 서하 공격의 명령을 내리고, 이미 출동하여 호라즘에 있는 차가타이와 오고타이의 부대에게는 호라즘에서 직접 서하로 진격할 것을 명했다.

서하 공격은 갑자기 결정한 작전이었으나, 이 결정에는 세 가지 이유가 있었다. 하나는 일찍이 몽골이 호라즘을 공격하려고 했을 때, 서하왕이 응원군 파견을 거절했던 일이 있었는데, 거기에 대한 징벌이 여태껏 내려지지 않았다는 것이고, 두 번째는 무카리가 죽은 후 금나라 정벌을 징기츠칸이 하지 않으면 안 되는 과업이었으나, 거기에는 반드시 서하의 완전한 제압이 문제라는 것이다. 그리고 세 번째는 징기츠칸이 주치의 죽음으로부터 받은 충격이 대작전의 수행에 의해서만이 치유될 수 있다는 것이었다.

징기츠칸은 서하를 치고, 금을 치는 전진 속에서 자신의 여생을 묻고 싶었다. 그는 아직 자신이 몽골의 푸른 이리의 후예임을 스스로에게 완전히 증명하지 못하고 있었다. 주치처럼, 제베처럼, 그리고 쿠란처럼 자신의 생애를 전쟁 속에서 마감하고 싶었다. 그렇게 함으로써 징기츠칸도 자신도 푸른 이리가 되어야 했다.

몽골의 전 부대가 서하를 공격하기 위해 토우라 강변의 막사를 출발한 것은 1225년이 다 지날 무렵이었다. 주치의 죽음에 대한 조서가 내려지고 열흘 정도밖에 지나지 않은 때였다.

몽골의 군사들은 고비사막의 가운데서 1226년을 맞았다. 황자 주치의 상중이었으므로, 신년의 축하연은 취소되고 군사들은 동쪽 하늘에 배례했을 뿐, 그날도 역시 한풍에 모래먼지가 휘몰아치는 사막 속을 종일 남쪽을 향해 나아갔다.

이 행군은 몽골의 부대가 일찍이 겪지 못했던 험난한 행군이었다.

1월 중순경부터 연일 눈보라에 시달려, 군사도 말도 쓰러지고 동상자가 잇달아 나왔다.

몽골 부대가 가까스로 서하의 한쪽에 발을 들여놓은 것은 2월 중순경이었다. 징기츠칸은 차가타이와 오고타이의 부대가 오는 것을 기다렸다가 부대가 합쳐지자 즉시 전면적인 서하 공격을 전개했다. 전투는 서하 북쪽의 여러 지방에서 일제히 전개됐다. 봄에서 여름에 걸쳐 흑수역(黑水域)을 비롯한 북쪽 지역 모든 도시는 전부 몽골의 수중으로 떨어졌다.

징기츠칸은 전 부대를 혼수산맥(渾垂山脈)에 모이게 하여 맹렬한 여름의 더위를 피하고, 가을이 되자 다시 작전을 개시하여, 순식간에 감주(甘州)와 숙주(肅州)를 함락, 더 나아가서 양주(凉州)를 항복시키고 영주(靈州)를 함락했다. 이 작전에서도 징기츠칸은 반항하는 도시는 철저히 소탕했다.

이듬해인 1227년 2월, 몽골 군사들은 서하의 수도 영하(寧夏)에 진격했다. 징기츠칸은 부대의 일부를 나누어 수도를 포위케 하고, 자신은 나머지를 이끌고 황하를 건넜다. 황하를 건넌 몽골 군사들의 움직임은 그야말로 귀신의 집단과 비슷했다. 적석주(積石州)·임조부(臨洮府)·조주(洮州)·서녕(西寧)·신도부(信都府) 등 곳곳에서 바람같이 나타나 그들의 모든 도시를 함락하여 주민을 죽이고 성을 파괴한 후에 불태웠다.[3]

---

3) '주민을 죽이고, ……성을 불태웠다.' : 이 야만 행위를 중지하도록 야율초재는 말하고, 술·소금·식초·철 등 그 토지의 산물에 세금을 내게 하고, 주민을 유효하게 사용할 것을 상소했지만, 이 과세법이 실제로 효력을 본 것은 차대의 오고타이 칸이 다스릴 때였다.

징기츠칸은 5월, 평량부(平凉府)의 서쪽 용덕(龍德)에 진영을 설치하고, 금나라의 남경 조정(南京朝廷)에 사자를 보내 신하가 되도록 요구했다. 징기츠칸은 이미 수도 영하 이외의 서하 전역을 전부 정벌하여 곧바로 금나라에 침입할 태세를 갖추고 있었다. 징기츠칸은 이 곳에서 영하에 있는 서하왕 이현이 급히 파견한 항복 사절을 접견했다. 이현은 성을 열어 주권을 넘겨주되 한 달 간의 시간을 간청했으므로 징기츠칸은 그것을 허락했다.

징기츠칸은 성문이 열리기를 기다리며서 금나라에의 대대적인 공격을 계획하고 있었다. 그러나 불행하게도 무카리가 끝내지 못했던 금나라 정벌의 과업을 징기츠칸은 죽은 친구를 대신하여 수행하지 않으면 안 되었다.

7월, 징기츠칸은 이 곳에서 금나라 황제가 보낸 사자와 만나 그의 공물을 받았다. 공물 중에서 가장 눈에 띄는 것은 엄청나게 많은 수의 주옥(珠玉)을 가득 담은 반상이었다. 그러나 징기츠칸이 바라는 것은 주옥이 아니라, 한때 자신의 병사들이 말발굽으로 짓밟았던 금나라의 전 영토였다.

징기츠칸은 주옥을 자신의 장수들에게 나누어 주고 남은 것을 땅바닥에 내동댕이쳤는데, 그것이 몇 천 개로 보였다. 반상 위에 있을 때는 수십 개밖에 없었던 것이 땅에 흩어지자 거의 헤아릴 수 없을 정도의 많은 수가 되어, 진영의 앞뜰에는 조그만 틈도 남김없이 주옥으로 가득 채워져 있는 듯했다.

징기츠칸은 손으로 눈을 가린 뒤, 잠시 후 눈에서 손을 뗐다. 주옥은 여전히 앞뜰을 가득 메우고 있었다. 징기즈칸은 신하를 불러서 주옥이 땅을 메우고 있는지 아닌지를 물었다. 신하는 즉시 아니라고 대답했다. 징기즈칸은 자신이 매우 지쳐 있음을 깨달았다. 이와 비슷한 현상을 한 달 전에 황하의 초원에서 경험한 적이 있었다. 이때는 주옥이 아니고 백골이었다. 전년의 전투에서 죽였던 서하 군사의 백골이 징기즈칸의 눈에는 초원을 완전히 메운 무수한 인골로 보였었다.

징기즈칸은 그날 밤, 오고타이와 툴루이를 막사로 불러서 자신의 목숨이 얼마 남지 않았음을 알리고, 만약 자신이 죽는다면 전군이 고향으로 돌아갈 때까지 비밀에 붙이라고 말했다. 그리고 그날 밤부터 징기즈칸은 병상에 들었다. 며칠 후에 병은 급속히 악화되었다. 징기즈칸은 갑자기 몽롱해진 의식 속에서,

"주치!"

하고 죽은 황자의 이름을 불렀다. 그리고 주치가 이미 세상을 떠났음을 깨닫자,

"쿠란!"

하고 이번에는 죽은 애비 쿠란의 이름을 불렀다. 그리고 징기즈칸은 방금 부른 그 이름 또한 힌두쿠시 산맥의 계곡을 메운 빙하 바닥에서 관 속에 든 채 누워 있음을 깨닫자,

"무카리!"

하고 소리 질렀다. 그리고 이어서,

"제베!"

하고 불렀다. 징기츠칸이 지금 만나고 싶은 인물은 모두 세상 사람들이
아니었다. 징기츠칸은 쿠란 이외의 묘소는 모두 어디에 있는지 알지 못했
으므로 그것을 떠올릴 수는 없었다. 그리고 마지막으로,

"툴루이!"

하고 불렀다. 툴루이는 즉시 대답을 했다. 그리고 비로소 죽은 사
람이 아닌 살아 있는 이름을 불렀음을 느꼈다. 징기츠칸은 툴루이에
게 말했다.

"금나라의 정예 군사들은 동관(潼関)에 모여 있다. 동관의 남쪽은
연산(連山)에 기대고, 북쪽은 큰 강을 안고 있다. 그러므로 일시에 격
파할 수는 없다. 금나라를 공격하려면 모름지기 길을 송나라로 잡
아, 하남(河南)의 남부쪽인 당주(唐州)와 등주(鄧州)로 군사들을 이동
시켜, 일거에 대량(大梁)[4]을 쳐야 한다. 동관에서 천 리이므로 응원
군이 있을 수 없다. 툴루이여, 내 말을 따르거라."

징기츠칸은 툴루이에게 금나라로의 공격로를 유언으로 남기고 눈
을 감았다. 그리고 두어 시간쯤 지나서 이번에는 누구에게도 아닌
허공에 말했다.

"서하가 만약 약속 기한 내에 성문을 열지 않으면 총공격하여 서하
왕과 영아의 주민을 모조리 죽여라."

그리고 한 시간쯤 지나고 난 뒤 마침내 징기츠칸은 숨을 거두었다.

서하왕은 징기츠칸과의 약속을 깨뜨리고 기한이 지났는데도 영하
의 성문을 열지 않았다. 몽골 군사는 대군을 거느리고 쳐들어갔다.

---

4) 대량(大梁) : 현재의 남경(南京)임.

성에 육박하여 성벽을 기어올라 성 안으로 들어갔다. 이현과 대부분의 관리는 참수되고, 주민의 대부분도 베어졌다. 그리고 다시 한 달쯤 지나서 몽골의 전 부대는 황하강변에 모여 전선을 버리고 몽고고원으로 향했다. 일찍이 결정되었던 대로 오고타이가 전군을 지휘했다.

징기츠칸의 죽음은 몇몇 간부 장수들만 알고 있을 뿐 군사들에게는 발표되지 않았다. 몽골의 부대는 더위를 무릅쓰고 서하의 땅을 비스듬히 가로질러서 고비사막으로 나오자, 똑바로 북쪽으로 가서 오논과 케룰렌 두 강의 원천인 부루칸 산을 향했다.

이 대부대의 행진은 조용했다. 부대의 중간쯤에 영구는 안치되어 수십 명에 의해 운반되고 있었다. 관에 누구의 유해가 들었는지 전 군사들이 알고 있었지만, 누구도 그것이 징기츠칸의 유해라고는 생각하지 않았다. 이 부대는 자기들의 행진을 본 부락민을 모두 죽였다. 남녀노소를 가리지 않고 이 부대와 만났던 사람은 모조리 베어졌다. 이 소문은 점점 퍼져 이후 부대가 행진해 가는 앞길에는 전혀 사람의 그림자를 볼 수 없었다. 더욱이 부락을 통해 가도 부락에는 한 사람의 인간도 없었다.

징기츠칸의 유해를 운반한 부대가 보루지긴 씨족의 막사에 든 것은 9월 말. 막사의 입구에서 툴루이에 의해 비로소 전 군사들에게 징기츠칸의 죽음이 발표되었다.

그날 밤, 부대는 흩어져 부근에 야영했지만, 말발굽과 군사의 구두 소리 이외는 아무 소리도 들리지 않았다. 징기츠칸의 관은 보루테의 막사 안에 안치되었으며, 신하들만이 온 밤을 꼬박 그 곁에서 세웠다. 무수한 별을 흩박은 두터운 융단 같은 밤하늘 아래로 무수한 군사들의 막사가 흩뿌려져 있는 밤이었다. 보루지긴의 막사는 일찍이 이 같은 엄청나게 많은 인간이 있었던 적도 없었으며, 이같이 조용한 밤을 가졌던 적도 없었다. 보루테의 막사에 안치되었던 징기츠칸의 관은 그 다음날 에수이, 그 다음날에는 에수겐, 그 다음날은 금나라 공주 카톤 등 수십 명의 황비들의 막사로 옮겨져서 최후에 징기츠칸 자신의 막사에 안치되었다.

징기츠칸의 죽음이 발표되자, 몽고고원의 모든 부락에서 사람들이 모여들었다. 석 달이나 걸려 찾아오는 사람도 있었다. 때문에 보루지긴의 부락은 오랫동안 조문하러 온 사람들로 메워졌다. 반 년 후, 징기츠칸의 유해는 부루칸 산 속의 커다란 숲의 한 귀퉁이에 묻혔다. 매장하는 날, 강풍이 부루칸 산 일대의 땅을 휩쓸어, 징기츠칸의 묘소를 둘러 싼 숲은 굉장한 소리를 내며 요동했다. 때문에 장례 의식을 한때 중지하지 않으면 안 될 정도였다.

징기츠칸이 묻힌 이 숲은 2,3년 사이에 수목이 울창해져서 완전한 밀림으로 변했으며, 이삼십 년이 지난 후 징기츠칸이 어디에 잠들었는지 그 묘소를 알아볼 수조차 없을 정도로 울창하게 되었다.

징기츠칸은 65세, 그가 한 나라의 주권자가 되어 세력을 떨친 지 22년 만에 부루칸 산자락에 잠든 것이다.

칭기즈칸

1판 1쇄 인쇄 2010년 07월 20일
1판 1쇄 발행 2010년 07월 30일
3판 1쇄 발행 2017년 03월 30일
3판 2쇄 발행 2020년 01월 30일

지 은 이 : 이노우에 야스지
옮 긴 이 : 윤갑종
편집주간 : 장상태
편집기획 : 김범석, 김원석
디 자 인 : 정은영

펴낸이 김영길
펴낸곳 도서출판 선영사
주 소 서울시 마포구 서교동 485-14 선영사
TEL (02)338-8231~2 FAX (02)338-8233
E-mail : sunyoungsa@hanmail.net

등 록 1983년 6월 29일 (제02-01-51호)

ISBN 978-89-7558-048-2 03890